KB028698

실전 게임시나리오 쓰기

실전 게임시나리오 쓰기

캐릭터 설정부터 플롯 만들기, 작법에 관한 모든 것

초판 1쇄 인쇄 2023년 11월 5일
초판 1쇄 발행 2023년 11월 10일

지은이 기타오카 유이치로
옮긴이 강태욱
펴낸이 조승식
펴낸곳 도서출판 북스힐
등록 1998년 7월 28일 제22-457호
주소 서울시 강북구 한천로 153길 17
전화 02-994-0071
팩스 02-994-0073
블로그 blog.naver.com/booksgogo
이메일 bookshill@bookshill.com

정가 22,000원
ISBN 979-11-5971-521-1

*잘못된 책은 구입하신 서점에서 교환해 드립니다.

실전
게임시나리오
쓰기

캐릭터 설정부터 플롯 만들기, 작법에 관한 모든 것

기타오카 유이치로 지음 | 강태욱 옮김

북스힐

목차

5장 **결말이 궁금해지는 플롯 만들기**

일러두기

- 본서에서 게임은 〈 〉, 책은 『 』, 영상물이나 음악, 설화 등은 「 」로 표기했습니다.
- 본서에 등장하는 게임이나 책 중 한국어판이 있는 것은 한국어판 제목으로 표기했습니다. 한국어판이 없는 경우에는 원어를 한국어로 번역하고 원어를 병기했습니다.
- 번호로 표시된 저자의 주석은 페이지 아래에 각주로 실었습니다. 옮긴이 주석은 본문에서 괄호 안에 옮긴이 주로 표시했습니다.
- 외래어 표기는 국립국어원 외래어 표기법에 따랐으나 통용되어 굳어진 것은 예외로 두었습니다.
- 이 책에 나오는 캐릭터 작성표, 설정표 등을 샘플 파일로 공개하고 있습니다. 아래 블로그의 공지사항(자료실)에서 다운로드 후 이용해주세요. https://blog.naver.com/booksgogo

주의 사항

이 책에 기재된 내용은 정보 제공의 목적으로만 사용됩니다. 따라서 각자의 책임과 판단에 따라 이 책을 사용해 주세요. 해당 정보의 운용에 관하여 출판사 및 저자는 어떠한 책임도 지지 않습니다. 또한, 책의 내용은 2021년 8월을 기준으로 작성되었습니다. 위 사항을 확인하신 후에 이 책을 활용해 주세요.

상표에 관하여

본문에 기재된 제품 등의 명칭에는 각 관계 회사의 상표 또는 등록 상표가 포함되어 있습니다. 본문에서는 ™ 및 ®등의 표기를 생략했습니다.

오오, 그대가 게임 시나리오 작가가
되고자 하는 용사인가.
험한 여정이 될 터인데,
각오는 되어 있는 겐가?

▶ 예
아니오

훌륭한 각오로구나!
그렇다면 떠나라, 용사여!
여정의 첫 장을 펼쳐 보게나!

이런, 갑자기 바람이 거칠게 분 모양일세.
미안하지만 한 번 더 대답해 주게.
각오는 되어 있는 겐가?

머리말

이 책을 구매해 주신 여러분, 감사합니다. 이 책은 게임 시나리오 작가를 생업으로 삼아 온 필자가 다음과 같은 분들을 위해 쓴 안내서입니다.

+ 시나리오를 쓰고 싶지만 어디부터 손을 대야 할지 모르겠다.
+ 아무튼 게임 시나리오 1편을 완성하고 싶다.
+ 게임 업계와 게임 제작 과정에 관심이 있다.
+ 프로 게임 시나리오 작가가 되고 싶다.

이 책은 2부로 구성되어 있습니다.

기초 편에 해당하는 1부(1, 2장)에서는 게임 시나리오 제작에 필요한 기초 지식, 마음가짐, 창작 기술을 설명합니다. 전혀 지식이 없는 초심자라도 1, 2장을 읽으면 게임 시나리오란 무엇인지 알게 될 것입니다.

2부(3~6장)는 실천 편입니다. 게임 시나리오의 제작 방법을 '무대 설정(3장)'→'캐릭터 설정(4장)'→'플롯(5장)'의 순서로 설명하며, 실제로 설정부터 플롯까지 만들어 볼 예정입니다.

곧바로 시나리오를 만들 수 있을지 불안해하지 마세요. 질문에 답하는 형식으로 진행되므로 처음 접하는 사람도 헤매지 않고 게임 시나리오를 만들 수 있습니다.

플롯이 완성되면 남은 것은 시나리오를 쓰는 일뿐입니다. 시나리오 작성 방법은 6장에서 설명합니다. 기본적인 서식은 물론이며 더 나은 대사를 만드는 기술을 비롯한 힌트집을 준비하여 게임 시나리오를 통째로 완성할 때까지 함께할 예정입니다.

이 책을 읽으면 게임 시나리오를 쓰기에 앞서 필요한 지식을 부족함 없이 익힐 수 있을 뿐 아니라, 실천을 통해 설정부터 플롯까지 1세트가 완성됩니다. 나아가 글 (대사)의 기법도 익힐 수 있게 구성했습니다.

부록과 칼럼에는 필자가 게임 제작 현장에서 보고 들은 업계의 실정이나 여담을 수록하였습니다. 딱딱한 글을 읽다 지쳐 한숨 돌리고 싶을 때 꼭 한번 읽어 보세요.

또 이 책은 이미 게임 시나리오를 써본 분에게도 도움이 되는 실용서 역할도 겸합니다.

+ 좋은 아이디어가 떠오르지 않는다.
+ 매력적인 캐릭터를 만들지 못하겠다.
+ 재미있는 스토리를 만들지 못하겠다.

이러한 고민에 필자가 십수 년의 시나리오 작가 생활 속에서 체득한 노하우로 답을 드리겠습니다.

바로 실천해 볼 수 있는 시나리오 작성법, 재미있는 이야기의 방정식, 다채로운 아이디어 발상법, 매력과 개성을 겸비한 캐릭터를 만드는 방법 등 시나리오 작성의 처방전으로 활용할 수 있습니다.

초심자부터 상급자까지, 여러분의 창작 활동에 이 책이 도움이 되었으면 좋겠습니다.

기타오카 유이치로

1장

게임 시나리오 작가가 되자

게임 시나리오 작가란
무엇인가

갑작스럽지만, 질문에 답해 보세요.

Q : 게임 시나리오 작가란 어떤 역할을 맡은 사람인가요?

✚ '세계를 구축하는 사람'

✚ '캐릭터를 창조하는 사람'

✚ '스토리를 생각하는 사람'

✚ '대사를 쓰는 사람'

이렇게 대답하셨다면, 완벽한 정답입니다.

'기획을 생각하는 사람', 이것도 정답입니다. '그걸 네가 물으면 어떡하느냐'라고 반박하는 여러분의 생각도 덤으로 정답으로 인정하겠습니다.

정답을 알았으니 바로 게임 제작에 들어가 봅시다. 참, 그 전에 질문 하나만 더.

Q : 게임 시나리오 작가가 제작에 들어가기 전에 알아 두어야 할 '대전제'는 무엇일까요?

30초 동안 생각해 본 뒤 대답해 봅시다.

이제 답을 비교해 봅시다.

A : 게임 시나리오란 게임을 위한 시나리오이다.

30초나 생각하라 해 놓고서 너무 당연한 이야기를 한다는 질타의 소리가 들리는 것 같습니다. 답을 보고 맥이 빠진 사람도 있겠죠. 그러나 그 전에 가장 먼저 말한 '게임 시나리오 작가란 어떤 역할을 맡은 사람인가요?'라는 질문의 답으로 다시 한번 되돌아가 봅시다.[1]

✚ '게임을 위한 세계를 구축하는 사람'

✚ '게임을 위한 캐릭터를 창조하는 사람'

✚ '게임을 위한 스토리를 생각하는 사람'

✚ '게임을 위한 대사를 쓰는 사람'

✚ '게임을 위한 기획을 생각하는 사람'

어떤가요? 말의 뉘앙스가 바뀐 느낌이 들지 않나요?

동시에 이해했던 말의 뜻이 헷갈리기 시작하지 않나요?

'전혀 그렇지 않다'라고 생각하는 사람은 기초가 잡힌 것이니 바로 3장으로 넘어가도 괜찮습니다(그래도 바로 넘어가면 조금 섭섭하니 될 수 있으면 이대로 함께해 주세요).

'뉘앙스가 바뀌고 말의 뜻이 헷갈리기 시작했다'라고 생각한 분, 너무 걱정하지 마세요. 2장에서 '게임을 위한 시나리오'란 무엇인지 살펴볼 예정입니다.

일단 여기에서는 게임 시나리오 작가란, 게임을 위한 시나리오를 만드는 사람이라는 사실을 기억해 둡시다.

---

1 이 책에서는 게임이라는 단어를 일반적인 컴퓨터 게임을 가리키는 말로 취급합니다.

게임 시나리오 작가의
현장 견학

게임 시나리오 작가의 역할은 앞서 말했듯이 '게임을 위한 시나리오를 만드는 것'
입니다.

게임 시나리오 작가는 게임을 제작하는 현장에서 실제로 어떤 업무를 하고 있을
까? 이 책을 읽는 분이라면 궁금하시겠죠. 그래서 이번 장에서는 현장 견학의 일환
으로 프로 게임 시나리오 작가[1]의 업무를 소개합니다.

✦ 게임 제작의 예비지식 ✦

그 전에 예비지식으로써 게임 제작에 관한 주요 역할과 제작 공정의 대략적인 흐
름을 살펴봅시다. 게임 제작에는 동인 게임[2], 상업 게임을 가리지 않고 다양한 역할

---

[1] 이 책에서 말하는 프로의 정의는 '클라이언트에게 대가를 받고 게임 시나리오를 만드는 사람'입니다. 또
한 이 책에서 말하는 게임 시나리오 작가란, 게임 제작사에서 근무하며 디렉터나 기획자를 겸해 시나리오
를 작성하는 사람이 아닌 프리랜서, 또는 게임 시나리오 제작 전문 회사에서 일하는 사람으로 한정합니다.
[2] 이 책에서는 상업 작품의 제작을 전제로 하지 않는, 개인 또는 서클에서 제작하는 게임이라는 뉘앙스로
사용합니다. 2차 창작을 포함한 취미의 영역입니다. 동인 게임의 경우는 혼자서 여러 역할을 맡는 경우
도 드물지 않습니다.

을 맡는 사람이 종사하고 있습니다.

✦ 게임 시나리오 작가

게임을 위한 시나리오를 만드는 역할입니다. 시나리오, 캐릭터, 세계, 스토리, 플롯, 때로는 설정을 다룹니다. 실제로 어떤 업무가 게임 개발에 요구되는지, 어떤 업무 처리 방식을 취할지는 경우에 따라 다릅니다.

✦ 프로듀서

주요 업무는 게임 제작 전체를 총괄하는 것이며 여기에 더해 예산, 일정, 스태프를 관리합니다. 게임 제작의 전체를 보는 위치이기 때문에 제작진의 중심인물로서 주목을 받습니다. 상업 게임의 경우에는 미디어와 인터뷰를 하는 사람의 대부분이 프로듀서와 디렉터[3]입니다.

게임 제작 전체를 총괄한다고 하더라도 게임 내용에 관여하는 정도는 사람마다 크게 다릅니다. 내뱉는 말 한마디로 게임 내용을 좌지우지하는 권한을 가지고 있기 때문에 간혹 현장에서 폭풍을 일으키는 유형도 있습니다. 방임주의를 고수하며 예산 관리와 스태프 관리를 중점에 두는 유형도 있습니다.

✦ 디렉터

게임 제작 현장을 관리하는 역할입니다. 주요 업무는 기획 제작과 일정 및 퀄리티 관리입니다. 게임 전체의 기획을 주도하고 제작 스태프를 감독하는 위치에 있습니다.

업무, 게임 밸런스, 그래픽, 사운드, 시나리오의 적정성 등 퀄리티에 관한 책임을 지며 디렉터의 능력에 따라 작품의 완성도가 크게 달라집니다. 제작의 실질적인 책임자이므로 프로듀서와 함께 게임의 얼굴로 취급하는 경우가 많습니다.

---

3 프로듀서는 혼자서 여러 작품을 동시에 관리하는 경우가 적지 않으므로 게임 내용을 잘 모르는 상태라고 해도 인터뷰에서는 전부 파악하고 있다는 식으로 말하는 기술을 가지고 있습니다. 이는 나쁜 것이 아니며 요령 있게 허세를 부리는 것도 프로듀서에게 필요한 능력입니다. 하지만 시나리오 작가가 만든 캐릭터나 스토리를 마치 자신이 만든 것처럼 이야기할 때면 살짝 억울한 기분이 들기도 합니다.

제작 공정에 관한 모든 역할을 이해해야 하며 이와 더불어 적정성의 판단을 정확하게 스태프에게 전달하는 것이 중요하기 때문에 독해력, 전달력을 비롯한 커뮤니케이션 능력도 요구됩니다.

✚ 기획자(플래너)

게임을 기획하고, 게임의 설계 구조를 만들며 일정을 관리하는 역할입니다. 디렉터와의 차이점은 디렉터가 '결단을 내리는 사람'이라고 한다면, 기획자는 '결단을 내리기 위한 재료를 만드는 사람'이라는 것입니다. 기획서나 설명서, 제작 진행표 작성, 리소스 관리, 문제점 체크 및 개선책 제안 등 작업 내용은 다양합니다. 때로는 시나리오를 쓰기도 합니다.[4]

✚ 프로그래머

게임의 기획서나 설명서를 바탕으로 게임이 동작하도록 프로그래밍을 하는 역할입니다. 게임에서는 걷는 캐릭터, 버튼을 누르면 열리는 창, 흘러나오는 BGM, 표시되는 텍스트 등 화면상에서 표현되는 모든 것(수많은 배경의 게임 AI 등)이 프로그램을 통해 움직입니다. 캐릭터나 음악보다는 눈에 띄지 않을지 모르지만 게임 제작에 반드시 필요한 역할입니다.[5]

✚ 그래픽 아티스트

게임 내에 표시되는 그래픽을 만드는 역할입니다. 캐릭터 디자인, 배경 디자인, UI 디자인, 이펙트 디자인 등 그래픽 아티스트 안에서도 역할이 세분화됩니다.
게임 화면에 표시되는 모든 것이 바로 그래픽입니다.

---

4 게임의 구조를 만들고 연출을 하는 위치이기 때문에 제작하기 좋은 시나리오를 쓸 수 있습니다. 그래서 외부 시나리오 작가가 쓰는 것보다 질 좋은 '게임을 위한 시나리오'가 되는 경우가 종종 있습니다.
5 실제로 플레이하는 기기에서 시나리오가 작동하도록 프로그래밍 작업을 하는 프로그래머는 시나리오를 읽을 기회가 많아서 오탈자뿐 아니라 전개의 모순, 위화감을 지적하기도 합니다. 전문가가 아닌 프로그래머에게 이런 지적을 받을 때면 한없이 부끄러워집니다.

시나리오 작가와 캐릭터 일러스트

시나리오 작가는 캐릭터를 설정할 때, 캐릭터 디자인의 이미지를 자료로 덧붙이는 경우가 많습니다. 자신이 설정한 캐릭터의 일러스트가 만들어지는 모습을 보면 텍스트 정보가 전부였던 캐릭터에 생명을 불어넣는 것 같아 감동을 받지요.

반대로 캐릭터 디자인이 먼저 만들어지고 이후에 설정이 붙는 경우도 있습니다(이런 경우가 더 많습니다). 이 경우에는 사소한 소지품이나 정보를 통해 설정을 붙이게 되는데, 평소에 생각지 못했던 발상이 떠오를 때도 많아 작업이 정말 즐겁습니다.

✚ 사운드 크리에이터

게임 내에서 사용되는 BGM이나 SESound Effect를 만드는 역할입니다. 직접적으로 사람의 감각을 자극하는 '소리'는 연출에서 지대한 효과를 발휘합니다. 시나리오가 아무리 진지하다고 하여도 웃긴 BGM이 흘러나오는 순간 그 장면의 의미가 완전히 거꾸로 뒤집힐 만큼 소리는 커다란 영향력이 있습니다. SE도 마찬가지입니다.

✚ 디버거

제작 중인 게임을 테스트 플레이하여 버그를 발견하거나 체크가 필요한 부분을 리포트로 정리하는 역할입니다. 게임 테스터라고 불리기도 합니다.

게임에는 진행 불가에 빠지는 프로그램 문제를 비롯하여 시나리오 오탈자 실수를 포함한 수많은 '버그'가 따라붙습니다.[6] 프로그래머와 시나리오 작가 등의 제작자도 주의를 기울이기는 하지만 제작자만으로는 모든 문제를 발견할 수 없습니다. 그래서 외부 전문 회사에 의뢰하거나 사내에서 아르바이트를 모집하여 테스트 플레이를 시키는 등 수많은 사람의 손을 거쳐 버그를 샅샅이 찾아냅니다.[7]

6 오탈자는 정확히 말하면 버그라 부르지 않지만 여기서는 실수 및 문제점에 포함하여 다루었습니다.
7 일반적이라고는 볼 수 없지만 디버거로 시작해 프로 게임 크리에이터가 되는 길도 있습니다. 리포트 안

다음은 게임의 제작 공정입니다. 제작 규모나 상업, 동인 작품을 따지지 않고 크게 3가지 단계를 밟습니다.

기획
어떤 게임을 만들지 기획하여 기획서를 작성합니다. 주요 작업 담당자: 디렉터, 기획자, 그래픽 아티스트

팀 편성
기획에 맞추어 필요한 스태프를 갖추고 팀을 편성합니다. 주요 작업 담당자: 프로듀서, 디렉터

제작
팀의 멤버가 각자 담당한 파트의 제작을 진행합니다. 주요 작업 담당자: 디렉터, 기획자, 프로그래머, 그래픽 아티스트, 사운드 크리에이터, 시나리오 작가, 디버거

게임 시나리오 작가는 대부분 '제작'에 관해서만 파악할 수 있지만, 예외로 '기획'과 '팀 편성'을 담당할 때도 있습니다. 이렇게 드문 경우도 포함하여 다음 항목에서는 시나리오 작가의 업무를 소개합니다.

에 개선안을 적기도 하는데, 계속해서 좋은 제안을 하면 드물게 기획자나 디렉터의 눈에 띄기도 합니다. 이는 특이한 케이스에 속하지만, 프로 지망생에게는 프로의 현장을 경험할 수 있고 제작자와 안면을 트는(인맥이 생기는) 것은 매우 중요한 일입니다. 전문대학이나 직업전문학교 학생이라면 디버깅 아르바이트를 통해서 취업률을 높일 수도 있습니다.

✦ 게임 시나리오 작가의 현장 ✦

시나리오 작가는 다양한 형태로 게임 개발에 관여합니다. 구체적으로 어떻게 관여하는지, 필자가 실제로 경험한 몇 가지 사례를 통해 소개하겠습니다.

사례①: 기획부터 시나리오까지 담당

사례①은 기획의 제안부터 팀 편성, 전체 디렉션, 시나리오 제작까지 프로그램 및 그래픽처럼 전문 분야가 다른 역할을 제외한 거의 모든 작업('기획', '팀 편성', '제작')을 담당하는 사례입니다.

실제로 시나리오 작가가 여기까지 담당하는 일은 매우 드뭅니다. 개발 규모가 커진 현재, 프로 현장에서는 거의 볼 수 없는 사례라고 할 수 있습니다.

기획	팀 편성	제작
• 게임 기획서 작성	• 스태프 모집 • 일정 조정	• 설정 • 플롯 • 시나리오

이 사례에서는 먼저 시나리오 작가가 프로듀서에게 기획 제안을 하는 것부터 시작됩니다. 클라이언트 쪽에서 조건을 제시하지 않는 한 게임 장르나 시스템 제안도 기획 내용에 포함됩니다.

기획서가 통과되면 팀을 편성하고 일정을 작성합니다. 클라이언트의 요청을 확인하면서 설정, 일러스트, 사운드, 플롯, 시나리오 등이 완료되는 예정일을 정합니다.

일정이 정해지면 스태프를 모아 팀을 편성합니다. 이는 클라이언트 쪽에서 준비하는 것이 기본입니다. 그러나 소수 체제로 제작되는 경우에는 시나리오 작가 스스로 일러스트레이터나 사운드 크리에이터에게 협의를 제안하기도 합니다.

팀 편성이 끝나면 드디어 제작에 돌입해, 실제 작업이 시작됩니다.

시나리오 작가는 세계와 캐릭터를 설정하고, 디렉터는 일러스트레이터나 사운드

크리에이터에게 필요한 소재를 발주합니다. 그 이후에는 올라온 소재를 체크하고 클라이언트와 협의하여 스태프에게 수정 지시를 내리고, 동시에 시나리오 집필을 진행합니다. 그리고 그래픽, 사운드, 시나리오를 한데 묶어 클라이언트에게 납품하면 작업은 완료됩니다.

사례①에서는 전체를 관리하는 능력 및 커뮤니케이션 능력, 트러블 대처 능력이 요구됩니다. 업무량은 만만치 않지만 한 번이라도 경험해 두면 게임 제작 전체의 흐름을 이해할 수 있기 때문에 게임 시나리오 작가 입장에서는 나중에 큰 재산이 됩니다.

사례②: 설정·플롯·시나리오 담당

사례②, 설정·플롯·시나리오는 게임 시나리오 작가가 담당하는 작업의 기본 세트라고 말할 수 있습니다.

어떤 시나리오든 그 무대가 되는 '세계'와 드라마를 낳는 '캐릭터'가 존재합니다. 이를 제작하는 것이 '설정'입니다. 게임 시나리오 작가는 클라이언트가 부여한 조건을 바탕으로 하여 세계 또는 캐릭터 중 하나를 만듭니다. 때로는 둘 다 만들기도 합니다.

'세계'의 조건으로는 보통 '시대'와 '현실과의 거리'가 있습니다.

시대는 크게 과거, 현재, 미래로 나누며 거리는 SF나 판타지 요소가 현실과 얼마나 동떨어져 있는지에 따라 나눈다고 생각해 주세요. 가장 대표적인 조합으로는 '중세+판타지', '현대+현실', '근미래+SF'가 있습니다.

'캐릭터'의 조건으로는 그림이 있는 캐릭터를 몇 명이나 등장시킬 것인지를 반드시 생각해야 합니다. 스토리는 그림이 있는 캐릭터를 중심으로 전개되기 때문에 등장인물의 숫자는 매우 중요합니다. 남녀 비율, 연령 분포, 개성의 차별화 등은 이 인원수를 바탕으로 생각합니다.

캐릭터 일러스트는 게임 시나리오 작가가 만든 설정을 바탕으로 그림을 그리는 경우와 먼저 일러스트(또는 일러스트레이터)가 정해져 있는 경우가 있습니다. 양쪽 다 게임 시나리오 작가가 캐릭터의 상세한 설정을 만든다는 점은 변하지 않습니다.

설정이 만들어지면, 게임 시나리오 작가는 게임 제작에서 담당하는 작업 중 가장 중요하다고 할 수 있는 플롯 작성을 시작합니다. 플롯은 말하자면 시나리오의 골격입니다.[8] 언뜻 보기에 캐릭터 설정이나 시나리오보다 수수한 작업 같은 플롯 작성이 왜 설정 제작이나 시나리오 제작보다 중요할까요?

그것은 시나리오가 중요한 게임[9]에서 플롯은 스토리의 지도 역할뿐 아니라 게임 전체의 설계도 역할도 하기 때문입니다. 예를 들어 롤플레잉 게임의 경우, '마을과 던전은 얼마나 등장하는가', '이벤트 수는 몇 가지인가', '보스는 몇 명이나 필요한가', '필요한 소재는 무엇인가(키 아이템 및 일러스트, 영상 등)'의 요소를 플롯 단계에서 완전히 파악합니다. 노벨 어드벤처 게임이나 연애 시뮬레이션 게임이라면 플롯 단계에서 게임 플레이 시간을 대강 파악할 수 있습니다. 시뮬레이션 RPG라면 준비해야 하는 맵의 수가 플롯에 따라 결정됩니다.

다시 말해 플롯이 완성되지 않으면 본격적인 게임 제작을 시작할 수 없다는 뜻입니다.

미리 소재가 어느 정도 결정되어 있고, 준비된 것을 바탕으로 하여 플롯을 짜는 패턴도 있지만,[10] 이런 경우에도 플롯에서 건진 정보를 통해 소재를 만드는 공정이 반드시 발생하므로 플롯이 중요하다는 점은 여전히 변하지 않습니다.

게임 제작 공정에서 작업의 흐름상 초반 부분에 위치한 플롯 작성은 프로듀서나 디렉터와 회의를 거치며 내용을 채웁니다(플롯 회의). 이때 게임에서 실제로 구현할 수 있는지를 확인하기 위해 프로그래머나 그래픽 아티스트가 참여하는 경우도 종종 있습니다. 원작이 있는 작품은 여기에 감수자도 참여합니다. 많은 사람의 손을 거치는 플롯 제작 공정에서는 제작비 부족, 구현의 어려움, 원작자의 거부 등으로 인해 울며 겨자 먹기로 에피소드를 삭제하는 일이 다반사입니다.

---

8 5장 참조.
9 롤플레잉 게임, 노벨 어드벤처 게임, 연애 시뮬레이션 게임이 대표적입니다.
10 부록 1의 2위(375쪽)를 참조.

공동 작업을 통한 플롯 작성이 끝나면 남은 것은 시나리오 제작뿐입니다. 시나리오를 쓰기 시작한 뒤에는 디렉터와 연락하는 횟수도 확 줄어들며 개인 작업에 몰두하게 됩니다. 이후 플롯과 게임 시스템을 바탕으로 시나리오를 완성하고 디렉터의 수정 지시를 이행하면 업무는 끝이 납니다.

설정	플롯	시나리오(메인 시나리오)
세계와 캐릭터의 설정.	시나리오의 골격. 시나리오의 흐름이나 포인트를 정리한다.	실제 시나리오 텍스트를 집필한다.

사례③: 서브 시나리오 담당

사례③은 사례②에 나오는 메인 시나리오가 아닌 퀘스트 시나리오나 캐릭터 시나리오, 플레이버 텍스트와 같은 서브 시나리오를 만드는 업무입니다. 각종 설정 자료와 메인 시나리오를 참고하여 주로 세계의 설정을 보충하고 캐릭터 고유의 에피소드를 만듭니다.

예전에 카드 수집을 메인으로 하는 소셜 게임이 왕성하던 시기에는 게임 시나리오 작가 버블이라 불릴 만큼 서브 시나리오—특히 플레이버 텍스트[11]—의 제작 의뢰가 쏟아지기도 했습니다.[12]

대사 한마디를 수천 개나 만들고 쇼트 스토리를 수백 개나 써야 하기 때문에 시나리오 초심자가 경험을 쌓기에 매우 적합합니다. 한편 사용할 소재가 다 떨어질 위험성도 있어서 항상 새로운 소재를 찾고자 노력하고, 아이디어 발상을 위한 사고력을 길러야 합니다. 또한 좋지 않은 의미로 손에 힘을 풀고 작업할 수 있기 때문에[13] 자신을 제어하며 의식을 높이려는 노력도 필요합니다.

---

11 캐릭터의 짧은 대사나 아이템의 설명문 등 배경 설정 및 세계를 소개하는 텍스트를 말합니다.
12 1-4(34쪽) 참조.
13 방대한 양의 시나리오를 작업하기 때문에 디렉터의 체크가 가끔 느슨해지기도 합니다.

메인 시나리오	서브 시나리오
이름 그대로 스토리의 줄기가 되는 시나리오.	메인 시나리오를 바탕으로 제작하는 보충 시나리오. 쇼트 스토리, 대사 한마디 등 내용은 다양하다.

사례④ : 안건의 재정비 담당

사례④는 시나리오에서 해결해야 할 과제가 있는 안건을 다시 작성하는 업무입니다. 약한 캐릭터, 재미없는 플롯, 시나리오 내 진부한 대사 등의 여러 문제를 해결하는 핀치 히터라고 생각하면 이해하기 쉬울 것 같습니다.

담당 작가의 역량 부족으로 문제가 발생하는 일도 있지만 스토리 장르가 맞지 않아서, 디렉터가 직접 만들었으나 잘 풀리지 않아서, 인간관계 문제 등이 원인이 되기도 하며 해결 방법도 그때마다 달라집니다.

실제로 필자에게 의뢰가 왔던 사례 2개를 소개하겠습니다.

한 사례는 원작이 있는 롤플레잉 게임이었습니다. 원작을 잘 아는 작가에게 시나리오를 의뢰했다고 합니다. 확실히 원작을 잘 파악하고 있기는 했지만 게임 시스템에 맞춘 스토리를 만드는 능력이 부족하여 플롯이 망가졌고, 이를 다시 만들어 달라는 의뢰였습니다. 플롯의 완성도가 좋지 못하다는 평가에 현장 스태프의 사기도 떨어져서 프로듀서가 머리를 싸매던 모습이 떠오릅니다.

그 당시 약 1개월[14]에 걸쳐 원작의 리서치를 진행했고, 세계와 캐릭터 설정의 일부를 재검토한 뒤에 시스템에 맞춘 플롯을 작성했습니다. 이후 2개월 정도에 걸쳐 시나리오를 제작하여 간신히 게임 발표 일정을 맞출 수 있었습니다.

다른 사례는 시리즈물인 시뮬레이션 RPG였습니다. 마찬가지로 플롯을 재작성해 달라는 의뢰였지만, 백지상태에서 만드는 것이 아닌 이미 완성된 플롯을 고쳐 달라는 요청이었습니다.

재작성을 하는 경우는 콘셉트나 제작이 끝난 소재를 사용하더라도 플롯을 거의

---

14 재작성은 매우 긴급한 상황에서 이루어지는 경우가 대부분이므로 평소 의뢰보다 마감이 빡빡한 편입니다.

새로 작성하기 때문에 아주 어려운 작업은 아닙니다. 그러나 고쳐 써야 하는 경우는 이미 완성된 플롯의 문제점을 해소하여 사용 가능한 플롯으로 만들어야 하기에 큰 줄기를 바꿀 수 없다는 어려움이 존재합니다. 집은 이미 지었으나 매력이 없으니 방의 위치는 그대로 두고 가구나 관엽 식물, 책과 그림 등을 다시 잘 배치해 달라는 느낌입니다.

이때는 스토리에서 최종 목적과 각 에피소드가 잘 연결되지 않는다는 점이 근본적인 문제라고 판단하여 모든 에피소드에 최종 목적을 달성하기 위한 필연성을 부여하는 방향으로 수정하였습니다.

이 책의 말미에는 필자가 일상에서 접하는 게임 시나리오 작가의 현장이 나타나 있습니다. 부록 1에서는 인상적이었던 경험을 랭킹 형식으로 소개할 예정입니다. 꼭 참고해 주세요.

Column

시나리오를 만드는 것만이 업무의 전부가 아니다.

프로 게임 시나리오 작가에게는 가끔 시나리오 제작이 아닌 살짝 독특한 의뢰가 찾아옵니다. 여기에서는 실제로 받았던 독특한 의뢰를 2가지 소개하겠습니다.

첫 번째 의뢰는 '사투리 감수'입니다. 게임 시나리오에 등장하는 오사카 사투리를 감수해 달라는 의뢰였습니다. 사투리는 상당히 까다로워서 같은 지역이라도 마을을 하나 건너는 순간 미묘하게 사용법이 달라지기도 합니다. 그리하여 '올바른 오사카 사투리는 이렇다'라고 단언하기가 매우 어렵습니다. 그래도 스태프의 고향이 오사카라서 조사한 내용과 평소에 사용하는 단어의 감각을 조합하여 어떻게든 업무를 끝낼 수 있었습니다. 만약에 간사이 지역이 아닌 곳의 사투리였다면 어땠을까 생각만 해도 몸이 떨립니다.

두 번째 의뢰는 '트릭 감수'였습니다. 어떤 탐정 미스터리 작품의 트릭이 재미도 없는 데다가

성립도 하지 않아서 감수해 달라는 의뢰였습니다. 등장인물이나 장소, 스토리의 큰 줄기는 바꾸지 않고 트릭만 수정해 달라는 고난도 업무였습니다. 약 3개월의 시간이 걸렸습니다. 어떻게든 상품으로 내놓을 만한 수준으로 트릭을 수정하기는 했지만…… 발표된 게임에는 감수한 트릭이 이유는 몰라도 원래 트릭으로 되돌아가 있었습니다. 말 그대로 미스터리였습니다.

이외에도 모 대형 건설 회사의 프레젠테이션 자료 속 광고 문구 제작, 일본 전문학교의 강사 초빙, 인터뷰 기사의 취재와 편집, TV 드라마 기획안 제출, TV 광고 내레이션 대사 집필, 4컷 만화 소재 제작, 게임 주제가의 가사 작성, 게임 원작의 소설화, 애니메이션 각본, 게임 시나리오 콘테스트 심사 위원 참여 등 참으로 다양한 업무를 소화했습니다.
이렇게 본업에서 살짝 벗어난 업무를 통해 자극을 받고 여러 노하우를 얻을 수 있습니다. 클라이언트의 폭도 넓어집니다. 전문 분야가 아니라는 이유로 거부하지 않고 일을 수주하는 것이 프로로서 오래 지낼 수 있는 비결일지도 모릅니다.
잡식 만만세.

1-3

게임 시나리오 작가에
적합한 사람

자신이 게임 시나리오 작가에 적합한지 불안함을 느끼는 독자도 계실지 모르겠습니다. 필자가 생각하는 게임 시나리오 작가의 자질을 소개합니다.

✦ 적합 여부를 정하는 조건은 2가지 ✦

놀이든 업무든 사람에게는 저마다 맞는 것이 있고 맞지 않는 것이 있습니다.

게임 시나리오도 예외는 아닙니다. 적합하지 않은 사람이 안일하게 손을 대면 고통에 몸부림치며 아침이 오지 않는 밤을 뜬눈으로 지새우게 될 것입니다.

억지로 장점을 꼽아 보자면 식욕 부진으로 다이어트가 가능하다는 점이 있겠지만, 이것도 사람마다 다르므로 경우에 따라서는 과식으로 살이 찌는 악순환에 빠질수도 있습니다. 이 책을 읽는 분들이 그런 고통을 맛보는 일은 없었으면 합니다. 그래서 이번에는 게임 시나리오 작가에 적합한 사람에 대해 설명하도록 하겠습니다. 혹시라도 적합하지 않다는 사실을 깨달았다면…… 살포시 책을 덮어 주세요.

적합 여부를 정하는 조건은 2가지입니다.

하나는 정신적인 부분의 자질을 갖추고 있는가.

다른 하나는 게임 시나리오 작가가 반드시 갖추어야 할 능력을 지니고 있는가.

각 조건에 관한 자세한 내용을 살펴봅시다.

✦ 정신적인 부분의 자질이란 ✦

먼저 정신적인 부분의 자질에 관해 알아봅시다. 요구되는 자질은 아래에 있는 3가지입니다.

✚ 의욕   ✚ 끈기   ✚ 선호

의욕은 일을 진행하는 원동력입니다. 이것이 없으면 아무것도 시작되지 않습니다. 극단적으로 말하면 의욕만 있으면 어떻게든 됩니다.

끈기는 끝까지 해내는 의지력입니다. 게임 시나리오 집필은 장기간에 걸치는 경우가 많으므로 꾸준히 지속할 힘이 중요합니다.

선호는 시나리오의 질을 높이기 위한 활력입니다. 좋아하기 때문에 애정을 쏟을 수 있으며 동시에 호기심과 향상심이 생겨납니다. 선호의 대상은 '게임이 좋아', '스토리를 생각하는 것이 좋아', '캐릭터를 만드는 것이 좋아', '문장을 쓰는 것이 좋아', '사람을 기쁘게 하는 것이 좋아' 등 게임 시나리오와 관련이 있는 것이라면 무엇이든 상관없습니다.

이 3가지 자질을 모두 가지고 있는 사람은 분명히 게임 시나리오 작가에 적합합니다. 의욕을 포함하여 2가지만 가지고 있어도 충분합니다.

이 책을 읽고 있는 분이라면 조건을 충분히 만족시키리라 생각합니다.

✦ 능력적인 부분의 조건 ✦

다음으로 꼭 필요한 능력에 관해 알아봅시다.

정확하고 다채로운 문장력, 사전 못지않은 어휘력, 누구도 따라 할 수 없는 개성, 풍부한 전문 지식, 끝을 모르는 발상력, 경이로운 기억력, 섬세한 감수성이 꼭 필요……한 것은 아닙니다.

문장력은 일단 의무 교육 수준을 충족하면 됩니다. 문장은 많이 쓰다 보면 확실하게 실력이 올라갑니다. 개성, 전문 지식, 기억력 등은 가지고 있으면 든든한 무기가 될 수 있지만 없다고 해서 싸우지 못하는 것은 아닙니다.[1]

그렇다면 게임 시나리오 작가에게 꼭 필요한 능력이란 무엇일까요?

그것은 바로 '선택하는 힘'입니다.

복잡한 요소가 얽혀 있는 게임 시나리오 제작은 선택의 연속입니다. 선택 실수가 겹치면 시나리오는 재미없어집니다.

게임 시나리오 작가의 작업은 게임 제작에서 초반에 위치하는 경우가 많으므로 선택 실수가 계속 일어나면 재미는커녕 완성하는 것조차 어려워집니다.

반대로 상황이나 조건에 따라 '적절한 것', '재미있는 것'을 선택하는 힘이 있다면 게임 시나리오를 완성할 수 있습니다. 아이디어 발상법이나 시나리오 작성법, 제작 순서 등은 이 책을 읽고 실천만 하면 익힐 수 있습니다. 그러나 선택하는 힘은, 끝없는 선택지를 모두 고려한 정답을 일일이 알려 줄 수 없기 때문에 사전에 익혀 둘 필요가 있습니다.

이런 말을 들어도 자신에게 '선택하는 힘'이 있는지 없는지 모르겠다는 분도 계실 것입니다. 그래서 여러분에게 '선택하는 힘'이 있는지 없는지를 파악하기 위한 질문을 3가지 준비했습니다.

질문마다 가장 적절하다고 생각하는 번호를 선택해 주세요.

---

[1] 기억력은 빠르고 정확할수록 사물의 보편성이나 공통성을 찾기 힘들어 오히려 마이너스라는 데이터도 있습니다.

> **질문1: 둘 중에 더 재미있는 줄거리는 무엇인가요?**
>
> ① 지극히 평범한 소년이 집에서 부모님의 귀가를 기다리는 이야기
> ② 복숭아에서 태어난 소년이 오니가시마 섬으로 향하여 무서운 괴물을 퇴치하는 이야기
>
> **질문2: 기차가 늦어서 회사에 지각할 것 같습니다. 이때의 적절한 행동은?**
>
> ① 지각할 바에는 회사를 결근한다.
> ② 역무원에게 불평을 늘어놓는다.
> ③ 지연증명서를 발행해 달라고 한다.
>
> **질문3: 야구를 소재로 한 시나리오에서 가장 강력한 라이벌 캐릭터는 누구일까요?**
>
> ① 초강력 직구를 던지며 동료를 챙기는 열혈 소년
> ② 일곱 가지 변화구를 꿈꾸는 운동치 먹보
> ③ 전력투구하면 어깨 관절이 빠지는 가냘픈 왼손잡이 투수
> ④ 야구 게임 실력은 천하일품인 이론파 게이머

정답은 각각 질문1에서는 ②복숭아에서 태어난 소년의 괴물 퇴치, 질문2에서는 ③지연증명서 발행, 질문3에서는 ①열혈 소년입니다.

질문1의 ①소년이 부모님의 귀가를 기다리는 내용은 아무런 특징도 없는 주인공이 장면의 움직임도 없이 수동적으로 목적 달성을 기다리는 이야기입니다. 반면에 ②복숭아에서 태어난 소년의 괴물 퇴치는 특이한 출생의 주인공이 능동적으로 모험에 나서서 강적과 싸우고 목적을 이루는 이야기입니다. 어느 쪽이 재미있을지는 바로 알 수 있겠죠.

질문2는 사회 상식의 문제입니다. 만약에 지연증명서에 대해 몰랐다 하더라도 ①회사 결근과 ②불평이 적절하지 못하다는 것은 분명하니 소거법으로 ③을 고를 수 있습니다.

질문3은 문제가 '가장 매력적인 캐릭터는?'이라면 답은 저마다 달랐을 것입니다. 그러나 '강력한 라이벌' 캐릭터를 묻는 문제이기 때문에 ①초강력 직구를 던지는 열혈 소년 말고 고를 선택지는 없습니다.

어떤가요?

망설임 없이 정답을 찾아낸 사람, 살짝 고민한 사람, 답을 살짝 본 뒤에 '역시 그렇

구나' 하고 가슴을 쓸어내린 사람 등 다양하리라 생각합니다.

　만약에 답을 틀렸다면 해설을 읽고 한 번 더 도전해 보세요. 그래서 정답이 이해되었다면 통과한 것으로 간주하겠습니다.

　'정신적인 부분'과 '능력적인 부분', 언뜻 보면 충족하기 쉬워 보이는 두 조건을 보고 이런 방법으로 정말 적합 여부를 판단할 수 있는지 의심스럽다고 느끼는 분도 계실지 모릅니다.

　그렇게 생각하는 것도 무리는 아닙니다. 창조성이 필요한 게임 시나리오 작가에게는 재능이나 센스 등 특별한 자질이 필요하다고 여기기 쉽습니다. 그러나 이는 갈고닦고 나서야 처음으로 모습을 드러내는 것이며 게임 시나리오를 만들기 전에 그 유무를 판단할 수는 없습니다.

　또한 재능이나 센스는 상당한 경험을 쌓은 사람이, 그 사람만 만들 수 있는 것을 만들고자 할 때 비로소 나타나는 자질입니다. 결코 게임 시나리오 작가가 되기 위한 필수조건이 아닙니다. 이러한 단계에 있지 않은 지금 시점에서는 앞서 말한 두 조건의 충족 여부로 자질의 유무를 판단할 수 있습니다.

　정신적인 부분과 능력적인 부분의 테스트를 통과한 여러분은 틀림없이 게임 시나리오 작가에 적합한 사람입니다. 자신감을 가지고 앞으로 나아갑시다.

누구나 게임 시나리오 작가가
될 수 있다

게임 시나리오 작가에 관심이 있어도 어떻게 해야 프로가 될 수 있는지 모르겠고, 그 문이 좁지 않을까 불안해하는 분도 많이 계실 것입니다. 사실 요즘은 게임 시나리오 작가가 되는 것이 그렇게 어렵지 않습니다.

✦ 제작 장벽은 낮아지고 있다 ✦

초창기 게임 제작은 직접 프로그램을 배우고, 그림을 그리고, 음악을 붙이면서 시나리오를 쓰는 고난도를 자랑했습니다.

어느 정도 분업이 이루어진 뒤에도 자작 게임을 만들기 위해서는 보통 여러 분야의 전문 지식이 필요했습니다. 그러나 지금은 시나리오를 제외한 모든 것을 'RPG Maker(쯔꾸르)[1]'로 대표되는 게임 제작 툴이 도와줍니다.

---

[1] 1987년에 공개된 〈어드벤처 쯔꾸르〉를 시작으로 하는 〈RPG Maker〉 시리즈의 간판 작품. 1995년에 PC에서 슈퍼 패미컴으로 이식된 〈RPG Maker SUPER DANTE〉에서는 대상 상금 1천만 엔의 콘테스트를 개최해 화제를 모았습니다(필자도 학생 시절에 응모하였으나 결과는 아쉬웠습니다). 총 5회의 콘테스트가 개최되었고, 수상작 중에서는 영화로 제작된 작품이나 플레이스테이션으로 이식된 작품도 있습니다. 2017년 6월에는 KADOKAWA 주최로 닌텐도 3DS용 소프트 〈RPG Maker Fes〉를 이용한 작품을 모집

제작 툴조차 장벽이 높다고 생각하는 사람에게는 인터넷이 든든한 아군이 되어 줄 것입니다. 인터넷을 이용하면 전문 서적을 읽지 않아도 기본적인 지식을 얻을 수 있으며 시나리오를 제외한 작업을 담당해 주는 파트너를 모으는 일도 어렵지 않습니다. 프리 소스 중에서 자기 입맛에 맞는 그림이나 음악을 찾을 수도 있습니다.

제작하는 하드웨어도 PC가 가장 좋기는 하지만 가정용 게임기나 스마트폰으로도 대신할 수 있습니다.

의욕만 있다면 누구나 게임 시나리오 작가가 될 수 있는 시대. 조금만 검색하면 평생 하고도 남을 만큼 많은 자작 게임이 나옵니다. 말 그대로 누구나 게임 시나리오 작가가 될 수 있는 시대가 되었습니다.

그중에는 동인 판매에 불이 붙어 콘솔 게임으로 이식된 후 수십만 개의 판매량을 기록한 작품, 실시간 방송을 계기로 주목을 받아 영화로 제작된 작품도 존재합니다. 게임 시나리오 작가가 되면 좋아하는 것을 자유롭게 만들 수 있고, 이를 다른 사람이 즐길 수도 있으며 잘 풀리면 명예와 돈까지 손에 넣을 수 있습니다.

자작 게임에는 로망이 있습니다.

✦ 프로도 될 수 있다 ✦

2019년 일본 내 게임 업계의 시장 규모는 1조 7,330억 엔입니다. 온라인 플랫폼 시장의 급격한 성장을 배경으로 10년 연속 확대되며 역대 최고 수익을 기록했습니다.[2]

전 세계를 기준으로 하면 시장 규모의 확대가 더욱 현저하게 나타납니다. 시장 전체의 합계는 15조 엔 이상입니다. 전년도 대비 약 2.5조 엔이나 증가하였습니다. 이 거대 시장의 한 축을 담당하는 것이 프로 게임 시나리오 작가입니다.

예전에는 프로 세계로 향하는 문이 좁았지만 휴대전화, 특히 스마트폰의 보급과 함께 상황은 급변했습니다. 콘솔 게임(가정용)보다 기술이나 예산 부분에서 제작 장벽

해 898개의 작품이 응모되기도 하였습니다.
2 출처: 『패미통 게임 백서 2020(ファミ通ゲーム白書2020)』

이 낮고, 투입한 비용 대비 보상이 크기 때문에 기존의 제작사는 물론이며 다른 업종의 기업도 참전하면서 발매되는 게임 수가 급증하였습니다. 이에 따라 심각한 작가 부족 현상이 발생했습니다.

신인 작가의 전성기는 카드 수집을 메인으로 하는 게임[3]이 많이 발매된 2010년부터 몇 년간이었습니다. 플레이버 텍스트를 제작하는 업무가 대량 발생한 시기로, 수많은 텍스트를 제작하기 위해 경험이 없는 작가 지망생에게도 많은 업무가 주어졌습니다.

같은 시기에 오토메 게임 시장[4]이 왕성했던 점도 신인 작가에게 많은 기회가 주어진 계기였습니다. 이때가 게임 시나리오 작가에게 전대미문의 버블 시기였다고 할 수 있습니다.

또한 프로 작가를 받아들이기 위해 '정사원'의 길이 열린 것도 2010년대에 일어난 큰 변화입니다. 그 중심 역할을 한 것이 바로 〈체인 크로니클(チェインクロニクル)〉, 〈그랑블루 판타지(グランブルーファンタジー)〉, 〈Fate/Grand Order〉, 3개의 메가 히트 작품입니다. 스마트폰 앱 게임 내 시나리오의 가치를 크게 높여서 안정적으로 대량의 시나리오 수요를 낳았고, 여러 시나리오 제작 전문 회사가 탄생하게 되었습니다.

전성기에 비교하면 잠잠해지기는 했으나 아직도 게임 업계에서는 작가 쟁탈전이 계속 펼쳐지고 있습니다. 우수한 작가는 인기가 많습니다. 출중한 프리랜서 작가는 1년 후 일정이 미리 잡혀 있는 경우도 수두룩합니다.

프로를 꿈꾸는 사람에게는 정말로 좋은 시대라고 말할 수 있습니다.

자체 제작 장벽이 내려갔고, 선보일 수 있는 곳이 많아졌고, 대박을 꿈꿀 수도 있습니다. 프로가 되고 싶은 사람 입장에서도 좋은 것이, 업계의 시장 규모가 과거와 비교해도 최대 크기이며 수요도 엄청납니다.

게다가 여러분은 게임 시나리오 작가에 적합한 사람입니다.

---

3 〈신격의 바하무트(神撃のバハムート)〉나 〈아이돌 마스터 신데렐라 걸즈(アイドルマスターシンデレラ
   ガールズ)〉 등으로 대표되는 작품군을 말합니다.
4 여성향 게임 중에서 주인공이 여성인 게임을 뜻하는 말입니다. 주인공과 연애하는 대상이 둘 다 남성일
   경우에는 BL(보이즈 러브) 게임이라고 부릅니다.

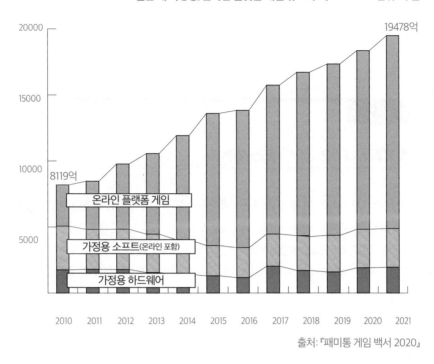

일본 내 가정용/온라인 플랫폼 게임 규모 추이   단위: 억 엔

19478억

8119억

온라인 플랫폼 게임

가정용 소프트(온라인 포함)

가정용 하드웨어

2010 2011 2012 2013 2014 2015 2016 2017 2018 2019 2020 2021

출처: 『패미통 게임 백서 2020』

전 세계 지역별 게임 콘텐츠 시장

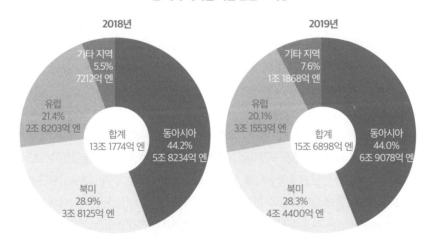

2018년

기타 지역
5.5%
7212억 엔

유럽
21.4%
2조 8203억 엔

합계
13조 1774억 엔

동아시아
44.2%
5조 8234억 엔

북미
28.9%
3조 8125억 엔

2019년

기타 지역
7.6%
1조 1868억 엔

유럽
20.1%
3조 1553억 엔

합계
15조 6898억 엔

동아시아
44.0%
6조 9078억 엔

북미
28.3%
4조 4400억 엔

출처: 『패미통 게임 백서 2020』, 『패미통 게임 백서 2019』

시작하지 않을 이유가 없습니다.

자, 이 책을 이정표 삼아서 위대한 첫걸음을 내디뎌 봅시다!

프로 게임 시나리오 작가가 되는 방법

능력이 있는 작가에게는 여기저기서 손을 내밀어주는 게임 업계이지만, 그 전에 어떻게 해야 프로가 될 수 있는지 의문을 품는 분도 많이 계실 것입니다. 그래서 이번 칼럼에서는 경험이 없는 사람이 프로가 될 수 있는 방법을 소개하겠습니다.

먼저 실적이라는 명함이 없는 미경험자가 처음에 준비해야 할 것은 자신의 역량을 나타낼 샘플 시나리오입니다. 게임 1개 분량의 시나리오일 필요는 없습니다. 아래의 3가지가 갖추어져 있으면 일단 OK입니다.

✚ 캐릭터 설정(4장 끝의 칼럼에 있는 간이 설정이라도 괜찮습니다.)

✚ 시나리오 개요(장르, 상황, 전체 줄거리 등)

✚ 시나리오(전체 시나리오 중 하이라이트 부분을 골라낸 짧은 시나리오)

이를 갖추었다면 다음으로 시나리오 작가를 구하는 클라이언트의 정보를 모아 봅시다. 프로가 되기 위해 필요한 것은 실력, 정보, 운입니다(하나 더, 최강의 무기인 인맥이 있습니다. 그러나 인맥이 있는 사람은 이 칼럼을 참고할 필요가 없으므로 제외합니다).

실력은 샘플 시나리오로 보여줍니다. 운은 시도를 많이 하다 보면 따라 주는 법입니다. 그러면 이제 남은 것은 클라이언트 후보를 얼마나 많이 찾는가 하는 승부뿐입니다.

인터넷에서 '게임 시나리오 작가 모집'이라고 검색하기만 하면 수많은 정보를 얻을 수 있습니다. 그중에서 자신이 만든 샘플로 응모할 수 있는 조건의 회사를 찾고, 마구마구 응모해 봅시다. 채용될 확률이 결코 높다고 할 수 없지만 샘플의 완성도에 따라 기회는 존재합니다.

필자가 소속되어 있는 주식회사 렙톤에서도 상시로 작가를 모집하고 있습니다. 샘플이 완성되었다면 꼭 응모해 주세요. 괜찮다 싶은 분에게는 트라이얼을 진행하며 합격한다면 프로로서 업무를 부탁드리게 됩니다.

첫 업무를 따냈다면 프로로서 일할 수 있다는 것을 실력으로 증명해 봅시다. 그 이후의 미래는 여러분 하기 나름입니다.

게임을 만들기 전에
알아야 할 것

게임이란
무엇인가

1장에서도 말했지만, 게임 시나리오 작가란 게임을 위한 시나리오를 쓰는 사람입니다.

포인트가 되는 '게임을 위한'이라는 말의 의미를 올바르게 이해하기 위해서는 게임에 관한 기본 지식을 익혀야 할 필요가 있습니다. 기본을 모른 채 제작을 진행하는 것은 불안정한 토대 위에 돌을 쌓는 격입니다. 높이 쌓아 올렸다 싶어도 조금만 어긋나면 쉽게 무너지고 말죠. 모처럼 들인 열정과 시간을 헛수고로 만들지 않기 위해서라도 확실한 토대가 되는 기본을 익혀 둡시다.

2장에서는 '게임이란 무엇인가'라는 기초 지식부터 게임 시나리오를 만들기 위해 알아야 할 예비 지식, 마음가짐, 모든 창작의 무기가 되는 '아이디어 발상법' 등을 소개합니다.

지금 당장 시나리오를 쓰고 싶은 마음이야 이해하지만, 쏟아지는 졸음을 이겨내서라도 알아 두어야 할 가치 있는 정보를 전달해 드릴 테니 조금만 참고 함께해 주세요.[1]

독자 여러분이 앞으로 마주할 '게임'이란 애초에 무엇인가. 함께 파헤쳐 보도록 합시다.

---

[1] 지금 당장 제작을 시작하고 싶으신 분은 3장 이후에 관심이 가는 내용부터 읽어도 괜찮습니다. 내용 사이사이에 참조할 곳의 페이지를 주석으로 넣었으니 그때마다 해당 부분을 읽어 주세요.

✦ 모든 게임은 시스템으로 이루어져 있다 ✦

컴퓨터 게임뿐 아니라 아날로그 게임이나 스포츠를 포함한 모든 게임은 '시스템'으로 이루어져 있습니다. 시스템이란 놀이의 규칙을 뜻하며 게임의 근간을 이루는 기능입니다. 시스템이 없으면 게임은 성립하지 않습니다. '게임=시스템'이라고 기억해 주세요.

〈오셀로〉를 예시로 들면 시스템은 다음과 같습니다(세세한 룰은 생략합니다).

+ 원판은 8×8칸
+ 돌은 앞면과 뒷면이 각각 검은색과 하얀색으로 나뉘어 칠해져 있다.
+ 플레이어 수는 2명
+ 플레이어는 각자 자신의 색깔을 정한다.
+ 플레이어는 교대로 자신의 돌을 원판에 놓는다.
+ 자신의 돌 사이에 상대방의 돌을 끼우면 상대방의 돌을 뒤집는다.
+ 마지막까지 돌을 둔 다음 자신의 색깔에 해당하는 돌이 많은 쪽이 승리한다.

1973년 일본에서 만들어진 이 게임은 간단하지만 시스템의 완성도가 높다는 사실을 잘 알 수 있습니다. 많은 사람이 친숙하게 여기는 게임은 하나같이 완성도가 높은 —그리고 대부분 간단한— 시스템으로 구성되어 있습니다. 시스템의 완성도가 그대로 게임의 재미로 직결되는 이유입니다.

룰과 더불어 컴퓨터 게임의 경우에는 대략 다음의 2가지 시스템이 포함됩니다.[2]

---

2 엄밀히 말하면 각각 독립된 요소이지만 이 책의 주제에 벗어나므로 묶어서 '시스템(의 일부)'이라고 정의하겠습니다.

UI(유저 인터페이스)

　UI는 플레이어와 게임의 접점으로, 아이콘이나 창, 마우스, 컨트롤러 등을 가리킵니다. 플레이어에게 정보를 전하는 안내 역할을 하며 플레이어가 게임을 작동시키는 창구 역할을 하기도 합니다. 사용 언어나 지식의 양과 관계없이 직관적으로 의미와 조작 방법을 이해할 수 있으면 이상적입니다.

레벨 디자인

　게임을 즐기는 방법이나 난이도 설계를 가리킵니다. 액션 게임이라면 조작 튜토리얼, 스테이지 개수, 오브젝트나 적 캐릭터의 배치, 진행에 따른 난이도의 상승 정도가 레벨 디자인에 해당합니다. 쾌감과 쾌적함을 느낄 수 있는 적절한 밸런스가 요구됩니다.

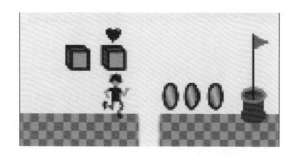

뛰어난 컴퓨터 게임은 완성도 높은 룰, 직관적으로 이해할 수 있는 UI, 밸런스 좋은 레벨 디자인으로 구성되어 있습니다.

✦ 게임을 지탱하는 2가지 기능 ✦

앞서 '게임=시스템'이라고 정의했습니다. 다음은 게임을 지탱하는 2가지 기능인 그래픽과 사운드에 관한 설명입니다. 두 요소는 거의 모든 게임에 들어가 있기에 필수 기능이라고 말해도 무방합니다.

그래픽

배경이나 캐릭터를 시각화하여 정보를 전달하는 기능입니다. UI나 텍스트도 포함하며 화면상에 표시되는 모든 것이 그래픽입니다. 빠져서는 안 되는 가장 중요한 기능입니다.

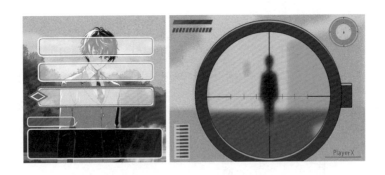

또한 그래픽은 보자마자 바로 선호도를 판단할 수 있기에 첫인상을 정하는 중책을 담당합니다. 제작하는 입장에서 첫 난관인 '유저의 관심 끌기'의 달성 여부는 그래픽에 달렸다고 보아도 과언이 아닙니다. 게임 속 그래픽은 물론이며 패키지 디자인과 광고 디자인도 중요한 요소입니다.

그래픽 디자인 중에서도 캐릭터 디자인의 선호도는 특히 중요합니다. 이것만으로

인기 작품의 캐릭터는 모두 매력적이다. 현실적인 캐릭터부터 코믹한 캐릭터, 애니메이션풍 캐릭터까지 표현 방법은 다양하다.

©SEGA

도 판매량이나 플레이어의 의욕이 크게 변화합니다. 캐릭터 인기가 높은 작품은 일러스트집이나 설정 자료집으로 발매되어 인기를 끄는 경우도 있습니다.

'마리오'와 '소닉'은 캐릭터의 인기 덕분에 오랜 기간 다양한 타이틀에 등장하고 있습니다.

사운드

BGM으로 화면의 상황을 연출하거나 SE로 플레이어에게 신호를 보내기 위한 기능입니다. 보이스도 사운드에 포함됩니다.

BGM은 게임 전체의 이미지를 전달하거나 각 장면을 다채롭게 만드는 데 사용되는 중요한 기능입니다. 시나리오와의 관계도 깊으며 장면의 '관점'을 유도하는 데 효과적이어서 연출에 빠질 수 없습니다. 우스운 장면에서는 웃긴 BGM, 진지한 장면에서는 긴장감이 흐르는 BGM, 무서움을 연출하고 싶은 장면에서는 불안한 BGM, 클라이맥스에서는 분위기가 고조되는 BGM을 넣어서 '이 장면은 이렇게 보았으면 한다'라는 제작자의 의도를 단적으로 전달할 수 있습니다. 게임 음악 중 명곡으로 잘 알려진 곡도 많습니다.

SE는 'Sound Effect'의 준말로, 문이 열리고 닫히는 소리나 커맨드 입력 소리 등으로 대표되는 효과음을 말합니다. 게임에서는 수백 번, 수천 번이나 듣게 되는 SE도 많아서 표면에 드러나지는 않지만 반드시 있어야 하는 기능입니다.

보이스는 캐릭터의 대사나 내레이션을 읽는 음성을 말하며 게임이 진화함에 따라 그 중요성이 높아진 기능입니다. 같은 대사라도 캐릭터 보이스의 유무에 따라 감정이나 정보의 전달 방법이 완전히 달라지기 때문에 시나리오 작가와 가장 관계가 깊다고도 말할 수 있습니다. 캐릭터를 중시한 특정 장르의 게임에서는 성우가 누구인지에 따라 판매량이 변하는 일도 드물지 않습니다.

사운드트랙, 드라마 CD, 성우가 참여하는 무대[3]나 게임 곡의 라이브 연주 등 사운드와 관련된 수많은 작품이 시중에 나와 있는 것도 이 기능의 중요성을 보여준다고 할 수 있습니다.

✦ 컴퓨터 게임 특유의 매력 ✦

재미있는 게임은 '완성도 높은 시스템'과 '시스템을 지탱하는 2가지 기능'[4]으로 이루어져 있습니다. 그렇다면 게임을 즐기며 느끼는 재미의 핵심, 컴퓨터 게임 특유의 매력이란 무엇일까요. 이것이야말로 게임을 위한 시나리오를 생각할 때 가장 중요한 포인트입니다.

모든 게임은 '인터랙티브 요소를 가진 오락'입니다. 다시 말하면 '플레이어의 행동이 결과에 영향을 주는 놀이'입니다. 액션 게임을 생각해 보면 이해하기 쉬울 것 같습니다. 컨트롤러로 캐릭터를 조작하여 적을 쓰러뜨리는(또는 실패하여 죽는) 행위는 플레이어의 행동이 결과에 영향을 주는 전형적인 예시입니다. 게임 시나리오의 관점에서 말하면 '선택지 고르기'가 결과에 영향을 주는 알기 쉬운 예시입니다. 플레이어의 행동이 결과를 낳고 그 결과로 다음 전개가 '변화'하는 것이죠. 이것이 인터랙티브 요소이며 게임의 특성입니다.

영화를 아무리 빠르게 보더라도 내용은 변하지 않고, 소설을 마지막 페이지부터

---

3   〈사쿠라 대전(サクラ大戦)〉 시리즈는 게임과 같은 성우를 기용한 뮤지컬 쇼를 개최하여 호평을 받았습니다.

4   2-1(46쪽) 참조.

읽어도 내용은 변하지 않습니다. 그러나 게임은 플레이어가 자신의 의지로 액션, 또는 리액션을 행하면 내용에 변화가 일어납니다(변화의 정도는 게임 장르에 따라 각각 다릅니다). 이에 따라 플레이어는 게임 속에서 일어나는 일을 스스로 컨트롤하고 있다고 느끼며 유사 '체험'[5]을 하게 됩니다.

수염 난 배관공이 되어 점프하기, 전설의 용사가 되어 드래곤을 쓰러뜨리기, 탐정이 되어 완전 범죄의 수수께끼를 풀기, 축구 선수가 되어 골을 넣기, 장수가 되어 천하를 통일하기, 고등학생이 되어 같은 반 학생과 연애하기, 블록을 회전시켜 라인을 없애기 등 '체험'은 게임의 숫자만큼 존재합니다.

'변화'라는 특성이 낳는 '체험'의 묘미.

이것이 게임만이 가진 독특하고 가장 큰 매력입니다.
전 세계에서 가장 많이 팔린 콘솔 게임이 '체험'을 간판으로 내세운 'Wii Sports'[6]라는 사실이 이를 단적으로 나타냅니다.

✦ 게임 장르 ✦

게임을 이해할 때 빠질 수 없는 요소로 '게임 장르'가 있습니다.
게임 장르란 시스템을 통해 얻는 주요 '체험'을 분류한 것을 뜻합니다.[7] 이렇게 딱딱하고 어렵게 설명하지 않아도 게이머라면 "액션이나 어드벤처 같은 걸 말하는 거죠?" 하고 바로 이해하시겠죠. 게임 장르의 선호도로 작품을 결정하는 사람도 많습

---

5 이후 '체험'이라고 적힌 부분은 모두 '유사 체험'을 의미한다고 생각해 주세요.
6 2006년에 닌텐도가 발표한 Wii 전용 소프트. Wii 리모컨이라 불리는 컨트롤러를 사용하여 테니스, 야구, 볼링, 골프, 볼링을 실제 움직임에 가까운 조작으로 손쉽게 '체험'할 수 있는 게임입니다. 하드웨어를 불문하고 가장 많이 팔린 게임은 '테트리스'입니다.
7 이 책에서는 게임 시스템으로 규정하는 장르를 게임 장르, '판타지', '미스터리', '연애' 등 스토리의 주제로 규정하는 장르를 스토리 장르라고 부르겠습니다.

니다. 주요 게임 장르에는 다음과 같은 것들이 있습니다.

액션 게임

캐릭터를 직접 조작하여 난관을 극복하는 '체험'이 메인인 게임입니다. 원하는 대로 캐릭터를 움직일 수 있기 때문에 주인공과 일체감을 가장 크게 느낍니다.

슈팅 게임

다가오는 적을 사격 무기로 쏘아 쓰러뜨리는 '체험'이 메인인 게임입니다. 쏘기(공격하기), 피하기 등 원시적인 쾌감을 직접적으로 느낄 수 있습니다.

어드벤처 게임

게임 무대에 장치된 수수께끼를 푸는 '체험'이 메인인 게임입니다. 스토리성이 강한 것이 많아서 시나리오가 중요합니다. 관련 장르로는 소설을 읽듯이 스토리를 '체험'하는 노벨 게임[8]이 있습니다. 주인공이 시스템적인 측면에서 성장하는 일(레벨 업 등)이 드물다는 것도 특징 중 하나입니다.

시뮬레이션 게임

현실, 가상을 불문하고 모의로 재현된 대상을 '체험'하는 것이 메인인 게임입니다. 마을 만들기, 전국을 제패한 장수 되기, 연애하기, 경주마 키우기, 기차 운전하기, 주식 거래 배우기 등 가장 폭넓은 '체험'을 할 수 있습니다.

롤플레잉 게임

성장하는 캐릭터가 되어 모험하는 '체험'이 메인인 게임입니다. 무대 설정, 캐릭터, 스토리에 중점을 두고 있으며 시나리오가 아주 중요하다고 할 수 있습니다.

---

8 사운드와 그래픽을 활용할 수 있는 소설이라는 점에서 비주얼 노벨이라 부르기도 합니다.

스포츠 게임

선수를 컨트롤하여 스포츠를 '체험'하는 것이 메인인 게임입니다. 예전에는 가상의 스포츠를 즐기는 작품도 있었지만 현재는 실제 스포츠를 재현한 것이 대부분입니다. 그런 의미에서는 시뮬레이션 요소를 가지고 있다고 할 수 있습니다.

퍼즐 게임

특정 규칙에 따라 내는 문제를 푸는 '체험'이 메인인 게임입니다. 지식이나 지능을 요구하는 정적인 게임부터 액션성이 강한 동적인 게임까지 다양합니다. 규칙이 알기 쉽고 가볍게 반복해서 즐길 수 있다는 점이 매력 중 하나로, 중독성이 높습니다.

복합 장르, 세분화 장르

나아가 주요 장르를 더한 복합 장르, 주요 장르 안에서 더 잘게 분류한 세분화 장르로 나눌 수 있습니다. 예를 들어 액션 게임의 경우에는 다음과 같습니다.

＋복합 장르

- 액션 어드벤처 게임
- 액션 롤플레잉 게임
- 시뮬레이션 롤플레잉 게임

＋세분화 장르

- 대전 격투 액션
- 벨트 스크롤 액션
- 건 슈팅
- FPS(First Person Shooter, 1인칭 슈팅)
- 사운드 노벨
- 탈출 게임

복합화, 세분화의 배경에는 게임 하드웨어의 진화와 소프트웨어의 성장이 있습니다. 하드웨어의 처리 능력이 향상되었고 소프트웨어의 데이터 용량이 증가하여 표현 방법이 다채로워졌습니다. 그래서 게임 장르 하나만으로는 묶을 수 없는 '체험'

이 생겨났습니다. 이와 더불어 단일 게임 장르에서는 필요하지 않았던 시나리오가 많은 게임에서 요구되기 시작했습니다.

최근 게임 시장에서는 작품마다 독자적 게임 장르를 표방하는 경우도 많이 볼 수 있습니다. '크로스오버 시뮬레이션 RPG', '포에틱 어드벤처(PS3/Flowery)', '우당탕탕 스포츠 액션', '택티컬 에스피오나지 오퍼레이션(PS3/메탈기어 솔리드 피스 워커)', '가슴 가득 꿈 가득 하렘 RPG(PSV/하이스쿨 DxD NEW FIGHT)' 등 독특한 장르명이 줄지어 나타나 보는 것만으로도 즐거워집니다.

이렇듯 다양화는 다른 작품과의 차별화, 더 구체적인 '체험'의 내용물을 유저에게 전달하는 것이 목적입니다. 유저 획득 경쟁이 게임 장르의 이름을 짓는 시점부터 시작되는 이유입니다.

게임의 기초 지식에 관한 설명은 여기까지입니다. 이어서 기초 지식을 바탕으로 게임 속 시나리오의 기능을 알아봅시다.

✦ 게임에서 시나리오가 갖는 기능과 특수성 ✦

게임에는 시스템이 설정한 목적이 있습니다.

예를 들어 〈슈퍼 마리오브라더스〉로 대표되는 수많은 액션 게임에서는 'A 지점에서 B 지점으로 이동하기'가 시스템이 설정한 기본적인 목표입니다. 그러나 게임을 플레이하는 목적이 'A 지점에서 B 지점으로 이동하기'라는 말을 들으면 너무 단순한 느낌이 들어 재미가 없어 보입니다. 많은 사람이 '무엇을 위해서, 어디로 향하고 있는가?'라는 의문을 가질 것입니다.

그 물음에 답을 주는 것이 '시나리오'의 기능입니다.

〈슈퍼 마리오브라더스〉에는 '납치된 피치 공주를 구하러 간다'라는, 시나리오가 설정한 목적이 있습니다. 기호記號적인 목적에 감정적인 목적을 부여한 것입니다. 이에 따라 '피치 공주를 구하고 싶다'라는 마음이 플레이어 속에 싹트고, 게임을 계속 진행하려는 동기가 강해집니다.

하고 싶다
목적의 설정
기능의 강화

하기를 잘했다
보상의 설정
성취감의 강화

목적 달성

시나리오가 설정한 목적은 동시에 피치 공주를 구하기 위해 앞으로 나아가고 있다는 게임을 즐기는 의미를 만들어냅니다. 자신이 하는 일에 의미가 있다고 느끼면 열중하는 마음도 자연스레 높아집니다.

목적과 마찬가지로 게임에는 시스템이 설정한 기호적 보상이 있습니다. B 지점(골)에 도착했을 때 얻을 수 있는 득점이나 경험치, 남은 목숨 개수의 증가 등이 이에 해당합니다. 이러한 기호적 보상에 '사람들이 감사를 표한다', '공주의 키스를 받는다', '부모님의 원수를 갚는다', '하룻밤 사이에 스타가 된다' 등 감정적인 보상을 덧붙이는 것도 시나리오의 기능입니다. 감정적인 보상이 더해지면 성취감이 증가하며 '체험'의 재미가 더 강화됩니다. 감정적인 목적, 의미, 보상을 설정함으로써 하고 싶다, 하기를 잘했다고 생각하게끔 연출하는 것. 이것이 시나리오의 기본적인 기능입니다.

게다가 시나리오에는 세계와 캐릭터의 설정 만들기도 포함되어 있습니다.

설정이란 스토리의 무대나 캐릭터에 리얼리티(현실성)를 부여하는 기능입니다. 어딘가 진짜로 존재할지도 모르는 세계를 무대로, 인간미 있고 매력적인 캐릭터가 움직여서 모험하는 편이 훨씬 더 감정 이입을 하기 쉽다는 것은 말할 필요도 없습니다.

이런 식으로 시나리오는 시스템의 보조 기능을 수행하는 측면이 강해서 시스템을 통해 얻는 '체험'이 간단하고 직접적일수록 그 필요성은 옅어집니다.[9] 액션 게임, 스포츠 게임, 퍼즐 게임이 대표적인 예시라고 할 수 있습니다. 시스템 그 자체에 큰

[9] 액션 게임처럼 플레이어의 조작이 게임에 직접적으로 영향을 미치는 것을 말합니다. 롤플레잉 게임처럼 플레이어가 커맨드를 입력하여 캐릭터를 행동하도록 하는 게임은 간접적인 게임이라고 볼 수 있습니다.

쾌감이 있기 때문에 시나리오가 없어도 충분히 즐길 수 있습니다.

한편 시스템을 통해 얻는 '체험'이 복잡한 어드벤처 게임이나 롤플레잉 게임에서는 시나리오가 빠질 수 없습니다. 감정적인 목적이나 보상이 없다면 게임이 성립하지 않는 경우가 흔할 만큼 시나리오의 필요성이 높아집니다. 노벨 게임의 경우에는 시나리오가 바로 메인이며 시스템은 보조 기능을 담당합니다.

시스템에 따라 필요한 정도가 0도 될 수 있고 100도 될 수 있는 것이 게임 시나리오의 특수성입니다.

✦ '게임을 위한 시나리오'란 ✦

이제껏 게임의 정의, 구성 요소, 특유의 매력, 게임 장르, 시나리오의 기능과 특수성을 설명했는데, 드디어 결론입니다. 하지만 굳이 말하지 않아도 이미 알고 계실 것 같네요.

'게임을 위한 시나리오'란, '체험'을 더 재미있게 만들기 위한 시나리오입니다.

세계를 치밀하게 구축하는 것, 개성적이고 매력이 넘치는 캐릭터를 창조하는 것, 마음을 뒤흔드는 스토리를 자아내는 것. 모두 '게임에서 얻을 수 있는 유사 체험'을 더 재미있게 만들기 위해서입니다.

1장에서 했던 "게임 시나리오 작가란 어떤 역할을 맡은 사람인가요?"라는 질문의 진정한 답은 이렇습니다.

- ✦'체험'을 더 재미있게 만들기 위한 세계를 구축하는 사람
- ✦'체험'을 더 재미있게 만들기 위한 캐릭터를 창조하는 사람
- ✦'체험'을 더 재미있게 만들기 위한 스토리를 생각하는 사람
- ✦'체험'을 더 재미있게 만들기 위한 대사를 쓰는 사람
- ✦'체험'을 더 재미있게 만들기 위한 기획을 고민하는 사람

영화, 소설, 만화, 그 어디에도 없는 게임 고유의 '체험'이라는 매력을 최대한 끌어내기 위한 시나리오를 만드는 것. 이것이 게임 시나리오 작가에게 요구되는 역할입니다.

모든 것은
드라마로 집약된다

게임 특유의 매력은 '체험'이며, 게임 시나리오 작가의 역할은 '체험'의 매력을 최대한 끌어내는 것이라고 정의하였습니다.

그렇다면 '체험'의 매력은 어떻게 최대한으로 끌어낼 수 있을까요?

그 답은 바로 '드라마'입니다. 드라마란 '사람의 감정을 움직이는 사건'이라는 의미를 지닌 단어로, 이야기의 핵심입니다. 드라마의 재미가 이야기의 재미를 결정한다고 해도 과언이 아닙니다. 캐릭터를 만들거나 플롯을 만들 때도 항상 필요한 것이 드라마이므로 가장 중요한 요소라고 할 수 있습니다. 따라서 게임 시나리오 작가뿐 아니라 동서고금의 온갖 이야기를 만드는 사람은 재미있는 드라마를 만들고자 애썼습니다.

예를 들면 똑같은 마왕을 쓰러뜨리는 이야기라 하여도 주인공과 마왕 사이에 드라마가 있는지 없는지에 따라 매력이 크게 달라집니다. 다른 사람이 부여한 목적을 지니고 마왕과 대립하는 것, 부모의 원수인 마왕과 대립하는 것 중에서는 후자가 더 재미있다고 느낄 것입니다. 그 이유는 전자에는 감정이 움직일 요소가 없고, 후자에는 있기 때문입니다.

이야기의 재미는 그대로 '체험'의 재미로 이어집니다.

다시 말해 게임 시나리오에서 '체험'의 매력을 끌어내기 위해서는 재미있는 드라마를 만드는 것이 꼭 필요합니다. 이번에는 재미있는 드라마를 만들기 위한 기초 지식과 게임 시나리오의 드라마에 관해 설명하겠습니다.

✦ 드라마란 '목대고걸'이다 ✦

사람의 감정을 움직이는 사건이 드라마라고 설명했습니다. 그러나 감정을 움직인다고 해서 모든 것이 드라마가 되느냐고 묻는다면, 그렇지 않습니다. 예를 들어 발이 돌에 걸려 넘어지고 난 뒤에 너무 아파서 운다고 하여도 이 자체는 드라마라고할 수 없습니다. 드라마를 만들어 내는 데는 결정적인 조건이 있습니다.

바로, '갈등의 존재'입니다.

시드 필드Syd field[1]는 '드라마란 갈등이다. 갈등 없이 액션은 생기지 않는다. 액션이 없으면 인물에 생명이 부여되지 않는다. 인물이 살아 있지 않으면 스토리가 생기지 않는다. 스토리가 없으면 각본은 존재하지 않는다'라고 말했습니다.[2] 이 말에 갈등이 수행하는 역할이 한데 모여 있습니다.

드라마를 만들기 위한 키워드인 갈등이란, 일본 사전에서는 다음의 의미를 가진단어입니다.[3]

① 사람과 사람이 물러서지 않고 대립하는 것. 다툼, 분쟁.
② 마음 안에 상반되는 욕구가 동시에 일어나 둘 중 무엇을 고를지 고민하는 것.

---

[1] 국제적으로 높은 평가를 받는 각본가. 문하생으로 제임스 카메론, 테드 텔리가 있습니다. '미국 시나리오작가 협회'의 명예의 전당에 입성하였습니다. 할리우드에 끼친 영향은 셀 수 없습니다. 그의 저서 『시나리오란 무엇인가』는 영화 작가뿐 아니라 모든 스토리 작가의 필독서로 꼽힙니다.
[2] 『시나리오란 무엇인가』(시드 필드 저, 유지나 역, 민음사, 2017년)
[3] 『슈퍼 다이지린(スーパー大辞林)3.0』(산세이도, 2006-2008)

즉 '대립'과 '고민'이 갈등이라는 뜻입니다. 둘 다 감정의 움직임을 격하게 만드는 요소입니다. 그러나 이것만 가지고는 드라마라고 할 수 없습니다. 이 두 가지 대립의 원인이 되는 '목적'과 고민의 끝에 도출되는 '결단'을 더할 때 비로소 드라마가 성립합니다.

'목적'이 있기 때문에 '대립'이 생겨나고, 대립이 있기 때문에 '고민'이 생겨나며, 고민 끝에 내리는 '결단'으로 이야기가 나아갑니다. 이 일련의 흐름을 드라마라고 부릅니다.

그래서 이 책에서는 드라마란 '목적, 대립, 고민, 결단'이라고 정의합니다. 각 단어의 앞글자를 따서 '목대고결'이라고 기억해 주세요.

'목대고결'을 정리하면 다음과 같습니다.

드라마란

'목대고결'을 충족하는, 주체자의 감정이 움직이는 사건.
주체자란 이야기나 장면의 시점자(시점에 있는 사람)이며 주로 주인공을 가리킵니다.

목

목적
주체자가 실현하고자 하는 일. 가치관, 감정, 욕구 등에서 비롯되는 것. 세계를 구하기, 사랑을 이루기, 산꼭대기에 도달하기, 지각하지 않고 등교하기, 롤러코스터 타기 등 종류는 수없이 많습니다.

대

대립
목적의 달성을 방해하는 외적(육체적, 환경적 요인), 내적(심리적 요인) '장애물'과 대립하는 것.
마왕, 라이벌, 장마, 복통, 공포심 등이 장애물에 해당합니다.

고

고민
장애물을 두고 고심하는 것. 어떻게 해야 잘 극복할 수 있을까 고민하는 '분석적 고민'과 해야 할지 말아야 할지 고민하는 '심리적 고민', 두 종류가 있습니다. 두 경우 모두 주체자의 괴로움이 클수록 재미있어지는 것이 포인트입니다.

결

결단
방황을 극복하고 답을 찾아 실행에 옮기는 것. 주체자의 방황이 괴롭고 공감이 갈수록 강하게 감정 이입이 됩니다(후술하겠지만 감정 이입을 강하게 할수록 이야기는 재미있어집니다). 또한 실행에 옮긴 뒤에는 반드시 감정이나 환경에 '변화'가 일어납니다.

드라마의 기초 지식은 여기까지입니다. 이제는 더 깊게 이해하기 위해 실천으로 옮겨 봅시다.

목적, 대립, 고민, 결단, '목대고결'을 사용하여 문제에 도전해 보세요.

Q : 다음 문장 중에서 '목대고결'이 성립하는 것은 어느 쪽일까요?

① 장을 보러 외출했지만 지갑을 깜빡 두고 온 사실을 깨닫고 집으로 돌아왔다.
② 에베레스트산 등산 중에 거센 눈보라를 마주하여 되돌아갈지 나아갈지 결단해야 했고, 결사의 각오로 등정에 성공했다.

정답은 ②입니다. ①에는 '고(고민)'가 없으므로 갈등이 발생하지 않습니다. 간단한 문제였습니다. 다음 문제는 난이도를 조금 더 올려보겠습니다.

Q : 다음 5가지 문장 중에서 '목대고결'이 성립하는 것은 무엇일까요? 복수 선택으로 답하세요.

① 매일 밤 머리맡에 전국을 제패한 장수가 나타나 "이 몸을 대하드라마의 주인공으로 삼아라."라고 속삭이는 통에 잠을 잘 수가 없다.
② 마라톤 중에 배가 아프기 시작했고, 참아서 결승선을 통과할까 고민했지만 포기하고 코스 바깥에 있는 화장실로 달려갔다.
③ 조깅하는 도중에 앞에서 자전거가 다가왔고, 어느 쪽으로 피할까 고민하다 결국 서로 같은 방향으로 피하여 부딪히고 말았다.
④ 세계를 구하기 위해 마왕이 사는 곳에 도착했더니 마왕이 "세계의 절반을 줄 테니 나의 동료가 되어라."라고 말했다. 두말할 필요도 없이 수락했다.
⑤ 여왕이 진실을 말하기 위해 만들어진 거울인 나에게 "세상에서 가장 아름다운 사람은 누구지?"라고 물었는데, 사실대로 말하면 산산조각이 나므로 오늘도 "백설 공주입니다."라고 말하지 못했다.

정답은 ②와 ③입니다. ②, ③외에는 '목대고결' 중 무언가가 빠져 있습니다. 각 문장에서 무엇이 빠져 있는지 생각해 봅시다.

①에는 '결(결단)'이 없습니다.

④에는 '고(고민)'이 없습니다.

⑤에는 '대(대립)'이 없습니다.

문장 ⑤는 살짝 어려울 수 있는데, 거울은 이미 여왕에게 굴복했으며 의무를 다하지 않아서 받는 불이익도 없기 때문에 현상 유지가 가능합니다. 다시 말해 거울은 여왕은 물론이며 규칙을 상대로도 '대립'하지 않고 계속 현상 유지를 하고 있습니다. 이 상태에서는 드라마가 성립하지 않습니다.

모두 정답을 맞히셨나요? 맞히지 못한 사람은 '목대고결'을 한 번 더 읽은 뒤 문제에 다시 도전해 보세요.[4]

정답을 맞힌 사람은 더 깊은 이해를 위해 지금까지 접했던 작품, 앞으로 접할 작품을 '목대고결'을 이용하여 분석해 보세요. 그 작품이 '목대고결'을 어떻게 충족하는지, 아니면 충족하지 못하는지를 분석하면 드라마를 보는 눈을 기를 수 있습니다. 보는 눈이 길러지면 정답과 오답의 판단이 더 빠르고 정확해집니다.

지식은 어디까지나 도구입니다. 반복 사용을 통해 감각적으로 이해할 수 있는 수준까지 가야 겨우 몸에 익혔다고 말할 수 있습니다. 버릇이 들 때까지 반복하여 머릿속에 정착할 때까지 '목대고결'을 사용하도록 합시다.

✦ 드라마는 '공감'이 생명이다 ✦

좋은 드라마는 보는 사람의 감정을 격하게 흔듭니다. 반면 보는 사람의 감정이 꿈쩍도 하지 않는 드라마는 나쁜 드라마입니다.[5]

감정을 움직이는 목적은 명확하므로 웬만하면 실패하지 않고 만들 수 있을 것 같다는 기분이 들지 모릅니다. 그러나 막상 드라마를 만들어 보면 보는 사람(플레이어나 독자)의 감정은 그렇게 간단히 움직이지 않는다는 사실을 깨닫습니다.

아이디어 부족, 갈등의 부족, 캐릭터의 매력 부족 등 원인은 다양하지만 대개 공

---

4 두 번째 문제는 상대적으로 독특한 소재를 모아 만들었기 때문에 '목대고결'이 문장 안에 없더라도 독자 여러분이 스스로 보충하여 드라마성을 느꼈을 수 있습니다. 문장을 올바르게 해석하는 연습을 반복하여 되도록 보충하지 않고 읽어 보세요.
5 드라마의 취향은 저마다 다르므로 같은 드라마를 보아도 감정이 움직이는 사람과 움직이지 않는 사람이 있습니다. 그래도 '좋은 드라마는 보는 사람의 감정을 흔든다'라는 원칙은 아주 간단하고도 알기 쉽습니다.

통점은 주체자가 느끼는 '공감'이 결여되어 있다는 점입니다. 주체자란 각 장면의 시점에 있는 사람입니다(대부분은 주인공입니다).

예를 들어 '어린아이가 다정한 어머니의 부탁을 받고 처음으로 심부름을 간다'라는 드라마로 생각해 봅시다. 주체자는 어린아이입니다. '목대고결'은 다음과 같다고 정하겠습니다.

목	**목적** 어머니가 부탁한 심부름을 해결하고 집으로 돌아온다.
대	**대립** 혼자라서 불안한 마음.
고	**고민** 갈까, 돌아갈까.
결	**결단** 용기를 쥐어짜 간다.

용기를 쥐어짠 어린아이는 무사히 집으로 돌아왔고 어머니가 반겨주었습니다. 이때 아이에게 일어난 감정의 움직임을 3가지 준비했습니다.

각 감정의 움직임에 대해 공감할 수 있을지 생각해 보세요.

① 어머니의 모습을 보고 봇물 터지듯 운다.
② 어머니의 모습을 보고 자랑스러운 듯이 웃는다.
③ 어머니의 모습을 보고 혀를 찬다.

어떤가요? ①과 ②는 공감할 사람이 많을 거라 생각합니다. 그러나 ③은 공감을 하기보다는 왜 혀를 찼을까 하는 의문이 생길 것입니다.

공감이란 '다른 사람의 사고와 감정에 완전히 동의하는 기분'입니다. 말하자면 '인정이지~'라는 뜻입니다. 인정하기 위해서는 상대방의 사고나 감정이 이해되어야 합니다. ③은 어린아이의 감정을 이해하기 어렵고 돌연 의문이 듭니다. 이해되지 않는다면 공감되지 않는 것이 당연합니다.

'이해 없이는 공감도 없습니다.'

이해되는 주체자를 만들기 위해서는 어떻게 해야 할까요? 필요한 것은 '조리條理'와 '현실성Reality'입니다.

조리란 '이야기, 사고 등의 이치가 맞아서 전후가 이어지는 것'입니다. 이 책에서는 '인과 관계가 있는 일련의 사건의 변화'라는 의미로 사용합니다. A라는 사건을 통해 B라는 변화가 일어나고, B라는 변화가 일어나 C가 발생하는 식의 연속성을 가리킵니다.

그림으로 나타나면 아래와 같습니다. 떡꼬치 같네요.

'A: 심부름을 간다'고 하자 'B: 불안'이라는 변화가 일어나고, B를 극복하면 'C: 어머니를 보고 운다'라는 결과가 발생합니다. 이 일련의 사건인 ABC는 이치가 맞으므로 납득이 됩니다. 그러나 불안을 극복하고 난 결과가 'C: 어머니를 보고 혀를 찬다'라면 앞뒤의 변화에 의문이 생기므로 이치에 맞지 않습니다. 또한 마찬가지로 만약에 'A: 심부름을 간다'라는 사건이 일어났는데, B가 만약에 'B: 아무런 불안도 없다'라면 'C: 어머니를 보고 운다'라는 결과에 위화감이 느껴지므로 역시 이치에 맞지 않습니다.

앞의 사건을 통해 일어나는 다음 사건이 이해가 되면서 설득력을 지니게 하는 것이 이치에 맞게 하는 포인트입니다.

현실성이란 '받아들이는 사람 속에 있는 감정이나 가치관, 상식과 이어진 요소'를 말합니다. '받아들이는 사람과 맞닿아 있는 요소'라고 말하기도 합니다. 기쁘면 나오는 웃음, 혼자여서 느끼는 외로움, 맞아서 느끼는 아픔, 살인의 위험성, 무서운 괴물, 높은 곳의 위험함 등이 알기 쉬운 현실성의 예시입니다. 주체자의 감정이나 가치관에 현실성이 있다면 받아들이는 사람은 자신과의 공통점을 찾아내고, 이를 발판으로 삼아 이해를 도울 수 있습니다. 반대로 현실성이 없는 주체자는 발판이 없으므로 이해가 어렵습니다. 이해가 어려우면 공감도 발생하지 않습니다.

공감은 드라마의 생명입니다.

이해할 수 있는 주체자를 설정함으로써 공감이 발생하며, 공감할 수 있는 주체자의 드라마를 통해 사람은 감정이 움직입니다. 이것이 좋은 드라마의 기본입니다.

✦ '반감'이라는 향신료 ✦

공감의 반대에 있는 감정으로 '반감'이 있습니다.

반감이란 '다른 사람의 사고나 언동에 불쾌함을 느끼고 반발하는 마음'을 뜻하며 대인 관계에서 받는 스트레스의 주요 원인입니다. 일상생활에서는 되도록 맛보고 싶지 않은 감정이지만 드라마에서는 빠질 수 없는 향신료 역할을 합니다.

반감은 '목대고결'의 '대(대립)'에서 나타납니다. '대(대립)'에서는 주체자의 목적 달성을 방해하는 방해꾼이 등장하지요. 방해꾼은 지구 정복을 노리는 외계인, 연쇄 살인마, 라이벌 팀의 에이스, 애인이 방문한 방의 상황을 엿보는 어머니, 겁이 많은 자신 등 다양합니다. 이 방해꾼에게 반감이라는 향신료를 뿌리면 드라마를 더 자극적으로 만들 수 있습니다. 차가워진 손가락 끝을 뜨거운 물에 넣는 것처럼 원래 온도보다 더 높은 자극을 주는 것입니다.

반감을 만드는 가장 정석적인 방법은 방해꾼을 '짜증 나는 사람'으로 만드는 것입니다. 열이 받고, 혼내 주고 싶고, 복수하고 싶다고 강하게 느끼는 방해꾼일수록 쓰러뜨렸을 때 느끼는 상쾌함은 배로 증가합니다. 다시 말해 받아들이는 사람의 감정이 크게 움직입니다.

반감은 이외에도 생리적인 혐오나 공포심, 가치관의 차이 등이 있습니다. 평소에도 사람을 관찰하여 반감을 크게 끌어내 보세요. 다양한 향신료를 뿌려 맛을 더한 방해꾼은 말 그대로 맛의 차원이 다른 드라마 제작에 도움이 됩니다.

그리고 하나 더, 반감의 정의에서는 살짝 벗어나지만 방해꾼을 '벅찬 상대'로 만드는 것도 매우 유효한 방법입니다. 압도적으로 전투력이 뛰어난 강적, 지능이 남다른 범인, 무섭고 거대한 몬스터, 뿌리 깊은 콤플렉스, 벗을 수 없는 자기 불신 등 어떻게 쓰러뜨려야 할지 상상하기 힘든 방해꾼을 만든다면 쓰러뜨렸을 때의 흥분과 상쾌함은 배로 늘어납니다.

이를 공식으로 나타내면 다음과 같습니다.

공감×반감(강함) = 감정이 움직이는 양

감정을 움직이는 공식이라는 뜻으로 '감정의 공식'이라고 부르겠습니다. 독자의 감정을 움직이는 시나리오가 나오지 않을 때, 감정의 공식으로 되돌아가 주인공에 충분히 공감되는지, 충분히 반감을 품을 만한 적인지 확인해 보세요.

'공감의 공식'과 '목대고결'을 잘 활용하면 '좋은 드라마'를 '더 좋은 드라마'로 만들 수 있습니다. 꼭 묶어서 기억해 주세요.

✦ 게임에는 3가지 드라마가 있다 ✦

다음은 게임 속 드라마에 관한 기초 지식입니다. 게임에는 크게 나누어 3가지 드라마가 있습니다.

- ✦ 캐릭터를 통해 '체험'하는 드라마
- ✦ 게임 플레이를 통해 '체험'하는 드라마
- ✦ 현실 세계에서 '체험'하는 드라마

캐릭터를 통해 체험하는 드라마

'캐릭터를 통해 체험하는 드라마'는 게임 시나리오(텍스트)에 따라 그려지는 드라마입니다.

이야기의 큰 줄기는 분기점의 숫자에 따라 변화합니다. 그러나 이벤트[6] 단위로 재생되는 텍스트는 플레이어가 게임을 어떻게 플레이하든 간에 변하지 않습니다. 다시 말해 캐릭터가 각 이벤트에서 무엇을 말하는지, 감정이 어떻게 움직이는지는 게임 플레이어가 아닌 시나리오 작가가 컨트롤할 수 있다는 뜻입니다.

여기가 시나리오 작가의 솜씨를 뽐낼 부분입니다.

게임 플레이를 통해 체험하는 드라마

'게임 플레이를 통해 체험하는 드라마'는 플레이어의 행동이 만들어 내는 드라마입니다.

플레이어는 시스템이 설정한 목적을 달성하기 위해 행동을 시작합니다. 이때 방해꾼이 나타나 대립이 발생하고, 방해꾼을 어떻게 공략할지 고민하다가 답이 나오면 결단(컨트롤러 조작)을 내립니다. '목대고결'을 훌륭하게 충족하고 있습니다.

게임이란, 플레이 그 자체가 드라마가 되도록 만들어진 드라마 발생 장치입니다. 다채로운 드라마가 짧은 간격으로 연이어 일어나고, 플레이어의 행동에 따라 극복할 수 있는지 없는지가 변화하므로 주체는 항상 자기 자신입니다. 자신이 주역이 되어 '체험'하는 드라마가 재미없을 리가 없겠죠.[7]

또한 플레이어의 수만큼 드라마가 만들어지는 것도 게임 고유의 특징이라고 할 수 있습니다. 액션 게임에서 주인공을 컨트롤하는 방법의 수는 무한합니다. 게임 실력도 크게 관련되어 있어서 잘하는 사람과 못하는 사람이 각각 느끼는 '체험'은 크게 다릅니다. '체험'이 바뀌면 발생하는 드라마도 바뀝니다.

롤플레잉 게임의 경우는 어디에 들를지, 몬스터를 어떻게 쓰러뜨릴지, 레벨을 어디까지 올릴지, 장비를 얼마나 갖출지, 서브 퀘스트를 얼마나 깰지 정함으로써 플레이어가 '체험'하는 드라마가 변화합니다. 빠르게 진행한 사람에게는 강적으로 느껴

---

6 게임에서 드라마가 나뉘는 단위. 장면이 하나인 경우도 있으며 여러 장면으로 구성된 경우도 있습니다.
7 시스템이 간단하고 잘 만들어져 있을수록 시나리오가 필요 없어지는 가장 큰 이유입니다. 시스템이 만들어 내는 드라마가 최고 수준이라면 시나리오가 만드는 드라마가 없더라도 충분한 재미를 맛볼 수 있습니다.

지는 보스도, 철저히 준비한 사람에게는 약한 보스라고 느껴지기도 합니다. 가장 극단적인 경우를 말하자면 클리어한 사람과 클리어하지 못한 사람이 각각 작품에 느끼는 인상은 상당히 다를 것입니다.

어려운 점은 게임 플레이를 통해 '체험'하는 드라마는 시나리오 작가가 컨트롤할 수 있는 범위가 좁다는 것입니다. 시나리오상 적을 아무리 강하게 설정하여도 플레이어의 실력이 뛰어나거나 캐릭터 레벨을 높이면 약한 적이라고 느낄 수밖에 없습니다. 시나리오 속 설정과 '체험'하는 강도에 격차가 있으면 플레이어는 시시하다고 느낍니다. 던전의 크기나 건물의 웅장함도 시나리오 속 설정과 화면으로 본 모습에 격차가 있으면 실망하게 됩니다.

반복해서 말하지만 게임 시나리오는 '체험'을 재미있게 만들기 위한 기능입니다. 설정에서 언급할 때는 세심한 주의가 필요합니다.[8]

현실 세계에서 체험하는 드라마

마지막은 플레이어가 현실 세계에서 체험하는 드라마입니다.

가장 알기 쉬운 예시로는 대전對戰 플레이가 있습니다. 가족이나 친구와 대전할 때, 게임에서 이기려는(또는 지려는) 생각과 동시에 '이 사람에게 이기자(지자)'라는 현실의 목적이 발생합니다. 비슷한 실력의 상대라면 이기기 위해 온 힘을 다하는 드라마가 만들어집니다. 게임이 서투른 어린아이나 연인을 상대로 할 때는 일부러 지는 드라마를 연출하기도 합니다. 어느 쪽이든 게임을 매체로 하는 즐거운 드라마이며 독자의 체험입니다.

또한 공략 정보를 서로 이야기하거나 협력 플레이, 교대로 게임을 플레이하는 것도 현실 세계에서 체험하는 드라마입니다. 캐릭터를 사랑하여 생일에 선물을 보내거나, 게임의 무대가 되는 장소를 실제로 찾아가거나, 온라인 게임에서 만나 현실 세

---

8 필자가 시나리오를 담당한 RPG에서 초반의 보스를 '마을을 멸망시킬 수도 있는 무서운 상대'라고 지나치게 강조한 탓에 플레이어가 받는 느낌과 괴리가 발생하여 실패한 사례가 있습니다. 초반 보스이니만큼 힘이 약했기 때문입니다. 이후 작품이 리메이크되었을 때는 보스의 강함을 조절하여 시스템상으로도 강적이 되어 시나리오의 평가가 어느 정도는 올라갔습니다. 그만큼 시나리오 속 표현은 섬세해야 합니다.

계에서 사랑에 빠지는 일도 이에 해당한다고 할 수 있습니다.

애초에 현실 세계에서 체험하는 드라마는 시나리오 작가가 컨트롤할 수 있는 영역이 아닙니다. 어디까지나 부산물에 해당하며 억지로 현실 세계에 영향을 끼치려고 하는 순간 본질을 놓치게 되므로 주의해 주세요.

준비의 질이
작품의 질이다

무언가를 실행하기 전에 준비하는 일은 아주 중요한 작업입니다. 어느 분야에서든 일류로 불리는 사람들은 특히 준비를 중요하게 생각합니다. 이는 준비의 질에 따라 결과가 크게 달라지기 때문입니다.

게임 시나리오에서도 준비의 질이 결과를 크게 좌우합니다. 이번에는 준비의 기본과 프로 게임 시나리오 작가가 제작 전에 어떤 준비를 하는지 알아보도록 하겠습니다.

✦ 목적을 구체화하는 것이 준비의 첫걸음 ✦

준비는 '아는 것'에서부터 시작합니다. 손자孫子의 '적을 알고 나를 알면 백 번을 싸워도 위험하지 않다'라는 명언은 싸움뿐 아니라 게임 시나리오 작성에도 해당합니다. 알기 위해서는 '알아야 할 대상'을 형태로 만들어야 합니다. 머릿속에 있는 어렴풋한 존재에 언어를 부여하여 형태를 만들어 봅시다.

가장 먼저 언어로 만들어야 할 것은 '목적'입니다. 자신이 앞으로 무엇을 할 것인지를 언어로 나타냄으로써 막연한 이미지에 구체적인 형태를 부여할 수 있습니다.

이 '목적의 구체화'가 준비의 첫걸음입니다.

목적이 구체화되면 다음은 목적을 달성하기 위해 필요한 것을 생각합니다. 목적을 이루기 위해 '필요한 것은 무엇일까?'라는 질문을 던져 봅시다. 예를 들어 '산을 오르기'가 목적이라면 '산에 오르기 위해 필요한 것은 무엇일까?'라는 질문이 나올 수 있습니다. 이 시점에서는 답을 '등산화', '등산용 스틱', '배낭', '긴팔 옷', '모자', '목장갑', '벌레 퇴치 스프레이', '선크림', '텐트', '도시락', '건강', '휴대용 변기', '쓰레기봉투', '우산', '일기예보', '지도', '휴대폰' 등 나열하자면 끝이 없습니다. 필요한 것인지 아닌지 판단하기도 어렵고, 쓸모없어 보이는 것도 후보에 넣으면 끝없이 나올 것입니다. 이대로는 시간이 아무리 많아도 산에 오를 수 없습니다.

답이 끝없이 나오는 원인은 목적이 애매하기 때문입니다. '산에 오르기'라는 목적을 더 구체적으로 만들어 봅시다. 가장 쉬운 방법은 오를 산을 결정하는 일입니다. 여기서는 '후지산에 오르기'라고 정해 봅시다. 그러면 질문은 '후지산에 오르기 위해 필요한 것은 무엇일까?'로 변합니다. 끝이 없는 수준은 아니지만 그래도 아직 수많은 답이 나올 수 있습니다.

여기서 한 걸음 더 구체화하여 '후지산의 5부 능선에 오르기'로 바꾸면 어떻게 될까요? 질문은 '후지산의 5부 능선에 오르기 위해 필요한 것은 무엇일까?'가 됩니다.

이 질문이라면 상당히 한정적이고 구체적인 답을 도출할 수 있을 것 같습니다.

먼저 일정을 정해 봅시다. 봄, 여름, 가을, 겨울 중 어느 계절에 오를지에 따라 필요한 것이 변합니다. 다음은 등산 루트를 선택합니다. 후지산에는 4개의 등산 루트가 있으므로 어느 루트로 올라갈지를 결정해야 합니다. 루트를 결정한 다음에는 등산 수단을 정해야 합니다. 도보, 자가용, 셔틀버스 등 수단에도 선택지가 있습니다.

셔틀버스를 타기로 정했다면 요금을 내야 합니다. 편도 1,440엔, 왕복은 1,860엔입니다. 다시 말해 셔틀버스로 5부 능선까지 올라간다면 적어도 그만큼의 돈을 준비해야 한다는 사실을 알 수 있습니다. 후지산에서는 화장실 이용 요금이 1회 200엔이므로 적어도 버스비+200엔은 준비해야 합니다.

버스 시간표도 확인해야 합니다. 당일 날씨나 기온을 알아 두면 그에 따른 복장도 준비할 수 있습니다. 셔틀버스를 이용하므로 무거운 등산용품은 필요하지 않으리라

목적	후지산 5부 능선에 오르기
일정(스케줄)	2020년 8월 10일
준비물	후지산 지도
	움직이기 편한 긴팔 옷
	얇은 겉옷
	빨리 마르는 기능성 속옷
	등산화
	자외선 방지 모자
	우산(우비)
	선크림
	타월, 휴대용 티슈
	물통
	돈(셔틀버스 요금 1,860엔, 화장실 요금 200엔 등)
	휴대폰
	배낭

판단할 수 있습니다.

목적을 '산에 오르기'로 정하는 것보다 '후지산의 5부 능선에 오르기'로 정하는 것이 필요한 물품을 구체적으로 고를 수 있습니다. 목적이 구체적이면 목적을 달성하기 위해 필요한 것, 필요하지 않은 것도 구체적으로 변합니다. 필요한 것은 체크리스트를 만들어 준비합니다. 체크리스트는 간단해도 괜찮습니다.

체크리스트를 만들면 작업에 군더더기가 줄어들고 준비의 정밀도와 효율이 올라갑니다. 깜빡하는 실수도 줄어듭니다. 자신이 무엇을 해야 할지 확실히 알고 있으므로 행동으로 옮기기 쉽다는 이점도 생깁니다.

또한 실패한 부분을 명확히 알 수 있다는 점도 놓칠 수 없는 포인트입니다. 이번에는 5부 능선까지 셔틀버스로 가기 때문에 등산용 스틱이 포함되어 있지 않지만 실제로 갔을 때 필요한 상황이 올 수도 있습니다. 실패한 원인이 명확히 드러났다면 체크리스트에 추가함으로써 다음에는 같은 실패를 하지 않을 수 있습니다.

부족한 것을 사전에 알 수 있다는 것도 '아는 것'의 이점입니다. 필요한 것을 알고 이를 준비할 수 있을지 없을지를 아는 나(의 현재 상태)를 알게 됨으로써 준비할 내용이 바뀌기 때문입니다. 돈이 없으면 셔틀버스를 탈 수 없습니다. 준비를 위한 준비로써 돈이 필요하다는 사실을 알 수 있습니다. 아니면 걸어서 등산하기로 변경하는 것도 고려할 수 있습니다. '아는 것'을 통해 선택의 정확도와 유연함이 향상되고 목적 달성의 현실성도 더 명확해집니다.

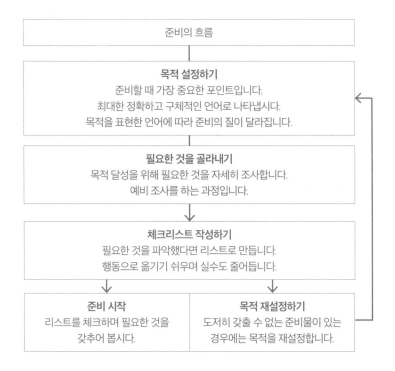

여기까지가 준비의 기본입니다.

간단히 정리하면 '목적을 언어로 나타내어 필요한 것을 갖추는 일'이라고 할 수 있습니다. 이렇게 보면 당연한 말 같아 보입니다. 그러나 이 당연한 말을 막상 실천하려고 하면 의외로 어려운 법입니다.

특히 게임 시나리오를 만들 때는 목적이 여러 갈래로 나뉘므로 필요한 준비도 적지 않습니다. 경험을 쌓기 전까지는 게임 시나리오 작성을 위해서 어떤 항목을 체크해야 하는지를 파악하기가 어려울 수 있습니다.

제작 전 체크리스트

필자가 실제로 사용하는 '제작 전 체크리스트'를 소개하겠습니다. 게임 시나리오를 만들고자 할 때 확인하는 최소한의 사전 정보입니다. 4개의 항목으로 구성되어 있습니다.

① 목적

어떤 게임 시나리오를 만들고 싶은지 구체적인 글로 작성합니다. 프로의 경우는 먼저 클라이언트의 의뢰 내용을 정리합니다. 그리고 테마와 개인적인 목표 등을 언어로 나타내어 제작 지침으로 삼습니다.

② 구성안

실제 제작에 들어가기에 앞서 '전제 조건'이 되는 정보입니다. 게임 시스템, 장르(게임 장르와 스토리 장르), 예상 플레이 시간 설정, 등장시킬 수 있는 캐릭터의 수, 사용 가능한 그래픽의 수(맵과 배경, 이벤트 장면의 수 등)를 전제 조건으로 삼습니다. 이후에는 전제 조건 안에서 게임 시나리오를 만들어야 하기 때문에 정보가 적절한지 계속 확인해야 합니다. 개인 제작의 경우에는 제작 툴도 적는 편이 좋습니다.

③ 일정

제작 진행의 관리 정보입니다.

일정을 애매하게 잡으면 작업을 질질 끌게 되어 결국에는 미완성된 상태로 끝날 수 있습니다. 프로의 경우에는 마감일, 개인 제작의 경우에는 완성 예정일을 가장 먼저 작성합니다. 이후 1개월, 1주일, 1일 단위로 작업 예정을 구체화하고 매일 체크 시트를 사용합니다.

④ 클라이언트의 요청

클라이언트가 바라는 방향성, 갖추어야 할 조건, 금지 사항 등을 정리한 정보입니다. ①의 내용에는 포함되지 않는, 미팅 중에 나온 잡담 속 정보나 담당자가 반복하여 사용하는 말 등을 메모하여 요청 사항에 반영합니다. 상대가 무엇을 중시하는지를 파악하는 일은 원활한 진행에 빠질 수 없습니다.

'아무튼 두근두근 떨리는 것이 좋다', '초등학생도 이해할 드라마와 표현을 원한다', '허세 가득한 요소가 중요하다', '플레이어의 마음에 깊이 새겨지고 싶다' 등등. 이는 실제로 들었던 요청의 사례들입니다. 기존 작품을 예로 들며 '○○와 비슷한 느낌이 나는 것'이라고 요청하는 사람도 많습니다. 기존 작품을 예시로 들면 어떤 느낌인지 쉽게 파악할 수 있어서 도움이 됩니다.

클라이언트의 요청을 적극적으로 듣는 것은 상대방의 머릿속에 있는 이미지를 구체화(고정화)한다는 의미에서도 유효한 방법입니다. 애매한 이미지 그대로 제작이 진행되면 도중에 '생각한 것과 다르다'라는 막연한 수정 지시가 들어와서 트러블이 발생합니다. 언질을 잡는다고 하면 이상하게 들릴 수도 있지만, 트러블을 피하기 위해서라도 제작 초기에는 상대방의 말을 끌어내고자 노력해야 합니다.

준비를 얼마나 철저히 하느냐에 따라 과정과 결과가 크게 달라집니다. 준비가 확실히 되어 있을수록 과정이 원활해지며 좋은 결과가 나옵니다. 당연하다고 등한시하지 말고 착실하게 준비해 나가도록 합시다.

✦ 준비의 질을 높이는 비법 ✦

준비는 목적을 언어로 만드는 일에서부터 시작됩니다. 이때 어떤 언어를 사용하느냐에 따라 준비의 질이 달라집니다. 막연한 언어를 사용했을 때 질은 떨어집니다. 다양한 요소를 포함한 애매한 언어를 사용하면 목적이 흐릿해져서 필요한 것을 구체화할 수 없습니다. 목적을 언어로 나타낼 때는 '가능하면', '보통', '~하고 싶다', '가득' 등 해석의 폭이 넓은 단어는 피해야 합니다. 또한 '전무후무', '우주가 놀라는'

등의 극단적인 언어도 목적을 애매하게 만들기 때문에 주의해야 합니다.

'막연함은 악이다'라는 말을 머릿속에 단단히 새기고 구체적인 언어를 의식해서 사용해야 합니다. 막연함을 피하는 비결은 딱 잘라 말하는 것과 숫자로 나타내는 것입니다. '~하고 싶다'가 아니라 '~한다', '가득'이 아니라 '구체적인 숫자'. 이렇게만 하여도 질이 떨어지는 일을 피할 수 있습니다.

반대로 좋은 언어를 더함으로써 준비의 질을 높일 수 있습니다. 좋은 언어란 목적을 더 명확하게 해 주는 말이나 목적의 도달점을 끌어올리는 말을 뜻합니다. 예를 들어 '커피를 끓인다'와 '맛있는 커피를 끓인다'라는 문장이 있을 때 후자로 표현하여야 준비의 질이 더 높아집니다. 이는 목적의 도달점을 끌어올리는, 좋은 언어를 더한 결과입니다. 그림으로 나타내면 아래와 같습니다.

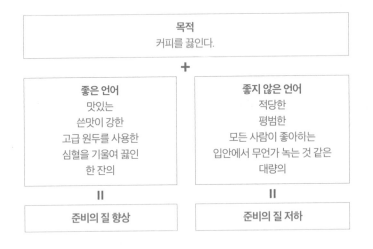

좋은 언어를 더하면 준비의 질이 어떻게 높아지는지 알아봅시다.

먼저 목적을 구체화합니다. '커피를 끓인다'를 조금 더 구체적인 언어로 나타내 봅시다. 여기서는 '뜨거운 드립 커피를 한 잔 끓인다'라고 표현하겠습니다. 이어서 '맛있는'이라는 말을 더하여 '뜨겁고 맛있는 드립 커피를 한 잔 끓인다'라고 표현하겠습니다.

이때 필요한 것은 '고급 원두', '커피 찌꺼기가 잘 나오지 않는 그라인더', '기능이 뛰어난 드리퍼', '커피 필터', '천연수를 끓인 85~90℃의 뜨거운 물 150ml', '보온성이 뛰어난 컵', '미분 컨테이너', '온도계', '커피 저울', '맛있는 커피를 끓이는 수준의 지식'입니다.[1]

더하기 전과 비교하면 필요한 것이 상당히 바뀌었습니다. 더 구체적으로 바뀌었고 준비 난이도가 올라갔습니다. 그러나 어려움을 극복하고 이를 준비한다면 더하기 전보다 맛있는 커피를 끓일 확률이 훨씬 더 올라갑니다.

이는 준비의 질이 올라갔다는 증거입니다. 앞서 말한 '후지산에 오르기'에서도 목적을 더 명확하게 만드는 '5부 능선'이라는 언어를 더함으로써 준비의 질이 올라갔습니다. 준비의 질이 높아지면 실패할 확률이 내려가고 좋은 결과가 나올 확률이 올라갑니다.

준비의 질을 높이기 위해서는 언어를 찾고 정보를 모아 생각하는 것이 중요합니다. 이는 게임 시나리오를 만드는 일에서도 중요한 요소입니다.

게임 시나리오 만들기는 준비의 연속입니다. 기획을 생각하는 준비, 세계를 설정하는 준비, 캐릭터 설정을 생각하는 준비, 플롯을 구축하는 준비, 그리고 시나리오를 쓰는 준비. 그 어느 것도 소홀히 해서는 안 됩니다.

퀄리티 높은 게임 시나리오를 만들기 위해 평소에도 좋은 언어를 더하여 준비의 질을 높이는 연습을 해 봅시다.

---

[1] 유일한 정답이 있는 것은 아닙니다. 원활한 이해를 돕기 위해 나열한 예시입니다.

필수 무기
'아이디어' 발상법

이번에는 모든 창작이 갖추어야 할 필수 무기, 아이디어 발상법에 관해 설명하겠습니다.

게임 시나리오에서 설정, 플롯, 시나리오는 모두 아이디어의 집합체입니다. 아이디어를 많이 만들 수 있는지 없는지에 따라 게임 시나리오의 퀄리티가 크게 좌우됩니다. 그러나 애석하게도 보석 같은 아이디어는 좀처럼 쉽게 나오지 않습니다. 그런 아이디어는 특별한 지팡이를 지닌 마법사만이 잔뜩 만들어 낼 수 있습니다. 보통 사람은 보석은커녕 돌멩이 같은 아이디어를 만드는 데에도 머리를 싸맵니다.

창작 활동에서 무언가를 만들 때 고통스러운 이유는 요컨대 아이디어가 나오지 않기 때문입니다. 아이디어의 발상법을 알지 못하면 만드는 고통을 참지 못하고 도중에 내팽개치고 싶어져 버립니다.[1]

한편 좋은 아이디어를 만들었을 때는 무엇과도 바꿀 수 없는 상쾌함을 맛볼 수 있습니다. 이는 창작의 참맛이며 동시에 의욕을 유지시키는 영양분입니다. 다시 말해 아이디어의 발상법을 익히면 퀄리티가 향상될 뿐만 아니라 오래 지속되는 시나리오 제작 과정을 즐길 수 있는 활력도 얻을 수 있습니다.

---

1   게임 시나리오를 만들 때 가장 어려운 것이 시나리오를 완성하는 일입니다. 그리고 완성을 방해하는 가장 큰 요소가 의욕 저하입니다.

말로만 설명하면 잘 이해되지 않겠죠. 백문이 불여일견입니다. 실제로 아이디어를 만들어 보면서 창작의 고통을 체험해 봅시다.

아래의 질문에 답해 주세요.

창작의 고통을 느끼셨나요?

크든 작든 고통을 느낀 사람은 이번 절에서 설명하는 아이디어 발상법을 실천하여 창작의 고통에서 벗어나 봅시다. 그 너머에는 번뜩임의 상쾌함을 느끼는 순간이 기다리고 있습니다. 이 시점에서 이미 번뜩임의 상쾌함을 느끼고 있다면, 여러분은 특별한 지팡이를 지닌 마법사입니다. 이번 절은 대략 훑어보기만 하고 3장으로 넘어가세요(나중에 마법 사용법을 좀 알려 주세요).

참고로 마법을 사용하지 못하는 필자는 아이디어의 발상법을 이용하지 않고 생각한 결과로 다음과 같은 답이 나왔습니다.

① 나무로 뗏목을 만들어 건넌다.
② 버섯을 크게 키워 뒤집은 다음 밥그릇 모양 배처럼 띄워서 건넌다.

ⓒ 나뭇잎을 여러 겹 덧대어 만든 배로 건넌다.

④ 나무를 여러 그루 키운 뒤 100m 길이의 다리로 만들어 건넌다.

⑤ 돌을 천천히 쌓아서 돌다리를 만들어 건넌다.

ⓑ 엄청나게 긴 나무 막대를 만든 뒤 장대높이뛰기로 건넌다.

⑦ 나무와 돌로 무기를 만들어 괴물을 쓰러뜨린 뒤 건넌다.

⑧ 목재 가공용 전기톱으로 괴물을 쓰러뜨린 뒤 건넌다.

⑨ 버섯으로 연명하면서 괴물의 수명이 다하기를 기다린 뒤 건넌다.

⑩ 통나무를 자른 뒤 세게 던지고 그 위에 올라타서 강을 건넌다.

뻔하고 재미도 없는 것, 별 차이가 없는 것, 억지스러운 것(전제 조건에 일치하는지 불명), 어디서 본 듯한 것 등 제가 생각했다고 말하기 부끄러운 아이디어들이 나왔습니다.

출제자가 이런 말을 하려니 민망하지만, 아이디어 발상법을 실천하기 전과 후로 아이디어의 질이 얼마나 달라지는지를 비교하기에 딱 좋은 샘플이 만들어졌다고 생각해 주세요.

✦ 아이디어 발상의 3공정 '배치', '채굴', '연결' ✦

아이디어 발상에는 3가지 공정이 있습니다. 바로 '배치', '채굴', '연결'입니다.

배치

아이디어는 일단 목적을 '두는 것'에서부터 시작합니다. 목적이 애매하다면 안개로 뒤덮인 밤길을 걷는 것과 같습니다. 어느 방향으로 가는지도 모르고, 목적지와 거리가 얼마나 되는지도 파악하지 못합니다. 먼저 자신이 어디를 향해 나아가는지를 명확히 합시다. 지금 상황에서 목적은 '강을 건너는 재미있는 아이디어 10개 만들기'입니다.

다음과 같이 2가지 사전 정보를 설정합니다.

✚ '아이디어 발상의 조건(사전 정보의 정리)'

✚ '어떤 아이디어를 바라는가(목적의 세분화, 방향성의 결정)'

2-3(68쪽)에서도 설명했듯이 사전 정보의 정리는 작품의 질을 향상시키는 중요한 공정입니다. 이는 아이디어 발상에서도 마찬가지입니다.

아래의 빈 칸에 구체적인 사전 정보를 최대한 작성해 봅시다.

과제 ① 아이디어 발상의 조건(3개 이상)
(제한 시간 : 10분)

과제 ② 어떤 아이디어를 바라는가(3개 이상)
(제한 시간 : 10분)

어렵다고 느껴지면 아래쪽의 예시를 참고해 주세요.

어떤가요? 처음에는 시간이 걸려 힘들 수 있지만 익숙해지면 10분도 채 걸리지 않고 정보를 정리할 수 있게 됩니다.

과제 ① 아이디어 발상의 조건(3개 이상)
•강을 건너 반대편으로 간다. •재미있는 아이디어를 10개 만든다. •몸이 물에 닿으면 괴물이 공격한다. •버섯이 자란 나무가 1그루 있다. •강변에는 돌이 있다. •강은 어디를 가도 폭이 100m, 수심이 20m이다. •그림 속에 있는 것 이외에 사용 가능한 것은 가공용 도구뿐이다. •마법은 사용할 수 없다.
과제 ② 어떤 아이디어를 바라는가(3개 이상)
•강을 건너는 아이디어 •재미있는 아이디어 •몸이 물에 닿지 않는 아이디어 •괴물의 공격을 받지 않는 아이디어 •나만 만들 수 있는 아이디어

'목적'의 2가지 사전 정보를 정리했다면 다음은 키워드를 둘 차례입니다.

키워드는 앞서 정리한 사전 정보에서 단어나 문장을 추출한 것입니다. 키워드가 많이 나올 것 같은 경우에도 과감하게 3개로 줄이도록 합시다. 지나친 욕심은 다음 공정을 힘들게 할 뿐입니다.

이때 3개의 키워드가 온통 단어로만 구성되지 않도록 움직임이 있는 문장을 넣는 것이 포인트입니다. 반대로 움직임이 있는 문장으로만 구성될 것 같다면 하나는 단어를 넣어야 합니다.

다음은 예시입니다.

과제 ③ 키워드를 3개 추출해 봅시다.

'강', '괴물', '물에 닿지 않기'

위의 예시를 참고하여 각자 자신의 사전 정보에서 키워드를 추출해 보세요.

과제 ③ 키워드를 3개 추출해 봅시다.

(제한 시간: 10분)

이것으로 '배치' 공정은 끝입니다.

채굴

'배치'의 다음은 '채굴'입니다.

이 공정에서는 앞선 공정에서 얻은 키워드를 캐내어 아이디어의 뼈대를 만듭니다. 캐낸다는 것은 키워드에 관련된 정보를 늘린다는 뜻입니다. 목적을 지니고 늘린 정보는 모두 아이디어의 소재가 됩니다. 사실은 그러는 와중에 발생한 정보가 그대로 아이디어가 되는 일도 적지 않습니다.

'채굴' 공정에서는 질보다 양이 중요합니다. 브레인스토밍, 다른 사람에게 묻기, 도서관에 가기, 인터넷에서 검색하기 등 무엇이든 좋으니 아무튼 많이 작성해 봅시다.

목표는 키워드 1개당 10개의 말을 캐내는 것입니다. 물론 계속 나온다면 50개든 100개든 상관없습니다.

이것도 마찬가지로 익숙해지기 전까지는 요령을 파악하기 힘들 수 있지만 일단 실천부터 해 봅시다(오른쪽에 예시를 적어 두었습니다. 고민될 때 참고해 주세요).

과제 ④ 3개의 키워드를 채굴해 봅시다(각 10개 이상).

(제한 시간 : 30분)

키워드 [**]**

키워드 [**]**

키워드 [**]**

키워드 [강] 흐른다, 수질, 담수, 강의 생물, 댐, 낚시, 수영, 물에 빠진다, 차갑다, 퇴적, 원류, 침식, 다리, 배, 물이 아름다운 마을

키워드 [괴물] 강하다, 크다, 머리가 좋다, 말이 통하지 않는다, 나쁜 녀석, 물 안에서는 무적, 먹보, 햇빛에 약하다, 빠르게 헤엄친다, 자지 않는다, 미지의 생물, 식인을 좋아한다, 투명하다

키워드 [물에 닿을 수 없다] 다리, 탈것 하늘 날기, 물의 흐름 바꾸기, 물을 뺀다, 흐르는 물을 막는다, 물을 가른다, 방수 장비로 몸을 지킨다, 물을 얼린다, 물을 튕겨낸다, 물의 성질을 바꾼다, 물을 공중으로 띄운다

채굴할 때, 단어와 문장에서 얻을 수 있는 정보가 각각 살짝 다르다는 사실을 깨달으셨나요? 단어보다는 문장에서 아이디어 느낌을 더 강하게 받습니다. 해결해야 할 과제가 포함된 문장의 경우, 채굴하는 시점에서 과제를 클리어하는 방법이 문장에 자연스레 포함되기 때문입니다.

그러면 단어보다 문장을 고르는 것이 올바른 키워드 선택 방법이냐고 묻는다면 꼭 그렇지는 않습니다. 단어를 채굴하여 얻은 정보라도 중요한 아이디어의 소재가 가득 포함되어 있습니다. 한쪽이 더 우월하지는 않습니다.

'채굴' 공정은 보물찾기와 비슷합니다. 보물이 숨어 있을 것 같은 장소(키워드)를 푹푹 판 뒤 반짝반짝 빛날 아이디어의 원석을 꺼냅니다. 발굴했다면 대성공입니다.

성공의 비결은 다양한 시점으로 보는 것입니다. 언뜻 잡동사니만 가득 묻힌 것처럼 보이는 장소에서 뜻밖의 보물을 발견하는 일도 적지 않습니다. 여러 각도와 시선을 지니자는 의미에서도 단어와 문장 양쪽을 키워드로 두는 것이 중요합니다.

잘 채굴하지 못한 경우에는 키워드를 다른 것으로 바꾸어 다시 도전해 보세요. 인내심을 가지고 노력해야 합니다. 반드시 키워드당 10개의 정보가 나올 때까지 힘을 내세요.

키워드를 발굴했다면 '채굴' 공정은 끝이 납니다.

'배치'와 '채굴'은 번뜩임을 부르기 위한 사전 준비입니다. 2-3(68쪽)에서 말한 준

비의 중요성을 복습하며 제대로 된 아이디어의 소재를 만들어 보세요. 아이디어의 소재를 얼마나 많이 만드는지에 따라 번뜩이는 횟수가 놀랄 만큼 달라집니다.

연결

아이디어의 소재가 모였다면 마지막 공정인 '연결'에 돌입합니다.

'연결'이란 아이디어의 소재끼리, 또는 아이디어의 소재와 전혀 다른 곳에서 가져온 요소를 조합할 때 쓰는 접착제를 뜻합니다. 이 책에서는 이 접착제를 '연계 아이디어'라고 부르겠습니다.

아이디어를 체계화한 1인자 제임스 웹 영James Webb Young은 저서 『아이디어 생산법』에서 이렇게 말했습니다.

아이디어는 오래된 요소들의 새로운 조합, 그 이상도 이하도 아니다.

즉 아이디어의 본질은 조합의 발견에 있다는 뜻입니다. 말은 이렇게 했지만 기존에 없는 조합을 발견했다고 해서 이것이 바로 쓸 만한 아이디어가 되는 것은 결코 아닙니다. 정확히 말하자면 조합한 것을 쓸 만한 것으로 성립시키는 아이디어가 필요합니다. 이것이 '연계 아이디어'입니다.

'아이디어가 떠올랐다', '머리 위의 전구에 불이 들어온 것처럼 빛났다', '신내림을 받았다'와 같은 표현은 '연계 아이디어'가 생겨난 순간을 나타낸 것입니다. 무엇과도 바꿀 수 없는 상쾌함을 얻을 수 있는 것이 바로 이 순간입니다.

'연계 아이디어'를 만드는 방법은 단순합니다.

번뜩일 때까지 기다리는 것. 이것이 전부입니다. 엉뚱한 소리라고 생각하실 분도 계시겠지만 진심으로 하는 말입니다. 어이없다고 책을 덮지 마시고 조금만 더 함께 알아봅시다.

널리고 널린 아이디어 발상의 입문서도 '연계 아이디어'를 만드는 방법은 알려 주지 않습니다. 이는 '사람을 좋아하기 위해서는 어떻게 해야 하는가?'라는 질문에 답하는 것과 마찬가지라서 '때가 오기를 기다릴 뿐이다'라고 말할 수밖에 없기 때문입니다.

앞서 말한 《아이디어 생산법》에서도 마찬가지입니다. 이 책에서는 5단계로 아이디어의 생산법을 설명합니다.

① 쓸 수 있는 자료를 최대한 모은다.
② 모은 자료를 곱씹는다.
③ 문제를 제쳐 놓는다.
④ 갑자기 아이디어가 떠오른다.
⑤ 현실에서 구현이 가능한지 시험한다.

준비되었다면 남은 것은 기다리는 일뿐입니다. 연계 아이디어를 만들기 위해 할 수 있는 일은 준비—아이디어의 소재를 가득 준비하는 것—뿐입니다.

아이디어의 소재를 제대로 만들어 놓기만 한다면 번뜩이는 순간은 반드시 찾아옵니다. 말보다는 증거가 빠르겠죠. 아래의 과제에 도전해 봅시다.

과제 ⑤ 아이디어의 소재를 조합해 봅시다.
(제한 시간 : 없음) '키워드와 채굴한 정보', '채굴한 정보끼리', '채굴한 정보와 사전 정보' 이 3가지를 머릿속에서 순서대로 전부 조합하여 아이디어가 나올 것 같은 예감이 드는 조합을 적어 주세요

예시 1) 키워드와 채굴한 정보를 조합하는 경우	'강' + '물의 흐름 바꾸기' '괴물' + '낚시'
예시 2) 채굴한 정보끼리 서로 조합하는 경우	'물 안에서는 무적' + '물의 성질을 바꾼다' '햇빛에 약하다' + '식인을 좋아한다'
예시 3) 사전 정보를 포함한 모든 정보를 조합하는 경우	'먹보' + '버섯' '식인을 좋아한다' + '나무'

수고하셨습니다.

기계적으로 조합을 시험하는 일은 상당히 어렵지요. 그래도 노력한 보람이 있는 결과를 얻지 않으셨나요? 적어도 수백 가지 조합을 실험하는 창작의 고통은 느꼈으리라 생각합니다.

그 와중에 '아, 이거랑 이건 연계할 만하다'라는 식의 '연계 아이디어'가 떠오르지는 않으셨나요? 떠올랐다면 그것이 바로 번뜩이는 순간입니다.

번뜩이지 않은 사람은 다음 항에서 설명하는 방법으로 다시 도전해 보세요.

참고를 위해 과제⑤에서 예시로 든 6가지 조합을 통해 나온 아이디어를 적어 두겠습니다.

① '강' + '물의 흐름 바꾸기' = 지류(支流)를 파서 강의 흐름을 바꾼 뒤 괴물을 지류로 유인한다(또는 원류의 물을 마르게 하여 없앤다).

② '괴물' + '낚시' = 괴물을 낚아 올린다.

③ '물 안에서는 무적' + '물의 성질을 바꾼다' = 나무 열매나 자신의 피로 물의 성질을 바꾸어 괴물을 무적이 아닌 상태로 만든다.

④ '햇빛에 약하다' + '식인을 좋아한다' = 자신을 미끼로 삼아 괴물을 물가로 유인한 뒤 햇빛을 받게 한다.

⑤ '먹보' + '버섯' = 괴물에게 버섯을 계속 먹게 한 뒤 배가 불러 움직임이 둔해진 틈을 타 수영하여 강을 건넌다.

⑥ '식인을 좋아한다' + '나무' = 나무로 인형을 만들어 괴물의 주의를 끈 뒤 그사이에 수영해서 강을 건넌다.

목적은 '재미있는 아이디어 10개'이므로 만일을 위해 4개의 아이디어를 더 적겠습니다.

⑦ '버섯' + '돌' = 커다란 버섯을 많이 키워서 돌로 된 징검다리처럼 물에 띄운 뒤, 그 위를 폴짝폴짝 뛰어서 건넌다.

⑧ '괴물' + '머리가 좋다' = 괴물에게 말을 가르쳐서 친해진다.

⑨ '나무' + '하늘 날기' = 나무로 점프대와 스키를 만들어 건너편까지 스키 점프로 넘어간다.

⑩ '나무' + '강의 생물' = 거대한 통발을 만들어 괴물을 포획한다.

처음에 나온 10개의 아이디어보다 내용이 다양해져서 재미있는 아이디어가 나올 확률이 더 높아졌다는 사실을 알게 되었겠지요. 아이디어가 나오기까지 걸린 시간은 처음 10개의 절반으로 줄었습니다.

아이디어의 소재를 잔뜩 만들고 기계적으로 조합함으로써 '연계 아이디어'를 발견하는 방법이 '번뜩임'을 불러오는 유효한 수단이라는 사실은 필자의 창작 인생을 걸고 보장하겠습니다.

아이디어 발상법 정리

아이디어의 소재

'배치'
- 목적
- 사전 정보
- 왜 아이디어가 필요한가?
- 아이디어 발상의 조건은?
- 어떤 아이디어를 원하는가?
- 키워드 추출하기
- 개수 좁히기(일단은 3개)
- 단어와 문장 둘 다 추출하기

'채굴'
- 키워드 파내기
- 질보다 양
- 목표는 키워드마다 10개
- 목적과 조건은 일단 고려하지 않아도 됨

▼

연계 아이디어

'연결'
- '아이디어 소재'를 연계하기
- 만든 정보를 기계적으로 조합하기
- 번뜩이는 순간 기다리기
- 막히면 모두 잊고 휴식 취하기

그러나 아무리 여러 조합을 시험해 보아도 번뜩임이 찾아오지 않을 수도 있습니다. 그럴 때도 역시 기다릴 수밖에 없습니다.

아이디어의 소재를 충분히 만들었다면 온갖 조합을 시험하고, 그래도 찾지 못했다면 모두 잊고 휴식을 취하도록 합시다. 목욕하기, 산책하기, 다른 취미에 집중하기, 잠자기, 무엇이든 좋습니다. 무책임한 소리로 들릴지 모르지만 속는 셈 치고 시험해 보세요.

✦ 아이디어 발상의 보조 무기 ✦

이번 항에서는 아이디어 발상에 도움이 되는 3가지 방법을 소개합니다. 보조 무기로 활용해 보세요. 각 설명에는 지난 항에서 사용한 '강을 건너는 아이디어 만들기'를 이용합니다.

만다라트 사용하기

만다라트Mandal-Art란 일본의 디자이너 이마이즈미 히로아키今泉浩晃가 고안한 아이디어 및 사고 전개 방법입니다. 불교 용어인 만다라와 아트를 합친 단어로, 3×3의 칸으로 이루어진 시트를 정사각형으로 9장씩 펼친 모습이 만다라와 비슷하여 붙어진 이름입니다.

만다라트 완성도

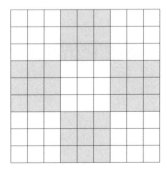

만다라트를 이용하면 도식적으로 아이디어를 정리하고 발전시킬 수 있습니다. 머릿속으로만 생각하면 좀처럼 나오지 않는 발상을 끌어내기도 해서 아이디어의 소재를 만들 때 최고로 적합한 방법입니다.

1단계. 시트의 중심에 주제('채굴' 공정 속 키워드에 해당)를 배치합니다.

	물에 닿지 않기	

2단계. 주제에서 연상되는 말을 주변에 나열합니다. 반드시 주변에 있는 8칸을 모두 채워야 합니다.

탈 것	물 없애기	방수
감싸기	물에 닿지 않기	기름
다리	뛰어넘기	멀리하기

3단계. 주변에 나열한 단어를 다른 시트에 다시 세분화해 적습니다.

탈 것	물 없애기	방수
감싸기	물에 닿지 않기	기름
다리	뛰어넘기	멀리하기

우비	잠수함	테이프
척력	방수	밀폐성
발수	공사	카메라

4단계. 주제에서 전개된 시트를 나열하여 아이디어가 될 만한 말이나 조합을 찾습니다('연계 아이디어' 공정입니다).

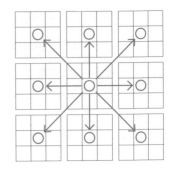

5단계. 전개하는 와중에 키워드가 될 것 같은 말을 찾았다면 그 말을 중심에 둔 만다라 시트를 만듭니다.

증발	간만	변질		간만	기화	성전환
옮기기	물 없애기	천재지변		변형	변질	성장
끓이기	마시기	빨아들이기		치한	악성화	부패

다음은 번뜩이는 순간이 찾아올 때까지 위의 단계를 반복하기만 하면 됩니다.

참고로 필자는 '성전환'이라는 단어에서 '남녀'라는 단어를 연상하였고, '괴물의 성별', '괴물은 남성', '연애', '유혹하기'로 전개하여 '괴물을 유혹하여 등에 태워 달라고 한다'라는 아이디어를 떠올렸습니다.

'강물을 썩게 만든다', '괴물을 병에 걸리게 한다', '변신 로봇을 만든다'라는 연상도 아이디어로 발전시킬 수 있어 보입니다. 참고만 해 주세요.

컬러 배스 효과를 활용하기

컬러 배스 효과color bath effect란 '인간의 뇌는 보고 싶은 것을 선택적으로 모은다'

는 뜻의 심리학 용어입니다. '의식하기 시작한 순간, 의식한 것에 관한 정보가 눈에 띄는 효과'라고 말하는 편이 이해하기 쉬울 것 같습니다.

오늘의 운세에서 '오늘 행운의 컬러는 빨강'이라는 말을 들으면 무의식적으로 빨간 물건에 눈길이 가지 않나요? 이것이 컬러 배스 효과입니다.

컬러 배스 효과는 의식적으로 아이디어 발상에 응용할 수 있습니다. 방법은 간단합니다. 예를 들어 외출하기 전에 '오늘은 커다란 것에 의식을 집중하자'라고 주제를 정하기만 하면 됩니다. 외출하면 자연스레 '태양', '건물', '비행기', '트럭', '키가 큰 사람', '커다란 벌레', '신호등', '간판', '불상', '은행 창문', '경적', '아저씨의 재채기 소리' 등 '커다란 것'에 관한 다양한 정보가 들어옵니다.

모인 정보에서 무언가를 느끼지 못하더라도 상관없습니다. 평소에 의식하지 못했던 것을 의식하는 점이 중요합니다. 새로운 정보를 받아들이고 기존에 받지 못한 자극을 받는 일은 번뜩임의 방아쇠가 됩니다.

매너리즘은 아이디어 발상의 크나큰 적입니다. 똑같은 매일, 똑같은 사고 과정을 계속 반복하면 뇌는 경험으로만 사물을 생각하게 됩니다. 이는 뇌가 굳는 커다란 원인입니다.

인간의 뇌는 한 번 본 정보를 곧바로 간략하게 만들고 싶어 합니다. 입학했을 때는 신선하게 느껴졌던 등굣길이 어느새 아무런 자극도 없는 단순한 배경으로 바뀌는 경험을 해 보셨겠지요.

게다가 까다롭게도 뇌는 성능이 아주 뛰어나서 다닌 적이 없는 길의 정보까지 간략하게 만들고 맙니다. 뇌 입장에서는 일본 최북단 홋카이도에 있는 길이든 일본 최남단 오키나와에 있는 길이든, 길은 길이라는 인식을 지니는 편이 효율적이니까요.

뇌가 고성능이라는 점이 아이디어의 발상을 방해하는 것입니다.

새로운 조합의 발견이야말로 아이디어라고 할 수 있는데, 간략하게 보는 뇌는 아이디어의 소재를 쉽게 놓치고 수많은 번뜩임의 기회를 놓치고 마는 것이죠.

실제로 여행을 간 곳에서 길은 보통 의식하지 않습니다. 아스팔트는 아스팔트입니다. 맨홀은 맨홀입니다. 우체통은 우체통입니다. 전봇대는 전봇대입니다. 그러나 의식해서 보면 색과 형태는 물론이며 크기도 다양하다는 사실을 발견할 수 있습니다. 의식하지 않아서 놓치고 만 아이디어의 소재가 얼마나 많은지 생각해 보면 아깝다는 기분이 들지 않나요?

이러한 현상을 컬러 배스 효과를 활용하여 바꿀 수 있습니다.

하루에 한 가지 주제를 의식하여 항상 아이디어의 소재를 찾고 새로운 조합을 계속 발견하는 '번뜩이는 뇌'를 길러 봅시다.

색안경 벗기

이론 설명이 계속 이어지는 것 같아서 휴식할 겸 퀴즈 하나를 준비했습니다. 답에 도달하는 순간 번뜩임의 순간을 체험할 수 있습니다.[2] 편안한 마음으로 도전해 보세요.

Q : 어느 천재 외과 의사 앞으로 긴급 수술 요청이 들어왔습니다.
"환자는 남자아이입니다. 부모와 함께 사고에 휘말린 모양입니다. 아버지는 아이를 감싸다 돌아가셨습니다."라고 간호사가 말했습니다. 천재 외과 의사는 수술실에 들어갔고, 침대 위에 누워 있는 남자아이를 보고 깜짝 놀랐습니다. "내 아들이잖아!" 어떻게 된 일일까요?

정답을 알아봅시다. 정답은 '천재 외과 의사는 여자였다'입니다.

맞히셨나요? '천재 외과 의사'를 '남성'이라고 무심코 생각했다면 정답을 맞히기가 어려워집니다. 편견은 아이디어 발상의 천적입니다. 습관, 선입견, 상식에서 만들

---

2 아이디어 발상으로 얻는 번뜩임과 수수께끼 같은 사고력 퀴즈로 얻는 번뜩임은 같은 성격입니다.

어지는 편견은 자유로운 발상에 색안경을 끼우고 맙니다. '좋다', '싫다' 등의 감정도 편견의 일종입니다. 사랑에 빠지면 눈에 콩깍지가 쓰인다는 말처럼, 감정적으로 변하면 한 가지에만 몰두하여 생각하게 됩니다. 이런 상황에서는 아이디어가 생길 리가 없습니다.

색안경을 벗고 발상의 자유를 손에 넣읍시다.

어렵지 않습니다. 의식을 살짝 바꾸기만 해도 색안경은 놀라울 만큼 간단하게 벗을 수 있습니다. 예를 들어 항상 오른손으로 돌리던 문손잡이를 왼손으로 돌려 보는 정도라 해도 괜찮습니다. 익숙해지면 '오른손'이나 '왼손' 이외의 선택지를 생각할 수 있게 됩니다. '발'로, '입'으로, 아니면 '겨드랑이'로, 그것도 아니면 '도구'를 사용하는 등 자유로운 발상이 생겨날 것입니다. 이러한 발상으로 생겨난 아이디어의 소재는 게임 시나리오 작성에 그대로 활용할 수 있습니다.

항상 겨드랑이로 문손잡이를 연다고만 해도 개성적인 캐릭터가 될 수 있습니다. 늘 책을 거꾸로 들어서 읽는 설정도 괜찮을 것 같습니다. 화장실에 들어갈 때 절대로 불을 켜지 않는다거나, 무엇이든 얼려서 먹는다거나, 씻을 때 오른손만 사용한다거나 하는 식으로 설정을 다듬다 보면 마음에 드는 캐릭터가 나올 수 있습니다.

오스본의 체크리스트

마지막으로 발상의 선택지를 늘리는 데 도움을 주는 편리한 오스본[1]의 체크리스트를 소개합니다. 체크리스트를 활용하여 색안경을 벗어 봅시다.

대체 다른 방법을 사용하면 어떻게 될까?/그대로 적용하면 어떻게 될까?/용도에 맞춰서 살짝 개량하면 어떨까?	**응용** 비슷한 것/과거의 사례/다른 아이디어를 따라 하면 어떻게 될까?	**변경** 관점/색/소리/움직임/냄새/형태를 바꾸면 어떻게 될까?
확대 크게/높게/길게/무겁게/강하게 바꾸면 어떻게 될까?	**축소** 작게/낮게/짧게/가볍게/약하게 바꾸면 어떻게 될까?	**대용** 재료/공정(과정)/장소/사람을 빌려 쓴다면 어떻게 될까?
치환 공정/재료/사람(의 일부)을 다른 무언가로 바꾸면 어떻게 될까?	**역전** 역할(입장)/순서/생각을 반대로 바꾸면 어떻게 될까?	**결합** 각 요소/아이디어/목적을 합체시키면 어떻게 될까?

1 알렉스 F. 오스본. 브레인스토밍을 고안한 사람.

3장

독자적인 무대 만들기

1, 2장에서는 게임 시나리오 작성에 필요한 기초 지식, 마음가짐, 기술을 소개하였습니다. 이제부터는 이를 이용하여 실제로 게임 시나리오를 만들어 볼 예정입니다.

실천으로 옮기기 전에 먼저 준비를 해야 합니다. 준비의 첫걸음은 목적의 구체화라고 말했죠.

목적은 물론 '게임 시나리오 만들기'입니다. 그러나 이렇게 설정된 목적은 2-3에서 예시로 든 '산에 오르기'와 마찬가지로 막연해서, 필요한 것을 끝없이 나열해야 합니다. 현재 상태로는 무엇을 만들어야 좋을지 파악할 수 없습니다. 이런 경우에는 구체화를 진행하는 것이 철칙입니다. 필요한 것의 숫자가 어느 정도 줄어들 때까지 목적을 구체적으로 만들어 봅시다. '산에 오르기'의 경우는 오를 산을 '후지산'으로 구체화하였고, '5부 능선'이라는 말로 조건을 더하였습니다. 게임 시나리오를 등산에 비유한다면 오를 산을 구체적으로 정하는 것은 '게임 장르를 구체적으로 정하는 것'에 해당합니다. 2-1(94쪽)의 게임 장르 리스트를 참고하여 자신이 만들고 싶은 게임을 선택해 보세요.

선택의 기준은 다양합니다. 단순하게 자신이 좋아하거나 싫어하는 기준으로 골라도 괜찮고, 자신이 사용하는 제작 툴에 맞추거나, 생각 중인 시나리오를 가장 잘 살릴 수 있는 게임 장르를 고르는 것도 좋습니다. 구체적인 플레이어를 예상할 수 있다면 그 사람이 좋아할 게임 장르로 만드는 것도 방법입니다.

이 책에서는 다음과 같은 사항을 고려하여 어드벤처 게임으로 골랐습니다.[1]

+ 시나리오가 가장 중요한 게임 장르인 점
+ 자체 제작 게임으로 가장 많이 만들어진다는 점
+ 게임 제작 툴이 충실하다는 점
+ 모든 게임 장르에 통용되는 기본을 배울 수 있다는 점
+ 다양한 스토리 장르에 대처할 수 있다는 점

---

[1] 이 책의 특성상 필자가 조건을 설정하여 진행하는데, 실제로 게임 시나리오를 만들 때는 스스로 조건을 설정하여 게임 장르를 선택해 주세요. 이 책의 설명 자체는 어드벤처 게임에 한정되지 않고 모든 게임 장르에 적용할 수 있는 내용으로 구성되어 있습니다.

✦ 프로를 목표로 하는 경우, 수요가 가장 많은 게임 장르라는 점

이제 목적은 '어드벤처 게임 시나리오 만들기'로 바뀌었습니다. 그래도 아직 구체적이지 않습니다.

그래서 전체상을 그리기 위해 시나리오의 길이를 더합니다. 어드벤처 게임이라고 하면 보통 엄청난 양의 텍스트가 적혀 있어서 읽는 맛이 있는 이야기라는 이미지가 있는데, 그렇다고 대뜸 장편을 만들기란 매우 어렵습니다. 여기에서는 이야기의 기본 구성인 '기승전결'에 이벤트를 하나씩 넣어서 4개의 이벤트로 구성된 간결한 이야기로 작품을 완성하는 것에 중점을 두도록 합시다.

앞선 내용을 더하면 '4개의 이벤트(기승전결)로 구성된 어드벤처 게임의 시나리오 만들기'로 정리할 수 있습니다.

목적이 상당히 구체적으로 변했습니다.

여기에 만들고 싶은 스토리 장르를 더합니다. 연애, 호러, 코미디, 모험, 미스터리, 열혈 스포츠, 무엇이든 좋습니다. 필자는 '모험'을 더하도록 하겠습니다.

이제 아래와 같은 목적이 완성되었습니다. 이번 장부터 이 목적을 실제 형태로 옮겨 보겠습니다.

✦ 게임 장르 : 어드벤처 게임

✦ 스토리 장르 : [2]

✦ 이벤트 수 : 4

"저는 누가 봐도 멋지다고 할 만한 초대형 게임을 만들고 싶은데요."라고 생각하는 분들에게는 부족해 보일 수 있습니다. 혹은 "4개의 이벤트로 이루어진 이야기라니, 400개의 이벤트로 이루어진 이야기를 만들어야 할 텐데 별로 도움이 안 되지 않나요?"라고 불안하게 생각할 수도 있습니다.

---

2 자신이 설정한 장르를 적어 주세요.

그러나 4개의 이벤트로 이루어진 이야기든 400개의 이벤트로 이루어진 이야기든 제작의 기본은 같습니다. 이 책에서 설명하는 이야기 만들기의 기본은 장편에도 그대로 적용할 수 있습니다. 걱정하지 마세요.

위에서 말한 목적을 달성하기 위해서 필요한 것은 크게 분류하면 '무대 설정', '캐릭터', '플롯', '텍스트'까지 총 4개입니다. '무대 설정'이란 이야기가 진행되는 주요 장소를 의미하며 필요에 따라 설정의 규모가 변합니다.

준비의 마무리로 4개의 항목에 퀄리티를 올리기 위한 '좋은 언어'를 각각 추가하여 적습니다.[3]

+ '독자적인' 무대 설정
+ '살아 움직이는' 캐릭터
+ '결말이 궁금해지는' 플롯
+ '자연스럽고 읽기 쉬운' 텍스트

이것으로 준비가 끝났습니다. 이제 실천으로 옮겨 봅시다.

이 책 안에서 실제로 제작하는 것은 '무대 설정', '캐릭터', '플롯'까지 총 3개입니다. '텍스트'는 작품 하나의 분량을 통째로 이 책 안에 기록하는 것이 불가능하므로 기본적인 서식을 익히기 위한 연습을 준비하였습니다.

편의를 위해 '무대 설정', '캐릭터', '플롯'의 순서로 설명을 진행할 예정이지만[4], 원래는 무엇을 골라 시작하든지 자유입니다. 여러분이 이 책을 덮고 독자적으로 게임 시나리오를 만들 때는 가장 구체적인 아이디어가 나온 부분부터 만들어야 합니다.

무대의 아이디어가 점점 넓어지면 완성된 무대에 필연성이 있는 캐릭터와 플롯을 만듭니다.

사용하고 싶은 캐릭터를 가장 먼저 만들었다면 그 캐릭터가 가장 활약할 수 있는 무대와 플롯을 생각합니다.

3 2-3(73쪽) 참고.
4 무에서 시작할 경우에는 이 순서가 가장 만들기 쉽다고 생각하여 정했습니다.

느낌이 있는 플롯이 완성되었다면 퍼즐의 조각을 끼워 맞추듯이 캐릭터를 설정합니다.

주제의 핵심을 꿰뚫는 대사가 떠올랐다면 그 대사가 가장 효과적으로 사용될 수 있도록 플롯을 구성합니다.

어디서 시작하든 모두 정답입니다. 만들기 쉬운 항목을 핵심으로 두어 아이디어의 소재를 만들고 전체를 구성하는 방법이 좋습니다. 아이디어의 소재가 쉽고 많이 만들어진다는 뜻은 목적의 구체화가 잘 진행되고 있고, 납득이 되는 키워드를 자연스럽게 얻고 있고, 자신의 특기 분야에 해당한다는 뜻입니다.

무대, 캐릭터, 플롯, 대사 모두 실마리가 없으면 만들기 어려운 법입니다. 무엇이든 하나라도 자연스레 만들어지는 것이 있다면 이를 소중하게 여기고 발전시키는 것이 시나리오 완성의 지름길입니다.

게임 시나리오 작가가
만드는 설정

게임 시나리오 작가가 만드는 설정은 '캐릭터'와 '세계', '무대'까지 총 3가지입니다.[1]

'캐릭터'의 설정은 게임에 등장하는 캐릭터의 외형이나 성격, 배경 등을 정하는 것으로, 누구나 떠올릴 수 있는 것입니다. 그러나 '세계'와 '무대'의 설정은 활용이나 구분 방법을 포함하여 정의하기가 막연해 보입니다.

이 책에서는 다음과 같이 정의하겠습니다.

세계 설정	작품 전체의 배경이 되는 세계의 설정
무대 설정	시나리오가 발생하는 장소의 설정

예를 들어 '세계'를 구성하는 항목에는 세계의 구성 요소, 세계 지도, 국가, 역사,

---

1 세계 설정을 세계관이라고 부르기도 합니다. 그러나 이는 게임이나 만화, 라이트노벨 업계에서 사용되는 독자적인 용어이며 원래 의미를 따지면 잘못된 용법입니다. 세계관이란 '세계에 관한 관점·견해'를 뜻하는 단어로, 주로 철학이나 민속학 분야에서 사용됩니다. 세계 설정과 세계관을 같은 의미로 사용하는 일이 많지만, 사실 세계 설정은 세계관의 일부에 지나지 않습니다. 세계관이란 작품 세계를 표현하는 모든 요소를 총칭하는 말입니다. 이야기, 캐릭터, 그래픽, 사운드, 시스템도 세계관의 일부입니다. 그래서 이 책에서는 작품 세계 전체를 말하는 경우를 제외하고 세계관이라는 단어는 사용하지 않으려 합니다.

문화·문명, 종교, 가치관, 법률, 사회 구조, 직업, 생태계, 판타지 요소의 정도, 이종족·신·악마의 존재나 처한 상황, 마법의 유무, 물리 법칙이나 주요 에너지 등이 있습니다. 이런 항목은 '세계'가 지구라면 설정할 필요가 없습니다. '세계'의 설정을 만든다는 것은 이세계의 설정을 만드는 것이나 마찬가지입니다.[2]

그리고 지구를 포함한 '세계'의 배경에 시나리오가 발생하는 장소를 개별로 설정하는 것이 '무대'입니다. 〈바이오하자드BIOHAZARD〉처럼 '세계'가 지구이며 동시에 하나의 저택 안에서 시나리오가 진행되는 작품이라면 '무대=저택'이 됩니다.

많은 롤플레잉 게임처럼 온 세계를 모험하는 작품에서는 마을이나 던전 등 시나리오가 발생하는 장소가 모두 '무대'입니다. 그러나 프로의 경우, 마을이나 던전 같은 맵까지 만드는 일은 거의 없습니다. 큰 틀의 설정(어떤 이미지의 장소인가) 이외는 전문 디자이너가 상세하게 설정합니다.

이번 장에서는 4개의 이벤트로 구성되는 이야기에 필요한 '작은 무대'를 하나 설정합니다. 배경이 되는 '세계'는 기존 작품의 세계 설정을 모델로 빌리겠습니다. 예를 들어 마법과 과학이 독자적으로 발전을 이룬 세계를 사용하고 싶다면 설정표에 〈파이널 판타지 VI〉라고 적습니다. 이제 여러분이 만드는 무대 설정의 배경은 '마도아머'와 '비공정'이 있고, 마법과 몬스터가 당연하게 존재하는 세계가 되었습니다.

현실에 바탕을 두면서도 살짝 다른 다이쇼 시대의 느낌을 원한다면 〈사쿠라 대전[3]〉이나 〈데빌 서머너 쿠즈노하 라이도우 대 초력병단〉, 하이 판타지High Fantasy[4] 세계의 느낌을 원한다면 〈드래곤 퀘스트〉나 〈반지의 제왕〉, 로우 판타지Low Fantasy[5] 세계의 느낌을 원한다면 〈페르소나〉 시리즈나 〈해리 포터〉 시리즈, 거대한 몬스터들이 독자적인 생태계를 이루는 세계의 느낌을 원한다면 〈몬스터 헌터〉 등, 토대가 되는 세계의 모델을 설정합니다. 현실의 지구를 사용할 경우에는 배경이 되는 시대와 나라를

---

2 사실 지구에 요괴라든지 마법사, 변신 히어로가 실제로 존재한다거나 가공의 고대 문명이 존재한다고 설정할 경우에는 개별 설정을 만들 필요가 있습니다. 다만 어디까지나 지구라는 바탕에 가미하는 설정이므로 이 책에서 정의하는 '세계'의 설정과는 구별합니다.
3 〈사쿠라 대전〉 작중에서는 다이쇼 시대를 뜻하는 '大正'이 아니라 글자를 살짝 바꾸어 '太正'을 사용합니다.
4 가공의 세계를 무대로 한 판타지의 장르 중 하나입니다.
5 현실 세계에 판타지 요소가 가미된 판타지의 하위 장르입니다.

정합니다.

"왜 세계를 설정하는 것부터 시작하지 않나요?"라고 의문을 느끼는 분도 계시겠지요. 이 책은 최대한 많은 독자가 게임 시나리오를 완성하는 경험을 쌓길 바라는 마음으로 만들었습니다. '세계'를 통째로 설정하는 고난이도 연습을 하다가 시작부터 바로 막히는 일은 원하지 않습니다. 그렇다고 해서 '세계'를 통째로 설정하고 싶은 분의 의욕을 꺾는 것도, 마찬가지로 원하는 바가 아닙니다. 오리지널 '세계'로 게임 시나리오를 만들기 원하는 분을 위해 이번 장 끝에 이세계를 만드는 방법을 설명한 칼럼을 준비했습니다. 그쪽을 참고하여 세계 설정에 도전해 보세요.

'세계'의 모델을 결정했다면 설정표의 '세계(모델)' 항목에 작성합니다. 동시에 스토리 장르도 작성합니다.

세계(모델)	
게임 장르	어드벤처 게임
스토리 장르	
무대	
목적	
특수 규칙	

이제 독자적인 무대를 만들기 위한 배경이 설정되었습니다. 이후에는 설정한 '세계(모델)'를 염두에 두고 진행하세요.

그런데 설정표의 항목을 보고 어떤 생각이 드셨나요?

간단히 만들 수 있을 것 같다, 항목의 의미를 모르겠다 등 사람에 따라 다른 생각이 떠올랐을 것입니다.[6] 그러나 '버거워 보인다'라는 느낌은 들지 않았을 것 같습니

---

[6] 각 항목의 의미는 3-4(128쪽) 이후부터 설명하겠습니다.

다. 실제로 이 시점에서 이번 장의 목적인 '독자적인 무대 설정'을 떠올린 사람이 있어도 이상하지 않습니다.

이미 아이디어가 있는 사람은 먼저 메모장에 아이디어를 기록해 주세요. 3-2와 3-3(115쪽)에서 설명할 더 좋은 무대 설정을 만들기 위한 힌트를 읽으면 아이디어가 더욱더 발전될 것입니다.

'아니, 아무런 생각도 떠오르지 않고 어렵기만 한 것 같은데?' 하고 느끼더라도 안심하세요. 3-4(128쪽)에서는 무대 설정의 아이디어를 0에서 1로 만들기 위한 안내서를 준비했습니다. 읽으면 독자적인 무대를 반드시 만들 수 있습니다.

무대 설정에
개성과 매력이 있는 명작

좋은 작품을 만들기 위해서는 좋은 작품을 아는 것이 지름길입니다.

아이디어가 있는 사람이든 없는 사람이든 과거를 통해 배우고 나만의 도구를 늘리는 것은 큰 의미가 있습니다. 그래서 이번 절에서는 무대 설정에 개성과 매력이 있는 명작 게임을 설정 패턴에 따라 나누어 소개합니다.

필자가 분류한 설정 패턴은 다음 3가지입니다.

① 무대 설정에 '이야기'가 있다.
② 무대 설정에 '특수성'이 있다.
③ 무대 설정에 '두드러진 상황'이 사용되었다.

각 설정의 패턴은 그대로 무대 설정을 만들 때 열쇠가 됩니다. 읽어 나가면서 아이디어가 번뜩 떠오른다면 그때마다 메모해 주세요.

✦ 무대 설정에 '이야기'가 있다 ✦

여기서 말하는 이야기란 주인공이 체험하는 드라마가 아니라 무대 그 자체가 지닌 이야기성을 뜻합니다.

대표적으로 '사라지는 무대'가 있습니다. 가장 알기 쉬운 예시로는 운석의 충돌로 인한 세계의 파멸이 있습니다. 무대가 송두리째 소멸합니다. 다른 예시로는 수명을 다하는 거목, 채굴이 끝난 광산, 해체가 결정된 건물 등도 '사라지는 무대'에 해당합니다. 신이나 마왕, 악의 황제나 지구 바깥의 생명체처럼 쓰러뜨리면 종말을 피할 수 있는 대상이 존재하지 않는 것이 큰 특징입니다.

사람이든 무대든 피할 수 없는 죽음을 향해 간다는 설정은 강한 이야기성을 지니며 작품 전체에 공허함이나 쓸쓸함, 또는 긴장감을 부여합니다. 다시 말해 무대 그 자체에 감정을 움직이는 요소가 생겨난다는 뜻입니다. 이에 따라 종말을 앞둔 선택, 신세계로 이주하기, 안전한 장소로 탈출하기를 목적으로 하는 주인공의 행동이 더

극적으로 변합니다. 몇 가지 예시를 보여드리겠습니다.

〈린다 큐브〉

네오 케냐라고 불리는 지구와 비슷한 행성을 무대로 한 롤플레잉 게임입니다. 8년 후에 피할 수 없는 거대 운석과 충돌한다는 설정이며, 기한 내에 최대한 많은 암수 한 쌍의 동물을 모아 '방주'로 불리는 우주선에 태워 별에서 탈출하는 것이 목적입니다.

시간제한이 행동의 선택에 긴장감과 딜레마를 낳고 드라마의 분위기를 고조시킵니다. 무대의 이야기와 주인공의 이야기가 유기적으로 맞물리면 시나리오가 더 매력적으로 변한다는 것을 나타내는 좋은 예시입니다.

일반적인 롤플레잉 게임과 다르게 마왕 같은 존재가 없고 동물 수집이 목적이라는 독특한 설정으로 화제가 되기도 했습니다.

〈셉텐트리온〉

레이디 크리사니아라고 불리는 호화 여객선이 무대인 액션 어드벤처 게임입니다. 바다에서 폭풍을 만나 60분 후에 침몰하는 배에서 최대한 많은 승객을 구출하고 함께 탈출하는 것이 목적입니다. 큰 틀은 〈린다 큐브〉와 비슷하지만 이 게임은 현실 시간으로 60분이라는 시간제한이 있어서 손에 땀을 쥐는 긴장감을 맛볼 수 있습니다.

〈진 여신전생 3 녹턴〉

'도쿄 수태'라고 불리는 현상으로 인해 세계가 멸망하고, 혼돈에서 창세가 시작되는 롤플레잉 게임입니다. 무대가 되는 도쿄는 악마가 창궐하는 이계로 변모하여 창세의 때를 기다립니다. 주인공의 최종 목적은 다음에 창조될 세계를 선택하는 것입니다.

'사라지는 무대'이면서 동시에 '재생하는 무대'이기도 합니다. 이것이 이 작품에 강한 독자성을 부여하고 있습니다.

또한 살아남은 소수의 인간과 신과 마왕들의 주의·사상이 뒤섞여 선악으로는 나눌 수 없는 가치관이 부딪히는 장대한 설정은 다른 게임에서는 볼 수 없는 매력을 뽐냅니다.

무대의 역사가 이야기가 된다

무대의 역사가 이야기가 되는 작품도 있습니다.

역사 연표의 한 페이지를 잘라 낸 듯한 설정의 작품들입니다. 배경이 되는 '역사 이야기' 안에서 주인공이 '자신의 이야기'를 써 내려간다는 이중 구성입니다. 저항할 수 없는 흐름에 농락당하면서도 필사적으로 살아남으려는 캐릭터들의 이야기가 커다란 매력입니다. 완전한 오리지널 역사를 만들어 넣은 작품은 소수이며 현실의 역사를 바탕으로 만든 작품이 다수를 차지합니다. 사실史實을 바탕으로 한 작품은 역사 이야기에 주인공이 개입하면서 일어나는 다양한 if 전개가 큰 매력입니다.

〈택틱스 오우거〉

민족 분쟁을 배경으로 한 무게감 있는 시나리오로 호평을 얻은 시뮬레이션 RPG 입니다. 주인공은 자신이 놓인 상황을 바꾸기 위해 원하지 않는 전쟁에 몸을 던집니다. 나라나 민족의 역사, 종교, 사회 구조, 여기서 생겨나는 사람들의 다양한 가치관 등을 세밀하게 만든 독자적인 무대 설정이 작품에 현실성과 매력을 가져다 줍니다.

〈태합입지전〉

기노시타 도키치로(이후 도요토미 히데요시)가 되어 전국 시대에서 입신출세를 꿈꾸는 리코에이션 게임[1]입니다. 도요토미 히데요시의 에피소드나 역사가 다양하게 수록되어 있으며, 플레이어의 행동에 따라 역사 그대로 진행할 수도 있고 if 루트로 진행할 수도 있습니다. 예를 들어 혼노지의 변에서는 도요토미 히데요시가 모반을 일으킬 수도 있고, 노부나가를 지키며 천하통일을 계속 지지하는 것도 가능합니다.

이런 식으로 즐길 수 있는 것은 '역사'라는 이야기가 있기 때문에 가능하며 게임

---

1 롤플레잉 게임과 시뮬레이션 게임의 개념을 융합한 조어로, '코에이 테크모 게임스'(일본의 비디오 게임 회사)가 제창했습니다.

고유의 '체험'이기도 합니다.

〈어쌔신 크리드〉 시리즈

어쌔신(암살자)이 주인공이며 전 세계에서 기록적으로 많이 팔린 잠입 액션 게임입니다. 전 시리즈에 걸쳐 약 7만 년 전부터 현대에 이르는 연표가 만들어져 있습니다. 연표는 현실 세계의 역사나 신화를 각색한 것이며 주인공(플레이어)은 장대한 역사의 if를 '체험'할 수 있습니다.

✦ 무대 설정에 '특수성'이 있다 ✦

특수한 구조나 구성, 특별한 힘을 지닌 장소의 설정이 무대의 매력으로 이어지는 설정 패턴입니다.

무대가 특수한 구조를 지닌 경우에는 주로 구조의 진실에 흥미로운 수수께끼가 숨어 있습니다. 구성이 특수한 무대에서는 세계의 탄생부터 배경이 설정되어 있기 때문에 무대에 개성과 통일감이 생겨납니다. 세계의 근원과 얽힐 숙명을 짊어진 주인공(또는 히로인)이 세계를 구하기 위해 모험을 떠나는 것이 정석입니다.

특별한 힘을 지닌 장소를 설정한 작품은 그 장소에 도착하거나 이를 지키는 것이 주인공의 목적인 경우가 대부분입니다. 몇 가지 예시를 소개합니다.

〈드래곤 퀘스트 VI 몽환의 대지〉

화면 위와 아래의 2가지 세계를 오가며 세계의 비밀과 진정한 자신을 찾는 일본의 국민 롤플레잉 게임입니다.

왕도[2]를 걷는 이야기에 교묘한 무대 구조가 더해져, 시리즈의 다음 작품인 〈드래곤

---

2 원래는 '인덕(仁德)으로 다스린다'라는 뜻을 지닌 단어이지만, 일반적으로는 '정도', '정석'의 의미로 사용되는 경우가 많습니다. 이 책에서는 '플레이어의 기대에 부응하는 것'이 왕도라고 정의하겠습니다. 5-3(301쪽) 참조.

퀘스트 Ⅶ〉와 함께 작품성이 뛰어납니다. 거울로 비춘 듯하지만 미묘하게 다른 두 세계에는 커다란 비밀이 있으며 세계의 진실을 발견하는 여행은 이윽고 주인공 일행의 숨겨진 진실을 밝혀냅니다.

무대의 설정과 주인공 일행의 설정이 서로 간섭하는 구성이며, 무대의 구조가 이야기에 놀라움과 발견이라는 매력을 부여합니다.

〈젤다의 전설 꿈꾸는 섬〉

젤다의 전설 시리즈의 첫 휴대용 게임기 작품이자 액션 어드벤처 게임입니다. 주인공 링크는 수행을 마치고 돌아오는 길에 거대한 파도를 만나 바다에 빠지고 말았습니다. 휩쓸리다 도착한 곳은 모험의 무대가 되는 미지의 섬 코호린트. 섬에서 나가기 위해서는 성스러운 알 안에서 잠자고 있는 '바람의 물고기'를 깨워야 합니다. 각성의 노래를 연주하기 위해 악기를 모으는 와중에 링크는 코호린트섬의 비밀을 알게 됩니다.

스포일러는 언급하지 않겠습니다만, 섬의 비밀을 안 순간 그곳에 있는 모든 것이 다르게 보이며 애달픔이 남는 훌륭한 설정입니다. 플레이어는 목적을 한편으로는 이루고 싶지만 이루고 싶지 않다는 갈등을 주인공을 통해 '체험'하게 됩니다.

〈완다와 거상〉

10개의 거상이 사는 '금단의 땅'이 무대인 액션 어드벤처 게임입니다. 주인공인 청년 완다는 소중한 사람의 영혼을 되찾기 위해 파트너인 말 아그로와 함께 거상을 쓰러뜨리는 모험을 떠납니다. 사람이 살지 않는 금단의 땅이라는 설정이 정면에서 거상과 마주할 수밖에 없도록 만듭니다(그러한 긴장감 속에서 아그로의 존재는 유일한 안식처입니다). 거상은 정의롭지도 않고 악하지도 않은 존재이며, 생명을 빼앗는 행위에는 죄책감과 애절함이 항상 따라다닙니다. 한편 자신보다 거대한 것을 정복하는 기쁨과 성취감도 있기에 복잡한 감정을 불러일으킵니다.

플레이어는 자신의 안에서 생겨나는 이러한 감정을 정면에서 마주하게 되므로 감정을 강하게 뒤흔드는 '체험'을 할 수 있는 작품입니다. 불필요한 요소를 제거하고 목적을 정면에서 마주하도록 의도한 무대 설정은 아주 희귀하여 유일무이한 독자성을 자랑합니다.

〈두근두근 메모리얼〉

'졸업식 날 전설의 나무 아래에서 여자아이의 고백을 받고 맺어진 커플은 영원히 행복해진다'라는 전설이 있는 고등학교를 무대로 하는 연애 시뮬레이션 게임입니다. 특별한 특징이 있는 장소를 설정함으로써 작품에 간결한 개성이 부여되었습니다(간결한 개성을 만드는 일은 생각보다 어렵습니다). 또한 특별한 장소의 설정이 주인공(플레이어)의 목적에 직결된다는 것도 중요한 포인트입니다. 무대 설정과 이야기가 잘 어우러진 좋은 예시입니다.

〈엔드 오브 이터니티〉

'바젤'이라 불리는 기계 탑을 중심으로 하는, 먼 미래의 지구가 무대인 롤플레잉 게임입니다. 멸망의 위기에 처한 지구는 환경 정화 기능을 가진 바젤을 개발하였고 기계에 의존한 채 겨우 살아가고 있습니다. 바젤은 사람들의 운명을 혼자 짊어진 기계의 신과 같은 존재입니다. 이야기의 모든 요소가 특별한 장소, 신, 무대 그 자체에 해당하는 바젤에 집약되어 있습니다. 이것이 작품에 독자성과 통일감을 만들어냅니다.

✦ 무대 설정에 '두드러진 상황'이 사용되었다. ✦

낡은 병원, 저택, 학교, 우주선 등 비교적 좁은 공간을 무대로, 두드러진 상황을 부여하여 개성과 매력을 만드는 패턴입니다.

공포나 생존을 주제로 하는 작품이 많은 것이 특징입니다. 이 경우에는 한정된 공간에서 탈출하는 것이 주인공의 목적에 해당합니다. 또한 상황을 상징하는 '존재'나 '언어'가 설정되어 있는 것도 놓칠 수 없는 포인트입니다.

〈바이오하자드〉

미국 중서부의 지방 도시인 '라쿤 시티' 교외에 있는 저택이 무대인 서바이벌 호러 게임입니다. 바이오하자드Biohazard(생물학적 재해)로 인해 탄생한 좀비가 오래된 저택을 돌아다니는, 주로 서양식 호러에서 볼 수 있는 상황이 눈에 띕니다. 폐쇄된 공간 안에서 물리적, 심리적으로 겪는 공포를 '체험'할 수 있는 명작입니다. 물론 작품의 상징은 좀비입니다.

〈극한탈출 9시간 9명 9개의 문〉

누군가에 의해 밀실로 변한 호화 여객선을 무대로 하는 탈출×서스펜스 게임입니다. 주인공을 포함한 9명의 남녀가 9시간 이내에 9개의 문을 열어 배를 탈출해야 하는 상황이 매력 포인트입니다. 9라는 상징적인 숫자를 설정함으로써 호기심을 자극하는 개성이 부여되었습니다.

〈단간론파〉

'초고교급 재능'을 지닌 사람만 입학할 수 있는 '키보가미네 학원'을 무대로 한 하이 스피드 추리 액션 게임입니다. 주인공을 비롯한 몇 명의 학생들은 학원 안에 갇혀 있고, '밖에 나가고 싶으면 다른 학생을 죽여야 한다'라는 규칙의 데스 게임을 강요받습니다.

데스 게임 자체는 독특하다고 볼 수 없지만 학급 재판의 규칙이나 캐릭터, 뛰어난 시나리오가 많은 유저를 매료시켰습니다. 게임의 상징은 학원장을 자처하는 악역, 모노쿠마입니다. 무대를 구현하는 캐릭터를 설정하는 것도 독자적인 무대 설정을 만드는 유효한 방법 중 하나입니다.

〈넷 하이〉

SNS 팔로워 수로 국민의 랭킹을 매기는 '네오 커뮤니케이션 법'이 시행되는 일본을 무대로 하는, 댓글 많이 받기 배틀 게임입니다. '네오 커뮤니케이션 법'으로 인해 일부 인싸들이 이익을 독점한다는 독특한 설정이 매력입니다. 랭킹 바닥에 있는 아싸 주인공은 모종의 사정으로 인해 ENJ 배틀(생방송으로 진행되는 공개 토론 방송. 토론의 결과에 따라 팔로워 수가 크게 늘거나 줄어든다)에 참가하여 랭킹 상위에 있는 인싸들과 뜨거운 싸움을 벌입니다.

국가의 근원과 관계된 법률에 개성을 부여함으로써 무대에 독특한 상황을 만들어냈습니다.

「쏘우」(공포 스릴러 영화)

남자는 낡은 화장실에서 눈을 뜹니다. 대각선 위쪽에는 모르는 남자가 발이 족쇄에 묶인 채로 있습니다. 보아하니 자신도 발이 족쇄에 묶여 있습니다. 족쇄로 구속된 2명의 남자 사이에 시체 1구가 보입니다. 남자들에게 주어진 것은 수수께끼의 살인마 직쏘의 메시지가 들어 있는 카세트테이프, 녹음기, 사진, 총알 한 발, 담배 2개비, 수신용 전화기, 실톱 2개입니다.

한정된 공간이기는 하지만 화장실의 문이 열려 있어서 밀실은 아닙니다. 그러나 두 남자는 족쇄로 이어져 있어서 도망칠 수 없다는 살짝 비틀어진 요소가 가미된 유사 밀실 안에 있습니다. 족쇄를 풀 수 있다면 도망칠 수 있기 때문에 목적을 단순하게 만드는 효과도 있습니다. 아주 뛰어난 설정입니다.

제목인 '쏘우SAW'에는 '톱', '보다see'의 과거형, 게임을 만든 직쏘, 외과 의사saw bones, 동요하는seesaw, 직소 퍼즐Jigsaw Puzzle 등 여러 의미가 담겨 있습니다. 정말로 상징적인 단어입니다.

게임은 아니지만 독특한 상황의 작품이라고 한다면 바로 거론될 수준의 명작이기에 예외적으로 소개하였습니다.

독특한 상황의 교과서라고 부를 만한 「쏘우」뿐만 아니라, 영화는 짧은 시간 안에 이야기를 전달해야 하기 때문에 독특한 상황의 보물 창고입니다. 무대 설정을 만들다 막혔을 때는 공부와 기분 전환을 겸하여 학습 목적으로 영화를 보는 것도 좋습니다.

마지막으로, 무대의 설정이 매력적이라고 느낀 작품 3개와 그렇게 느낀 이유를 작성해 주세요. 게임이 아니라도 상관없습니다.

(제한 시간 : 없음)

작품명 :

이유 :

작품명 :

이유 :

작품명 :

이유 :

특수 규칙을
잘 활용하기

게임에는 작품 세계의 규율이나 상식을 정한 '일반 규칙'과 한정된 조건하에서만 적용되는 '특수 규칙', 2가지가 있습니다.

일반 규칙은 작품 세계의 규율이나 상식을 정하는 역할을 갖고 있습니다. 돈을 내면 확실하게 물건을 살 수 있는 것, 물건을 훔치면 붙잡히는 것 등이 규율의 가장 두드러진 예시입니다. 상식은 '사람을 죽이는 것은 좋지 않은 일'처럼 가치관이나 법률, '술래잡기는 모든 사람이 아는 규칙'처럼 공통된 인식을 뜻합니다.

플레이어는 자신이 알고 있는 규율이나 상식이 작품 세계 속의 것들과 연결되어 있을 때, 괜한 위화감을 느끼지 않고 게임에 몰입할 수 있습니다.

어느 게임이든 규율과 상식은 현실 세계의 일반 규칙이 거의 그대로 사용됩니다. 작품마다 일반 규칙이 다르면 규칙을 익히는 데 신경을 쓰게 되어 게임에 집중하기 어려워지기 때문입니다.

반면에 특수 규칙은 이런 것들입니다.

+ 자신을 제외한 참가자 전원을 죽이지 않으면 건물에서 나갈 수 없다.
+ 출구에 도착할 때까지 절대로 뒤를 돌아보면 안 된다.
+ 퍼즐을 풀지 못하면 보물을 손에 넣을 수 없다.

작품이나 무대에 따라 내용은 달라집니다. 그리고 이러한 특수 규칙의 대부분은 작품이나 무대의 개성을 낳는 중요한 역할을 수행합니다. 즉, **특수 규칙을 잘 활용하면 독자적인 무대 설정을 만들어 낼 수 있다**고 해도 과언이 아닙니다.

독자성을 만들어 내는 비결인 특수 규칙의 제작 방법을 꼭 익혀서 나만의 무대 설정을 만들어 봅시다.

✦ 특수 규칙의 기본 사항과 분류 ✦

특수 규칙의 역할은 일반 규칙과는 대조적으로 비상식(=평범하지 않은 것, 상식으로 가늠할 수 없는 것)을 만들어 개성을 부여하는 것입니다.

자세한 설명을 하기 전에 개성적인 특수 규칙이 채용된 유명한 작품을 몇 가지 소개하겠습니다.

+ 「은혜 갚은 두루미」(일본 전래 동화): 제가 베를 짜는 동안 절대로 방 안을 엿보면 안 됩니다.
+ 『링』(소설): 사다코의 원한이 담긴 '저주의 비디오'를 본 사람은 일주일 안에 죽는다.
+ 『배틀로얄』(소설): 지금부터 이 반의 여러분은 서로를 죽여야 합니다. 살아남는 사람은 한 명뿐입니다.

✚「스피드」(영화): 버스에 폭탄을 설치했다. 버스의 속도가 80km/h 이하로 떨어지면 폭발한다.

✚「아마겟돈」(영화): 18일 후, 지구는 소행성과 충돌하는 치명적인 위기에 처한다.

전부 비상식적입니다. 그러나 비상식적이어도 규칙이기 때문에 무질서하지는 않습니다.

특수 규칙에는 3가지 기본 사항이 존재합니다.

특수 규칙의 기본 사항

① 공간·대상의 한정

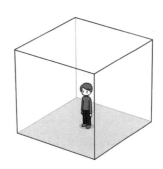

공간 : 교실, 탈것 내부, 공원 등 범위가 한정되어 있다.

대상 : 저주받은 비디오를 시청한 사람, 18세 이상, 의사 면허를 소지한 사람 등 한정적인 조건
　　　을 충족하고 있다.

② 시간제한

시한폭탄이 폭발하기 전까지 남은 시간, 만나기로 한 시간, 남은 수명, 음식물의 유통 기한 등
시간적인 제한이 있다.

③ 행동의 금지·강제

금지 : 웃으면 안 된다, 뒤돌아보면 안 된다 등 행동의 제한

강제 : 특정 장소로 이동해라, 동료를 죽여라 등 행동의 강제

이를 앞서 말한 예시에 대입해 보면 다음과 같습니다.

은혜 갚은 두루미	공간의 한정, 행동의 금지
링	대상의 한정, 시간제한
배틀로얄	대상의 한정, 행동의 강제
스피드	공간의 한정, 행동의 금지
아마겟돈	공간의 한정, 시간제한

어떤 작품의 특수 규칙이든 기본 사항이 포함되어 있음을 알 수 있습니다. 3가지 기본 사항을 동시에 모두 만족시킬 필요는 없습니다. 1개라도 들어맞는 사항이 있다면 특수 규칙이 성립합니다. 다시 말해 특수 규칙은 폭이 아주 넓습니다.

앞서 열거한 과도하게 비상식적인 것뿐만 아니라 일상에서 볼 수 있는 약간 비정상적인 것도 특수 규칙에 포함됩니다.

✚ 주로 쓰지 않는 반대쪽 손으로 밥 먹기(행동의 한정)

✚ 내일까지 단 음식을 피하기(시간제한, 행동의 한정)

✚ 섣달그믐날에는 저녁 12시까지 자지 않기(시간제한, 행동의 금지)

✚ 횡단보도의 흰 선만 밟고 건너기(공간의 한정, 행동의 한정)

✚ 친구와 우유를 입에 머금고 웃음 참기 대결하기(대상의 한정, 행동의 금지)

기본 사항이 포함되어 있기만 하면 스포츠처럼 세세한 규칙을 정하지 않아도 성립하기 때문에 간단히 만들 수 있는 것이 큰 특징이며 장점입니다.

기본 사항과는 별개로 특수 규칙에는 캐릭터형과 환경형, 이 둘을 합친 복합형이라는 분류 방법이 있습니다.

캐릭터형은 글자 그대로 캐릭터가 만드는 특수한 규칙을 뜻합니다. 환경형은 한정된 공간에 특수 규칙이 붙는 것을 뜻하며, 복합형은 특정 캐릭터가 공간에 규칙을 부여한 것을 뜻합니다. 이번 장의 목적인 '독자적인 무대 설정'을 만들 때는 주로 환경형과 복합형의 특수 규칙을 사용할 예정입니다. 앞서 말한 특수 규칙의 예시를 형태의 분류 방법으로 나누면 이렇습니다.

캐릭터형의 특수 규칙

✚「은혜 갚은 두루미」: 제가 베를 짜는 동안 절대로 방 안을 엿보면 안 됩니다.

✚『링』: 사다코의 원한이 담긴 '저주의 비디오'를 본 사람은 일주일 안에 죽는다.

✚ 캐릭터형 특수 규칙의 예시

• 주로 쓰지 않는 반대쪽 손으로 밥 먹기

• 내일까지 단 음식 피하기

• 섣달그믐날에는 저녁 12시까지 자지 않기

• 친구와 우유를 입에 머금고 웃음 참기 대결하기

「은혜 갚은 두루미」에서는 나(두루미), 『링』에서는 사다코, 나머지에서는 자기 자신이 특수 규칙을 만든다는 사실을 알 수 있습니다.

다른 유명한 캐릭터형 특수 규칙의 예시로는 「우라시마 타로」(일본의 전래 동화. 괴롭힘을 당하는 거북이를 구해 준 우라시마 타로가 용궁으로 초대되어 대접을 받다 집에 돌아오니 이미 수백 년이 지나 있었다는 내용의 이야기. 집으로 돌아올 때 공주는 우라시마 타로에게 보물 상자를 주며 절대 열지 말라고 말한다. 그러나 망연자실한 우라시마 타로는 보물 상자를 열었고, 상자 안에서 연기가 나오면서 그는 순식간에 노인으로 변해 버렸다. - 옮긴이 주) 속 공주가 말하는 절대로 열면 안 되는 보물 상자가 있습니다.

환경형 특수 규칙

✦ 『배틀로얄』: 지금부터 이 반의 여러분은 서로를 죽여야 합니다. 살아남는 사람은 한 명뿐입니다.
✦ 「아마겟돈」: 18일 후, 소행성과 충돌하여 지구는 치명적인 피해를 입는다.

『배틀로얄』은 언뜻 보면 복합형으로 보일 수 있지만 작품 속에서 일반 규칙에 해당하는 법률이 만든 특수 규칙이므로 환경형으로 분류합니다.

복합형 특수 규칙

✦ 「스피드」: 버스에 폭탄을 설치했다. 버스의 속도가 80km/h 이하로 떨어지면 폭발한다.
✦ 복합형 특수 규칙의 예시: 횡단보도의 흰 선만 밟고 건너기

「스피드」처럼, 범인이 한정된 공간에 특수 규칙을 만든 것이 가장 알기 쉬운 복합형 특수 규칙의 예시입니다. 3-2(113쪽)에서 소개한 영화 「쏘우」에서는 주모자인 직쏘가 한정된 공간에 특수 규칙을 만들었습니다.

지금까지 특수 규칙에 대한 기본 사항을 설명하였습니다. 그렇다고 해서 여러분이 만드는 무대 설정에 반드시 특수 규칙을 설정해야 한다는 말은 아닙니다.

다만 게임 시나리오 제작의 경험이 부족한 사람은 되도록 특수 규칙을 설정 하는 것이 좋습니다. 그 이유는 다음 항에서 설명하겠습니다.

✦ '특수 규칙'은 드라마의 생성 장치 ✦

무대에 특수 규칙을 설정하는 것이 좋은 이유는, 바로 특수 규칙이 드라마를 생성하는 장치이기 때문입니다.

자세한 설명에 앞서, 드라마가 무엇인지 살짝 복습해 봅시다.

게임 특유의 매력인 '체험'을 재미있게 만드는 것은 '퀄리티 높은' 드라마입니다. 그리고 작품의 성공과 실패를 결정하는 드라마는 '목대고결'로 구성되어 있습니다.[1]

'목'은 목적, '대'는 대립, '고'는 고민, '결'은 결단입니다.

특수 규칙은 설정하는 순간 저절로 명확한 '목적(목)'이 성립됩니다. 여기서 '명확한' 목적이 포인트입니다.

어떤 젊은 남자가 혼자 호텔에 온 상황을 가정하여 생각해 봅시다.

남자에게는 아무런 설정도 부여되지 않았으므로 이 상태로는 아무 일도 일어나지 않습니다. 아무 일도 일어나지 않으면 드라마가 성립하지 않으므로 어떤 '목적'을 부여하여 움직이게 하고 싶습니다. 그러나 선택지가 너무 많아서 어떻게 해야 할지 모르겠습니다.

---

1 2-2(56쪽) 참조.

그래서 '이 방 안에서는 소리를 내면 안 된다'라는 환경형 특수 규칙을 설정해 보겠습니다. 이 순간 '결코 소리를 내어서는 안 된다'라는 명확한 '목적'이 발생합니다.

'목적'이 명확해졌으니 이를 방해하는 '대립(대)'을 만들어 드라마가 발생하는 조건을 갖출 수 있습니다. 이때 '대립(대)'은 소리를 내게 만드는 무언가에 해당합니다. 무언가에 들어갈 내용도 아주 명확합니다.

+갑자기 커다란 소리가 난다.　　　　　　+갑자기 누가 말을 건다.

+벽에서 손이 튀어나와 간지럽히기 시작한다.　+괴물이 나타나 쫓아오기 시작한다.

+호감을 품고 있는 여성이 나타난다.

수많은 '대립'을 떠올릴 수 있습니다.

'목적'이 명확하므로 '대립'도 명확해져서 아이디어를 만들기가 쉬워집니다. '목적(목)'과 '대립(대)'의 아이디어가 떠오르면 잇따르는 '고민(고)'과 '결단(결)'의 아이디어도 자연스레 떠오릅니다. 예를 들어 '호감을 품고 있는 여성이 나타난다'라는 대립을 채용한다면 어떻게든 방으로 초대하려고 할 것입니다. 그 결과 '방 안으로 들어왔으면 좋겠다'라는 마음을 어떻게 전달할까 하는 '고민'과 실행할지 말지 정하는 '결단'이 발생합니다.

방으로 초대하는 것에 성공하더라도 갈등은 이어집니다. 상대방도 특수 규칙에 묶이게 되므로 서로 소리를 내지 못한 채 의사소통을 해야 합니다. 조금 전까지 '대립'을 낳는 장애물이었던 여성이 지금은 운명 공동체가 된 셈입니다. 어떻게 대화를 나눌지, 어떻게 마음을 전달할지, 어떻게 자신을 좋아하게 만들지 등 자연스레 드라마가 변화무쌍해질 것입니다.

특수 규칙을 설정하면 거의 없는 것과 마찬가지인 조건 설정(젊은 남성이 혼자 방 안에 있다)이라도 드라마가 발생합니다. 특수 규칙만 있다면 젊은 남성을 노인이나 어린아이로 바꾸더라도 마찬가지로 드라마를 만들 수 있습니다.

특수 규칙 자체가 명확한 '목적'을 낳기 때문에 여기에 '대립'을 설정하기만 해도 자연스레 '고민'과 '결단'이 잇따르며 드라마가 성립하게 됩니다.

이 구도는 캐릭터형 특수 규칙에도 적용됩니다.

'주로 쓰지 않는 반대쪽 손으로 밥을 먹어야 한다'라는 특수 규칙이라면 '대립 (대)'에 '젓가락으로 집기 어려운 메뉴'를 두어 드라마를 만들 수 있습니다. 메추리알 조림, 오징어 회, 연두부, 콩자반 등으로 정하면 웃음기 있는 드라마가 발생할 것입니다. 웃음이 절로 나올 만큼 재미있지는 않더라도 즐거운 분위기를 연출하는 것은 중요한 요소입니다.

고군분투하는 주인공을 보여주는 이유는 감정 이입의 정석이기 때문입니다.

퀄리티가 더 좋은 드라마를 만들고 싶다면 획기적인 해결책이 떠올랐다는 식의 '고민(고)'과 '결단(결)'을 준비하면 됩니다. 이러한 특수 규칙은 아무것도 없는 곳에 드라마를 만들 수 있는 드라마 생성 장치입니다. 무대에 특수 규칙을 설정하면 캐릭터나 플롯을 가리지 않고 자연스레 드라마가 만들어집니다.

게임 시나리오를 제작해 본 경험이 적은 사람의 입장에서, 만들기 쉬운 드라마의 조건을 알고 있다는 것은 커다란 이점입니다. 이것이 바로 무대에 특수 규칙을 설정하기를 추천하는 이유입니다. 무대 설정에 특수 규칙을 넣지 않는다고 하더라도 드라마의 생성 장치로 사용하는 방법을 익혀 두면 시나리오를 제작할 때 큰 무기가 됩니다.

한 가지 예시를 들자면 무난한 장면에서 완급을 조절하는 사용 방법이 있습니다.

주인공이 걸어서 등교하는 장면이 있다고 했을 때, 단순히 걷기만 해서는 재미가 없습니다. 여기에 '학교에 도착할 때까지 걸음 수 세기'라는 특수 규칙을 설정하면 어떻게 될까요? 도중에 '대립'으로 들개나 무서운 아저씨, 우는 아이 등을 등장시키면 상황에 따라 웃기거나 진지해지는 장면을 만들어 긴장감을 줄 수 있습니다.

'학교에 도착할 때까지 그늘에서 벗어나지 않기', '학교까지 돌멩이 하나를 계속 차면서 가기', '아는 사람이 말을 걸면 집으로 돌아가서 다시 시작하기'와 같은 특수 규칙도 괜찮을 것 같습니다.

그 결과로 '목적'이 달성되지 않더라도 아무 일도 일어나지 않은 채 등교만 하는 장면보다는 재미있는 장면을 만들 수 있습니다(지나친 설정은 흐름이 나빠지므로 주의해야 합니다). 제작자는 항상 좋은 드라마와 완급 조절을 의식하여 유저가 지루함을 느끼지 않도록 고심해야 합니다.

특수 규칙을 잘 활용하여 어떤 장면을 골라도 지루하지 않은 게임 시나리오를 만들어 봅시다.

✦ 강력한 드라마를 만드는 극장형 특수 규칙 ✦

드라마를 생성하는 장치인 특수 규칙은 캐릭터형과 환경형이 아닌 일상형과 극장형으로 구분하기도 합니다.

분류 방법은 '상과 벌'의 유무입니다.

일상형	규칙을 지켜도 상을 주지 않고 어겨도 벌을 주지 않는다.
극장형	규칙을 지키면 상을 받고 어기면 벌을 받는다.

앞에서 다룬 고전 작품이나 명작의 특수 규칙은 모두 극장형입니다.

「은혜 갚은 두루미」에서는 베를 짜는 동안 엿보면 안 된다는 규칙이 있습니다. 이를 어기면 아내는 두루미가 되어 날아가 버립니다. 규칙을 어긴 남자는 아내를 잃는다는 벌을 받습니다.

『링』에서는 저주받은 비디오를 본 사람은 7일 후에 사망한다는 규칙이 있습니다. 이 규칙을 지키면(저항하지 않으면) 저주를 받고 죽는다는 벌을 받습니다. 반대로 규칙을 어기면(7일 안에 저주받은 비디오를 더빙하여 다른 사람에게 보여주면) 죽지 않고 살아남는 상을 받을 수 있습니다.

『배틀로얄』에서 벌어지는 학급 내 살인 게임은 규칙을 지키든 어기든 벌을 받는 구조입니다. 규칙을 지키며 행동하여도 죽이거나 죽거나 둘 중 하나를 선택해야 합니다. 그리고 가령 규칙을 지키고 살아남아도 다른 사람을 죽였다는 무거운 죄책감을 지어야 하기에 그 자체가 벌입니다. 만약 규칙을 어기고 살인의 굴레에서 벗어나고자 한다면 주최자가 목숨을 빼앗습니다.

「스피드」에서는 경찰에 원한이 있는 범인이 버스에 폭탄을 설치합니다. 폭발하는 조건은 버스의 속도가 시속 80km 이하로 떨어지는 것입니다. 규칙을 어기면 폭탄이 폭발하는 벌을 받고, 규칙을 끝까지 지킨다면 승객의 목숨을 구할 수 있는 상을 받습니다.

「아마겟돈」에서는 18일 뒤에 소행성이 충돌하는데, 작품 속 규칙을 어긴다면(충돌을 저지한다면) 목숨을 잃지 않고 끝나는 상황을 상으로 받으면서 동시에 구세주라 불리는 최고의 상을 손에 넣을 수 있습니다.

이런 식으로 극장형 특수 규칙에서는 규칙을 지키거나 어겼을 때 '좋은 일'과 '나쁜 일'이 당사자에게 직접 일어납니다. 이 상과 벌은 피할 수 없는(혹은 피하기가 아주 어려운) 강제력을 지닐수록 강한 드라마가 발생합니다.

두루미는 두말없이 날아갔습니다. 만약에 남자가 애걸복걸하여 두루미가 생각을 바꾸었다면 「은혜 갚은 두루미」의 드라마성은 상당히 흐릿해지고 말았을 것입니다. 「링」에서도 저주가 저절로 풀리는 일은 없습니다. 그렇기 때문에 주인공은 필사적으로 저주와 싸우면서 강한 드라마성이 발생합니다. 『배틀로얄』에서는 살육의 굴레에서 벗어나려면 살아남는 수밖에 방법이 없고, 「스피드」에서는 버스의 폭탄을 해제할 방법이 없고, 「아마겟돈」에서는 소행성의 경로가 바뀌는 일은 절대로 없습니다. 모두 피할 수 없는 강제력이 있기에 강한 드라마성이 발생하는 것입니다.

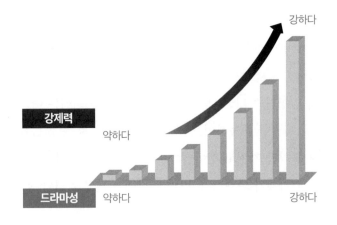

한편 일상형 특수 규칙에서는 상과 벌이 없기 때문에(강제력이 없는 것과 다름없기에) 필연적으로 드라마성이 약할 수밖에 없습니다.

3-3(124쪽)에서 예시로 든 '학교에 도착할 때까지 걸음 수 세기'라는 특수 규칙은 자신에게만 해당하는 규칙이라서 상과 벌이 없습니다. 따라서 일상형으로 분류합니다.

이 경우에는 걸음 수 세는 것을 방해하는 '대립'을 설정하기만 하면 드라마가 발생하지만, 자신이 만든 규칙을 꺾고 '걸음 수 세는 것을 관두면 그대로 끝이 난다'라는 약점이 있습니다.

그러나 애초에 드라마가 약하면 안 된다는 것은 아닙니다. 작품 전체의 굴곡에서 보면 약한 드라마는 강한 드라마를 돋보이게 하는 역할을 합니다. 또한 무난한 장면을 즐기기 위한 값진 연출로 이어지기도 합니다. 뛰어난 작품일수록 약한 드라마를 잘 활용합니다.

여기서 전하고 싶은 말은 2가지입니다.

드라마가 부족해 보이면 특수 규칙을 도입해 볼 것.

그리고 드라마가 약해 보이면 상과 벌을 설정하여 '극장형'으로 만들어 볼 것.

'학교에 도착할 때까지 걸음 수 세기'에서 '규칙을 어기면 실명한다'라는 벌을 설정하면 강한 드라마로 변모합니다. '규칙을 끝까지 지키면 사랑이 이루어진다'라는 상을 설정하는 것도 좋아 보입니다.

어느 쪽을 고르든 친구가 말을 거는 사소한 '대립'조차 강력한 위협이 될 수 있습니다. 물론 가장 강력한 '대립'을 설정한다면 더욱더 흥미진진한 드라마가 될 것이라 보장합니다.

여기서 드라마를 더 강하게 만들고 싶다면 강제력을 조정해야 합니다.

'실명한다'가 단순한 반 친구의 위협인지, 정말 무서운 살인마가 강제하는 것인지에 따라 드라마의 강력함이 달라집니다. 마찬가지로 '사랑이 이루어진다'라는 상이 잡지 속 오늘의 운세 수준인지, 아니면 마녀의 마법인지에 따라서도 드라마의 강력함이 달라집니다.

상과 벌의 유무 및 내용, 강제력의 적절한 사용 등 특수 규칙을 자유자재로 활용할 수 있다면 독자적인 무대 설정을 만들 때도 큰 도움이 되는 무기가 될 것입니다. 그리고 여러분이 만드는 게임 시나리오의 수준도 틀림없이 훨씬 높아질 것입니다.

마지막으로 극장형 특수 규칙의 기본 사항을 적어 놓겠습니다.

극장형 특수 규칙의 기본 사항

① 공간의 한정   ② 시간제한   ③ 행동의 금지·강제   ④ 강제력이 있는 상과 벌

위의 4가지를 참고하여 개성과 매력을 갖춘 비상식을 설정해 보세요.

무대 설정을
만들어 보자

매력 있는 무대 설정의 기초 지식과 규칙, 필수 사항을 익혔으니 이제 실제로 만들어 볼 시간입니다.

목표는 여러분 고유의 독자성 하나를 무대 설정에 더하는 것입니다.

이미 떠오르는 것이 있다면 136쪽의 설정표에 적어 주세요.[1] 아직 떠오르는 것이 없다면 아래 설명을 참고하여 아이디어를 떠올려 봅시다.

✦ 무대 설정의 4가지 기점 ✦

무대 설정을 생각할 때는 크게 다음의 4가지 기점으로 나눌 수 있습니다.

✦무대 기점   ✦이야기 기점

✦캐릭터 기점   ✦기획 기점

---

[1] 인쇄/기록이 가능한 설정표 파일을 준비했습니다. '일러두기' 페이지에서 확인해 주세요.

위의 항목은 모두 무대 설정을 만들 때 0을 1로 만드는 요소입니다. 각 기점의 특징은 다음과 같습니다.

무대 기점

무대의 아이디어가 먼저 떠올라 그곳에서부터 발상을 펼치는 패턴입니다.

예를 들어 '우주 엘리베이터를 무대로 하면 재미있을 것 같다'라는 생각이 들 때, 생각을 떠올린 시점에서는 이야기나 캐릭터가 정해지지 않았습니다(동시에 떠오를 수도 있습니다). 무대를 떠올린 뒤에 '우주 엘리베이터의 크루저cruiser 안에서 살인 사건이 일어나면 기존에 없던 밀실 살인 사건을 만들 수 있을 것 같다'라는 식으로 발상을 펼칠 수 있습니다.

무대 기점의 특징은 이를 떠올리는 순간에 무대는 이미 독자성(희소성)을 갖는다는 점입니다. 이야기와 잘 연결하면 그것만으로도 개성 있는 작품이 될 수 있습니다.

영화 「큐브」[2]가 전형적인 사례 중 하나입니다.

이야기 기점

줄거리, 또는 장면이나 결말의 아이디어가 가장 먼저 존재하여 그곳에서부터 무대를 설정하는 패턴입니다.

예를 들어 '이 세상에 존재하는, 자신과 똑같이 생긴 3명을 찾아 동맹을 맺고 마왕을 쓰러뜨리는 이야기'라는 아이디어를 떠올렸다고 가정해 봅시다. 그러면 주인공이 사는 마을과 자신과 똑같이 생긴 존재가 사는 마을, 그리고 마왕이 사는 곳의 설정이 필요해집니다. 적어도 5개의 무대를 만들어야 합니다. 자신과 똑같이 생긴 3명은 주인공과 저마다 전혀 다른 환경에서 자라는 편이 재미있기 때문에 무대 설정에는 저절로 다양함이 생겨납니다. 다양한 무대가 계속해서 나타나는 이야기는 분명 독자적인 설정을 갖춘 작품이라고 평가받을 것입니다.

'방구석에 틀어박힌 소년이 집에서 한 발짝도 나오지 않고 훈련을 거듭하여 프로

---

2 정육면체로 이루어진 수수께끼의 미궁에 갇힌 6명의 남녀가 탈출극을 펼치는 서스펜스 명작입니다. 뛰어난 상황 연출, 특수 규칙, 독자성 등 매력 있는 무대의 요소를 많이 갖추었습니다.

복서를 목표로 하는 이야기'라면 소년의 집이 무대입니다. 복싱 훈련이 가능한 집은 어떻게 만들어야 하는지 등 아이디어의 요소를 늘리다 보면 독자적인 무대 설정을 만들 수 있습니다.

'깊은 바닷속에 잠든 고대의 유적을 찾아서 잠수함으로 심해를 모험하는 이야기'라면 주요 무대는 잠수함 내부입니다. 기존의 잠수함을 조사하면서 특수 규칙을 섞어 비상식적으로 설정한다면 독자적인 무대 설정이 될 것입니다.

이야기 기점의 특징은 이야기의 필요에 따라 저절로 설정해야 할 무대가 정해진다는 점입니다. 이야기의 이미지가 명확할수록 필요한 무대는 구체화됩니다. 무대 설정의 단서가 이야기 안에 있다는 뜻입니다.

3장을 시작할 때 먼저 스토리 장르와 거기서 연상되는 것을 적으라고 한 이유가 바로 이것입니다. 이야기에 관련된 정보를 늘려서 무대 제작을 원활하게 하려는 의도였습니다.

캐릭터 기점

캐릭터를 먼저 떠올리고, 캐릭터의 설정을 다듬는 과정을 통해 무대가 보이게 되는 패턴입니다. 예를 들어 '덜렁대는 엉뚱한 여고생 탐정'이라는 캐릭터를 떠올렸다면 주인공이 사는 마을, 사건이 일어나는 장소라는 무대 설정이 필요합니다.

캐릭터 기점의 특징은 캐릭터를 잘 살리기 위해 고민하는 과정에서 캐릭터가 개성을 발휘하기 쉬운 무대가 자연스레 만들어진다는 점입니다. 가령 22세기에 있는 도라에몽은 그렇게 두드러진 존재가 되지 못합니다. 그러나 무대를 20세기로 옮기면 도라에몽은 유일무이한 개성을 지닌 캐릭터가 됩니다. 마찬가지로 만화 『북두의 권』의 켄시로가 현대에 있다면 개성을 충분히 발휘할 수 없습니다. 폭력이 지배하는 세기말의 세계이기 때문에 켄시로는 매력을 최대한으로 발휘할 수 있습니다.

쓰고 싶은 캐릭터를 제일 먼저 떠올린 경우에는 그 캐릭터가 가장 빛날 수 있는 무대를 생각해 보고 이를 바탕으로 설정을 만들어 보세요.

기획 기점

프로 게임 시나리오 제작 현장에서 가장 많이 볼 수 있는 패턴이 기획 기점입니다. 주제, 목표 유저, 캐릭터, 원작, 시스템, 상황, 벤치마킹 작품 등 기획 부분이 먼저 결정되어 있어서 이에 맞추어 무대 설정을 해야 합니다.

자체 제작이라면 먼저 특수 규칙을 떠올리는 경우가 기획 기점에 해당합니다.

예를 들어 다른 사람의 입에서 '지하 마을 라주옥'이라는 말을 들었을 때, 이를 3일 안에 다른 사람에게 말하지 않으면 저주를 받아 죽는다는 극장형 특수 규칙을 떠올렸다고 가정해 봅시다.[3] 흔한 도시 전설과 비슷한 유형이기에 이를 단순한 소문이라고 치부하는 세대를 중심으로 설정하기보다는 반신반의하면서도 '무서운 감정'이 우위를 점하는 세대를 중심으로 설정하는 편이 재미있어 보입니다. 그렇다면 초등학생이나 중학생으로 정하는 것이 괜찮을 듯합니다. 여기에서는 주인공을 초등학교 5학년생으로 설정하겠습니다.

주인공이 초등학교 5학년생이므로 집과 학교가 무조건 나와야 합니다. 행동반경은 그렇게 넓지 않을 것이기 때문에 도심에서 전철로 2~3개 역 이내, 시골에서 자전거로 20~30분 이내의 범위를 무대로 설정해야 합니다. 자주 놀러 가는 장소, 학원 시설, 부모님의 회사, 저주의 발신자가 죽는 장소를 정하면 일단 무대 설정의 단서가 되는 정보가 충분히 갖춰집니다.

이렇게 특수 규칙을 떠올리면 발상을 넓혀 무대를 설정하는 것이 가능합니다.

✦ 일단 첫수를 두어라 ✦

제작 현장에서는 '0을 1로 만들기가 가장 어렵다'라는 말을 자주 듣습니다. 틀린 말은 아니지만, 사실은 단서를 잡을 방법만 알고 있다면 겁먹을 정도는 아닙니다.

---

3 '지하 마을 라주옥'은 '지옥을 마주하라'의 애너그램(anagram)입니다. 저주의 발신자는 고통스러워 하다가 죽으며, 이 저주를 풀기 위해서는 발신자가 사망한 장소에서 '라하옥을 주지마(마찬가지로 '지옥을 마주하라'의 애너그램)'라고 마음속으로 빌어야 한다는 규칙으로 설정하겠습니다.

아이디어가 나오지 않아서 괴로울 때는 형태가 없는 것을 잡으려고 계속 고민하지 말고 일단 느낌이 오는 수를 하나 두어야 합니다. TV를 켰을 때 가장 먼저 들리는 단어든, SNS의 타임라인에 올라오는 뉴스든, 사전을 적당히 뒤지다 눈에 들어온 단어든 무엇이든 상관없습니다. 좋아하는 음식이나 노래 가사에서 단어를 가져오는 것도 괜찮습니다.

어떤 단서든 간에 일단 아이디어의 첫수를 두는 것이 0을 1로 바꾸는 특효약입니다. 말로 하기는 쉽지만 실제로 지금 당장 보이는 아무 단어를 가지고 아이디어를 펼쳐 보라고 하면 어려울 수 있습니다. 그래서 조금 더 구체적인 단서를 만들기 위해 6개의 무대 설정 후보를 준비했습니다. 딱 보았을 때 영감을 받을 만한 것이 있다면 이를 바탕으로 하여 독자적인 요소를 추가하고 무대 설정을 만들어 보세요.

도저히 고를 만한 것이 없으면 주사위를 굴려서 나온 눈에 따라서 무대 후보를 골라 봅시다.

① 이세계로 이동된 학교	② 한밤중에 찾아가면 '치료'를 강제로 받게 되는 낡은 병원
③ 마스코트 캐릭터 인형에게 붙잡히면 안 되는 놀이공원	④ 역대 점장만 아는 지하 1.5층이 있는 대형 슈퍼
⑤ 만지면 진짜로 소원이 이루어지는 영지(靈地)	⑥ 생물의 몸 안에 있는 콘서트장

참고를 위해 각 무대 설정에 쓸 만한 포인트와 아이디어 예시를 적어 놓겠습니다.

①에서는 이세계라는 독자적인 상황에 대해 생각해 봅시다.
영화 「표류교실」처럼 황폐한 미래 세계나 과거 역사 속 중요한 전투가 이루어지

는 전장, 삼도천 근처 등 이야기 및 캐릭터와 접점을 만드는 독자성을 준비하는 편이 이상적입니다. 포인트는 현대의 학교 시설과 학생들이 방치되었을 때, 자유가 만들어 내는 '간극gap'을 고민하는 것입니다.

②에서는 치료의 내용, 치료하는 사람, 피할 수 없는 강제성에 대해 고민하면 극장형 특수 규칙이 있는 독자적인 무대 설정을 할 수 있을 것입니다.

특히 '치료' 내용의 독자성이 중요합니다. 예를 들면 환자가 과거에 지은 죄에 대한 '치료라는 이름의 형벌'을 준다는 설정을 생각해 볼 수도 있습니다. 거짓말로 다른 사람을 속이면 입을 꿰매고, 약자에게 폭력을 가하면 팔을 절단하는 식입니다. 죄를 깨닫고 참회하면 용서받을 수 있다는 규칙을 넣으면 방문하는 사람들의 다양한 과거와 내면, 인간관계의 변화를 그릴 수 있습니다.

반대로 무언가를 대가로 바치면 어떤 병이든 고쳐 주는 진정한 의미의 '치료'라는 상을 설정할 수도 있습니다. 이 경우에는 대가로 바치는 것이 갈등을 낳는 무언가(기억이나 신체의 일부)라면 재미있는 드라마가 발생하는 무대 장치가 됩니다.

③은 붙잡히면 어떻게 되는가 하는 특수 규칙을 설정하여 독자성을 만들 수 있습니다. 붙잡히면 인형 속에 있는 사람과 뒤바뀌어 놀이공원에 갇히게 되고, 다음에 방문하는 누군가를 붙잡지 않는 한 도망칠 수 없다는 식의 설정이 가능합니다.

④의 경우에는 지하 1.5층이 어떤 장소인지 고민하는 것이 정석입니다.

이 세상이 아닌 어딘가로 이어지는 것도 괜찮고, 특별한 손님을 대접하기 위한 층이라는 설정도 괜찮습니다. 후자라면 어떤 손님을 대접하는지에 따라 적절한 독자성을 만들 수 있습니다. 「센과 치히로의 행방불명」의 무대인 '모든 신이 방문하는 온천'이라는 장소를 떠올리면 이해하기 쉬울지도 모르겠습니다.

1.5층에 갇혀서 특수 규칙에 따르지 않으면 나갈 수 없다는 식으로, 대접과 정반대로 설정하여도 독자성을 만들 수 있습니다.

⑤는 어떤 식으로든 독자성을 만들 수 있는 환경형 특수 규칙을 갖춘 무대입니다.

영지에 독자성을 부여할 수도 있고 소원을 이루기 위한 특수 규칙을 추가하는 것도 가능합니다. 후자의 경우에는 '3일 내내 다른 사람에게 모습을 들키지 않고 같은 시각, 같은 장소에 있어야 한다', '다른 사람의 소원이 한 번 이루어지면 그 이후로 1년 동안은 효과가 없다'라는 특수 규칙을 설정하면 좋은 드라마를 만드는 무대가 될 것입니다.

⑥은 무대 기점의 설정입니다. 어떤 생물의 몸 안에 있을지를 정하기만 해도 독자성이 보장됩니다.

예를 들어 '아주 둔감한 거북이의 몸 안'으로 정하기만 하여도 하나의 독자성이 생겨납니다. 둔감한 거북이의 몸 안에 콘서트장이 있어서 거북이에게 배고픔을 알리거나, 거북이가 화가 났을 때 화를 가라앉히는 드럼 연주를 하는 등 뇌가 보내는 신호를 대신하는 악단이 있다는 이미지입니다. 악단이 상황에 맞추어 연주하지 않으면 거북이는 변화를 깨닫지 못하고 움직이지 않습니다. 잔잔하고 밝은 분위기의 일상 이야기가 어울릴 것 같은 무대입니다.

해결해야 할 문제를 준비한다면, 어디선가 범행을 예고하는 알림이 도착하여 단원들이 혼란에 빠지는 식으로 극장형 특수 규칙을 설정하는 것도 좋아 보입니다.

'거북이의 수명이 얼마 남지 않았다'라고 설정한다면 이야기성이 있는 무대도 될 수 있습니다. 끝을 향해 가는 거북이의 몸 안에서 단원들이 어떤 미래(또는 최후)를 선택할지, 거북이의 죽음을 알리는 마지막 음악은 어떤 음색으로 연주할지 등 감정을 뒤흔드는 드라마를 상상할 수 있습니다.

포인트와 아이디어의 예시를 보고 다른 무대 설정이 떠올랐다면 꼭 그 생각을 반영하여 진행해 주세요. 떠오르지 않아도 아이디어의 예시를 그대로 사용하지 말고, 작은 변화라도 좋으니 독자적인 요소를 넣어 주세요.

⑥을 예시로 든다면 거북이를 두더지로 바꾸는 정도라도 괜찮습니다.[4] 목표는 어디까지나 여러분의 고유한 독자성을 갖춘 무대 설정을 만드는 것입니다.

✦ 무대에서 생겨나는 목적 ✦

'목적'은 이야기의 출발점이자 종착점입니다.

이야기의 중심에 있으므로 대다수는 이야기에서 이미 '목적'이 발생한다고 볼 수 있습니다. 그러한 항목이 왜 무대의 설정표에 포함되어 있을까요?

이는 무대 설정에서 목적이 생겨나기도 하기 때문입니다. 전형적인 예시로는 환경형과 복합형의 특수 규칙을 설정한 경우가 있습니다.

3-3(120쪽)에서 다룬 작품 중에서 무대에 환경형과 복합형의 특수 규칙이 설정된 것을 다시 살펴봅시다.

✛『배틀로얄』: 환경형(지금부터 이 반의 여러분은 서로를 죽여야 합니다. 살아남는 사람은 한 명뿐입니다.)

✛「아마겟돈」: 환경형(18일 후, 소행성과 충돌하여 지구는 치명적인 피해를 입는다.)

✛「스피드」: 복합형(버스에 폭탄을 설치했다. 버스의 속도가 80km/h 이하로 떨어지면 폭발한다.)

『배틀로얄』은 작은 섬 안에서 살아남는 것이 기본 목적입니다(주인공은 아무도 죽이지 않고 다 같이 살아남으려고 고군분투합니다). 「아마겟돈」은 지구를 구하기 위해 소행성을 파괴하는 것이 목적입니다. 두 작품 모두 주인공의 생명을 위협하는 특수 규칙이 설정되어 있으며 본질적인 목적은 '살아남는 것'입니다. 「스피드」의 경우에는 폭탄 처리와 인명 구조가 목적이며 이는 주인공의 직업윤리와 가치관에서 비롯된 것입니다.

세 작품의 공통점은 주인공이 '○○하지 않을 수 없는(할 수밖에 없는) 상황'에 놓인 것입니다. 생명의 위협을 받으면 당연히 위기를 극복하는 것이 목적이 됩니다. 사형

---

4 시력이 약한 두더지를 대신하는 악단이라고 설정하면 거북이일 때와는 다른 독자성이 생겨납니다.

이라면 범인을 체포할 수밖에 없습니다. 주인공이 'ㅇㅇ하지 않을 수 없다'라는 환경형 특수 규칙을 설정하면 이야기의 목적은 저절로 정해집니다.

특수 규칙과는 별개로 스토리 장르를 설정함으로써 목적이 정해지기도 합니다. 예를 들어 연애물이라면 주인공의 사랑이 이루어지는 것이 목적입니다. 서바이벌 호러물이라면 생존, 미스터리라면 수수께끼 풀기, 스포츠라면 승리가 목적입니다.[5]

이렇게 저절로 목적이 결정되는 경우도 여럿 있으니, 무대 설정을 하는 시점에서 목적이 떠오를 것 같다면 설정표에 적어 두세요. 떠오르지 않는다면 빈칸으로 두어도 괜찮습니다. 4장 이후에서 캐릭터와 플롯을 만들며 생각해 봅시다.

지금까지 한 설명을 바탕으로 하여 떠오른 무대의 이미지를 아래의 설정표에 적어 주세요(샘플 파일을 이용해도 좋습니다). 현재 시점에서 설정 가능한 항목만 적어도 괜찮습니다.

오른쪽에는 필자가 만든 무대 설정을 예시로 적어 두었습니다. 갈피를 잡지 못했다면 참고하여 활용해 주세요.

세계(모델)	
게임 장르	
스토리 장르	
무대 ※ 4개의 작은 이벤트가 일어나는 게임 시나리오이니, 무대의 크기는 너무 넓게 만들지 않도록 주의하세요	
목적	
특수 규칙	

5   물론 예외도 존재합니다.

작성이 끝났다면 3장에서의 실제 제작은 일단 마무리됩니다.

세계(모델)	드래곤 퀘스트 XI 지나간 시간을 찾아서
게임 장르	어드벤처 게임
스토리 장르	모험물
무대	똬리를 튼 부분이 섬처럼 보이는 커다란 뱀의 몸. 살아 있으며 불규칙적으로 이동하기 때문에 뱃사람 사이에서는 환상의 섬이라고 불린다. 몸 바깥으로 독을 내뿜기 때문에 다른 동물은 없다. 독을 영양으로 삼는 극소수의 식물만 있을 뿐이다. 뱀은 가끔 움직이기 때문에 지형이 바뀌기도 한다. 작은 산처럼 생긴 지형으로 약 2km 둘러싸여 있다.
목적	24시간 안에 섬을 탈출하여 해독하는 것
특수 규칙	24시간 안에 해독하지 못하면 죽는다.

배경이 되는 '세계(모델)'는 검과 마법이 등장하는 고전적인 판타지 세계를 이미지로 하여 〈드래곤 퀘스트 XI 지나간 시간을 찾아서〉로 정하였습니다.

스토리 장르가 모험물이므로 무대는 모험이라는 느낌이 잘 들도록 간결하고 한정된 공간인 작은 섬으로 설정하였습니다. 독자성은 섬의 정체가 독을 내뿜는 커다란 뱀이라는 점입니다. 독으로 가득한 위험한 섬이 무대이므로 한시라도 빨리 섬을 벗어나 해독하지 않으면 죽는다는 환경형 특수 규칙도 설정하였습니다. 이에 따라 저절로 '섬을 탈출한다'라는 목적이 생겨났습니다.

시간제한을 24시간으로 둔 것은 '4개의 이벤트로 완결이 나는 짧은 이야기 만들기'라는 제작 목적을 고려했기 때문입니다. 긴장감을 지속시키면서 이야기를 간결하게 마무리하기 위해 시간제한을 엄격하게 두는 것은 스토리 전개의 정석 중 하나입니다.

주변이 모두 독으로 가득하다는 독특한 상황도 연출하여 '어떻게 섬에서 탈출하여 해독할 것인가'라는 중심이 잘 잡힌 이야기를 만들 수 있을 것 같습니다.

일단 이것으로 필자의 게임 시나리오용 무대 설정은 완성되었습니다.

이세계를 만드는 법

고대 신화부터 최신 게임, 소설, 만화, 애니메이션에 이르기까지 인간은 수많은 이세계를 만들었습니다. '현실이 아닌 어딘가'를 꿈꾸는 것은 인간의 본능적인 욕구, 혹은 쾌감이 아닐까 싶을 정도입니다. 무대 설정표의 '세계(모델)' 항목에 이세계를 다룬 작품을 적은 사람도 많을 것입니다. 이렇게 말하는 필자도 이세계를 '세계(모델)'로 채용했습니다.

이세계는 이처럼 매력적이지만 막상 만들려고 하면 어디서부터 손을 대야 할지, 어디까지 자세히 만들어야 할지 판단하기가 어렵습니다.

'세계'를 만들 때 필요한 요소는 세계의 구성, 세계 지도, 국가, 역사, 문화·문명, 종교, 가치관, 법률, 사회 구조, 직업, 몬스터의 생태계, 판타지의 정도, 이종족·신·악마의 존재와 지위, 마법의 유무, 물리 법칙 및 주요 에너지 등 여러 가지로 나뉩니다.

이를 모두 자세히 만들기 위해서는 각 분야의 전문가급 지식과 몇 년의 시간이 필요합니다. 이는 게임 시나리오를 만든다는 최종 목적을 고려했을 때 현실적이라고 볼 수 없습니다.

실제로 필자는 지금까지 수십 개의 이세계를 만들었지만, 세계 설정에 걸린 시간은 제일 긴 것이 2개월 정도입니다. 이는 게임 시나리오 제작에서 세계 설정이 초반 공정에 있기 때문에 빠르게 정하지 않으면 다른 작업을 맡은 사람들이 제작에 착수할 수가 없기 때문입니다.

이런 업계의 사정도 감안하여 짧은 시간 안에 이세계를 만들기 위한 필수 항목 3가지를 설명하겠습니다.

＋지도   ＋규칙   ＋환경

＋지도

'세계'의 규모가 우주 크기이든 행성 한 개 크기이든 대륙, 섬, 마을이든 간에 어디에 무엇이 있는지 아는 것이 중요합니다. 요구되는 지도의 정밀함은 게임 장르에 따라 크게 다릅니다.

전 세계를 돌아다니는 오픈 월드 방식의 롤플레잉 게임이나 액션 게임이라면 아주 상세한 지도가 필요합니다. 그러나 지도가 게임 화면에 표시되지 않는 연애 시뮬레이션 게임 같은 경우에는 극단적으로 말하면 워드나 엑셀 속 도형을 조합하여 대략의 위치만 파악할 수 있게 만들어도 문제가 없습니다.

어떤 경우든 포인트는 '무엇이 있는지'가 눈에 보이도록 만들어야 한다는 점입니다.

'무엇이 있는지'가 나타내는 것은 나라, 마을, 산, 숲, 강, 동굴, 유적 등 '무대'가 되는 장소입니다.

일단은 기본 지도에 대략의 지형을 정하고 필요에 따라 배치하면 됩니다. 캐릭터 설정이나 플롯 제작과 병행하며 그때마다 필요한 것을 배치하여도 상관없습니다. 예를 들어 주인공이 왕자라면 나라가 필요하니까 지도의 어느 지점을 영토로 삼자는 식으로 생각하면 됩니다.

어렵다고 느껴지면 현실 세계의 지도에서 지형의 일부를 가져와 사용하는 것도 가능합니다. 인터넷에는 이세계의 지도를 자동으로 만들어 주는 편리한 툴이 있으므로 이를 사용하는 것도 좋습니다.

그림을 잘 못 그리는 필자는 아래의 두 사이트를 이용하여 지도를 만듭니다.

WONDERDRAFT   https://www.wonderdraft.net/
INKARNATE   https://inkarnate.com/

둘 다 해외 사이트이지만 화면을 바로 파악하여 활용할 수 있기 때문에 초보자도 그럴듯한 지도를 만들 수 있습니다.

✚규칙

3-3에서 설명했듯이 '규칙'에는 일반 규칙과 특수 규칙이 있습니다.

일반 규칙은 물리 법칙이나 생태계, 규율, 가치관처럼 세계나 사회의 근간을 이루는 것이므로 현실 세계의 지구를 바탕으로 하고 있습니다. 그러나 우리가 만들고자 하는 것은 '이세계'이므로 지구와 완전히 똑같은 규칙을 사용하면 재미가 없습니다.

그래서 '마법이 평범하게 존재하는', '석유나 전기를 대신하는 에너지가 있는', '독자적인 생태계를 구축하는', '세계의 구성 과정에 특수성이 있는', '생물의 성이 하나밖에 없는', '머릿속으로 하는 생각을 서로 읽을 수 있는' 식으로 세계의 근간을 이루는 오리지널 규칙을 적어도 하나 이상 설정하도록 합시다.

포인트는 독자적인 일반 규칙이 이야기에 강한 영향을 미치게끔 설정하는 것입니다. 예를 들면 현실 세계의 일반 규칙을 반대로 적용한 〈BLACK/MATRIX〉라는 작품이 있습니다. 이 작품은 미덕의 가치관이 역전된 세계라는 이색 설정으로 화제가 된 시뮬레이션 RPG입니다. 죄로 간주하는 가치관(현실 세계에서는 미덕이라고 불리는 것)을 지닌 주인공이 자신을 사랑하여 큰 죄를 짓고 끌려간 주인님(히로인)을 구출하기 위해 나섭니다. 역전된 가치관이라는 독특한 발상은 다른 작품에서 볼 수 없는 개성과 매력을 자아냈습니다.

2020년에 리메이크판이 발매된 〈파이널 판타지 Ⅶ〉도 작품 속 독자적인 일반 규칙이 이야기와 강하게 결부된 작품입니다. 별의 생명이기도 한 마황 에너지를 둘러싼 캐릭터와 조직의 생각이 대립을 낳고, 이윽고 세계의 존망을 건 장대한 드라마로 승화됩니다.

이렇게 독자적인 규칙이 이야기에 강하게 작용하면 세계 설정에 필연성과 설득력이 생겨납니다. 설정과 이야기를 잘 조합하면 이세계에서만 성립하는 이야기라는 유일무이한 매력이 깃듭니다.

✚환경

환경이란 만들고자 하는 이세계가 '지금 어떻게 되었는가'를 설정하는 항목입니다.

가장 유명한 것에는 '세계는 지금 대마왕의 지배를 받고 있다'라는 환경 설정이 있습니다. 굳이 '상황'이 아니라 '환경'이라는 단어를 사용하는 이유는 '상황'은 단기적으로 변하며 시시각각 나타나는 것에 비해 '환경'은 더 광범위하고 확고한 상태로 주변을 말려들게 하여 인간을 포함한 생물과 서로 작용하며 영향을 미치는 외부 세계를 의미하기 때문입니다.

마왕군의 침략으로 마을이 파괴되는 것은 '상황'입니다.

마왕이 공포로 세계를 지배하는 것은 '환경'입니다.

위와 같이 구별하면 이해하기 쉬울 것 같습니다. 그림으로 나타내면 아래와 같습니다.

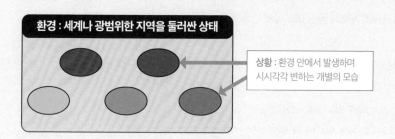

롤플레잉 게임처럼 세계 전체의 설정이 필요한 게임에서는 대륙에 나라를 배치하고 각국의 특징과 상호 관계를 만드는 것이 '환경'의 기본적인 설정입니다. 여기에 '마왕은 한 나라를 제외한 모든 지역을 지배하고 있다', '매년 세계를 휩쓰는 거대한 토네이도가 발생하기 때문에 토네이도의 경로에는 성과 마을이 없다', 'A 나라와 B 나라는 수백 년에 걸쳐 세계의 패권을 두고 싸우고 있고, 주변 국가는 저마다 A와 B 나라를 지지하면서 세계는 크게 두 진영으로 나뉘어 전쟁을 치르고 있다', '모든 남자는 세계의 동쪽에, 모든 여자는 세계의 서쪽에 모여 살고 있다'라는 식의 배경을 더하면 '환경'은 더욱더 구체적으로 변하고 특징을 가지기 시작합니다.

그 밖에도 각국의 역사나 문화, 통치 체제, 종교 등의 층을 입혀서 '세계'는 무게감과 현실성을 더해 갑니다. 즉 '환경'을 얼마나 잘 다듬는지에 따라 제작 시간과 퀄리티가 크게 좌우됩니다. 이세계를 만들 때 가장 신경 써야 할 것이 '환경'이라고 생각해도 무방합니다.

그러나 '환경'은 원한다면 끝없이 다듬을 수 있는 설정 항목입니다. 어느 시점에서 마무리를 짓지 않으면 정작 만들어야 하는 시나리오에는 손도 대지 못합니다.

그렇다면 '환경'은 어느 시점에서 마무리를 지어야 할까요?

바로 '이야기의 목적'이 보일 때입니다. '세계를 지배하는 마왕을 쓰러뜨린다', '슈퍼 토네이도의 수수께끼를 밝혀낸다', '세계의 패권을 둘러싼 싸움에서 승리한다' 등 '목적'이 명확해지면 게임 시나리오 제작의 다음 단계로 진행하면 됩니다.

'목적'이 정해지면 이를 이루려는 주인공이나 동료, 쓰러뜨려야 할 적 등 캐릭터의 설정, 주인공이 자아내는 이야기의 플롯, 여기에 필요한 무대와 같은 정보를 구체화할 수 있기 때문입니다. 그 이후로는 각종 설정을 더하거나 빼면서 '환경'을 더욱더 다듬도록 합시다.

'환경'은 이야기의 전제가 되는 배경이며 드라마의 강도, 방향성, 톤(전체의 기분이나 분위기)을 정하는 가장 중요한 항목입니다. 최대한 극단적이고 특징적인 설정을 배치해야 합니다.

각 항목의 설명은 여기까지입니다. '지도', '규칙', '환경'. 이 3가지의 필수 항목을 잘 구사하여 여러분의 매력이 담긴 이세계를 만들어 보세요.

마지막으로 이세계 제작의 교과서라 불리는 게임 2개를 소개하겠습니다.

✚〈제노블레이드 크로니클스〉
머나먼 과거에 생사를 건 싸움 끝에 쓰러진 거신과 기신. 신들의 싸움 이후 수만 년이 지나 거신의 유해는 대지가 되어 생명이 번영하였습니다. 이런 구성의 세계가 무대인 롤플레잉 게임입니다.
신의 몸이 대지라는 설정(지도)이나 거신과 기신의 대립 구조(환경), 거신과 기신의 숨겨진 수수께끼 등 매력적인 요소가 여기저기 있어서 롤플레잉 게임에 등장하는 세계 중에서는 그 내용이 만점이라고 말해도 과언이 아닙니다.

✚〈천지창조〉
멸망의 끝에 생명의 숨결을 찾을 수조차 없는 '지상' 세계를 지구의 또 다른 세계 '지저' 세계의 주인공인 아크가 부활시킨다는 내용의 액션 RPG입니다.
지저 세계에서 저지른 죄를 속죄하기 위해 지상 세계의 부활이라는 명을 받은 아크는 여러 생명의 봉인을 풀고 문명을 일으킵니다. 수많은 만남과 비극을 반복하다 결국 세계의 부활에 숨겨진 진실과 마주합니다. 성서의 '창세기'를 모티브로 하며, 현실 세계를 살짝 바꾸어 이세계에 적용시키고 세계 그 자체에 장대한 설정과 이야기를 부여하였습니다. 후세에 길이 남을 명작입니다.

4장

살아 움직이는
캐릭터 만들기

무대가 정해졌다면 다음은 무대에 활기를 불어넣는 캐릭터를 설정할 차례입니다.

캐릭터는 몇 가지 예외를 제외하면[1] 게임 시나리오 만들기에서 가장 주력해야 할 요소입니다. 캐릭터의 중요성은 이용자가 바라는 것이 무엇인지 생각해 보면 잘 알 수 있습니다. 독자든 관객이든 플레이어든 모든 이용자는 '감정이 움직이는 사건=드라마'를 바라고 이야기가 있는 작품을 접합니다.[2]

인간의 감정을 가장 크게 뒤흔드는 드라마란 무엇일까요? 생각할 필요도 없겠죠.

정답은 인간의 드라마입니다. 그중에서도 매력 있는 개성을 갖춘 인간의 드라마만큼 감정을 뒤흔드는 드라마는 없습니다. 그러니 제작자가 매력적인 '등장인물=캐릭터' 만들기에 주력해야 한다는 결론에 이르는 것은 당연합니다.

캐릭터의 매력은 '디자인(외모)', '목소리'처럼 시나리오와 직접적인 관계가 없는 요소 외에도 이름, 성격, 말투, 역할, 배경, 동기, 가치관, 약점 및 강점, 특징 등의 각종 설정에도 존재합니다.

이번 장의 목적은 각각의 설정에 매력을 부여하여 좋은 드라마에 빠질 수 없는 '살아 움직이는' 캐릭터를 만드는 것입니다. 살아 움직이는 캐릭터는 어떤 상황을 마주하더라도 개성을 발휘하여 드라마를 이끌 뿐 아니라 스스로 드라마를 만들기도 합니다.

살아 움직이는 캐릭터의 자세한 설명은 다음 절에서 하도록 하고, 먼저 목적 달성을 위해 필요한 캐릭터 설정표를 확인해 봅시다.[3] 언뜻 보아도 알 수 있듯이 설정해야 할 항목의 수가 무대의 2배가 넘습니다. 보기만 해도 고생길이 훤합니다. 게다가 이번 장에서는 '주인공', '적대자', '파트너', '조력자'까지 총 4명이나 만들어야 합니다.[4]

---

1 시나리오가 있어도 이를 다루는 것이 인격이 없는 동물이나 무기물인 경우(로봇이나 전투기 등), 또는 일부 미스터리 작품 등이 예외에 해당합니다. 미스터리 작품에서는 종종 플롯과 트릭의 중요도가 캐릭터를 웃돌기도 합니다.

2 2-2(56쪽) 참조.

3 캐릭터 설정표 샘플 파일을 다운로드 할 수 있습니다. '일러두기' 페이지에서 확인해 주세요.

4 각 캐릭터의 기능에 대해서는 4-2(162쪽)에서 설명하겠습니다. 또한 적기 쉬운 예시는 4-4(209쪽)에서 확인할 수 있습니다.

이름 / 성별 / 나이	
체격	키 : 몸무게 : 체형 :
외모	
기능 / 직업	/
목적 / 욕구 / 동기	목적 : 욕구 : 동기 :
성격	
약점	
배경	
좋아하는 것 싫어하는 것	좋아하는 것 : 싫어하는 것 :
특징	
대사	질문① : 질문② : 질문③ : 질문④ :
기타	

설명이 필요 없는 '주인공'.

주인공을 가로막는 '적대자'.

히로인과 동료를 비롯한 '파트너'.

주인공을 도와주는 '조력자'.

4명(4가지 기능)은 어떤 스토리 장르에도 적용되는 캐릭터의 기본 구성입니다. 수십 명의 캐릭터가 등장하는 이야기에서도 이 구성은 변하지 않습니다. 이 4명이 기본 구성인 이유는 드라마 만들기에서 각각이 담당하는 역할에 있습니다. 4-2(162쪽)에서 역할을 다시 설명하겠습니다.

2장에서 드라마란 '목대고결'이라고 설명했습니다. '목대고결'을 4명의 캐릭터에 할당합니다.

'목적(목)'	주인공
'대립(대)'	적대자
'고민(고)'	파트너(조력자)
'결단(결)'	조력자(파트너)

목적으로 향하는 주인공을 적대자가 가로막습니다. 이것이 드라마의 주축입니다. 극단적으로 말하면 이 2명만으로 드라마를 성립시키는 것도 가능합니다. 그러나 이대로 만들면 드라마가 너무 단조로워집니다.

그래서 필요한 것이 주인공의 갈등인 '고민'과 '결단'에 힘과 지혜를 빌려줄 파트너와 조력자입니다. 때로는 서로 의논하고, 때로는 동료로서 함께 싸우며, 때로는 스승이 되어 성장을 돕습니다. 주인공은 외부의 영향을 받아 앞으로 나아갈 힘을 얻고 드라마는 더욱더 풍성해집니다. 이것이 파트너와 조력자의 역할입니다.

주인공과 적대자가 드라마를 만들고, 파트너와 조력자가 드라마를 풍성하게 만듭니다. 1명도 만들기 힘든데 4명의 캐릭터를 만들어야 하므로 고통도 4배입니다. 그러나 캐릭터 만들기는 시나리오 제작 과정에서 가장 즐거운 공정이므로 그만큼 힘들다는 느낌이 들지 않을 수도 있습니다. 힘들다고 느껴도 고통을 감수할 만한 가치가 캐릭터 만들기에는 있습니다.

여러분이 누군가와 단둘이 남게 된 상황을 상상해 보세요. 상대방이 생판 모르는 사람인지, 안면이 있는 사람인지, 속마음을 터놓는 친구인지에 따라 대화가 풀리는 정도가 전혀 달라질 것입니다. 대화가 풀리는 정도가 달라지는 이유는 여러분이 상대방을 상상할 수 있기 때문입니다. 상대방이 무엇을 알고 있는지, 어떤 생각을 하고 있는지 알고 있으므로 내가 이렇게 말하면 상대방은 이런 답변을 하겠지 상상하며 즐겁게 대화할 수 있습니다. 그러나 상대방을 모른다면 끊임없이 가정을 하며 대화를 나누어야 하므로 대화하기가 피곤해집니다.

캐릭터도 마찬가지입니다. 게임 시나리오를 만들다 보면 캐릭터와 마주하여 '대화'하는 상황을 수없이 맞이합니다.

여기서 말하는 '대화'란 캐릭터성을 끌어내기 위해 어떻게 말할지, 어떻게 행동할지, 어떻게 감정을 표현할지를 묻고 대답하며 상상하는 작업을 뜻합니다.

플롯을 만들 때도 시나리오를 만들 때도 기회만 있으면 캐릭터와 '대화'를 나누게 됩니다. 이때 캐릭터가 생판 모르는 남인지, 안면이 있는 사람인지, 속마음을 터놓는 친구인지에 따라 '대화'가 풀리는 정도는 완전히 달라집니다. 이는 그대로 게임 시나리오 제작의 난이도와 직결되며 작품의 퀄리티를 좌우합니다.

그만큼 캐릭터 만들기는 중요합니다. 작품의 퀄리티는 캐릭터 만들기에 따라 달라진다고 말해도 과언이 아닙니다. 설정표는 캐릭터의 개성이나 매력은 물론이며 사고방식과 반응을 '이해'하기 위해서 만듭니다.

무엇을 생각하고 무엇에 마음이 움직이며 어떻게 행동하는가.

이를 이해할 수 있게 되면 캐릭터는 스스로 여러분에게 말을 걸며 살아 움직일 것입니다. 캐릭터와 마주하고, 상대방을 이해하고, 공통된 화제를 만들고, 대화가 잘 풀릴 때까지 친하게 지내세요. 캐릭터와 속마음을 터놓는 사이가 되었을 때가 바로 '살아 움직이는 캐릭터'가 탄생하는 순간입니다.

살아 움직이는 캐릭터란

'살아 움직이는 캐릭터'란 무엇인지 알아보기에 앞서, 먼저 캐릭터가 살아 움직이지 않는 상태란 어떤 것인지 간단히 알아보도록 합시다.

여러분 앞에 1명의 남자 캐릭터가 서 있습니다.
이 남자 캐릭터가 할 행동을 상상해 보세요.

단서가 전혀 없어서 대답하기가 아주 힘들 것 같습니다. 무엇이든 상상할 수 있지만 무엇을 상상하여도 필연성이 없고 흐릿한 느낌이 들 것입니다.

단서를 잡기 위해 상황을 설정하면 어떨까요?

어떤 방 안에 있는 테이블 위에 호화로운 여러 음식, 뜨거운 차, 술, 물, 주스가 놓여 있습니다. 앞서 말한 남자가 이곳으로 찾아왔습니다. 이 남자는 어떻게 행동할까요?

처음 상황보다는 행동을 상상하기 쉬워졌습니다. 그러나 그 상상은 '음식을 먹겠지', '일단 뭐라도 마시지 않을까' 같이 애매하게 나왔을 것입니다. 여기에 필연성이 있냐고 묻는다면 답하기가 곤란합니다.

상황을 부여하기만 해서는 캐릭터가 움직이지 않습니다. 그렇다면 캐릭터를 살짝 이해하기 위해 '사소한 일에도 화를 잘 내는 성급한 성격'이라고 설정하면 어떻게 될까요?

그래도 아직은 상상하기 어려워 보입니다.

상황이나 성격을 설정하더라도 캐릭터는 좀처럼 움직여 주지 않습니다. 체험을 통해 '행동을 상상할 수 없는 캐릭터는 움직이지 않는다'라는 사실을 깨달았습니다. 반대로 말하면 '행동을 상상할 수 있다면 캐릭터는 움직인다'라는 결론이 나옵니다.

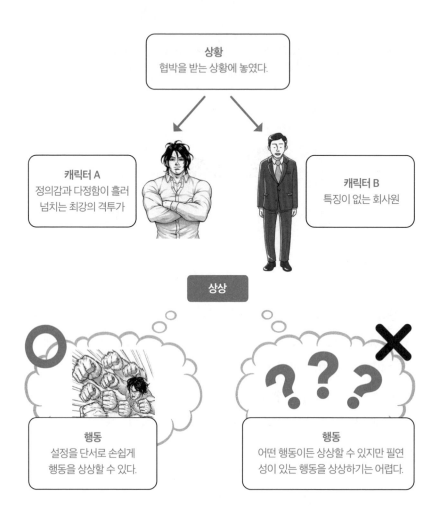

조금 전에 말한, 캐릭터와 속마음을 터놓는 친구가 되는 것이 중요한 이유가 바로 여기에 있습니다. 상대방을 이해하여 행동을 상상할 수 있게 되었을 때, 캐릭터는 비로소 움직이기 시작합니다.

캐릭터가 움직이는 원리를 알았다면 '살아 움직이는 캐릭터란?'이라는 질문의 답도 저절로 찾을 수 있습니다.

살아 움직이는 캐릭터란 다음 행동을 쉽게 상상할 수 있는 캐릭터

다음 행동을 쉽게 상상할 수 있는 캐릭터는 행동의 선택지가 적다는 특징이 있습니다. 선택지가 한정되어 있으므로 어떤 상황에서도 행동이 자연스레 결정됩니다. 바꿔 말하면 빠르게 움직인다는 뜻입니다. 한편 행동을 상상하기 어려운 캐릭터는 선택지가 무한정입니다. 그래서 수많은 선택지 중에서 행동을 선별하는 작업이 필요해집니다. 아무래도 움직이는 데 시간이 걸리고 맙니다.

두 캐릭터 중 시나리오 작가가 다루기 쉬운 캐릭터가 무엇인지는 명백합니다. 행동을 쉽게 상상할 수 있으면 시나리오를 쓰는 손은 부드럽게 움직입니다. 살아 움직이는 캐릭터는 시나리오 작가의 손을 부드럽게 이끄는 캐릭터이기도 합니다.

✦ 살아 움직이는 캐릭터의 이상적 형태 ✦

아주 드물게 캐릭터의 행동이 시나리오 작가의 상상을 뛰어넘는 경우가 있습니다. 상상의 연쇄 작용이 계속 일어나면서 마치 의사를 가진 것처럼 캐릭터가 작가의 생각이나 상상을 초월하는 능동적인 스토리를 만들기 시작합니다.

가끔 듣는 '캐릭터가 저절로 움직인다'라는 말은 이런 상태를 나타내는 표현입니다. 이런 캐릭터는 '이렇게 움직였으면 좋겠다'라는 시나리오 작가의 생각과 의도를 무시하고 자유분방하게 뛰어다니기 시작합니다. 그러다 결국에 시나리오 작가는 캐릭터를 따라다니며 행동을 적습니다.

이는 시나리오의 주도권이 시나리오 작가에서 캐릭터로 옮겨 간 행복한 상황입니다. 이 경지에 이른 캐릭터의 행동은 시나리오 작가가 의도한 것이 아니라고 하여도, 알고 보니 필연적이었다는 설득력이 생깁니다.

이것이 바로 살아 움직이는 캐릭터의 이상적인 형태이며 이런 캐릭터와 만나는 것이 캐릭터 만들기의 최종 도착 지점입니다(이상적인 캐릭터는 만드는 것이 아니라 만나는 것이라고 표현하는 편이 확 와닿습니다).

'이상'이라고 부르는 만큼 쉽게 만날 수 있지는 않습니다.

"살아 움직이는 캐릭터를 만났다면 운이 좋은 것이다." 이렇게 표현하면 무언가 허무한 느낌이 들 수도 있지만, 수많은 캐릭터를 만들고 방대한 양의 시나리오를 쓴다고 하여도 만난다는 보장이 없을 정도로 귀중한 존재라는 것은 분명합니다. 꿈과 같은 존재라도 만드는 입장에서는 이상적인 캐릭터와 만나고 싶은 법입니다.

이상적인 캐릭터와 만나기 위한 첫걸음은 행동을 상상할 수 있는 캐릭터를 만드는 것입니다. 그러나 앞선 체험을 통해 알 수 있듯이 핵심이 되는 단서가 없으면 캐릭터의 행동을 상상하기가 어렵습니다.

그렇다면 핵심이 되는 단서는 무엇일까요? 바로 '욕구'입니다.

✦ 욕구가 캐릭터의 원동력 ✦

욕구란 '본능', '꿈', '목표', '소망'처럼 생리적, 심리적으로 인간이 원하는 욕심을 뜻합니다. 욕심이 없으면 현실의 인간이든 가공의 캐릭터든 행동하지 않습니다. 아무것도 원하지 않으면 무언가를 할 필요가 없기 때문입니다. 앞에 나온 남자 캐릭터가 움직이지 않는 원인도 욕구가 없었기 때문입니다.

'고시엔(일본 고등학교 야구 전국대회 - 옮긴이 주)에 나가고 싶다', '자고 싶다', '부자가 되고 싶다', '인기가 많아지고 싶다'. 그런 욕구가 있기 때문에 캐릭터는 '야구 연습하기', '자기', '돈 벌기', '자기 관리 잘하기'와 같은 행동을 일으킵니다.

욕구가 있기 때문에 행동이 나타난다.

즉 '어떻게 행동할 것인가' 이전에 '왜 행동하는가=욕구'가 있다는 뜻입니다. 캐릭터가 행동하는 이유를 이해하면 행동을 상상하기 쉽다는 것은 말할 필요도 없습니다. 욕구를 설정하면 행동을 상상하기가 얼마나 쉬워지는지 실제 예시를 통해 살펴봅시다. 앞서 나온 상황을 그대로 사용하겠습니다.

어떤 방 안에 있는 테이블 위에 호화로운 여러 음식, 뜨거운 차, 술, 물, 주스가 놓여 있습니다. '뭐라도 먹고 싶다' 라고 생각하는 남자 캐릭터가 이곳으로 찾아왔습니다. 이 남자는 어떻게 행동할까요?

'뭐라도 먹고 싶다'라는 욕구를 가진 남자 캐릭터가 어떻게 행동할지를 이번에는 쉽게 상상할 수 있을 것 같습니다. '음식을 먹는다'라는 행동이 가장 먼저 떠오르는 상상입니다. 다른 행동을 할 것이라는 상상도 할 수는 있지만, 그래도 먹는 것에 한정된 행동을 할 것입니다(먹는 것과 관련이 없는 행동을 할 필연성이 없기 때문입니다).

'뭐라도 먹고 싶다'라는 욕구(행동의 이유)가 설정되면서 행동의 방향성이 정해졌고, 캐릭터가 움직이기 쉬워졌습니다.

✦ '동기'를 통해 행동은 더욱 확고해진다 ✦

욕구에 제대로 된 '동기'를 부여하면 행동은 더욱더 한정됩니다.

동기란 '사람이 행동을 일으키는 내적 원인'을 뜻합니다. 뜻을 보면 살짝 어렵게 느껴지는데 쉽게 말하면 '뭐라도 먹고 싶다'라는 욕구의 전제에 해당하는 '배가 고프기 때문에', '먹으면 스트레스가 풀리니까'와 같은 이유를 가리킵니다.

'자고 싶은 이유'는

'본능이니까', '잠이 부족해서', '싫은 일을 잊고 싶어서'

'돈이 필요한 이유'는

'사치를 부리고 싶으니까', '일하기 싫으니까', '빌린 돈을 갚고 싶어서'

'고시엔에 나가고 싶은 이유'는

'고등학교 야구 선수라면 꿈꾸는 무대니까', '프로 야구 선수가 되고 싶어서', '미나미(청춘 야구 만화 『터치』의 히로인인 아사쿠라 미나미 - 옮긴이 주)가 데려가 달라고 했으니까'

'인기가 많아지고 싶은 이유'는

'연인을 만들고 싶어서', '사람들의 친절을 받아보고 싶으니까', '애정 표현을 하고 싶어서'

이런 식으로 욕구에는 항상 동기가 뒤따릅니다.

하지만 욕구와 동기는 일대일 관계가 아닙니다. 예시를 보면 알 수 있듯이 하나의 욕구에 동기는 여러 개가 존재할 수 있습니다. 같은 욕구라도 동기는 변할 수 있습니다. 그리고 이것이 행동을 한정하는 포인트입니다. 예를 들어 '뭐라도 먹고 싶다'라는 욕구에 대해 '출출하니까'라는 동기와 '3일간 먹지도 마시지도 못했으니까'라는 동기 사이에는 행동으로 옮기려는 의지의 차이가 존재합니다.

동기가 전자라면 음식을 앞에 두고도 '먹지 않는다'라는 선택지를 고를 수 있습니다. 그러나 동기가 후자라면 '먹지 않는다'라는 선택지는 있을 수가 없습니다. 금지하더라도 반드시 먹으려고 할 것입니다. 더 나아가 배고픔과 갈증이 극에 달한 상태이므로 눈에 보이는 여러 음식과 마실 것 중에서 '일단 갈증을 해소하기 위해 물을 고를 것이다'라는 행동을 상상할 수 있습니다.

마찬가지로 '돈이 필요하다'라는 욕구도 동기가 '즐겁게 살고 싶으니까'인지 '빌린 돈을 갚지 않으면 죽으니까'인지에 따라 행동으로 옮기려는 의지가 달라집니다. 당연히 주어진 상황 속에서 행동이 한정되는 정도도 달라집니다. 목숨을 담보로 큰 돈을 벌 수 있는 도박이 있다고 할 때, 전자의 상황에서는 어떻게 행동할지 상상하기 힘들지만(행동의 선택에 필연성이 없음) 후자의 상황에서는 어차피 죽을 바엔 도박에 도전해 보려고 생각할 것입니다.

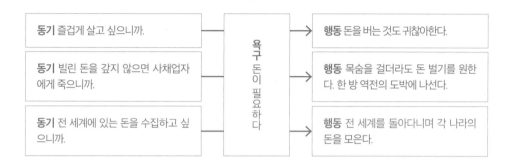

동기에 따라 행동을 일으키는 추진력과 선택지가 달라집니다. 그리고 명확한 동기는 캐릭터의 행동에 필연성을 부여합니다.

욕구와 동기는 행동의 두 날개에 해당합니다. 움직이는 캐릭터에는 '○○하고 싶다'라는 명확한 욕구가 있습니다. 그리고 '○○하고 싶다'라는 욕구에는 반드시 뒤따르는 '○○이니까'라는 동기가 존재합니다.

'○○하고 싶다' + '○○이니까' = 행동

'○○하고 싶다'는 강하게, '○○이니까'는 구체적으로. 이것이 바로 살아 움직이는 캐릭터의 방정식입니다.

4-2

각 항목이 가지는 기능과 설정 포인트

살아 움직이는 캐릭터의 방정식을 알았으니 다음은 설정표의 각 항목이 가지는 기능과 설정 포인트, 몇 가지 주의할 점을 알아보겠습니다('성별', '나이', '체격'은 기호적인 측면이 강하여 비워 두었습니다. 필요에 따라 각각 설정해 주세요).[1]

✦ 이름 ✦

이름은 캐릭터의 인상을 결정하는 요소 중 외모 다음으로 중요합니다. 이름에서 얻는 정보는 성별이나 출신, 체격, 성격, 능력 등 여러 가지가 있어서 제2의 얼굴이라 말해도 무방할 만큼 중요한 요소입니다.

이름을 지을 때는 직감과 얼마나 외우기 쉬운지가 중요합니다. 직감이란 논리로 설명할 수 없는, 뇌가 그 순간에 행하는 판단을 말합니다.[2] 직감에 대해 알아보기 전

---

1 이미 캐릭터의 이미지가 있는 분은 4-4(209쪽)으로 넘어가서 캐릭터 만들기를 시작해도 상관없습니다. 만들다가 막혔을 때는 이번 절이나 4-3(201쪽)을 읽고 힌트를 얻어 보세요.
2 직감과 번뜩임은 둘 다 무의식적으로 생겨나는 것이므로 헷갈리기 쉽지만 둘 사이에는 엄연한 차이가 있습니다. 직감은 설명할 수 없는 것, 번뜩임은 설명이 가능한 것입니다. 감각에 의한 판단이 직감, 사고에 의한 판단이 번뜩임입니다.

158

에 한 가지 질문을 드리겠습니다.

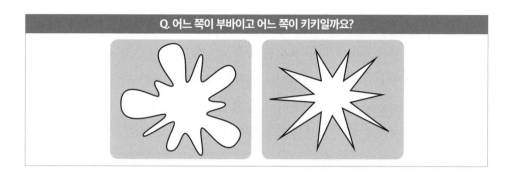

Q. 어느 쪽이 부바이고 어느 쪽이 키키일까요?

사실 이 질문에 정답은 없습니다. 그러나 모국어나 나이, 성별을 가리지 않고 대부분은 왼쪽을 부바, 오른쪽을 키키라고 대답할 것입니다. '그런 느낌이 든다'라는 직감에 의한 판단이며, 여기에 논리적인 이유는 없습니다.

사람은 직감과 다른 것을 마주할 때 무의식적으로 불쾌함을 느낍니다. 이름은 계속 접하므로 직감과 어긋나는 느낌이 들면 약간의 스트레스를 지속적으로 받게 됩니다.

외우기 쉬운 이름

얼마나 외우기 쉬운 이름인지도 중요합니다. 외우기 어려운 이름은 좀처럼 머리에 남지 않습니다. 머리에 잘 남지 않는다는 것은 잊기 쉽다는 뜻입니다. 힘들게 만든 캐릭터가 이름 때문에 잊기 쉬운 존재가 된다면 슬픈 일이겠죠.

외우기 쉬운 이름을 만들고 싶다면 다음의 요소를 참고할 수 있습니다.

① 명사(고유·일반)가 들어간 이름

② 의미가 느껴지는 이름

③ 유명인의 이름을 빌린 이름

④ 어감이 좋은 이름

ⓔ 인상 깊은 닉네임

ⓕ 의외성이 있는 이름

이름을 지을 때 반드시 이러한 요소를 충족시켜야 하는 것은 아닙니다. 기본적으로 작명 방법은 자유입니다. 여러 캐릭터 이름을 짓다가 외우기 쉬운 이름의 아이디어가 떠오르지 않을 때 힌트로 활용하세요. 위 요소의 공통점이자 포인트는 이름을 최대한 짧게 짓는 것과 외우기 쉽게 짓는 것입니다.

인간의 뇌가 순식간에 기억할 수 있는 수는 4글자 정도라고 알려져 있습니다.[3] 전화번호가 3자리와 4자리로 나누어진 것과 어느 정도 관계가 있다고 할 수 있습니다. 어지간한 이유나 필연성이 없다면 되도록 이름은 짧게 짓는 것이 좋습니다. 굳이 이름을 길게 짓고 싶다면, 독특하게 지어서 기억하기 쉽게 만들어야 합니다.

이름을 지을 때의 포인트

✚ 이름으로 모습을 나타낸다(설정과 맞춘다).

✚ 직감을 중요하게 여겨야 한다.

✚ 외우기 쉬운 이름의 작명 요소 중 무언가를 충족한다.

✚ 되도록 짧게 짓는다.

이를 명심하여 여러분의 캐릭터에게 멋진 이름을 지어 주세요.

✦ 외모 ✦

외모는 캐릭터의 생김새를 설정하는 항목으로, 캐릭터의 인상을 정하는 가장 중요한 요소입니다.

---

3 마법의 수 4±1. 마법의 수를 주장한 조지 A. 밀러는 마법의 수를 7±2라고 하였으나 2001년에는 4±1, 즉 3~5글자가 한계라는 것이 연구 결과를 통해 발표되었습니다.

외모의 좋고 나쁨은 시나리오 작가의 전문 분야가 아니므로 최종적으로는 캐릭터 디자이너의 실력에 맡겨야 합니다. 시나리오 작가는 캐릭터 디자이너에게 설정표를 건네고, 매력적인 캐릭터가 만들어지기를 믿고 기다릴 뿐(프로의 경우, 극소수의 예외 사례는 있지만 대체로 기대 이상의 캐릭터를 만들어 주십니다)이라는 전제를 감안하고 설명을 들어 주세요.

외모에 요구되는 기능은 크게 3가지로 나뉩니다.

✚이미지 부여
✚구별
✚끌어당기는 매력

이미지 부여

'이미지 부여'는 기가 세 보인다, 겁쟁이 같다, 똑똑해 보인다, 다정할 것 같다, 진지해 보인다, 장난꾸러기 같다 등 내면을 상상할 수 있는 인상을 부여하는 것입니다.

내면 설정, 특히 성격이 생김새에 제대로 반영되는 것이 중요합니다.

이미지를 부여할 때는 표정이 포인트입니다. 표정은 감정과 동시에 성격적인 내면을 여실히 드러냅니다. 똑같이 웃는 얼굴이라도 천진난만한 웃음, 기분 나쁜 웃음, 허무한 웃음, 지성이 느껴지는 웃음, 짓궂은 웃음, 눈은 웃지 않는 웃음, 경계심을 품은 웃음, 광기가 느껴지는 웃음 등 다양합니다.

어느 표정이 내면을 드러내기 쉬운지는 캐릭터마다 다릅니다. 각 캐릭터에게 내면이 잘 드러나는 표정을 하나 설정해 두면 생김새에 캐릭터의 내면이 반영됩니다.

구별

'구별'은 캐릭터 사이의 차이를 확실히 인식할 수 있도록 만드는 것입니다.

캐릭터를 상징하는 요소를 만드는 것이 설정의 포인트입니다. 육체적인 것도 좋고 장신구나 소지 무기, 직업을 상징하는 도구, 좋아하는 키홀더 등 캐릭터의 그림에 포함되는 것이라면 무엇이든 괜찮습니다. 캐릭터의 대명사가 될 수 있는 설정이라면 가장 좋습니다. 4-3(207쪽)을 참고하여 캐릭터에게 고유의 개성을 부여하세요.

주의할 점은 게임에서는 캐릭터 하나에 할당할 수 있는 의상 패턴이 아주 적다는 것입니다. 특히 2D 캐릭터의 스탠딩 일러스트로 대화하는 것이 메인인 게임이라면 비용 때문에 대부분 캐릭터의 의상은 한두 가지가 전부입니다. 자본력이 많은 작품이라면 계절이나 상황에 따라 복장이 바뀌기도 하지만, 이는 예외라고 생각해야 합니다. 상업 작품, 특히 자체 제작하는 작품은 사정이 훨씬 더 빠듯하리라고 쉽게 상상할 수 있습니다.

기본적으로 캐릭터의 의상은 하나라고 생각하고, 그 캐릭터가 가장 활약하는 장면에서 입을 옷을 설정해야 합니다. 고등학생이라면 교복, 변호사라면 정장, 의사라면 흰 가운, 체육 선생님이라면 운동복, 전사라면 갑옷과 투구처럼 의상은 캐릭터를 나타내는 기호라고 생각합시다.

끌어당기는 매력

'끌어당기는 매력'은 귀엽다, 멋있다, 못생겼다, 무섭다처럼 감정에 작용하는 매력을 지니게 하여 플레이어의 흥미를 끄는 것입니다.

어떤 감정에 작용하는 캐릭터인지를 명확히 정하여 이목구비, 헤어스타일, 체형과 같은 구조를 상세히 설정해야 합니다. 여러 캐릭터를 설정할 때는 매력이 겹치지 않도록 하는 것이 중요합니다. 4-3(201쪽)을 참고하여 각 캐릭터에게 고유한 매력을 부여하세요.

✦기능✦

기능은 이야기에서 캐릭터가 활약할 곳을 정하는 항목입니다.

캐릭터의 기능으로는 블라디미르 프로프의 7가지 기능(악당, 후원자, 조력자, 공주, 파견자, 주인공, 가짜 주인공), 크리스토퍼 보글러의 8가지 원형(영웅, 그림자, 정신적 스승, 전령관, 관문 수호자, 변신자재자, 장난꾸러기, 협력자)이 잘 알려져 있습니다.

모두 이야기의 중심인 '주인공(영웅)'에게 영향을 준다는 것이 공통점입니다. 이 책에서는 블라디미르 프로프와 크리스토퍼 보글러를 참고하여 기능을 4가지로 좁혔습니다. 바로 '주인공', '적대자', '파트너', '조력자'입니다.

주인공

말할 필요도 없는 이야기의 주체자이며 플레이어의 분신입니다.
주인공의 기능은 강한 목적을 지니고 이야기를 전진시키는 것입니다.

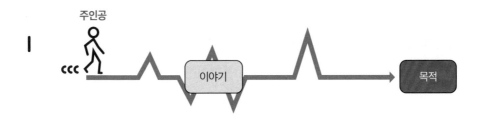

설정 포인트는 '감정 이입'이 전부입니다.

반복해서 말씀드리지만 게임은 주인공을 통해 이야기를 '체험'하는 놀이입니다. 감정 이입을 할 수 없는 캐릭터로는 플레이어가 끝까지 즐기지 못하고 마음이 금방 떠나 버립니다.

감정 이입에 필요한 것은 2-2(60쪽)에서도 설명한 '공감'입니다. 목적과 욕구는 공감하기 쉬운 것으로 정하고(대의나 사회적 정의, 변신, 동심, 호기심 등), 성격은 반감을 품기 어렵게(다정함, 용기, 자기희생 등) 정하는 편이 좋습니다.

모가 난 특징을 부여하는 것보다 최대한 많은 사람이 공감할 수 있는 캐릭터를 만들어야 한다는 점을 명심하세요. 그렇다고 딱딱하거나 개성 없는 캐릭터를 만들어야 한다는 말은 아닙니다. 약점이나 특징, 배경, 말투 등의 항목에서 개성을 살릴 수 있으니 핵심이 되는 공감을 가장 우선해야 한다는 의미입니다.

예외 중 하나로는 〈마녀와 백기병〉이라는 작품이 있습니다. '자유 악행'을 주제로 내건 이 작품은 2명의 주인공을 채용한 액션 롤플레잉 게임입니다. 플레이어가 조작하는 플레이상의 주인공 '백기병'은 말을 할 수가 없으며 의사 표시의 기회가 적은 흐릿한 인상의 캐릭터입니다. 반면에 이야기상의 주인공, 늪의 마녀 메타리카는 증오하는 마녀를 쥐로 만들어 야생 쥐가 그녀를 겁탈하도록 유도할 정도로 잔악무도하고 쾌락주의적인 캐릭터로 등장합니다.

감정 이입하기 어렵고 인기가 없을 캐릭터를 주인공으로 내세운 〈마녀와 백기병〉. 그러나 이 작품은 아주 높은 평가를 받았습니다. 높은 평가를 받은 이유는 심오한 인간 드라마와 뛰어난 이야기 구성 이외에도 메타리카가 '성장하는 캐릭터', '동정할 만한 배경이 있음', '처벌'이라는 3요소를 갖추었다는 점에 있습니다.

'성장'과 '동정'은 감정 이입을 돕습니다. 동정할 과거가 있고, 좋은 방향으로 성장하는 것은 일반적으로 주인공을 설정할 때 사용하는 요소입니다. 악역 주인공 메타리카에게도 제대로 감정 이입을 할 수 있는 설정이 부여되어 있습니다.

세 번째 요소인 '처벌'은 약간 특수하여 플레이어를 기분 좋게 만드는 요소로 기능하고 있습니다. 싫어하는 인물이 처벌을 받으면 보는 사람은 통쾌함을 느낍니다. 메타리카는 플레이어의 분신인 '백기병'을 노예처럼 부리기 때문에 더 통쾌하게 느낍니다.

감정 이입하기 어려운 캐릭터라도 쾌감을 준다면 싫어하지 않을 수 있습니다. 오히려 다음에는 어떤 처벌을 받을까 하는 기대감을 낳는 요소가 됩니다. 감정 이입을 하기 어려운 개성을 주인공에게 설정할 경우에는 플레이어의 기분이 좋아질 요소를 하나는 넣어야 합니다.

캐릭터가 껄끄러워하는 요소를 설정해 두고, 이야기 사이사이에 껄끄러워하는 요소로 인해 처벌을 받는 '형태'를 만드는 것입니다. '서유기'에서 손오공 머리에 씌워져 있는 머리띠(긴고아)를 떠올리면 이해하기 쉽습니다. 손오공이 나쁜 짓을 하면 삼장법사의 주문으로 인해 머리띠가 줄어들고, 울면서 용서를 구하는 상황이 바로 그것입니다.

주의할 점은 주인공을 완전무결한 존재로 만들지 않아야 합니다. 외모, 성격, 능력 모두 완벽한 주인공은 플레이어가 자신을 겹쳐 볼 수가 없어서 감정 이입을 하기 힘듭니다. 또한 이야기에는 '결여된 것을 찾으러 떠난 뒤 돌아온다'라는 기본 구조가 있습니다. 결여가 없는 주인공은 애초에 이야기가 생겨나지 않습니다.

반드시 설정의 어딘가에 결여된 부분이나 약점을 만들어 두세요(자세한 내용은 '약점, 결점' 항목에서 설명하겠습니다).

적대자

적대자란 주인공의 앞을 가로막고 목적 달성을 방해하는 존재입니다. 연애 게임에서는 '공략 대상'이라고 부릅니다.

적대자의 기능은 주인공에게 갈등을 부여하는 것입니다. 주인공에게 부여되는 갈등이 극복하기 어려운 것일수록 이야기는 드라마틱하게 변합니다.

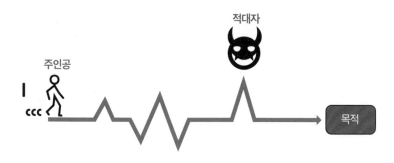

설정 포인트는 '강력함'과 '대립축' 2개 입니다.

첫 번째는 '강력함'인데,[4] 물리, 지능, 가치 정신 등 강력함의 요소가 되는 '강함'에는 몇 가지 종류가 있습니다.

물리적 강함: 완력, 마력, 무력 등 물리적 파괴력의 크기

✚ ⟨DIGITAL DEVIL SAGA 아바탈 튜너⟩의 '인수라'

⟨진 여신전생 3⟩의 주인공이며 반인반마(伴人半魔)의 이질적인 존재입니다. ⟨DIGITAL DEVIL SAGA 아바탈 튜너⟩에서는 히든 보스로 등장합니다. 지금도 역대 롤플레잉 게임 최강 보스 랭킹에서

---

4   여기서는 시스템상 강력함(사고 루틴 또는 파라미터)이 아니라 이야기상 강력함에 관해 설명합니다.

상위를 차지하며, 설정상으로도 게임 속 강함으로도 엄청난 힘을 자랑하는 캐릭터입니다.

✦『드래곤볼』(만화)의 '프리저'

우주의 제왕이라 불리며 절망적인 강함을 자랑하는 적대자입니다. 강함을 수치화로 나타낸 전투력이 '53만입니다[5]'라고 말할 때의 임팩트, 변신할 때마다 폭발적으로 강해지면서 느껴지는 절망감이 독자들에게 강렬한 인상을 남겼습니다.

지능적 강함: IQ나 지식의 양, 발상 능력 등 뛰어난 두뇌

✦〈소닉 더 헤지혹〉 시리즈의 '닥터 에그맨'

세계 정복을 노리는 악의 천재 과학자. 크기가 작은 것부터 대형 전함까지, 직접 개발한 다양한 메카를 조종하여 주인공 소닉을 가로막습니다. 그의 IQ는 무려 300. 현재 전 세계에서 사용하는 컴퓨터의 아버지, 존 폰 노이만과 같은 IQ라는 점을 보면 에그맨이 얼마나 뛰어난 지능을 지녔는지 알 수 있습니다.

✦『데스노트』(만화)의 'L(엘)'

이름이 적힌 사람을 죽일 수 있는 데스노트를 사용하여 자신의 정의와 질서를 만들고자 하는 주인공 야가미 라이토와 손에 땀을 쥐는 두뇌전을 펼친 적대자입니다.

가치적 강함: 스포츠의 스타 선수, 아이돌 그룹의 센터, 주인공이 짝사랑하는 상대 등 존재 가치의 고귀함. 대통령, 경찰청장, 신 등 사회적 위치가 높아서 함부로 건드리지 못하는 강함.

✦〈두근두근 메모리얼〉의 '후지사키 시오리'

역대 연애 게임 중에서 매출 1위를 기록한 대히트 작품의 메인 히로인입니다. 벼랑 위의 꽃 같

---

5   몇만 전투력도 그 시점에서는 아주 강력하게 묘사되어 있습니다.

은 전형적인 가치를 지니고 있으며 동시에 주인공의 소꿉친구라는 희소성을 갖추고 있습니다. 연애 게임의 공략 대상은 대부분 알기 쉬운 '가치적 강함'을 가진 적대자입니다.

✦ ⟨마계탑사 사가⟩의 '신'
게임보이의 첫 롤플레잉 게임 ⟨마계탑사 사가⟩의 보스 캐릭터입니다. 그 이름처럼 유일무이한 가치를 지닌 창조신이며 의외의 공략법과 맞물려 지금도 이야깃거리가 되기도 합니다.

정신적 강함: 강한 신념, 강한 인내력, 비정함, 강한 열망 등 마음의 강함.

✦ ⟨파이널 판타지 Ⅵ⟩의 '케프카'
일본의 국민 롤플레잉 게임에 등장하는 흑마법사로, 전형적인 인격 파탄자입니다. 유아성과 잔혹성을 둘 다 가지고 있으며 시원할 정도의 비열함으로 주인공 일행을 농락합니다. 처음에는 잔챙이 악당처럼 등장하지만 결국 세계를 붕괴시키고 신으로 변하는 그 모습은 일관된 캐릭터성과 맞물려 뜻밖의 인기를 끌었습니다.

✦ 『베르세르크』(만화)의 '그리피스'
'자신의 나라를 가진다'라는 장대한 희망을 품고 꿈을 실현하기 위해 동료와 친구를 제물로 바쳐 신과 같은 힘을 손에 넣는, 야심이 흘러넘치는 캐릭터입니다. 물리적 강함, 지능적 강함, 가치적 강함을 다 가지고 있으며 적대자에게 필요한 모든 요소를 충족한 캐릭터라고 말할 수 있습니다.

모험이나 배틀물 속 적대자, 즉 최종 보스나 라이벌은 일단 물리적인 강함이 필요합니다. 미스터리의 범인이라면 지능적 강함, 연애물의 공략 대상이라면 존재의 가치적 강함이 필요하겠지요. 약한 라이벌, 머리가 나쁜 살인마, 별 볼 일 없는 반 친구는 주인공에게 극복하기 어려운 갈등을 부여하지 못합니다.

정신적 강함은 모든 적대자에게 꼭 필요합니다.

금방 포기하는 라이벌이나 간단히 입을 여는 범인, 비정하지 못한 마왕, 처음부터 주인공을 좋아하는 히로인은 마찬가지로 강한 갈등을 만들 수 없습니다. 불굴의 정신으로 가로막는 라이벌, 고문을 받아도 결코 입을 열지 않는 범인, 냉혹하고 비정하며 목적을 위해서라면 수단을 가리지 않는 마왕, 주인공에게 관심이 없는 히로인이 강한 갈등을 만들면서도 쓰러뜨리기가(공략하기가) 어렵습니다.

강함을 설정하는 방법은 2가지가 있습니다.

하나는 '절대적' 강함을 설정하는 것이며 다른 하나는 '상대적' 강함을 설정하는 것입니다. 전자는 모든 마물을 통솔하는 강대한 마력을 지닌 대마왕이나 IQ 200의 살인마, 10년에 1번 나오는 천재 복서 등과 같은 설정입니다. 이런 설정은 개별로 비교할 대상이 없어도 일반적인 가치관으로 보면 뛰어난 존재라는 것을 알 수 있습니다.

후자는 다른 누군가와 비교했을 때 뛰어나다는 사실이 드러나는 강함입니다. 전형적인 예시로는 아이돌 그룹의 센터가 있습니다. 센터는 특정 집단 중에서 가장 가치가 높은 존재이며 그룹을 나가는 순간 그 강함을 잃고 맙니다. 그룹 바깥에서 활약하려면 절대적인 강함이 필요합니다. 그러나 근처에 비교할 만한 대상도 사라진 탓에 강함을 드러낼 수 없게 되고, 결국 활약하지 못한 채 묻히는 경우가 많습니다.

학교 제일의 수재라는 것도 상대적인 강함입니다. 일본 유수의 학교에서 최고라 불리는 수재는 평범한 학교 또는 학력이 높지 않은 학교의 최고 수재와 똑같은 학교 최고의 수재입니다. 이는 특정 집단 속에서 최고의 존재라는 의미이며 절대적인 강함을 나타내지 못합니다. 따라서 학교 최고의 수재라는 설정은 상대적이고 애매한 강함을 나타낸다고 할 수 있습니다.

키가 작은 사람과 키가 별로 크지 않은 사람을 비교하면 후자는 '두 명 중에서 키가 더 크다'라고 표현할 수 있습니다. 상대적인 강함이란 바로 이런 것을 뜻합니다.

이렇게 살펴보면 절대적 강함이 명백히 강하다는 것을 느낄 수 있습니다.

그러나 시나리오 게임은 설정이 극단적으로 만들어질 수밖에 없고, 적대자도 여러 명이 등장하는 것이 보편적이므로 절대적 강함을 모든 캐릭터에게 부여하기가 어렵다는 문제가 있습니다. 그런 점에서 상대적 강함은 어디까지나 비교 대상이 있기 때문에 가능한 표현이라서 누구나 쉽게 설정할 수 있다는 장점이 있습니다. 또한 강함의 지표를 수치화하지 않아도 된다는 것도 만드는 입장에서는 좋은 점입니다.

'달리기가 빠른 고등학생'이라는 예시로 알아봅시다.

절대적 강함	100m를 9초대로 달린다.
상대적 강함	동네에서 가장 빠르다.

절대적 강함으로 나타낸 표현은 구체적인 숫자를 드러내어 국내 최고, 또는 세계에서 제일 빠른 고등학생이라는 것을 알 수 있습니다.[6] 반면에 상대적 강함으로 나타낸 표현은 '달리기가 빠른 사람인가 보다'라는 이미지는 있지만 실제로는 어떨지 알 수 없습니다.

그러나 이런 이미지를 부여하는 것이 중요합니다. 인간은 비교 대상이 생기면 구체성이 부족하여도 '대단하다(강하다)'라는 느낌을 받기 때문입니다. 다시 말해 상대적 강함을 설정하면 적대자에게 이미지상으로는 강하다는 느낌을 부여할 수 있습니다.

절대적 강함과 상대적 강함을 조합하면 효과는 더욱더 커집니다.

'100m를 9초대로 달리는 고등학생을 제친 여고생'이라고 설정하면 절대적인 강함을 자랑하는 고등학생을 상대적으로 웃도는 엄청난 여고생이라는 캐릭터가 만들어집니다.

소년 만화에서 흔히 사용되는 연출 중에 강한 라이벌을 쓰러뜨리고 나니 그 라이벌을 손쉽게 쓰러뜨리는 다음 강적이 등장하는 경우[7]가 있는데, 이것이 바로 절대적 강함과 상대적 강함을 응용한 예시라고 할 수 있겠습니다.

〈드래곤 퀘스트 III〉에서는 일본 게임의 역사에 남을 절대적 강함과 상대적 강함의 연출을 통해 최종 보스인 조마의 강함을 아주 멋지게 표현하였습니다.

상대적 강함의 효과에 대한 설명이 길어졌습니다. 하지만 이번에 여러분이 설정할 적대자는 1명이므로 일단은 절대적 강함으로 설정합시다. 그다음에 주인공 또는

---

6 2017년까지 주니어(20세 미만)의 세계 기록은 트레이본 브로멜의 9초 97입니다.
7 지구 최강의 라이벌을 쓰러뜨리자 그 라이벌을 손쉽게 쓰러뜨리는 우주 최강의 강적이 나타나는 것.

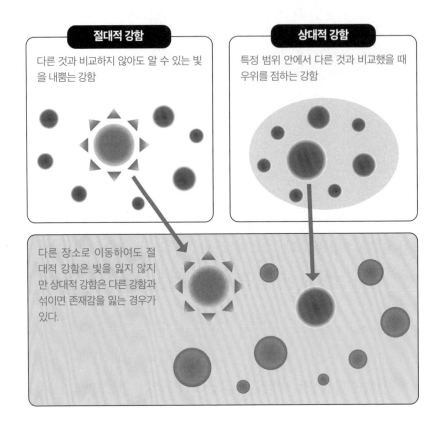

파트너, 조력자 등과 비교하여 상대적 강함을 설정하는 순서로 만드는 편이 좋을 것 같습니다.

적대자의 설정 포인트 두 번째는 주인공과의 대립축을 명확하게 하는 것입니다.

재미있는 드라마는 주인공과 적대자가 정면에서 충돌하여 발생합니다. 일직선 위의 양 끝에서 서로 달려와 정면충돌하는 모습을 상상해 보세요. 충돌할 때 발생하는 충격의 크기가 드라마의 재미입니다.

비스듬하게 부딪히거나 바로 옆에서 부딪힌다면 충격은 반감됩니다. 충격이 줄어든 만큼 드라마의 재미도 줄어들겠지요. 주인공과 적대자의 드라마를 최대한 재미있게 만들기 위해서는 반드시 정면에서 충돌해야 합니다.

그리고 정면에서 충돌하도록 만들기 위해서 필요한 것이 명확한 대립축입니다. 명확한 대립축을 만들기 쉬운 적대자는 대체로 다음의 4가지 패턴에 해당합니다.

✦ 환경(세계나 국가, 마을, 학교 등)에 해를 끼친다

주인공이 지키고 싶어 하는(변화를 바라지 않는) 환경을 파괴하려는 패턴입니다. 세계를 지배하려는 마왕이 전형적인 예시입니다. 주인공의 나라를 침략하려는 적국의 왕, 주인공이 사는 마을을 이용하여 위험한 실험을 하려는 과학자, 교칙을 엄격하게 바꾸려는 신임 교장 등도 환경에 해를 끼치는 적대자라고 할 수 있습니다. 주인공이 적대자를 쓰러뜨리고 환경을 지켜 내면 이야기는 마무리됩니다.

대립축은 '파괴하고 싶다'와 '지키고 싶다'입니다.

✦ 특정 인간에게만 해를 끼친다(주인공 포함)

살인마, 스토커, 유령, 괴롭히는 아이, 형사 등 어떤 이유를 갖고 특정 개인에게 해를 끼치는 패턴입니다. 표적이 된 사람은 몸을 지키기 위해 싸우거나 도망칩니다. 형사의 경우에는 사회 정의가 형사의 편이라 하더라도 주인공이 도망자라면 해를 끼치는 적대자가 될 수 있습니다. 주인공이 표적이라면 상대방을 쓰러뜨릴지, 상대방을 피해 도망 다닐지에 따라 이야기의 결말이 달라집니다. 주인공이 아닌 사람이 표적이라면 주인공이 그 사람을 끝까지 지켜 냈을 때 이야기는 마무리됩니다.

대립축은 '해를 입히고 싶다'와 '도망치고 싶다(지키고 싶다)'입니다.

✦ 주인공과 이해가 상반된다

비즈니스, 스포츠, 국가 등 이해가 상반되는 사람끼리의 경쟁 원리가 대립축이 되는 패턴입니다.

주인공 또는 적대자가 승리함으로써 이야기는 마무리됩니다.

✛ 가치관의 차이
가족, 연인, 친구, 상사와 부하 등의 사이에서 주로 발생하는 대립이며 문화나 종교적 대립도 여기에 포함됩니다. 음식의 맛, 업무 스탠스, 인간의 올바른 모습 등 대립축은 작은 것에서부터 큰 것까지 다양합니다. 이야기는 가치관이 한쪽으로 기울거나, 새로운 가치관을 발견했을 때 마무리됩니다.

가치관의 차이에서 대립축을 단순화하는 것은 어렵지만 일단은 '알아줬으면 좋겠다'와 '이해할 수 없다'가 기본형에 해당합니다. 앞서 말한 내용을 참고하여 여러분이 만들 적대자가 주인공과 정면충돌할 수 있도록 설정해 주세요.

주의할 점은 플레이어의 '의욕'을 떨어뜨리지 않도록 하는 것입니다.

인류를 멸망시키려고 하는 마왕이기 때문에 쓰러뜨리는 보람이 있습니다. 마음속 깊이 증오하는 범인이기 때문에 체포하는 보람이 있습니다. 무패를 자랑하는 마왕이기 때문에 승리할 가치가 있습니다. 벼랑 위에 있는 꽃이기 때문에 지켜주려는 의욕이 들끓습니다. 이런 식으로 적대자나 공략 대상은 주인공과 플레이어에게 '의욕을 끌어올리는 존재'가 되어야 합니다.

쓰러뜨려야 할 상대는 '밉게, 강하게'가 기본입니다. 적대자에게 강한 반감을 느끼게 만들 요소를 반드시 설정해야 합니다. 공감할 수 있는 배경을 어중간하게 설정하여 '의욕'을 꺾을 바에는 철저하게 반감을 사는 악역으로 만들어야 합니다. 제작자는 종종 적대자에게 감정 이입을 지나치게 한 나머지 비정한 행동을 할 수 없는 캐릭터로 만들거나 적대자의 사정을 지나치게 묘사하여 쓰러뜨릴 의욕을 떨어뜨리게 만드는 등 설정 과정에서 실패를 겪기도 합니다.

적대자는 주인공과 달리 완전무결하게 만들어도 상관없습니다. 오히려 완전무결한 존재로 묘사한다면 완벽한 적대자라고 할 수 있습니다.

만화 〈바키〉 시리즈의 절대자, 지상 최강의 생물이라 불리는 한마 유지로가 좋은 예시입니다. 어떤 방법으로도 쓰러뜨릴 수 없을 것 같은 적대자만큼 강한 갈등을 부여하는 존재는 없습니다. 게다가 증오스러운 면모까지 있다면 더욱더 좋습니다.

연애물 속 공략 대상의 경우에는 반감을 설정해도 괜찮습니다. 대신에 주인공과의 '거리'를 설정해야 합니다. 거리는 기본적으로 멀수록 좋습니다. 손을 뻗었을 때 바로 닿는 거리로는 '의욕'을 끌어올릴 수 없습니다. 거리를 만드는 방법은 성격 차이로 인한 반발, 입장 차이로 인한 대립, 손에 넣을 수 없을 만한 가치 설정, 물리적인 거리 두기 등 다양합니다.

거리를 만드는 방법은 성격이 달라서 서로 반발하거나, 입장이 달라서 서로 대립하거나, 가치가 달라서 손이 닿지 않거나, 물리적으로 거리를 멀게 만드는 등 다양합니다. 주인공이 전력을 다해 노력했을 때 겨우 손에 넣을까 말까 하는 정도의 거리를 설정하세요.

파트너

파트너는 주인공과 동행하는 동료 캐릭터입니다(프로프의 기능에서는 조력자, 보글러의 원형에서는 협력자에 해당합니다).

뜻을 함께하는 동지, 동급생, 소꿉친구, 연인, 형제, 부모 자식, 의뢰인과 청부인, 애완동물과 주인 등 관계성은 무궁무진합니다.

파트너의 기능은 주인공의 '행동'과 '매력'을 끌어내는 것입니다. 주인공이 탐정인 경우를 생각해 보면 이해하기 쉽습니다. 먼저 파트너는 사건을 가져와서 주인공의 행동을 끌어냅니다. 그리고 사건 현장에서는 엉뚱한 발언을 하여 주인공의 추리력이라는 '매력'을 돋보이게 만듭니다.

주인공이 권법의 달인이라고 한다면 좋은 파트너는 악당과 시비가 붙고, 악당에게 납치되고, 악당의 괴롭힘을 받는 사람을 도우려다 같이 휘말려서 주인공의 최대 매력인 권법을 사용할 기회를 만듭니다.

정의감이 강한 주인공이라면 '약한 파트너' 또는 '나쁜 파트너'를 두는 것이 정석입니다. 지켜 줄 존재와 서로 반발하는 존재는 둘 다 주인공의 행동을 끌어내어 정의감이라는 매력을 돋보이게 하는 파트너가 됩니다.

포인트는 '주인공의 매력과 정반대의 요소를 설정하는 것'입니다.

✛주인공이 강하다면 약한 파트너.

✛주인공이 마법사라면 마법을 쓰지 못하는 파트너.

✛주인공이 바보라면 똑똑한 파트너.

✛주인공이 소심하다면 대담한 파트너.

✛주인공이 고지식하다면 자유분방한 파트너.

✛주인공이 무뚝뚝하다면 수다스러운 파트너.

능력이나 성격뿐 아니라 직업이나 배경도 정반대 요소를 설정하기 쉬운 항목입니다.

직업	교사와 학생, 형사와 범인, 아이돌과 팬
배경	가난과 부유, 시골 출신과 도시 출신, 자국인과 외국인

인간과 요정처럼 종족의 차이를 만드는 것도 괜찮습니다. 이 경우에는 종족의 차이에 따라 상식(가치관)의 차이를 만들면 효과적인 정반대 요소를 만들 수 있습니다. 어느 패턴이든 주인공의 매력 요소와 파트너의 매력 요소가 상반되는 편이 이상적입니다.

순서를 따지자면 주인공부터 먼저 만듭니다. 이때 장소나 약점, 성격 등을 통해 매력을 확실히 드러내도록 합니다. 다음으로 이 매력과 대비되는 요소를 중심으로 하여 파트너를 만듭니다. 이를 통해 서로 매력을 자극하면서도 상승 관계를 기대할 수 있는 캐릭터가 탄생합니다.

주의할 점은 가능하다면 말수가 적은 캐릭터는 만들지 않아야 합니다. 게임 시나리오는 등장시킬 수 있는 캐릭터가 한정되므로 파트너는 주인공과의 대화를 통해 플레이어에게 정보를 제공하는 중요한 역할을 담당합니다.

1인칭 시점의 게임에 나오는 주인공은 보통 말하지 않는 경우가 많아서 주인공의 기분을 대변하거나 주인공에게 행동의 선택지를 주는 도우미 역할도 파트너가 담당합니다. 필연적으로 대화의 양이 늘어나므로 말수가 적으면 역할을 수행할 수 없습니다.

다만 주인공이나 스승에 해당하는 인물이 수다스러운 설정인 경우에는 필요할 때만 말하는 파트너로 설정해도 좋습니다. 다른 캐릭터와 균형을 맞추며 설정하면 됩니다.

✚〈풍래의 시렌(風来のシレン)〉 시리즈(게임)의 '코파'
말하지 않는 주인공 시렌을 대신하여 시나리오 안에서 대화를 담당하는 '말하는 족제비'가 등장합니다. 입이 살짝 험한 장난꾸러기에 수다쟁이입니다. 전형적인 대변자 위치의 파트너 캐릭터라고 할 수 있습니다. 외모가 귀여워서 마스코트 캐릭터의 역할도 맡고 있습니다.

✚〈역전재판〉 시리즈(게임)의 '아야사토 마요이'
주인공인 변호사 '나루호도 류이치'의 파트너를 담당하는 천진난만한 성격의 영매사입니다.
사건 조사에 동행하거나 주인공의 대화 상대로서 정보를 부드럽게 끌어내는 것이 주 역할입니다. 이외에도 엉뚱함으로 지적을 당하는 역할, 유괴되어 주인공에게 동기를 부여하는 역할 등 여러 역할을 수행하며 이상적인 파트너로 활약합니다.

조력자

게임뿐 아니라 이야기 속의 적대자는 주인공보다 강한 존재인 것이 원칙입니다. 혼자 힘으로는 맞서기 힘들며 주인공은 적대자를 상대로 승리하는 과정에서 몇 번이나 가로막히게 됩니다.

이때 보이는 곳과 보이지 않는 곳에서 주인공을 돕는 것이 조력자입니다.

조력자의 기능은 좌절한 주인공에게 손을 뻗는 것입니다. 아이템을 주고, 수행을 돕고, 귀중한 정보를 알려 주는 사람은 모두 조력자입니다. 조력자가 역할을 다하는 장면을 그림으로 나타내면 다음과 같습니다.

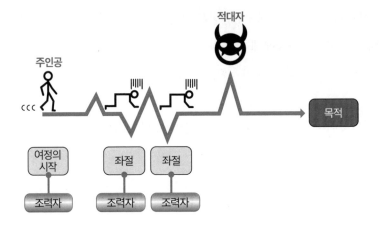

그림을 보면 알 수 있듯이 여정이 시작되는 계기를 주는 것도 조력자의 역할입니다(프로프의 기능에서는 파견자, 보글러의 원형에서는 전령관에 해당합니다). 롤플레잉 게임에서 마왕의 토벌을 명령하는 왕은 조력자의 대표적인 예시입니다. 악당에게 납치당하는 공주도 여정의 시작이 되는 계기를 부여하는 조력자입니다.

아래에 나오는 캐릭터도 대표적인 조력자라고 할 수 있습니다.

✚ 아이템이나 마법을 주는 신 또는 마법사

✚ 연애물에서 공략 대상의 호감도나 취향을 알려 주는 친구

✚ 미스터리에서 난해한 수수께끼를 풀기 위한 힌트를 제공하는 조수

✚ 필살기를 전수해 주는 스승

이들은 프로프의 기능에서는 '후원자', '조력자'에 해당하며 보글러의 원형에서는 '정신적 스승'에 해당합니다.

조력자의 설정 포인트는 '사용할 곳을 정하는 것'입니다. 조력자는 주인공이 좌절하고 이야기의 진행이 멈출 것 같은 순간에 등장합니다. 이야기의 중요한 지점에서 핵심 역할을 수행하는 셈입니다. 조력자는 파트너와 달리 주인공과 동행할 필요는 없습니다.

위치가 고정된 조력자	주로 도구, 마법을 준다.
별도로 행동하는 조력자	주로 정보를 준다.
항상 동행하는 조력자	주로 힘을 준다.
동행하지만 도중에 떠나는 조력자	주로 성장을 돕는다.

조력자와 주인공이 접하는 방식을 크게 나누면 위와 같습니다.

한눈에 알 수 있듯이 조력자는 어떤 방식으로도 사용할 수 있다는 장점이 있습니다. 한편 지나치게 자유로운 나머지 효과적으로 사용하기가 어렵다는 단점도 있습니다. 힘이나 정보를 건네는 방법에 따라 조력자는 이야기에 큰 변화를 가져옵니다. 신의 기적으로 모든 것을 해결하는 것도 가능합니다. 효과적으로 사용하면 결정적인 움직임을 통해 매력을 발휘하지만 잘못 사용하면 이야기를 망치게 만드는 위험도 공존합니다.

조력자를 잘 사용하기 위해서는 먼저 위에 적힌 내용을 참고로 하여 주인공과 접하는 방식(주인공에게 무엇을 제공할 것인지)을 정하는 것이 좋습니다.

접하는 방식을 정했다면 다음은 이야기에서 어떻게 사용할 것인지를 생각합니다.

✤ 도달하기 어려운 장소에 가기 위한 이동 수단을 제공한다.
✤ 고백할 용기가 1% 부족한 주인공의 등을 밀어준다.
✤ 어려운 트릭을 풀기 위한 중요 힌트를 제공한다.
✤ 적대자를 상대하기 버거운 주인공에게 필살기를 전수한다.

이런 식으로 극적인 사용처를 정합니다.

플롯이 없는 단계에서는 정하기 어려울 수 있지만 무대와 주인공의 설정이 정해지면 '목적'이 확실해집니다. 조력자는 주인공이 목적을 달성하기 위해 도움을 주는 기능을 하므로 주인공의 목적이 정해졌다면 사용처도 정해집니다. 주인공의 목적 달성에 강한 영향을 줄 사용처를 생각해 봅시다. 주인공이 고난을 많이 겪을수록 조력자의 기능은 큰 효과를 발휘합니다.

사용처가 정해졌다면 설정을 부풀려야 합니다. 어떤 능력이 있고, 그 능력을 어떻게 손에 넣을 것이며, 왜 주인공을 돕는지 총 3가지를 중심으로 아이디어를 전개합니다. 능력은 주인공에게 제공할 도움과 직결된 것으로 정하겠습니다.

주의할 점은 조력자를 과잉보호하지 않는 것입니다. 조력자가 이미 주인공을 구했다면 이야기에 굴곡이 발생하지 않습니다. 조력자에게 부탁해서 문제가 곧바로 해결된다면 갈등이 생기지 않기 때문입니다.

이는 조력자의 힘이 셀수록 현저하게 나타나는 현상입니다. 과잉보호하는 조력자는 이른바 편의주의[8]로 이어지며 이야기를 망치는 요인이 됩니다. 이러한 사태를 피하기 위해서는 조력자를 통해 얻는 혜택의 입수 난이도를 설정하는 것이 유효한 방법입니다.

예를 들어 조력자의 위치가 고정된 패턴이라면 조력자가 있는 곳에 도달하기 어렵게 설정하거나 조력자가 부여하는 시련을 극복해야 한다는 조건을 설정하는 것이 정석입니다.

조력자가 별도로 행동하는 패턴이라면 합류 난이도를 어렵게 설정하거나 연락수단을 없애는 등 정보를 얻기 어렵게 하는 것도 좋습니다.

조력자가 항상 동행하는 패턴이라면 이해가 상반되는 조력자로 설정하는 것이 유효한 방법입니다. 주인공을 싫어하거나 같은 보물을 노리는 등 주인공이 완고하게 도움을 거부하는(부모님의 원수라는 이유로 거부하는 등) 설정입니다. 주인공이 도움을 쉽게 받지 못하도록 정신적인 장애물을 세우는 것이 비법입니다.

조력자가 도중에 떠나는 패턴이라면 도움의 대가를 주인공이 치르는 형태로 만드는 것이 유효한 방법입니다. 자신의 목숨을 걸고 깊은 뜻을 전수하는 스승, 주인공의 안전을 대가로 바라지 않는 상대와 결혼하는 히로인 등 도움을 받는 순간 주인공이 조력자를 잃는다는 설정은 극적인 효과를 주며 만들기도 쉽습니다. 이 패턴은 주

---

8 맥락도 없이 나타나 도움을 주거나, 복선도 없이 중요한 정보가 손에 들어오거나 하여 그때그때 편하게 기적처럼 우연이 일어나는 것입니다.

인공의 성장을 돕는 역할도 겸합니다.

고난의 크기는 주인공이 얻을 도움의 크기와 비례하도록 설정해야 합니다. 주인공이 아무것도 잃지 않고 도움을 얻는 일은 절대 없어야 합니다.

'동료를 부활시킨다'라는 신의 기적을 얻게 된다면 주인공 자신이 생명의 위험에 빠지고, 마음속 공략 대상의 호감이나 취향에 대한 정보를 얻는 대신 주스를 사주는 식으로 '도움≤고난'의 균형을 반드시 유지하도록 합시다.

조력자는 주인공을 돕고 이야기의 전환점을 만드는 존재입니다. 설정 자유도가 높다는 점에 주의하여 효과적인 사용처를 파악하고 매력을 최대한 발휘할 수 있도록 만들어 보세요.

＊〈튀어나와요 동물의 숲〉의 '여울'
주인공의 비서이자 게임 초반 튜토리얼에서 플레이어에게 플레이 방법을 알려 주는 두 가지 의미의 조력자입니다. 귀여운 외모와 몸짓, 사무소에서 열심히 일하는 모습, 적극적인 도움, 똘똘하면서도 가끔 덜렁대는 모습 등 플레이어를 사로잡는 매력이 가득하여 시리즈를 대표하는 인기 캐릭터가 되었습니다.

＊〈날아라 호빵맨〉(애니메이션)의 '잼 아저씨'
설명이 필요 없을 만큼 일본에서 가장 유명한 조력자입니다. 주인공 호빵맨의 창조주이며 호빵맨이 위기에 빠지면 새로운 얼굴을 구워서 힘을 주고 호빵맨을 승리로 이끕니다. 다정하면서 박식하고 기계도 잘 만듭니다. 주인공뿐만 아니라 작품 안에 등장하는 수많은 캐릭터의 조력자이며 어린이와 부모의 현실 조력자이기도 합니다.

✦ 목적 ✦

목적은 캐릭터가 이야기의 끝에 어디 도달하는지를 정하는 항목입니다.

캐릭터는 목적을 단서로 행동을 시작하며, 목적을 판단 기준으로 행동을 선택하고, 목적을 달성했을 때 가장 큰 만족을 느낍니다(달성하지 못하고 크나큰 절망을 느끼기도 합니다). 즉 캐릭터의 행동은 시종일관 목적에 맞추어져 있습니다. 당연히 그래야 합니다.

설정 포인트는 2가지입니다. 설정을 목적에 맞추는 것과 욕구의 연장선상에 목적을 두는 것입니다. 첫 번째는 '외모', '직업', '배경', '특징'의 설정을 목적에 맞추는 것입니다. 이는 모두 목적과 깊은 연관이 있는 항목입니다. 이 항목 중 무엇부터 먼저 만들지는 자유입니다. 그러나 항목을 막연히 채우기만 하면 일관성이 있는 캐릭터를 만들 수 없습니다. 일관성이 없는 캐릭터는 제멋대로 움직입니다. 그 상황에 적당히 맞추어 움직임이 변하기 때문에 행동에 필연성과 설득력이 없습니다.

4-1(150쪽)에서 설명했듯이 살아 움직이는 캐릭터란 다음 행동이 쉽게 상상되는 캐릭터입니다. 상황에 적당히 맞추어 움직이는 캐릭터는 움직이기 쉬워 보이지만 다음 행동의 선택지가 지나치게 자유로운 나머지 오히려 움직이기 힘든 캐릭터가 됩니다.

캐릭터에 일관성을 부여하기 위해서는 각 항목을 연결하는 핵심을 설정해야 합니다. 그 핵심이 되는 것이 바로 캐릭터의 행동에 가장 큰 영향을 미치는 목적입니다. 각 항목이 목적이라는 핵심을 향함으로써 캐릭터에 일관성이 생깁니다.

이렇게 들으면 먼저 목적부터 만들어야 한다는 생각이 들지도 모릅니다. 물론 가장 먼저 목적을 설정할 수 있다면 그보다 좋을 수는 없겠지만, 모든 캐릭터를 목적부터 만드는 일은 어렵습니다. 실제로 대부분은 목적보다 직업이나 배경, 특징이 먼저 떠오릅니다.

앞서 말했듯이 각 항목 중에서 무엇부터 먼저 만들지는 자유입니다. 아이디어를 전개하는 방법에서도 일단 만들기 쉬운 부분부터 첫수를 두는 것이 올바른 진행 방법입니다.[9] 무엇을 먼저 만들든 간에 설정이 목적과 제대로 이어지기만 한다면 문제 없습니다.

9 3-4(131쪽) 참조.

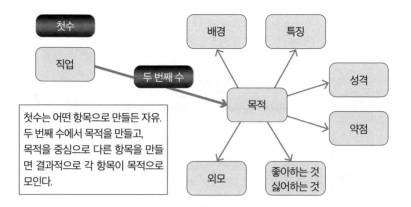

첫수

직업

두 번째 수

배경   특징

성격

목적

약점

외모   좋아하는 것
싫어하는 것

첫수는 어떤 항목으로 만들든 자유.
두 번째 수에서 목적을 만들고,
목적을 중심으로 다른 항목을 만들
면 결과적으로 각 항목이 목적으로
모인다.

예를 들어 가장 먼저 떠오른 설정이 의사(직업)라고 가정해 봅시다. 첫수가 떠올랐으니 두 번째 수에서 목적을 생각합니다. 의사라는 정보를 펼치면 환자 치료, 불치병 치료법 발견, 의학계 정점 도달 등의 목적이 보이기 시작합니다. 이렇게 아이디어를 전개하면 직업 항목이 목적과 제대로 연결됩니다.

태어나자마자 부모에게 버림을 받았다는 설정(배경)이 떠올랐다면 낳아 준 부모 찾기, 자신과 같은 처지의 아이들을 위한 시설 짓기 등 아이디어를 전개하여 목적을 도출할 수 있습니다.

첫수는 자유롭게 발상하고, 두 번째 수에 목적을 만듭니다.

만약에 첫수를 떠올렸지만 목적이 보이지 않으면 첫수에서 연상하여 두 번째 수를 두고 목적을 생각합니다. 그래도 목적이 보이지 않으면 세 번째 수를 둡니다. 그렇게 목적이 보일 때까지 설정을 만듭니다.

목적이 만들어졌으면 이번에는 목적을 중심으로 아이디어를 전개하여 남은 항목을 만듭니다. 이러면 결과적으로 모든 항목이 목적으로 모입니다.

또 다른 포인트는 '욕구'의 연장선상에 목적이 오도록 설정하는 것입니다. 4-1 (154쪽)에서 설명한 대로 캐릭터 행동의 방향성은 욕구로 결정됩니다. 캐릭터가 욕구를 따라서 서쪽으로 향하는데, 목적이 동쪽에 있다면 행동에 힘이 생기지 않습니다. 욕구와 목적이 캐릭터를 서로 반대 방향에서 당기는 형태가 되므로 움직이지 않는 (움직일 수 없는) 캐릭터가 되고 맙니다. 억지로 움직여도 행동에 설득력이 없기 때문에

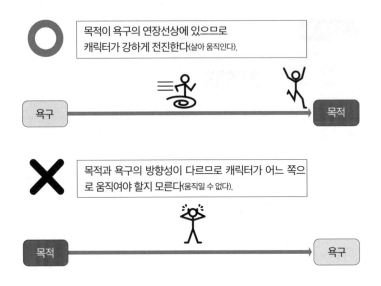

목적이 욕구의 연장선상에 있으므로 캐릭터가 강하게 전진한다(살아 움직인다).

목적과 욕구의 방향성이 다르므로 캐릭터가 어느 쪽으로 움직여야 할지 모른다(움직일 수 없다).

욕구 ────────→ 목적

목적 ────────→ 욕구

플레이어는 캐릭터에게 위화감을 느끼고 감정 이입을 하지 못하는 악순환에 빠집니다.

욕구는 강하게, 동기는 구체적으로. 목적은 욕구의 연장선에 둡니다. 이것이 원칙이며 목적을 만드는 좋은 방법입니다. 순서를 따지자면 목적이 만들어진 뒤에 '왜 그 목적을 바라는지'라는 욕구를 만드는 것이 원만한 제작 방법이라고 할 수 있습니다.[10]

✦성격✦

성격은 캐릭터의 말투나 생각, 행동의 표현 방법과 관련된 중요한 항목입니다.

원래는 심리학에서 'Character'의 번역어로 사용하던 단어이며 캐릭터라는 개념 그 자체를 나타내는 단어이기도 합니다.

캐릭터에 성격을 부여하는 방법은 여러 가지가 있습니다. 시간이 걸려도 상관이 없다면 기존의 분류 방법을 배운 뒤 캐릭터에 적용하는 방법이 좋습니다. 예를 들어

10 강한 욕구가 먼저 떠오른 경우에는 그 욕구의 연장선에 있는 목적을 설정하세요.

여성향 어드벤처 게임 〈사로잡힌 파르마囚われのパルマ〉에서는 카를 구스타프 융이 만든 8가지 유형을 적용하여 캐릭터의 성격에 깊이와 설득력을 부여하였습니다.

필자는 '에니어그램' 성격 분류를 이용하는 제작법을 추천합니다. 에니어그램이란 인간이 태어날 때부터 가지고 있는 자질을 9개의 성격 유형으로 분류한 것입니다.

스즈키 히데코의 『에니어그램 성격: 자기발견과 인간관계』에서는 9개의 유형을 다음과 같이 분류하였습니다.

유형 1	완벽하고 싶은 사람
유형 2	다른 사람을 돕고 싶은 사람
유형 3	성공을 추구하는 사람
유형 4	특별한 존재이고 싶은 사람
유형 5	지식을 얻고 관찰하는 사람
유형 6	안전을 바라고 신중하게 행동하는 사람
유형 7	재미를 원하고 계획하는 사람
유형 8	강함을 원하고 자기주장을 굽히지 않는 사람
유형 9	조화와 평화를 바라는 사람

9가지 유형은 각각 '상태가 좋을 때'와 '상태가 나쁠 때'의 행동 표출 방법이 다릅니다. 예를 들어 유형1인 사람의 경우, 상태가 좋을 때는 정리 능력이 있으며 사회성이 풍부하고 노력가인 사람이 됩니다. 그러나 상태가 나빠지면 신경질적이고 도덕을 내세우며 융통성이 없는 사람이 됩니다. 본질은 같지만 신경 상태에 따라 표출 방법이 달라지는 것을 보면 참으로 사람다운 현실성이 있습니다. 캐릭터에 사람다운 다양성을 부여하는 점에서도 에니어그램은 참고가 되는 성격 분류입니다.

이외에도 고대 그리스의 학자 테오프라스토스가 쓴 『성격의 유형들』도 현실성 있는 성격을 만드는 데 참고할 만합니다. 이 책은 철학자이자 박물학자, 식물학자이기도 한 테오프라스토스가 그의 관찰력, 통찰력, 분석력을 통해 인간의 성질·기질을 적은 것입니다. 30개로 분류된 각 성격이 냉소적인 유머와 함께 적혀 있어서 상당히 재미있게 읽을 수 있습니다.

융 심리학이나 에니어그램, 테오프라스토스의 저술을 배울 시간이 아까운 사람은 실재하는 인물이나 기존 작품의 캐릭터를 모델로 하는 것이 지름길입니다. 다만 성격의 항목에 'OO(인물·캐릭터명) 같은 성격'이라고 적는 것은 절대 금지입니다. 반드시 모델로 하는 인물이나 캐릭터의 성격을 분석하여 자신이 만든 말로 바꾸어야 합니다.

예를 들어 「도라에몽」의 주인공 진구라면 '겁쟁이', '공부를 싫어한다', '게으르다', '금방 까불댄다', '의존적이다', '울보', '배려심이 있다', '각오를 다지면 깜짝 놀랄 행동력과 힘을 발휘한다'라는 식으로 바꾸어야 합니다. 나만의 언어로 만들지 않으면 올바르게 이해할 수 없습니다. 연습 삼아 처음에는 자신의 성격을 분석하여 언어로 표현하면 좋을 것 같습니다.

물론 기존의 분류 방법이나 모델에 기대지 않고 독자적인 성격을 만드는 것도 제작 방법 중 하나입니다. 개인이 만드는 게임이라면 설정표를 다른 사람에게 보여 줄 필요가 없기 때문에 말투를 어떻게 쓰든 정보를 얼마나 기입하든 자유입니다(모든 항목에 적용되는 이야기입니다). 아주 간단하게 '진지하고 의리가 있다. 고집이 센 것이 옥에 티다'라고 적어도 본인의 머릿속에 이미지가 펼쳐지기만 한다면 문제없습니다.

여러 명이 만드는 경우에는 제작에 관여하는 많은 사람에게 설정표를 보여 줘야 하기 때문에 제삼자가 보아도 캐릭터의 성격을 떠올릴 수 있을 만큼의 정보가 필요합니다.

성격을 만들 때의 포인트는 '구체적인 캐릭터의 행동을 상상해 보는 것'입니다. 성격은 하나의 성질로만 이루어지지 않고 여러 성질이 조합되어 만들어집니다. 기호적으로 단어를 나열하더라도 그 복잡함을 정확히 나타내는 것은 어렵습니다.

예를 들어 정석 중의 정석인 '착하다'라는 성격이라면 어떨까요?

착하다는 말이 전부라면 착하다는 것을 어떻게 표현하는 캐릭터인지 알 방법이 없습니다. 이때 캐릭터를 특정 상황 안에 던져서 어떻게 움직이는지 구체적으로 상상해 보는 것입니다. '눈앞에서 걷고 있는 중년 회사원이 손수건을 떨어뜨렸다'라는 상황으로 생각해 봅시다. 착한 성격이니까 손수건을 주워 줄 것이라고 쉽게 상상할 수 있습니다. 중요한 것은 다음 행동입니다.

+ 더러워진 손수건을 털어서 준다.
+ 손수건을 깨끗하게 접어서 준다.
+ 눈치채지 못하도록 회사원의 주머니에 살짝 넣는다.
+ 건네줄 방법을 생각하는 사이에 회사원이 사라지고 말았다.
+ 도저히 말을 걸 수가 없어서 그대로 가지고 와 버렸다.

이렇게 상상해 보면 눈치가 빠르다, 깨끗한 것을 좋아한다, 신경질적이다, 소심하다, 장난을 좋아한다, 느긋하다, 낯을 엄청나게 가린다 등 단순히 착하기만 한 것이 아닌 캐릭터의 성격이 보이기 시작합니다.

구체적인 행동을 일으킨 뒤 상상을 통해 캐릭터에 성격을 부여하는 것도 놓칠 수 없는 포인트입니다. 예를 들어 똑같이 '화를 잘 내는 성격'이라고 하여도 어떤 행동을 통해 화를 표현하는지에 따라(입을 다문다, 폭식을 한다, 물건을 던진다, 아무 데나 화풀이를 한다, 자해한다 등) 각 캐릭터의 성격이 떠오릅니다. '성격은 행동과 함께 묶어서 생각한다'라고 기억해 두세요.

주의할 점은 '용감'과 '겁쟁이'처럼 상반되는 설정을 부여하지 않아야 합니다. 만약에 상반되는 설정을 만들 경우에는 한쪽 성격이 드러나는 조건을 명확히 해야 합니다. '기본적으로는 용감하다', '머리가 젖어 있을 때는 겁쟁이가 된다' 이렇게 특정 조건하에서만 엿볼 수 있는 성격이 있으면 다른 캐릭터와 구별되는 개성적인 캐릭터를 만들 수 있습니다.

✦ 약점 ✦

약점은 캐릭터의 약한 부분을 나타내는 항목입니다.

자칫하면 캐릭터의 매력을 떨어뜨리는 항목이지만 약점이 오히려 캐릭터를 매력적으로 만들기도 합니다. 측은지심이라는 말이 있는 것처럼 약한 사람이나 불행한 사람을 보면 사람은 동정심을 느낍니다. 응원해 주고 싶기도 합니다.

그리고 약점 중 하나인 '콤플렉스'에는 공감하기 쉽다는 특징이 있습니다. 다시 말해 약점이 있는 캐릭터는 감정 이입을 하기 쉬운 캐릭터라고도 말할 수 있습니다.

게다가 약점은 성격과도 연관이 있습니다.

+ 얼굴이 젖으면 힘을 내지 못하는 정의의 사도
+ 쥐를 무서워하는 쥐 모양 로봇
+ 정체를 들키면 지구를 떠나야 하는 마법소녀
+ 앞이 안 보이는 실력파 검사
+ 머리에 맞은 공이 트라우마가 된 야구 선수
+ 주군의 아이를 지키는 무사

약점이 캐릭터를 특징짓는 개성으로 이어지는 사례는 수없이 많습니다. 위 항목들은 각각 '제한', '공포', '비밀', '육체', '정신', '보호'로 분류할 수 있습니다. 공통점은 약점을 찔리면 위기에 빠진다는 것입니다. 그리고 이것이 캐릭터를 매력적으로 만드는 요소입니다.

위기란 강한 갈등입니다. 즉 캐릭터가 위기에 빠지면 강한 드라마가 만들어집니다. 약자가 강한 갈등을 극복한다는 드라마의 정석은 재미없을 수가 없습니다.

약점은 감정 이입이 되고 개성이 있으면서 재미있는 드라마를 만들어냅니다. 이를 효과적으로 사용하면 아주 매력적인 캐릭터를 만들 수 있습니다.

약점을 만들 때 포인트는 누구나 알 수 있도록 만드는 것입니다. 기억하기 힘들거나, 이해하려면 노력이 필요하거나, 들켜도 큰 위기에 빠지지 않는 약점이라면 캐릭터를 매력적으로 만드는 효과는 약해집니다.

- ✚ 한 번만 들어도 외울 수 있다.
- ✚ 바로 이해된다.
- ✚ 약점이 찔렸을 때 효과가 크다.

위의 3가지 조건을 의식하여 아이디어를 만들어야 합니다.

바로 이해할 수 있게 외모에 변화가 나타나도록 만든다면 더 좋습니다. 예를 들어 울트라맨은 변신을 유지할 수 있는 시간이 3분입니다. 한 번 들으면 외울 수 있고 직관적으로 '시간제한이 짧다'라는 것을 이해할 수 있습니다. 또한 3분이 가까워지면 컬러 타이머에 불이 들어오기 때문에 시각적으로도 이해하기 쉽습니다. 만약에 시간제한이 45분이라면 짧은 지 긴 지 잘 알기 힘든 약점이 되었을 것입니다.

호빵맨도 모든 조건을 충족한 약점을 지니고 있습니다. 얼굴이 젖거나 뜯기면 힘이 나지 않는다는 설정은 한 번 들으면 외울 수 있으면서, 곧바로 이해도 되고, 시각적인 변화도 알기 쉬운 약점입니다. 새로운 얼굴로 바꾸면 힘을 되찾고 상황을 역전한다는 드라마 패턴도 있으므로 이상적인 약점을 가진 캐릭터라고 할 수 있습니다.

앞서 말한 분류 안에 있는 '보호'는 조금 특수한 약점입니다. 이는 캐릭터 자신의 약점이 아닙니다. 약점을 가진 인물이나 아이템을 지켜야 한다는 상황이 결과적으로 캐릭터의 약점이 되는 형태입니다. 주로 육체적, 사회적 강자나 직업의식이 높은 캐릭터가 품는 약점입니다. 최강의 권법을 사용하는 히어로가 소중한 사람을 빼앗기는 것, 대기업 사장이 가출한 아내 때문에 아이를 혼자 키워야 하는 것, 택배 기사가 택배를 섬세하게 옮기는 것도 모두 '보호'라는 약점입니다.

'보호'의 장점은 캐릭터 자신은 완전무결한 존재로 그리는 것이 가능하다는 것과 앞서 말한 3가지 조건과 더불어 외형적으로도 알기 쉽게 만들 수 있다는 것입니다. 초라한 설정을 절대로 붙이기 싫은 캐릭터에게는 지켜야 할 무언가가 있다는 약점을 부여하면 됩니다.

배경이란 캐릭터의 현재에 영향을 미친 과거를 만드는 항목입니다.

왜 이런 생김새인지, 왜 이런 성격인지, 왜 이런 직업을 가졌는지, 왜 이런 목적과 가치관을 가지게 되었는지 등 각 항목에 영향을 미친 과거, 과장하여 말하면 인생을 만드는 것이 배경입니다.

'목적'과 마찬가지로 캐릭터의 일관성을 만들기 위해 필요한 설정이며 모든 항목이 배경과 깊게 연결되어야 합니다. 목적과 다른 점이 있다면, 목적은 현재에서 미래로 향하는 이유를 만든다는 것이고 배경은 과거에서 현재에 이르게 된 이유를 만든다는 것입니다.

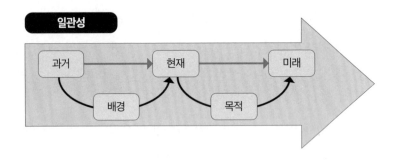

과거, 현재, 미래를 잇는 일관성이 설정되면 캐릭터에 설득력이 생깁니다. 왜 이런 대사를 말하고 이렇게 행동하는지에 관한 근거가 생기기 때문에 플레이어는 캐릭터를 이해하기 쉬워집니다. 또한 현재로 이어지는 드라마가 설정되므로 앞으로 일어날 드라마에 깊은 맛이 납니다. 걸어온 인생이 보이면 현실감도 커집니다.

설정 포인트는 각 항목을 '연결하는' 키워드를 찾는 것입니다.

예를 들어 다음과 같은 캐릭터 설정을 만들었다고 가정해 보겠습니다.

외모	살이 빠지면 멋있어질 것 같은 통통한 남자 24살로, 젊지만 꾸미는 방법은 모른다.
직업	고등학교 교사(담당 과목은 국어)
목적	모든 학생이 각자 목표로 하는 진로로 향할 수 있게 지도하는 것.
성격	이상에 불타는 열혈남, 금방 학생에게 동정하여 운다(특히 어머니에 관련된 이야기에 약하다).
약점	목소리를 크게 내면 목소리가 뒤집힌다.

이 단계에서는 아직 각 항목이 연결되지 않습니다. 그야말로 뿔뿔이 흩어진 기호들의 집합체입니다. 여기에 배경을 추가해 봅시다. 먼저 각 항목에 '왜'라고 질문하여 정보를 늘립니다. 아이디어 만들기의 '채굴' 공정입니다.[11] 각 항목의 정보가 갖추어지면 공통되는 키워드를 찾습니다. 여기에서는 '집이 가난했다'라는 키워드를 사용하겠습니다. 집이 가난했던 이유는 아버지가 일찍 돌아가시는 바람에 고등학교 선생님이었던 어머니가 육아와 업무를 병행했고, 그 스트레스를 참지 못하고 문제를 일으켜 직업을 잃었기 때문이라고 가정하겠습니다. 키워드와 배경의 큰 틀이 만들어졌다면 각 항목에 이유를 붙입니다. 배경과 설정을 연결하는 공정입니다.

현재 통통한 이유는 사회인이 되고 원하는 음식을 먹을 수 있다는 사실에 기쁜 나머지 과식을 했기 때문에.

꾸미는 방법을 모르는 이유는 어릴 때 옷을 사주지 않아서 꾸미는 방법을 모르고 자랐기 때문에.

고등학교 교사가 된 이유는 어머니를 존경했기 때문에.

학생이 목표로 하는 진로로 향할 수 있게 지도하는 이유는 자신은 진로를 선택하지 못했기 때문에. 본인은 모른 척하고 있지만 어머니는 자신이 이루지 못한 것을

11 2-4(78쪽) 참조.

자식에게 맡기고 항상 기대한다고 말했습니다. 그래서 진로에 선택의 여지가 없었다는 사실에 마음속 깊은 곳에서 불만을 느끼고 있습니다.

성격은 선천적인 부분이 크지만 이상을 좇는 이유는 고등학교 교사였던 어머니의 이야기를 몇 번이나 들었기 때문에.

학생에게 동정하여 우는 이유는 다정하고 공감 능력이 강하다는 것을 나타내지만 정신적으로 미숙하고 불안정하다는 것을 나타내기도 합니다. 이는 진정한 의미에서 어머니로부터 자립하지 못했기 때문입니다.

천식이 있었지만 제대로 병원에 가지 못해서 성대에 상처가 남아 있습니다. 그래서 큰 목소리를 내면 목소리가 잘 뒤집힙니다. 본인에게는 상당한 콤플렉스라서 되도록 큰 목소리를 내지 않으려고 노력합니다.

각 항목을 키워드로 연결한 결과 위와 같은 배경이 만들어졌습니다.

아무래도 이 캐릭터는 어머니와의 관계에 강한 갈등이 있어 보입니다. 드라마의 축은 학생들과의 관계를 통해 어머니의 그림자를 극복하는 것으로 정하는 편이 좋아 보입니다.

열혈남이지만 큰 목소리를 내지 못한다는 점은 재미있는 갭으로 사용할 수 있을 것 같습니다. 배경을 만들면서 인간관계, 현재 품고 있는 문제, 드라마의 축, 성장으로 이어지는 요소, 성격으로 이어지는 갭이 보이기 시작했습니다.

오해가 없도록 확실하게 말씀드리자면, 설정을 만든 단계에서는 배경에 관해 아무것도 생각하지 않았습니다. '왜?'라는 질문을 던짐으로써 이러한 배경이 있는 캐릭터라는 사실을 발견한 것입니다.

키워드를 바꾸면 전혀 다른 배경을 만들 수도 있습니다. 이것이 제작자의 실력을 발휘할 부분이며 개성이 반영되는 부분입니다. 2장의 아이디어 발상법을 참고하여 여러분만의 고유한 배경을 만들어 보세요.

배경의 제작법은 각 항목에 대해 질문을 던지고 답을 찾는 것입니다.

'왜?' ⋯▶ '○○이니까'

이때 중요한 것은 '각 항목의 공통점에서 키워드를 발견하고, 키워드를 바탕으로 각 항목을 연결하는 것'입니다. 공통점을 가진 키워드가 없으면 각 항목은 뿔뿔이 흩어진 설정이 되고 맙니다.

키워드를 찾기 어렵다면 배경부터 먼저 만듭니다. 예를 들어 '3형제의 막내로 가족 모두의 사랑을 받으며 자랐다'라는 배경을 가장 먼저 만들었다고 가정해 봅시다. 여기에서 '막내 기질', '어리광쟁이', '자립심 부족', '인기쟁이' 등의 키워드를 발견할 수 있습니다. 키워드가 정해지면 연상되는 아이디어로 각 항목을 만듭니다. 키워드에 공통된 부분이 있기 때문에 자연스레 배경과 연결된 일관성 있는 설정을 만들수 있습니다.

이 과정은 목적을 만드는 방법과 비슷합니다. 4-2_(179쪽)을 참고하여 캐릭터의 '현재'로 이어지는 배경을 설정해 봅시다.

✦ 좋아하는 것, 싫어하는 것 ✦

많은 설명이 필요 없는, 캐릭터의 호불호를 설정하는 항목입니다.

좋아하고 싫어하는 대상은 이 세상에 존재하는 모든 것입니다. 딸기가 좋다, 고양이가 좋다, 전철이 좋다, 혼자 있는 것이 좋다, 비가 좋다, 귀신이 싫다, 큰 소리가 싫다, 담배 연기가 싫다, 다툼이 싫다, 무엇이든 상관없습니다. 캐릭터가 특별히 좋아하는 것, 싫어하는 것을 설정해야 합니다.

좋아하고 싫어하는 것은 주로 캐릭터나 시나리오의 악센트로 사용됩니다. 캐릭터 앞에 좋아하거나 싫어하는 대상을 등장시키고 장면에 움직임을 부여하면 시나리오의 악센트로 활용할 수 있습니다. 설정 포인트는 캐릭터의 움직임이나 감정의 변화에 영향을 미칠 수 있을지 생각하는 것입니다.

예를 들어 연애물에서는 공략 대상의 이상형을 설정하는 것이 정석입니다. 주인공은 공략 대상의 이상형이 되기 위해 노력하며 움직입니다. 또한 공략 대상이 싫어하는 것을 설정해 두면 이를 극복하기 위해 돕거나, 싫어하는 것으로부터 지키는 과정에서 주인공과 공략 대상의 거리가 가까워지는 방식으로 사용할 수 있습니다. 이는 감정을 변화시키는 효과적인 방법입니다.

배틀물이라면 무기나 기술의 호불호, 불과 얼음 등 속성의 호불호, 고통에 대한 호불호, 인간성에 대한 호불호를 설정해 두면 효과적으로 사용할 수 있습니다. 인간성은 인간을 좋아하기 때문에 싸우기 힘들고, 인간을 싫어하기 때문에 감정적으로 대한다는 식의 사용 방법을 생각해 볼 수 있습니다.

호러물이라면 심리적인 호불호를 설정하는 것이 효과적입니다. 수영을 못하기 때문에 물이 싫다는 설정이라면 공포의 대상(유령이나 몬스터 또는 살인귀)에게서 도망치다가 물가에 몰려 절체절명의 위기에 빠지는 식으로 사용 방법을 생각해 볼 수 있습니다. 집단으로 도망치는 경우라면 동료 중 한 명을 물을 싫어하는 설정으로 만들고 다른 도주 방법을 생각하거나, 동료를 두고 도망치거나, 억지로 동료를 물로 끌고 가는 식으로 만들면 전체의 움직임이나 감정의 변화에 큰 영향을 미치는 효과적인 사용 방법이 될 수 있습니다. 여러분이 만들고자 하는 이야기 안에서 캐릭터의 움직임이나 감정의 변화에 어떤 영향을 줄 수 있을지 상상하며 설정하도록 합시다. '좋아하고 싫어하는 것은 움직임을 떠올리며 만들기'라고 기억해 두면 좋을 것 같습니다.

주의할 점은 막연한 설정으로 만들지 않아야 합니다. 예를 들어 '귀여운 것을 좋아한다'라는 설정을 만들었다고 할 때, 이것만으로는 캐릭터가 무엇을 귀엽다고 느끼는지 알 수 없습니다. 여러 가지 대상을 귀엽다고 느낀다고 하더라도 구체적인 예시와 그 이유를 만들어야 합니다. 막연한 채로는 어디에서 악센트로 사용할지를 생각하기가 어렵습니다.

사용처를 알지 못하는 설정은 의미가 없습니다. 아이디어의 발상법에서도 설명했지만 '막연함은 악이다'라는 수준으로 강하게 의식해야 합니다. 아무리 노력해도 막연하다면 귀엽다고 생각하지 않는 것의 구체적인 예시를 나열해 보는 방법도 좋습니다. 이렇게 하면 좋아하는 것의 폭이 한정되면서 그 경향이 구체적으로 보이기 시작합니다. 웬만하면 무엇이든 '귀여워!'라고 반응하는 캐릭터가 사람들이 일반적으로 귀엽다고 생각하는 대상에는 '귀엽지 않아'라고 반응하면 갭을 만들 수 있으며 캐릭터에 움직임이 나타납니다(이 경우에는 주변에서 당황하는 모습이 움직임에 해당합니다).

구체화를 함으로써 캐릭터가 확립되고 움직임이 나타납니다.

✦특징✦

특징은 캐릭터의 대명사가 되는 도드라진 성격을 설정하는 항목입니다.

'기능'을 제외한 모든 항목에서 만들 수 있기 때문에 설정표 외의 항목에서 이미 특징이 설정되어 있을 수도 있습니다. 예를 들어 가장 큰 특징이 '얼굴이 3개에 손이 6개이다'라는 설정이라면 이는 '외모'에 적혀 있을 것입니다. '마력에 닿으면 두드러기가 나는 마력 알레르기'라는 특징이 있다면 이는 '약점'에서 설정되어 있을 것입니다. 캐릭터의 가장 큰 특징이 다른 항목에서 설정되어 있는 경우에는 특징의 항목을 빈칸으로 두어도 상관없습니다.

만드는 포인트는 캐릭터 1명당 특징을 1개만 설정하는 것입니다. 이는 동시에 주의할 점에 해당하기도 합니다. 캐릭터를 매력적으로 만들고자 하는 마음에 특징을 너무 많이 붙이다 보면 실패할 확률이 높습니다. 특징이 많은 캐릭터는 설정표에서는 매력적으로 보일지 몰라도 실제로 이야기 속에서 움직여 보면 문제가 많이 발생합니다.

일단 에피소드가 늘어납니다. 특징마다 설명이 필요해지며 각 특징이 효과적으로 활약하는 에피소드도 만들어야 합니다(활약할 장면을 만들지 못하는 특징은 의미가 없습니다). 특징을 설명하기 위해 이야기의 본 줄거리를 그리는 에피소드가 깎여 나가고 맙니다. 실력이 뛰어난 각본가라면 본 줄거리를 그리면서도 특징을 효과적으로 집어넣을지 모르지만 누구나 가능한 일은 아닙니다.

고생 끝에 특징마다 고유 에피소드를 만들었다 하더라도 그다음으로 에피소드의 완성도를 확인하는 작업이 필요합니다. 플레이어는 완성도가 떨어지는 에피소드로 묘사하는 특징을 봤을 때, 일반적인 특징보다 매력이 없다고 느낄 수 있습니다. 각 특징이 경쟁하는 형태가 되어 장점을 서로 죽이는 일이 일어나지요.

각 특징이 활약할 곳이 줄어드는 것도 문제입니다. 한두 번밖에 사용할 수 없는 특징은 아무래도 인상이 흐려질 수밖에 없습니다. '그런 특징이 있었나?'라고 생각하게 된다면 특징이 역할을 수행하고 있다고 말하기 어렵습니다. 그러므로 특징을 하나로 줄이면 앞서 말한 문제가 모두 해결됩니다.

게다가 하나의 특징을 반복해서 사용하면 플레이어에게 많이 노출되는 효과도 기대할 수 있습니다.[12] 하나의 특징을 다양하게 사용하여 에피소드에 넣고 다방면의 매력을 보여줌으로써 몰입을 강화할 수도 있습니다.

특징에 몰입한다는 것은 캐릭터에 몰입한다는 것과 같습니다.

이런 식으로 특징을 1개, 많더라도 2개까지 좁히는 것이 유효한 방법이라는 사실은 틀림이 없습니다. 그러나 아주 좋은 특징이 여러 개가 떠오를 때도 있을 것입니다. 그럴 때는 캐릭터 하나에 다 넣지 말고 여러 캐릭터로 나누어 넣어 보세요. 이렇게 하면 각 특징의 매력을 최대한으로 발휘할 가능성이 커집니다.

만화 『사이보그 009』에서는 한 가지 능력에 특화된 사이보그가 각각 능력을 발휘하여 악의 조직과 싸웁니다. 모든 캐릭터가 각 특징을 살려 활약하는 장면이 있어서 전부 인상에 강하게 남습니다.

무슨 일이 있어도 1개의 캐릭터에 여러 특징을 넣고 싶은 경우에는 처음부터 모든 특징을 넣지 말고 이야기 도중에 특징을 획득하는 방식으로 만들어야 합니다.

예를 들어 『드래곤볼』의 주인공 손오공은 스승과 강적을 만나면서 새로운 특징을 획득합니다. 피라후 대왕과 만나면서 거대 원숭이로 변하였고, 무천도사를 통해 에네르기파를 배웠고, 신에게 기를 다루는 방법을 배웠고(신에게 받은 것은 아니지만 어른의 모습으로 변하였습니다), 계왕신에게 계왕권과 원기옥을 배웠고, 프리저와의 전투에서 초사이어인으로 변하는 등 다양한 특징을 얻습니다.

캐릭터와 플롯 만들기에 익숙해지기 전까지는 1개의 캐릭터에 1개의 특징만 넣

---

12 사람은 같은 것을 반복해서 접하면 호감이 생긴다는 심리 효과입니다. 심리학 용어로는 '단순 노출 효과'라고 부르며 논문을 발표한 심리학자 로버트 자이언스의 이름을 따서 '자이언스 효과(자이언스의 법칙)'라고도 부릅니다. 뇌는 모순을 싫어하기 때문에 처음에는 인상이 나빴던 것이라도 반복해서 접하는 사이에 '좋아하니까 계속 접하는 것이다'라고 자신을 속이게 된다고 합니다. 좋아한다는 스위치에 불이 들어오면 기존의 생각을 완전히 뒤집고 '좋아하는 이유'까지 만들기 시작합니다. 이는 무의식에서 벌어지는 일이므로 본인은 좀처럼 깨닫지 못합니다.

는 것을 추천합니다. 여러 특징을 생각하기보다 1개의 특징을 어디에 사용할지 고민해 보세요.

에네르기파는 적을 쓰러뜨릴 뿐 아니라 불을 끄기도 하고 달을 없애기도 하며 뒤로 쏘아서 하늘을 날기도 하는 등 여러 가지 사용 방법을 보여주면서 강한 인상을 남겼습니다. 어중간한 10개의 특징보다 잘 만든 1개의 특징이 깊은 인상을 남길 수 있으며 캐릭터를 매력적으로 보이게 한다는 좋은 예시입니다.

✦ 직업 ✦

직업은 캐릭터가 매일 행하는 업무나 소속된 조직을 설정하는 항목입니다. 여기에서는 넓은 의미의 직업으로서 학생, 전업주부, 왕, 노예 등 정확히는 직업이라 부르지 않는 것들도 포함하겠습니다.

무대가 현실 세계든 이세계든 직업을 설정하는 것에는 다음과 같은 이점이 있습니다.

캐릭터의 일상을 상상할 수 있다

이는 주로 규칙적인 시간을 보내야 하는 직업에 해당합니다.

사회인이라면 '출근┅➔업무┅➔귀가', 학생이라면 '등교┅➔수업┅➔동아리 활동┅➔하교' 같은 흐름을 쉽게 떠올릴 수 있습니다. 또한 현실 세계를 무대로 한 작품이라면 직업을 단서로 캐릭터가 어떤 일상을 보내는지 떠올릴 수 있습니다.

평소 생활을 떠올릴 수 있다는 것은 캐릭터의 현실감으로 이어집니다. 캐릭터가 그 세계 안에서 확실히 살아 있다고 느낄 수 있다면 캐릭터가 느끼는 고통이나 기쁨에 현실성이 생겨나 플레이어는 강하게 감정 이입을 할 수 있습니다.

이세계를 무대로 한 작품이라면 검사나 마법사 등 일상을 떠올리기 어려운 직업이 잔뜩 등장합니다. 이러한 직업을 설정할 때는 하루의 생활 사이클을 설정하는 것이 좋습니다. 캐릭터의 일상을 엿봄으로써 현실감이 크게 향상됩니다.

캐릭터가 가지고 있는 지식과 기술을 알 수 있다

직업을 설정하면 캐릭터가 가지고 있는 지식이나 기술의 설명을 생략할 수 있습니다. 의사라면 의료에 관한 지식이나 기술을 가지고 있다는 것을 알 수 있습니다. 가공의 직업이라도 마법사라면 마술에 관한 지식이나 기술을 가지고 있을 것이라고 상상할 수 있지요.

드라마에 직접 관계가 없는 설명을 생략할 수 있다는 것은 시나리오 작가와 플레이어 모두에게 좋은 소식입니다. 또한 시나리오 작가 입장에서는 캐릭터 만들기의 힌트를 많이 얻을 수 있다는 이점도 있습니다. 예를 들어 변호사라는 직업을 설정한다면 변호사가 되는 방법, 변호사의 일상, 전문 용어, 재판의 실제 사례 등 변호사가 가지고 있는 지식이나 기술, 경험에 관한 조사를 해야 합니다.

여기서 얻은 정보는 캐릭터의 배경이나 행동에 현실성과 설득력을 주는 것이 전부가 아닙니다. 일반적인 변호사의 모습을 안다는 것은 예외적인(파격적인) 변호사 캐릭터를 만드는 힌트가 될 수 있습니다. 상식을 알게 되면 비상식을 만들기 쉬워진다는 것은 3-3에서 설명한 규칙과 통하는 부분입니다.

그 밖에도 독특한 판례나 법정에서의 다툼, 개성적인 실제 변호사를 알게 되면 여러분의 캐릭터를 더욱더 좋게 만드는 힌트를 손에 넣을 수 있습니다. 드라마에 사용할 소재를 찾는 경우도 적지 않습니다. 직업을 정할 때는 반드시 직업마다 조사를 거치도록 합시다.

사회적 관계성이 드라마 만들기에 도움이 된다

직업 중에는 설정을 통해 캐릭터끼리 사회적 관계성이 성립하는 경우도 있습니다. 예를 들면 왕과 병사가 있습니다. 두 사람 사이에는 저절로 주종 관계가 성립합니다. 고등학교 교사와 고등학생이라면 사회적 관계성은 스승과 제자입니다.

사회적 관계성이 성립하는 직업은 그 밖에도 교도관과 수감자, 검사와 변호사 및 재판관, 모델과 카메라맨, 작가와 편집자, 장인과 수습생, 총괄 매니저와 점장, 점장과 점원, 탐정과 조수 등 셀 수 없을 정도로 많습니다.

이러한 사회적 관계성은 드라마 만들기에 큰 도움이 됩니다.

드라마는 '목대고결'의 '대(대립)'가 강할수록 극적인 드라마가 됩니다.[13]

다시 말해 강자에게 도전하는 약자, 용서받지 못할 관계의 극복, 이해가 상반되는 사람들의 대립 등 사회적 관계성이 성립하는 직업의 조합에는 이런 식으로 구도를 만들기 쉽다는 이점이 있습니다.

여러 캐릭터에 직업을 설정할 때는 캐릭터 사이의 사회적 관계성에도 주목하면 좋습니다.

✦ 대사 ✦

대사(캐릭터가 표출하는 언어)에는 성격, 나이, 성별, 외모, 출신지, 지식, 교양 등 다양한 정보가 반영됩니다. 대사는 캐릭터성을 플레이어에게 전달하는 중요한 항목이라고 할 수 있습니다.

예시로 3명의 아저씨가 말하는 대사를 통해 확인해 봅시다.

A) '어라, 반가워요. 달이 예쁜 밤이네요.'

B) '…… 무슨 일이야. 웬만하면 밤에는 부르지 않았으면 좋겠는데.'

C) '으악! …… 뭐야, 사람이잖아. 깜짝 놀라게 하지 좀 마. 이렇게 어두우면 사람인지 귀신인지 구별할 수가 없단 말이야. 난 귀신이 제일 싫다고. 다음부터는 향수라도 뿌리고 말을 걸어.'

각양각색의 대사를 통해 다른 사람이라는 사실을 알 수 있습니다. 그뿐 아니라 각자 어떤 성격인지도 어렴풋이 추측할 수 있습니다. 게임에서는 고유 그래픽을 배정받지 못하는, 이른바 엑스트라 캐릭터가 등장하기 때문에 이런 식으로 대사를 통해 구별하여 적는 것이 중요합니다.

물론 고유 그래픽이 준비된 주요 캐릭터도 마찬가지로 구별하여 적는 것이 중요

---

13 2-2(57쪽) 참조.

합니다. 오히려 외모가 다르거나 능력이 다르거나 각종 설정이 다르다는 차별화가 존재하는 만큼 더 제대로 구별하여 적을 필요가 있습니다. 외모나 설정이 아무리 다르더라도 대사가 서로 비슷하다면 의외로 '비슷한 캐릭터'라는 인상을 줄 수 있기 때문입니다.

캐릭터의 인상을 최종적으로 결정하는 것은 대사라고 말해도 과언이 아닙니다. 하지만 구체적인 대사는 시나리오를 쓰지 않으면 나오지 않습니다.

그러므로 설정표에는 다음의 4가지 질문에 대한 답을 작성해 주세요.

① '자기소개를 해 주세요.'

② '당신이 싫어하는 것은 무엇인가요? 그 이유는?'

③ '말버릇이나 마무리 대사를 알려 주세요.'

④ '아무 말이라도 좋으니 한 마디 부탁드립니다.'

①은 1인칭과 어미, 다른 사람을 대하는 말투, 평상시의 분위기 등을 표현하기 위한 질문입니다.

②는 캐릭터의 내면을 밝히기 위한 질문입니다. 이유는 확실하게 설명하기 쉬운 '싫어하는 것'에 대해 질문했지만 좋아하는 것이나 바라는 것으로 바꾸어도 상관없습니다.

③은 캐릭터성을 반영한 말버릇이나 명대사를 고민하는 질문입니다.

✚ '할아버지의 이름을 걸고…'(『소년탐정 김전일』- 옮긴이 주)

✚ '난 해적왕이 될 거야.'(『원피스』- 옮긴이 주)

✚ '너는 이미 죽어 있다.'(『북두의 권』- 옮긴이 주)

✚ '저, 실패하지 않거든요.'(『닥터-X ~외과의 다이몬 미치코~』- 옮긴이 주)

✚ '이의 있음!'(〈역전재판〉 시리즈 - 옮긴이 주)

✚ '돼지는 죽어라!'(〈환상수호전 2〉 - 옮긴이 주)

캐릭터의 대명사가 될 만한 대사를 만들면 장면을 마무리하거나 분위기를 고조시킬 때 효과적으로 사용할 수 있습니다. 또한 ③은 캐릭터의 성격과 사고방식을 알아보는 질문이기도 합니다. 당당하게 대답하거나, 대답을 거부하거나, 대답을 고민하거나, 대답하기 부끄러워하는 등의 반응으로 캐릭터성을 표현해 보세요.

④는 자유롭게 떠오른 대사를 적으세요.

대사를 만들 때 포인트는 나이, 직업, 성격, 배경을 통해 생각하는 것입니다.

나이는 큰 틀로 '어리다', '파릇하다', '젊다', '성숙하다', '원숙하다'로 나누어 적으면 도움이 됩니다. 아이는 어리게, 중고등학생은 파릇하게, 청년은 젊게, 중년은 성숙하게, 노인은 원숙하게 등으로 나누어 적을 수 있습니다. 물론 이는 기호적인 분류 방법이라서 여기에 들어맞지 않는 캐릭터도 있겠지만 기본이 되는 이미지를 잡아 두면 구별하여 적을 때 중요한 단서가 됩니다. 기본을 정해 두면 나이나 외모와 다르게 원숙하다는 식으로 갭을 만들 수도 있습니다.

또한 살아온 시간의 길, 감수성이 강한 시기를 알 수 있으면 일반적으로 알고 있는 지식이나 영향을 받은 인물, 사건, 공유하는 가치관을 상상할 수도 있습니다. 전쟁을 체험한 적이 있는 노인, 베이비 붐 세대, 버블 세대, 스마트폰이 당연한 초등학생 사이에는 지식이나 가치관도 크게 다르다는 것을 쉽게 상상할 수 있습니다.

직업은 캐릭터가 가지고 있는 지식을 알 수 있는 단서입니다. 무엇을 알고 있고 무엇을 모르는지는 은연중에 캐릭터의 대사에 반영됩니다.

의학 용어나 학술 용어, 조리법, 공법 등 각종 전문 용어, 독자적인 업계 용어 등 캐릭터성을 표현하는 언어를 조사하면 대사에 현실성이 생겨납니다. 젊은 사람이 사용하는 줄임말 등도 여기에 포함할 수 있겠습니다.

또한 직업윤리를 알아 두는 것도 대사에 현실성을 부여하는 데 도움이 됩니다. 직업윤리란 직업마다 요구되는 도덕을 뜻합니다.

예를 들면 의사는 적절한 치료를 해야 하고, 변호사는 의뢰인의 이익에 따라 변호를 해야 하고, 식품 판매자는 생산지를 속이지 않아야 하는 등의 직업윤리가 있습니다. 개인 정보나 기업 비밀을 아는 위치에 있는 직업은 비밀 유지 의무도 직업윤리에 포함됩니다.

성격은 대사 만들기의 핵심입니다.

급한 성격이라면 말이 빠르고, 둥글둥글한 성격이라면 힘이 빠지는 말투를 사용하는 등 같은 내용을 이야기하는 상황에서도 표현 방법이 크게 달라집니다. 붙임성이 있는 성격, 과묵한 성격, 무뚝뚝한 성격, 밝은 성격, 어두운 성격 등 각 성격에 따라 말하는 방식이 전혀 달라지기 때문에 성격은 대사로 캐릭터를 구별할 때 가장 중요한 요소라고 할 수 있습니다.

배경을 통해서는 말투의 특징을 알 수 있습니다. 예를 들어 귀족 가문의 아가씨와 변두리에서 자란 소녀가 사용하는 말투는 명확하게 다를 것이라는 사실을 쉽게 떠올릴 수 있습니다.

전자는 단정한 말투, 후자는 씩씩하고 활기찬 말투일 것입니다. 마찬가지로 상하관계에 엄격한 동아리 출신이라면 운동하는 사람이 쓰는 말투를 사용할 것이라고 상상할 수 있습니다. 자란 환경을 뚜렷하게 머릿속에 그린 뒤, 여기에서 도출되는 말투를 떠올리면 캐릭터의 말투를 쉽게 떠올릴 수 있을 것입니다.

배경에는 출신지도 포함됩니다. 출신지를 알면 사투리를 알 수 있습니다. 사투리는 성격과 마찬가지로 캐릭터의 말투에 큰 영향을 주는 요소 중 하나입니다. 사투리를 사용하기만 해도 캐릭터를 차별화하는 것이 가능할 정도입니다.

위의 사항을 참고하여 시나리오를 집필할 때 방침이 되는, 캐릭터성이 반영된 대사를 만들어 보세요.

각 항목에 관한 설명은 여기까지입니다.

설정표의 가장 아래에 있는 '기타' 항목은 그 외의 정보를 작성하는 메모용 공간입니다. 각 항목에 해당하지 않는 설정이나 떠오른 소재, 하이라이트 장면에 대한 아이디어, 상징적인 에피소드, 다른 캐릭터와의 관계 등을 자유롭게 작성해 주세요.

4-3

캐릭터에 매력 있는 개성을 부여하는
5가지 힌트

흔히 '캐릭터에는 개성이 필요하다'라고 말합니다.

그러나 말은 쉬워도 매력적인 개성을 지닌 캐릭터를 만드는 일은 상당히 어렵습니다. 생각이 지나치다가 결국 '개성이란 무엇일까' 하는 생각의 구렁텅이로 빠지는 일도 적지 않습니다.

이번 절에서는 캐릭터에 매력 있는 개성을 부여하는 5가지 힌트를 소개하겠습니다. 매력적인 개성이 떠오르지 않을 때는 5가지 힌트에서 하나를 골라 아이디어 전개의 단서로 삼아 보세요.

5가지 힌트는 자신도 모르게 비슷한 캐릭터를 만들고 마는 사람들에게도 유용합니다. 5가지 힌트를 캐릭터마다 하나씩 나누어 사용하기만 하면 다른 개성을 가진 캐릭터를 만들 수 있습니다.

힌트를 소개하기에 앞서 전제가 되는 '이 책에서 말하는 개성의 정의'를 밝혀 두겠습니다. 개성에는 2가지 의미가 포함됩니다.

+ 개인이 갖춘 특유의 성질
+ 두드러진 점

전자는 외모나 성장 배경, 성격이나 말투 등 그 사람을 그 사람답게 만드는 정보를 뜻합니다. 캐릭터를 분별하기 위해 빠질 수 없는 정보이며 이것이 없으면 캐릭터는 개인으로 존재할 수 없습니다. 이 책에서는 전자를 '개인성'이라는 단어로 구별하여 사용하겠습니다. 후자는 그 사람이 다른 사람과 비교했을 때 크게 다른 성질을 가지고 있는 것, 말하자면 개성적이라는 것을 뜻합니다. 이 책에서 말하는 개성이란 후자를 가리킨다고 생각해 주세요.

매력적인 캐릭터에는 개성이 빠질 수 없습니다. 그러나 개성이 있는 캐릭터가 모두 매력적이냐고 묻는다면, 그렇지는 않습니다. 매력이 있는 개성을 가진 캐릭터는 반드시 다음의 2가지 사항을 갖추고 있습니다.

호기심을 자극하는 요소
'신경 쓰인다, 알고 싶다' 등 흥미의 시초가 되는 요소입니다.

미래가 궁금해지는 요소
'어떻게 될까? 지켜보고 싶다' 등 캐릭터의 이야기에 관심을 갖게 만드는 요소입니다.

호기심을 자극하여 흥미를 끌고, 미래가 궁금해지도록 만들어 관심을 이어가고, 감정을 움직이는 드라마로 만족감을 주는 것. 이것이 매력적인 개성을 갖춘 캐릭터입니다. 위의 요소를 충족하는 캐릭터를 만드는 5가지 힌트는 '극단', '희소', '미지', '비밀', '위화감'입니다.

✦극단✦

캐릭터에 개성을 부여하는 대표적인 방법은 평범하지 않은 부분을 만드는 것입니다. 이를 위한 가장 빠른 방법이 설정 어딘가에 극단적인 요소를 넣는 것입니다.

'편의점 점원'이라는 설정의 캐릭터가 있다고 가정해 봅시다. 이 상태만으로는 호기심을 자극하지 않지만 '세계 최고의 접객 기술을 지닌 편의점 직원'이라는 극단적인 요소를 더하면 큰 호기심을 자극하는 존재로 변합니다. 반대로 '세계 최악의 태도를 지닌 편의점 직원'이라는 극단적인 요소도 괜찮습니다. 둘 다 '어떻게 손님을 맞이할까?'라는 생각이 무심코 들 만큼 호기심을 자극하는 요소라고 할 수 있습니다.

뛰어나거나 뒤떨어지는 요소 이외에도 길이, 무게, 크기, 감각(미각이나 후각 등)을 극단적으로 부여하여 개성을 만들 수 있습니다.

또한 강한 집착을 가진 캐릭터도 '극단'에 포함됩니다. 마니아와 오타쿠뿐 아니라 이념, 공포증, 알레르기 등도 사용하기에 따라 극단의 범주에 들어갑니다. '○○마니아(오타쿠)'나 '○○주의', '○○증'의 ○○에 아이디어를 더하면 매력적인 개성을 가진 캐릭터를 만들 수 있습니다.

극단적으로 만들면 효과가 크다는 것은 누구나 상식적으로 알고 있습니다. 그러나 기준을 알 수 없다면 극단적으로 만들어도 효과는 나타나지 않는다는 점을 주의해 주세요.

세계 최악의 태도를 지닌 편의점 직원

세계 최고의 접객 기술을 지닌 편의점 직원

✦희소✦

'희소'란 여럿 중에 1명(또는 극소수)만 있는 이질적인 존재를 뜻합니다.

'어째서인지 남자 고등학교에 다니는 단 1명뿐인 여학생'이 알기 쉬운 예시입니다. 왜 이런 일이 일어났는지, 어떤 학교생활을 보내는지, 앞으로 어떻게 될지 아주 흥미롭습니다. 호기심을 자극하는 요소에 미래가 궁금해지는 요소가 융합된 좋은 예시라고 할 수 있습니다.

　이 패턴은 사용하기 아주 편리해서 'ㅇㅇ에 단 1명뿐인 ××'라는 형태에 단어를 넣기만 해도 호기심을 자극하는 설정을 만들 수 있습니다. ㅇㅇ에는 '환경', ××에는 '그 환경에서 희소한 개성'이나 '특수한 능력'을 넣어 보세요.

세상에 단 1명뿐인 데스노트 소유자	과거 시대에 단 1명뿐인 현대인 의사	화성에 단 1명뿐인 지구인

　'희소'는 특별한 느낌을 연출하기 쉬워서 주인공, 히로인, 악역(라이벌)에 흔히 사용됩니다. 주의할 점은 희소성이 상대적인 개념이라는 것입니다.

　세상에 단 1명뿐인 마법사는 유일무이한 희소성을 발휘하지만, 세상에 마법사가 100명이 존재한다고 하면 희소성은 옅어집니다. 마법사가 당연하게 존재하는 판타지 세계에서는 희소성이 거의 없으며 직업 중 하나로 전락합니다. 반대로 특징이 없는 평범한 인간이라도 주변이 모두 기계 생명체라면 희소한 존재가 될 수 있습니다. '왜 기계투성이 세계에서 단 1명뿐인 살아 있는 인간이 존재하는가?'라는 생각이 무심코 들 것입니다.

　'희소'를 설정할 때는 희소성이 두드러지도록 무대와 주변 캐릭터 사이의 균형을 잘 조절해야 합니다.

✦미지✦

'미지'란 글자 그대로 '모르는 것'을 뜻합니다.

　플레이어가 모르는 것, 작품의 등장인물이 모르는 것, 2가지 의미를 포함합니다.

　모르는 것을 알고 싶어 하는 호기심은 본능에 가까운 인간의 성질입니다. 그중에서도 사람은 위험한 분위기를 풍기는 것에 민감하게 반응합니다.

귀신이나 살인마는 '위험한 미지'의 대표적인 예시입니다. 호러 작품이 굳건한 인기를 누리는 이유 중 하나는 사람은 정체를 알 수 없는 것에 강하게 끌리기 때문입니다. 이 세상에 있을 수 없는 존재를 제외하면 '이방인'도 알기 쉬운 '미지'의 캐릭터입니다. 사람은 자신들의 커뮤니티 바깥에서 온 사람에 대해 공포를 포함한 호기심을 품습니다. 흔히 볼 수 있는 예시로는 이세계에 빨려 들어간 주인공, 다른 행성에서 찾아온 생명체가 있습니다. 근처에서 볼 수 있는 예시로는 전학생도 이방인에 해당합니다.

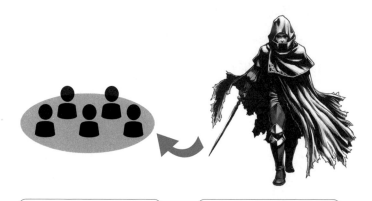

커뮤니티
'가정', '친구', '학교', '마을', '나라',
'별' 등 크기는 다양하다.

이방인
기존 커뮤니티 안에 없던
이질적 존재

매력 있는 개성을 부여하는 포인트는 이방인을 보고 미래에 대한 기대를 품게끔 만드는 것입니다. 이방인이 찾아오게 되면서 긍정적이든 부정적이든 어떤 변화가 일어날 조짐을 느끼게 만들면 '이 녀석은 누구지? 앞으로 무슨 일이 일어나는 거지?'라는 미래에 대한 기대를 품게 할 수 있습니다.

이 패턴에서 성패는 커뮤니티의 상황을 어떻게 만드느냐에 달려 있습니다.

아주 평화로운 곳에 위험한 냄새를 풍기는 캐릭터가 찾아오거나, 아주 위험한 상황과 마주한 곳에 도움의 손길을 건네는 캐릭터가 찾아오는 것이 정석입니다. 이방인은 상황과 묶어서 만든다고 기억해 두세요.

이외에도 괴수 고질라, 재난 작품 속에 등장하는 식인 상어나 거대 고릴라 같이 상식을 벗어난 생물, 실태가 알려지지 않은 직업 등도 '미지'에 포함됩니다.

직업의 경우에는 전문성을 알기 쉽게 전달할 수 있다면 지적 호기심을 자극하는 매력적인 개성이 될 수 있습니다. 문장관, 펫 푸드 테스터, 전문 문상객, 각종 바람잡이 등 조금만 찾아도 호기심을 자극하는 소재를 가득 발견할 수 있습니다. 약간 어려울 수 있지만 오리지널 직업을 만드는 것도 좋은 방법입니다.

'미지'를 설정할 때 포인트는 처음 등장하는 장면에서 '알고 싶다'라는 마음이 들도록 만드는 것입니다. 해외 드라마 「블라인드 스팟」의 주인공은 온몸에 수수께끼의 문신이 새겨져 있으며 기억을 잃은 여성입니다. 이미 충분히 호기심을 자극하는 요소를 갖추고 있는데, 이에 더해 첫 등장 장면을 '타임 스퀘어에 놓인 보스턴백에서 나체로 등장한다'라고 설정해 미치도록 '알고 싶다'라는 마음이 들게 하는 것에 성공했습니다.

'미지'는 등장 장면의 흡입력이 중요합니다. 설정표의 기타 항목에 강렬한 인상의 등장 장면을 작성해 주세요.

✦비밀✦

다른 사람에게 들키면 곤란해지는 '비밀'을 품은 캐릭터도 매력적인 개성을 갖춘 존재입니다.

알기 쉬운 예시로는 변신하는 히어로나 마법소녀가 있습니다. 정체를 들키면 안 된다는 것은 동서고금을 막론하고 항상 보편적인 매력을 지니고 있습니다.

그런 의미에서는 옛날이야기에 등장하는 인간으로 변하는 동물, 사람을 다른 것으로 변신시키는 요괴 등도 '비밀'이라는 개성을 갖춘 캐릭터라고 말할 수 있습니다. 현실적인 것이라고 한다면 범죄 이력, 성형, 가명, 경력 위조, 마니악한 페티시나 습관도 매력적인 '비밀'이 될 수 있습니다.

'비밀'에는 '들킬 것인가, 들키지 않을 것인가'라는 미래가 궁금해지는 요소가 내포되어 있습니다. 다시 말해 설정하기만 하면 매력적인 캐릭터의 조건 중 하나를 만족시킬 수 있다는 뜻입니다.

만들 때 포인트는 캐릭터의 사회적 지위나 감정에 큰 영향을 미치는 '비밀'을 설정하는 것입니다. 들켰을 때 캐릭터의 지위나 감정이 크게 흔들리는 것일수록 스릴 있고 매력적인 '비밀'에 해당합니다.

'들키면 위험하다'라는 키워드를 가지고 설정을 생각해 보세요.

✦ 위화감 ✦

'위화감'은 주로 외모에 깃드는 개성으로, 호기심을 자극하는 요소입니다. 사람은 '위화감=평범하지 않은 것'에 본능적으로 반응합니다. 즉 위화감을 만들고 본능에 호소하면 플레이어의 주의를 끄는 것이 가능하다는 뜻입니다.

고양이 모양의 귀, 3개의 눈, 자라나는 뿔, 총으로 개조된 팔, 이마에 새겨진 '肉(육)' 문자, 볼에 난 십자가 상처 등의 구체적인 특징이 전형적인 예시입니다.

신체적인 특징 외에는 복장이나 소지품, 같이 다니는 사람으로도 위화감을 만들 수 있습니다. 불량배 복장을 한 어린아이, 권총을 가진 여고생, 작은 남자아이를 태운 유모차를 미는 무사 등 무심코 눈길이 가는 의외성 가득한 모습에는 매력적인 위화감이 있습니다.

또한 무서운 얼굴을 한 덩치 큰 남자의 날카로운 목소리, 조신해 보이는 미소녀의 불량배 같은 말투 등 외면과 내면에 격차가 있는 조합도 '위화감' 있는 개성으로 이어집니다.

신체적인 특징으로 '위화감'을 만들 때는 배경이나 내면과 친화성이 높은, 그 캐릭터를 상징하는 개성을 부여하는 것이 포인트입니다.

뿔은 늠름함, 강함, 두려움, 신비성 등을 나타내는 도깨비의 특징입니다. 이마의 '肉(육)' 문자는 근육맨[1]이라는 존재 그 자체의 상징이고, 볼의 십자가 상처는 히무라

---

1 만화 『근육맨』의 주인공.

켄신[2]이 젊어진 과거의 상징입니다.

복장이나 소지품의 조합으로 '위화감'을 만들 경우에는 캐릭터의 외모와 격차가 있는 조합을 고민하는 것이 포인트입니다. 외모와 격차가 클수록 커다란 '위화감'이 생겨납니다. '위화감'으로 개성을 만드는 비결은 '상징과 격차'입니다.

여기까지 설명한 힌트는 각각 복합과 보완의 관계에 있습니다. 어떤 하나의 요소를 넣으면 자연스레 여러 요소가 충족됩니다.

세계 최고의 편의점 점원은 극단적이고 희소적이며 미지의 존재입니다.

이번 절의 힌트는 '어떤 측면의 개성을 만들지'를 고민할 때 도움이 되는 단서라고 생각하고, 가장 만들기 쉬운 부분부터 유연하게 아이디어를 전개해 보세요. 어떤 힌트를 이용하든 매력적인 개성을 만들 수 있을 것입니다.

---

2 만화 『바람의 검심 ―메이지 검객 낭만기―』의 주인공.

캐릭터를
만들어 보자

정말 오래 기다리셨습니다. 이제 본격적으로 캐릭터를 만들어 봅시다.

살아 움직이는 캐릭터의 방정식, 각 항목에 대한 설명, 개성을 만드는 방법을 반복하여 읽은 뒤 설정표를 상세히 읽고 캐릭터를 만들어 봅시다.

  다음 페이지에는 기입용 캐릭터 설정표[1], 그 옆과 다음 페이지에는 필자의 시나리오용 캐릭터 설정이 4개가 실려 있는 설정표 샘플이 있습니다. 각 항목에 어떤 설정을 적어야 할지 모를 때 참고해 주세요.

---

1 캐릭터 설정표 샘플을 다운로드 할 수 있습니다. '일러두기' 페이지에서 확인해 주세요.

✦ 기입용 캐릭터 설정표 ✦

이름 / 성별 / 나이	
체격	키 : 몸무게 : 체형 :
외모	
기능 / 직업	/
목적 / 욕구 / 동기	목적 : 욕구 : 동기 :
성격	
약점	
배경	
좋아하는 것 싫어하는 것	좋아하는 것 : 싫어하는 것 :
특징	
대사	질문① : 질문② : 질문③ : 질문④ :
기타	

✦ 캐릭터 설정표 샘플 ✦

이름 / 성별 / 나이	로스 아노우 / 남 / 29세
체격	키 : 180cm / 몸무게 : 56kg / 체형 : 깡마른 체형
외모	창백한 얼굴(마치 병이 있는 것처럼 보인다), 마구 기른 수염, 대충 자른 머리카락, 이목구비는 단정하지만 인상은 우스꽝스럽다. 낡고 두꺼운 망토, 빵빵한 가방(속에는 대부분 책과 필기구, 측량 도구 등이 있다. 모험용 장비는 아니다. 책에는 완벽히 방수 처리가 되어 있다), 도수가 높은 안경, 목에는 끈으로 묶은 돋보기가 달려 있다.
기능 / 직업	주인공 / 일곱 가지 수수께끼 인정위원회 회원(학자, 모험가)
목적 / 욕구 / 동기	목적 : 기븐의 발견과 구출 욕구 : 환상의 섬을 탐색하러 간 교수의 생사를 확인하고 싶다. 동기 : 은인인 기븐 교수의 생명을 구하고 싶으니까.
성격	멍해 보이지만 항상 무언가를 생각하며 분석하고 있다. 질문을 받으면 상대가 아이든 범죄자든 정성스럽고 성실하게 대답한다. 미지를 마주하면 변태적인 행동력을 발휘한다. 미지를 경험하게 해 주는 사람을 만나면 적극적으로 관여하려고 한다. 진지하다, 굳은 의지를 지니고 있다, 참을성이 강하다, 다른 사람의 감정에 둔하다, 악의가 전혀 없다, 누구를 상대로든 겁먹지 않는다, 제멋대로다, 생각하는 시간이 길어서 가끔 대화가 되지 않는다, 누구를 상대로 하든 존댓말을 사용한다, 평범한 정도로 착하다, 신앙심은 없다.
약점	· 안경을 벗으면 앞이 제대로 보이지 않는다. · 생각이 정리되지 않으면 당황해한다.
배경	어릴 때 '왜?'라는 질문에 항상 다정하게 답해 준 박물학자인 아버지의 영향으로 이 세상의 모든 것에는 답이 있다는 생각을 가지게 되었다. 부모님을 모두 일찍 여의고 난 뒤에는 스스로 답을 찾기 시작했다. 이것이 학자, 모험가로서의 첫걸음이다. 12살에 아버지의 친구였던 기븐과 만났다. 독학에 한계를 느끼기 시작한 로스는 기븐에게 제자로 받아 달라고 부탁했다. 더부살이로 생활하게 되었다. 이후 17년 동안 함께 지내며 기븐은 로스의 두 번째 아버지가 되었다. 병적인 호기심과 미지를 파헤치려는 재능을 인정받아 일곱 가지 수수께끼 인정위원회의 멤버로 선정되었다. 사실을 바탕으로 가설을 세우고 철저하게 검증하는 로스의 자세는 젊은 연구자들에게 큰 영향을 주고 있다(본인은 자각하지 못한다).

배경	29세가 된 어느 날, 기븐에게 '환상의 섬'을 탐색하러 가지 않겠냐는 권유를 받았지만 당시에 하던 연구가 바빠서 거절하였다. 몇 개월 뒤 기븐이 행방불명되었다는 사실을 알고 '기븐 수색대'에 지원하였다.
좋아하는 것 싫어하는 것	좋아하는 것 : 미지, 생일날에 아버지에게 받은 '동물도감', '박물지', 목에 건 돋보기, 젓갈 싫어하는 것 : 자기 자신, 미지의 탐구를 방해하는 자, 지루함, 자신에게 강하게 달려드는 사람
특징	싸움은 어린아이에게 질 정도로 약하다. 적의나 악의를 품지 않는 순수한 인간이기 때문에 이상하게 동물이 잘 따른다. 생각이 정리되지 않으면 당황하며 밀폐된 좁은 공간에 들어가려고 한다. 크고 빈 술통을 좋아한다. 한동안 술통에 들어가 있으면 신기하게도 생각이 정리되며 아이디어가 떠오른다.
대사	질문① : '자기소개를 하라니…… 어려운 부탁을 하는군요. 저 자신을 표현하려고 해도 저는 저라는 인간이 어떤 인간인지 아직 잘 모릅니다…… 아, 이름만 말해도 됩니까? 로스 아노우입니다.' 질문② : '저 자신이 싫습니다. 가장 가깝고 가장 멀면서 밝혀내기 힘든 미지거든요.' 질문③ : '미지는 이지(Easy)!…… 농담은 잘하지 못합니다.' 질문④ : '무한의 선택지는 제로로 통합니다.'
기타	· 일곱 가지 수수께끼 인정위원회, 통칭 SWAC(Sevens Wonder Acknowledge Commission)의 회원이며 그 변태적인 조사 능력으로 여러 실적을 올렸다. · 식사를 즐기는 데 흥미가 없고 영양 섭취의 수단으로만 생각한다. 연구에 몰두하면 식사를 거르는 일도 종종 있다. 또한 미지의 식재료를 만나면 일단 입에 대는 습관이 있어서 죽을 뻔한 적도 많았다. 그래서 항상 얼굴이 창백하다. 그러나 평범하게 살이 붙으면 여성이 선호하는 미남이 된다. 하지만 누구도 그 모습을 본 적은 없다. · 우수한 학자에 우수한 모험가이지만 그 외에는 형편없다. 다른 어른들은 그를 형편없는 인간이라 취급한다. 그러나 무슨 질문이든 진지하게 대답해 주기 때문에 어린이들은 그를 '박사'라고 부르며 따른다. · 깡말랐지만 행동력이 있고 체력도 있다. 인내력이 강하여 긴 조사 활동도 가능하다. 다만 자신의 한계를 잘 깨닫지 못해서 자기도 모르게 한계에 다다라 쓰러질 때가 있다.

이름 / 성별 / 나이	하글 오토 / 남 / 59세
체격	키 : 170cm / 몸무게 : 76kg / 체형 : 복스럽고 통통한 체형
외모	눈꼬리가 내려간 실눈(항상 웃고 있다), 부풀어 있는 둥근 얼굴, 백발이 많은 금발, 이마부터 정수리까지 머리카락이 없다. 기장이 긴 검은 옷, 금색 자수가 박힌 법복, 법복과 한 쌍인 모자, 목에는 로사리오가 있다(십자가가 아니다).
기능 / 직업	적대자 / 대신관, 교사
목적 / 욕구 / 동기	목적 : 과학에 심취한 자들 회심시키기, 로스 암살 욕구 : 사람들이 진정한 신앙을 가졌으면 한다. 동기 : 사람은 모두 신의 가르침에 따라 살아야 한다고 생각하니까.
성격	온화하다, 웃음이 끊이지 않는다, 자기희생도 마다하지 않는 봉사 정신, 관용, 절대적 신앙심, 흔들리지 않는 굳은 의지.
약점	신앙 앞에서 자신의 모든 죄가 용서받을 수 있을 거라고 생각하는 오만함
배경	신관 집안에서 태어나, 어릴 때부터 신을 섬겼다. 신의 존재에 의문을 품은 적은 단 한 번도 없으며 모든 인간이 신의 가르침 아래에 깨끗하고 올바르게 살아야 한다고 생각한다. 최근 과학자 사이에서 신앙이 옅어지고 있기에, 불신의 필두라고 할 수 있는 로스를 향해 증오심을 품고 있다. 로스를 죽이기 위해 위험한 모험에 여러 번 파견을 보냈지만 잘 풀리지 않았다. 그런 와중에 기븐이 환상의 섬을 탐구하기 위해 떠난 뒤 행방불명이 되었다. 로스가 '기븐 수색대'에 지원했다는 이야기를 듣고 동행하기로 결심한다. 기회만 되면 로스를 죽이고 신앙을 두텁게 유지하려고 한다.
좋아하는 것 싫어하는 것	좋아하는 것 : 선한 사람, 인생의 유일한 낙이라고 부를 정도로 단것을 좋아한다. 싫어하는 것 : 악한 사람, 무지, 신앙이 없는 것, 동물 고기(채식주의자라서)
특징	숭고한 이상을 위해 사는 사람. 선의로 가득 차 있으며 자신의 올바름을 믿고 있다. 자신이 잘못되었다는 생각은 조금도 하지 않기 때문에 사람을 죽여도 자신이 잘못했다고 생각하지 않는다. 승려의 마법을 사용한다. 빠르게 회복하며 보기와 달리 전투도 능하다. 신직은 사람들의 존경을 받는다. 대신관이 되면 왕조차 쉽게 건들지 못할 정도로 특별한 존재가 된다.
대사	질문① : '하글 오토라고 합니다. 　　　　걷다가 자주 넘어지다 보니 사람들이 뒤에서 저를 이렇게 말하기도 합니다. 하, 그러네 또.' 질문② : '신이 없는 세계입니다.'

대사	질문③ : '신은 제 안에 있습니다.' 질문④ : '선을 행하는 데 비난을 받는다고 한다면 저를 악인이라고 불러도 상관없습니다.'
기타	· 모든 사람의 존경을 받는 대신관. 왕의 신뢰도 두텁다. · 주인공과 대비를 명확히 할 것(외모, 생각, 가치관) · 신앙과 연이 없는 주인공을 내심으로 혐오하고 있다. · 주인공(과 기븐)의 연구나 가치관에 영향을 받는 어린 학자가 늘고 있다는 사실을 고통스럽게 생각하고 있다. · 이번 수색에서 주인공을 죽이려고 생각한다. · 법복 안에 달콤한 과자를 숨기고 있다. · 마법 학교의 교사이기도 하며 우르카는 제자 중 하나이다.

이름 / 성별 / 나이	우르카 알라라 / 여자 / 19세
체격	키 : 166cm / 몸무게 : 49kg / 체형 : 탄탄하다
외모	기가 셀 것 같은 눈이 인상적인 미인, 갈색 쇼트커트, 좌측 등에 커다란 흉터, 머리에는 희귀종 새의 깃털 장식. 흰 가운처럼 보이는 코트, 움직이기 쉬운 짧은 바지, 모험용 롱부츠, 의료 도구가 들어 있는 가죽의 허리 파우치.
기능 / 직업	파트너 / 의학생(치료 마법 전공)
목적 / 욕구 / 동기	목적 : 환상의 섬으로 가서 아버지를 구한다. 욕구 : 아버지를 구하고 싶다. 동기 : 아버지를 사랑하니까.
성격	적극적이다, 행동력이 있다, 기가 세다, 단호한 말투, 자신을 소중히 여긴다, 여장부 기질, 좋아하게 되면 일편단심, 상식에서 벗어난 것을 싫어한다, 사소한 일에 신경 쓰지 않는다, 보수적, 연애에는 소극적이다.
약점	커다란 벌레와 파충류를 정말 싫어한다. 눈앞에 나타나면 몸이 굳어 버린다.
배경	어릴 때, 항상 아버지 기븐이 모험을 떠나서 집을 지켰다. 자라면서 점점 성격이 활발해진 우르카는 자신도 모험에 데려가 달라고 조르기 시작했다. 그러나 기븐은 우르카를 모험에 절대로 데려가지 않았다. 오직 로스만 데리고 다녔다. 오빠 같은 존재지만 가족은 아닌 로스에게 아버지를 빼앗긴 듯한 기분에 토라져서 가출(혼자서 떠나는 모험)한 적이 여러 번 있다. 더 자란 우르카는 의

배경	사로서 아버지의 조사단에 동행하는 것을 목표로 진로를 정했다. 이번에 아버지가 행방불명되었다는 이야기를 듣고 의사로서 제때 돌보지 못했다는 사실에 분함을 느끼면서도 아버지의 생존을 믿고 조사단에 억지로 동행한다.
좋아하는 것 싫어하는 것	좋아하는 것 : 부모님, 자극이 강한 냄새(특히 소독액), 단검술, 고기, 로스 싫어하는 것 : 커다란 벌레, 파충류, 요리, 쓴맛이 나는 것, 로스
특징	로스에 대해 아주 복잡한 감정이 있다. 좋아하기도 하고 싫어하기도 하며 무시하고 싶지만 내버려 둘 수 없다. 아버지를 위해 정한 진로와 익힌 기술이 사실은 로스의 부족한 부분을 채우기 위한 것들이지만 본인에게는 그 자각이 없다.
대사	질문① : '나는 우르카 알라라. 　　　　미래에는 아버지의 오른팔이 될 거야. 로스를 넘어서.' 질문② : '분위기를 못 읽는 사람. 주변이 안 보이는 사람. 그리고 쓴 커피. 왜 그렇게 쓴 거야? 향은 엄청 좋은데 마실 수가 없잖아.' 질문③ : '그러네. 보통, 당연히, 상식이라고 말하는 편이지.' 질문④ : '아버지를 죽인 당신을 용서하지 않을 거야.'
기타	· 주인공의 부족한 부분을 채우는 파트너. · 상식이며 생각이 다소 딱딱한 부분이 있어 편견으로 매사를 판단한다. 화를 낼 때까지 로스가 여기에 딴지를 거는 것이 한 패턴이다. · 흰 가운 안쪽에 단검을 숨기고 있다(2자루). · 마법보다 검술에 더 뛰어나다. · 환상의 섬 자체가 뱀이라는 사실을 깨닫고 싫어하던 것을 극복한다.

이름 / 성별 / 나이	기븐 알라라　/　남자　/　52세
체격	키 : 187cm　/　몸무게 : 95kg　/　체형 : 지방이 낀 단단한 체형
외모	햇볕에 탄 얼굴, 덥수룩한 수염, 무서워 보이지만 다정한 눈매, 둥근 코, 눈꼬리에 흉터가 있고 웃는 얼굴이 호쾌하다. 로스와 같은 코트(여기저기 찢어져서 너덜너덜하다), 커다란 배낭(안에는 모두 모험용 도구), 허리에 검처럼 삽을 차고 있다(크기도 커서 무기를 겸한다), 어깨에 다리가 6개 달린 고양이형 몬스터를 태우고 다닌다.
기능 / 직업	조력자 / SWAC 회원(모험가)
목적 / 욕구 / 동기	목적 : 일곱 가지 수수께끼 발견하기

목적 / 욕구 / 동기	욕구 : 죽음이 함께하는 스릴을 만끽하고 싶다. 동기 : 스릴을 좋아하는 변태니까.
성격	사소한 일은 신경 쓰지 않는다, 호쾌하다, 다른 사람을 잘 돌본다, 스릴을 좋아하는 변태, 그릇이 크다, 모험할 땐 대담하고 신중하다, 명예욕이 없다.
약점	위험하다고 생각할수록 뛰어드는 것을 참을 수 없다.
배경	모험과 비밀 기지에 가슴이 뛰던 소년 시절의 모습 그대로 어른이 되어 지금에 이르렀다. 아내가 임신했다는 사실을 알고 모험을 그만둔 시기가 있었다. 모험가를 은퇴하는 것도 고려했지만 아내와 로스가 기븐을 다독여 다시 모험에 나서기 시작했다. 기븐은 그 일을 감사하게 생각하지만 이것이 우르카와 기븐을 떼어 놓는 원인이 된 탓에 정말로 잘한 일이었는지 지금도 고뇌하고 있다. 일곱 가지 수수께끼를 찾는 모험은 인적이 드문 곳을 향한 도전이기도 했다. 환상의 섬을 조사하는 조사단을 이끌어 달라는 이야기를 들었을 때 아직 아무도 모르는 스릴을 맛볼 수 있을 것 같다는 생각에 곧바로 수락했다.
좋아하는 것 싫어하는 것	좋아하는 것 : 스릴, 가족, 소름 돋는 일, 끝없이 펼쳐진 수평선, 고기, 술, 매운 것. 싫어하는 것 : 안정, 안전, 단 것.
특징	스릴을 즐기는 순수한 모험가. 위험이 클수록 흥분한다. 야생의 감이 아주 날카로워 위기의 냄새를 잘 맡는다. 그러나 위험하다는 것을 미리 파악할 수 있으면서도 본인이 위험에 뛰어드는 괴짜이기 때문에 의미가 없다. 어떤 모험에서든 귀환에 성공하기 때문에 '불사신 기븐'이라고 불린다.
대사	질문① : '나 말이야? 기븐 알라라야. 　　　　나보다 위험하게 노는 사람은 없을 거야.' 질문② : '안정적인 게 싫어. 　　　　평생 여기저기 돌아다니고 싶은데 딸이랑 집사람이 무서워서 말이지. 　　　　1년에 2번은 집에 돌아와야 해. 　　　　으하하.' 질문③ : '음~ 냄새가 나는데!' 질문④ : '남자는 항상 바보처럼 살아야 한다고.'
기타	· 환상의 섬에 상륙했다. · 주인공 일행은 환상의 섬에 상륙한 뒤 섬의 상황이나 기븐이 남긴 기록을 통해 생존 확률이 낮다고 생각했다. · 수첩이나 나무에 새긴 문자나 표식으로 주인공에게 힌트를 주는 조력자. · 스릴을 추구하지만 살아 돌아와야 의미가 있다고 생각한다. 본인이 말하기를 '죽음을 두려워하니까 나는 불사신이라고'.

캐릭터 만들기의
최종 체크

4명의 캐릭터 설정이 끝났다면 이제 캐릭터 만들기의 최종 체크를 진행해 봅시다.

✦ 캐릭터의 '기능' 체크 ✦

'주인공', '적대자', '파트너', '조력자'에게는 각각 충족해야 할 포인트가 있습니다.[1]

아래의 체크리스트를 보고 각 기능의 포인트를 충족하고 있는지 확인하세요. 모든 항목을 만족한다면 '기능' 체크는 합격입니다.

✛주인공

☐ 감정 이입할 수 있는 요소가 설정되어 있다.

☐ 확실한 동기, 강한 욕구의 연장선상에 목적이 있다.

☐ 약점이 있다(완벽한 주인공이 아니다).

---

[1] 4-2(162쪽)의 '기능' 참고.

✦ 적대자

☐ 절대적 강함이 설정되어 있다.

☐ 주인공과의 대립축이 명확하다(갈등을 부여하는 존재이다).

☐ 플레이어의 의욕을 '진심'으로 만든다.

✦ 파트너

☐ 주인공의 행동을 끌어내도록 설정되어 있다.

☐ 주인공의 매력을 끌어내도록 설정되어 있다.

☐ 주인공과 정반대의 요소를 가지고 있다.

✦ 조력자

☐ 사용할 곳을 머릿속에 그려 놓았다.

☐ 주인공에게 무엇을 부여할지 머릿속에 그려 놓았다.

☐ 주인공에게 부여할 시련을 머릿속에 그려 놓았다.

✦ 캐릭터의 '개성' 체크 ✦

다음은 캐릭터의 개성을 '캐릭터성이 확고한가'를 중심으로 체크하겠습니다.

'캐릭터성이 확고하다'라는 말에는 '눈에 띈다'와 '살아 움직인다'라는 두 의미가 있습니다.

'눈에 띈다'라는 말은 다른 캐릭터보다 뛰어나다는 뜻입니다. 하얀 소면들 사이에 분홍색과 연두색 소면이 몇 가닥 섞여 있는 모습을 떠올리면 이해하기 쉬울 것 같습니다. 새하얗고 매끄러운 소면 사이에 색감을 위해 더하는 분홍색과 연두색 소면은 두드러진 존재감을 발휘합니다.

'살아 움직인다'라는 말은 제작자와 플레이어가 캐릭터의 행동을 동일하게 상상할 수 있다는 뜻입니다. '이 녀석이라면 이렇게 할 거야'라는 행동의 개성을 가진 캐릭터는 캐릭터성이 확고하다고 단언할 수 있습니다. 구체적인 행동을 상상할 수 없는 캐릭터라도 '이 녀석은 무슨 일을 저지를지 모르겠다'라는 느낌이 드는 캐릭터라면 캐릭터성이 확고하다고 할 수 있습니다.

이번 항에서는 일단 눈에 띄는 개성을 갖춘 캐릭터인지를 체크해 보겠습니다(살아 움직이는 캐릭터인지 체크하는 작업은 다음 항에서 진행합니다).

✚ 눈에 띄는 개성의 체크리스트

☐ 특기·능력

☐ 성격·욕구·사상

☐ 외모·육체(이종족, 요괴, 몬스터도 육체에 포함)

☐ 수수께끼·비밀

☐ 소지품·장비(펫, 사역마 등의 생물도 포함)

각 요소가 다른 캐릭터보다 뛰어나거나 캐릭터를 상징하는 설정으로 충분한가요? 목록 중에서 1개 이상의 요소를 갖추고 있다면 합격입니다.[2]

✦ 캐릭터의 '움직임' 체크 ✦

이어서 여러분의 캐릭터가 이번 장의 가장 큰 목적인 '살아 움직이는 캐릭터'가 되었는지를 알아보겠습니다.

살아 움직이는 캐릭터가 되었는지는 특정 상황에 던져 넣으면 알 수 있습니다.

다음의 5가지 상황에 캐릭터를 던져 넣었을 때, 그 움직임을 상상할 수 있을지 체크해 보세요.

---

2 체크리스트는 모든 캐릭터에 공통된 것이므로 4개 캐릭터가 전부 각각 1개 이상의 개성을 갖추고 있는지 확인해 주세요.

+상황①

1등 5억 엔의 복권에 당첨되었습니다. 캐릭터는 어떻게 반응할까요?

+상황②

여행지의 호텔에서 밤마다 기분 나쁜 목소리와 함께 벽을 두드리는 소리가 들립니다. 캐릭터는 어떻게 반응할까요?

+상황③

현금을 인출하러 은행에 갔는데 은행 강도와 마주쳤습니다. 접수하는 직원이 인질로 붙잡혔습니다. 캐릭터는 어떻게 반응할까요?

+상황④

무인도에 여러분이 만든 4명의 캐릭터가 동시에 도착했습니다. 소지품은 평소에 입던 복장과 가지고 있던 도구뿐입니다.

각 캐릭터는 어떻게 움직일까요?

+상황⑤

5번째는 기타 항목입니다. 여러분이 만든 무대를 이용하여 특별한 상황을 생각해 보세요(4명 모두 똑같이 주어진 상황에서 어떻게 행동할지 상상해 보세요).

앞에서 준비한 ①~④의 상황은 모두 흔하게 접할 수 있는 것들입니다. 이러한 상황에서도 독자적인 움직임을 상상할 수 있는지 없는지는 살아 움직이는 캐릭터를 판별하는 것과 동시에 개성의 유무도 파악할 수 있기 때문에 중요합니다.

5개의 상황 중에서 파트너와 조력자는 2개 이상, 적대자는 3개 이상, 주인공은 4개 이상 그 움직임을 상상할 수 있으면 합격입니다.

움직임을 상상할 수 있었는지 판단하는 기준은 아래의 3가지입니다.

◎	이 캐릭터라면 분명 이렇게 움직일 것이다.
○	이 캐릭터만이 취할 수 있는 행동의 선택지가 몇 가지 떠오른다.
△	이 캐릭터는 이런 행동을 절대 하지 않을 것이라고 단언할 수 있다.

◎에 해당한다면 만점입니다. ○와 △는 합쳐서 하나라고 생각해 주세요. '이렇게 할 것이다'와 '이렇게는 하지 않는다'를 상상할 수 있다면 살아 움직이는 캐릭터라고 판단해도 무방합니다.

✦ 캐릭터의 '관계도' 체크 ✦

마지막으로 캐릭터의 관계도를 체크하겠습니다.

관계도를 만들어 보면 캐릭터들이 서로 어떻게 관련되어 있는지 한눈에 알 수 있습니다. 체크 포인트는 선이 일방통행인지 아닌지 확인하는 것입니다.

각 캐릭터가 서로에 대한 생각이나 목적이 없는 채로 관계되어 있으면 드라마는 발생하지 않습니다.[3]

선이 쌍방으로 향하는지 체크하고, 일방통행인 경우에는 캐릭터의 관계성을 재검토하세요. 가족, 연인, 친구라면 속으로 상대방을 어떻게 생각하는지 작성하세요. 가능하다면 여러 캐릭터와 쌍방향의 관계성을 가지고 있는 것이 바람직합니다. 쌍방향으로 생각하는 바가 있고, 여러 캐릭터와 관계성을 가지고 있다면 드라마는 증폭됩니다.

예시로 필자의 캐릭터 관계도를 보여드리겠습니다.

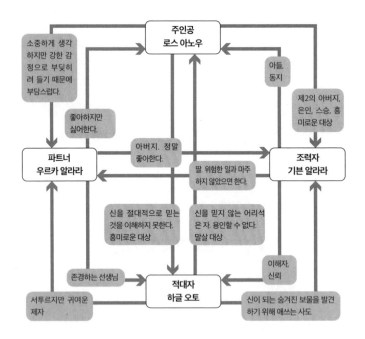

캐릭터 만들기의 최종 체크는 여기까지입니다.

여기까지 설명을 읽어도 여전히 느낌이 오지 않는 분들은, 기존 작품의 캐릭터 중에 잘 알고 있는 캐릭터를 골라서 이 책의 설정표에 그 캐릭터의 설정을 그대로 적

---

3   예외로 한쪽이 상대방을 모르는 관계라면 가능합니다.

어 주세요. 그리고 작성이 끝났다면 다음에는 기존 캐릭터의 설정을 일부 변경하여 독자성을 부여하세요.

독자성을 부여하는 요령은 '치환'입니다. 글자 그대로 원래 설정을 다른 설정으로 치환하는 방법입니다. 예를 들어 〈파이널 판타지 VI〉의 주인공 클라우드의 설정을 적고 '직업'의 항목을 '전 솔저[4] 1st 클래스'에서 '전 친위대[5]'로 치환합니다.

1개를 치환했다면 필요에 따라 다른 항목도 치환합니다. 그대로 사용할 수 있는 것들은 남겨도 상관없습니다. 어느 것부터 치환해도 상관은 없지만 먼저 '배경'부터 건드려 봅시다. 친위대이므로 왕의 절대적인 신뢰를 얻을 것입니다. 그런데 어째서 해임되었는지(또는 배반하였는지) 생각해 봅니다.

클라우드의 경우에는 솔저를 목표로 고향을 떠났지만 꿈이 무너지고 커다란 사건에 휘말린 끝에 인체 개조를 당하고 맙니다. 인격도 달라져 여러 사람의 기억과 자신의 바람을 토대로 거짓 인격이 만들어졌습니다. 전 솔저 1st 클래스라는 것도 거짓 기억입니다.

이를 변경하여, 기사의 정점인 친위대를 동경하여 고향을 떠났지만 평민인 주인공은 기사조차 되지 못하고 좌절했고, 그러나 왕의 암살을 꾸미는 어둠의 마술사 힘으로 친위대의 모습을 부여받아 친위대를 대신한다는 설정(실제 친위대는 마술사가 암살하였다)으로 바꾸면 어떨까요?

상당히 독자적인 느낌이 납니다. 적어도 클라우드와는 다른 독자성을 가진 캐릭터가 되었다고 생각합니다.

이는 3장의 무대 설정에서 '세계(모델)'를 설정하는 방법과 비슷합니다. 떠올리기 쉬운 바탕을 두고 독자성을 더하는 방법입니다.

기존 캐릭터를 분석하여 언어화하는 일은 자신의 도구를 늘리는 일이기도 합니다.

캐릭터를 설정하기가 어렵다면 기존 캐릭터로 설정표를 한번 만들어 보면 도움이 될 것입니다.

---

4 별의 에너지인 마황에 노출되어 초인적인 힘을 얻은 사람을 부르는 말입니다.
5 항상 왕을 따라다니며 왕을 지키는 직업입니다.

즉석에서 캐릭터 만들기

소셜 게임[1]이 크게 유행하던 2010년대는 캐릭터를 대량으로 소비하는 시대였습니다. 캐릭터 카드를 수집하여 싸우는 게임 수십 개가 만들어졌고, 그 수십 배인 몇천, 몇만 개의 캐릭터가 탄생하였습니다.

감사하게도 필자 앞으로도 수많은 의뢰가 들어왔습니다. 의뢰 내용은 대부분이 '외모·설정·대사'를 만들어 달라는 것이었습니다. 당시에는 아직 캐릭터마다 시나리오가 할당되는 작품이 적어서 간단한 설정과 인상적인 대사만 있으면 충분했습니다.[2]

그래도 캐릭터는 각각 차별화해야 하므로 짧은 시간에 만들 수 있으면서도 다양한 개성을 드러내는 기술이 필요했습니다. 여기서 말하는 개성이란 주로 '대사'에 반영되는 독자성을 뜻합니다. 당시 게임에서 유저의 눈으로 직접 접할 수 있는 캐릭터성이 '외모'와 '대사'였기 때문입니다.

'외모'는 비교적 독자성을 만들기 쉬운 항목입니다. 극단적으로 말하면 기호적 소재를 재조합하기만 해도 어느 정도 차별화가 가능합니다.[3]

'대사'도 어느 정도까지는 성격이나 어미의 특징으로 차별화할 수 있지만 기호적인 조합으로는 한계가 금방 찾아옵니다. 순식간에 대사 아이디어가 소진되고 맙니다. 이런 상태는 캐릭터와 대화가 잘 이어지지 않는, 캐릭터가 말하지 않는 상태라고 할 수 있습니다.

'대사'는 캐릭터의 행동 중 하나이므로 말하지 않는 캐릭터는 움직이지 않는 캐릭터입니다. 움직이지 않는 캐릭터만 존재한다면 제작은 무조건 막힙니다. 이럴 때는 움직이는 캐릭터를 만들 방법을 강구해야 합니다.

4-1(154쪽)에서 캐릭터가 움직이기 위해서는 '욕구'가 필요하다고 설명했습니다. '욕구'가 향하

---

1 SNS를 기반으로 하며 사용자가 온라인상의 친목을 도모하면서 하는 게임.

2 2010년대 후반, 작품의 대부분이 앱으로 이동한 뒤로는 3D 모델을 사용한 캐릭터가 주류로 자리 잡았습니다. 카드 일러스트만 있으면 충분했던 시절과 비교했을 때 한 캐릭터당 들어가는 비용이 비약적으로 커지면서 캐릭터를 하나하나 소중히 다루기 시작했습니다(1개 제작 비용이 수만 엔이었던 것이 50~100만 엔 이상으로 늘어난 느낌입니다). 캐릭터를 생산하기가 어려워지면서 이에 따른 '설정'의 중요성이 늘어났습니다.

3 어디까지나 시나리오 작가가 일러스트레이터에게 '외모'의 설정을 전할 때의 차별화 이야기입니다. 실제로 현장에서는 일러스트레이터와 디자이너가 시나리오 작가의 의도를 최대한 파악하여 개성과 매력을 드러내고자 노력하고 있습니다.

는 곳은 '목적'입니다. 다시 말해 캐릭터에 확실한 '목적'을 부여할 수 있다면 살아 움직이는(=잘 말하는) 캐릭터가 될 가능성이 커진다는 뜻입니다. 다만 '목적'을 설정한다고 해서 독자성이 생겨나는 것은 아닙니다. 독자성을 만들기 위해서는 '배경'이 필수입니다. 똑같이 원수를 쓰러뜨리는 것이 '목적'인 캐릭터라도 그 이유는 다양합니다. 그 다양함이 바로 '배경'에 해당하며 독자성이기도 합니다.

이러한 점들을 참고하여 필자는 즉석에서 손쉽게 캐릭터를 만들어내기 위해 다음과 같은 설정표를 떠올렸습니다.

이름/성별/나이	
성격	
목적	
배경	
두드러진 개성	

보면 바로 알 수 있겠지만 항목의 개수가 4장에서 만든 설정표의 반도 되지 않습니다. 아마도 제작에 걸리는 시간도 절반 이하일 것으로 예상됩니다.

'두드러진 개성'은 '성격', '목적', '배경'과 연관이 있는 내용으로 그 캐릭터 고유의 성격을 만듭니다. 포인트는 행동을 상상하기 쉬운 개성을 부여하는 것입니다.

위의 설정표는 즉석에서 캐릭터를 만들 때만 유용한 것이 아닙니다. '목적'과 '배경'으로 캐릭터의 골격을 만들기 때문에 더욱더 상세한 캐릭터 설정을 만들 때의 밑바탕으로도 사용할 수 있습니다. 먼저 이렇게 빠르게 캐릭터를 만들어 본 다음에 느낌이 오는 아이디어를 상세하게 파고들면 됩니다.

캐릭터 설정은 이야기를 만드는 과정에서도 중요한 작업입니다. 작품이 성공하는 열쇠는 캐릭터가 쥐고 있다고 해도 과언이 아닙니다.

간단한 위의 설정표를 자유자재로 활용할 수 있게 되면 캐릭터를 만드는 수준도 몇 단계가 상승합니다. 캐릭터 비축분과 아이디어 도구가 늘어나면 진행이 막혔을 때 이야기의 플롯을 떠올리는 데에도 도움이 됩니다.

시도해서 손해를 볼 일은 없습니다. 창작 근육을 단련하는 운동이라고 생각하고 캐릭터를 많이 만드는 연습을 해 보세요.

아래쪽에 필자가 만든 설정 3개를 실어 놓았습니다. 설정표를 만들 때 고민이 된다면 참고하여 활용해 보세요. 각 캐릭터에는 '목적'으로 흔히 사용되는 '복수', '수집', '변신'을 채택했습니다. 또한 일부러 나이를 똑같이 설정하여 다른 항목에서 캐릭터의 독자성이 드러나도록 만들었습니다.

이름/성별/나이	와라세 다이이치 / 남 / 12세
성격	밝다, 끈기가 강하다, 활동적이다, 눈치가 없다.
목적	졸업하기 전까지 친구 A가 우유를 뿜도록 만들기
배경	초등학교 3학년 급식 시간에 친구 A가 웃기는 바람에 우유를 뿜고 첫사랑에게 미움을 받았다. 복수를 위해 이번에는 친구 A의 입에서 우유를 뿜도록 만들어 창피를 주고 싶다.
두드러진 개성	상대가 누구든 개그를 시도한다.

이름/성별/나이	랜드 롤랜드 / 남 / 12세
성격	밝다, 끈기가 강하다, 활동적이다, 눈치가 없다.
목적	아버지 얼굴이 새겨진 동전 모으기
배경	과거에는 나라의 영웅이자 동전에 얼굴이 새겨지기도 했던 아버지가 평판이 추락하는 사건을 일으키면서 동전의 얼굴이 바뀌었다. 랜드는 가족의 수치를 세상에서 지우기 위해 나라가 미처 회수하지 못한 아버지의 얼굴이 새겨진 동전을 모두 모아 없애고 싶어 한다.
두드러진 개성	아버지가 저지른 죄가 차별과 장애물이 되어 가로막는다.

이름/성별/나이	우이사토 마호 / 여 / 12세
성격	밝다, 끈기가 강하다, 활동적이다, 눈치가 없다.
목적	진짜 마법사가 되는 것
배경	어릴 적, 울고 있던 자신을 마법으로 웃게 만들어 준 사람이 있었다. 그 사람을 동경하여 마법사가 되고 싶어 한다. 마술을 마법으로 향하는 길이라고 생각하여 연습했더니 묘하게 아이돌 같은 인기를 얻었다.
두드러진 개성	마법이라 착각할 정도의 마술 실력(마술 소녀라고 부르면 화를 낸다).

5장

결말이 궁금해지는 플롯 만들기

5-1

플롯 만들기의
기초 지식

"게임 시나리오 제작에서 가장 어려운 공정은 무엇인가요?"라는 질문을 받는다면 필자는 망설임 없이 '플롯'이라고 대답할 것입니다.

왜냐하면 플롯 만들기는 한없이 자유로우면서도 자유롭지 못하기 때문입니다.

이 말이 크게 와닿지 않을 수 있습니다. 차근차근 알아보도록 합시다.

이 책에서는 '무대', '캐릭터', '플롯', 총 3가지를 제작합니다. 이렇게 나열하고 보니 플롯도 무대나 캐릭터처럼 표의 항목을 채워 넣는 방식으로 만들 수 있을 것이라고 기대하실지 모르겠습니다. 그러나 아쉽게도 플롯은 만드는 방법이 전혀 다릅니다.

플롯이란 이야기의 '줄기'와 '구성'을 나타내는 언어입니다.

'누가, 어디에서, 무엇을 하고, 어떻게 되는가'를 간결하게 정리한 것으로 이야기의 완성 예정도라고 말할 수 있습니다. 즉, 플롯 만들기는 이야기 만들기와 같은 뜻입니다. 이야기의 선택지는 무한합니다. 어떤 이야기를 만들 것인지는 물론이며 만드는 방식의 선택지도 무한합니다.

무한의 선택지(=자유)는 끝없는 부자유와 표리일체의 관계입니다. '무엇이든 해도 된다'라는 말은 '무엇을 해야 좋을지 모르겠다'라는 말로 이어집니다.

실제로 필자는 지금도 종종 '무엇을 해야 좋을지 모르는 상태'에 빠집니다. 이렇게 괴로운 상태에 빠지는 이유는 이야기를 만들기 위한 정보가 부족하여 완성된 그림이 보이지 않기 때문입니다.

플롯을 직소 퍼즐과 비교하면 이해하기 쉽습니다. 무대나 캐릭터를 비롯한 정보가 갖춰진 상태는 조각에 그림이 새겨진 상태입니다. 무대, 캐릭터, 사전 정보가 모두 정해지지 않은 상태는 조각이 민무늬 상태라고 할 수 있습니다. 완성된 그림이 잘 보이는 쪽이 어디인지는 고민할 필요도 없을 것입니다.

이 책의 구성을 잘 따라온 여러분의 손에는 무대와 캐릭터의 설정표가 놓여 있습니다. 어떤 게임 시나리오를 만들 것인지에 관한 사전 정보도 간단하게나마 갖추고 있을 것입니다. 게임 시나리오 제작의 최대 난관에 맞설 준비는 되었습니다. 두려워하지 말고 나아갑시다.

게임 시나리오뿐 아니라 이야기를 만드는 일은 치밀하고 복잡한 입체 구조물을 만드는 것처럼 어렵습니다. 무대, 캐릭터, 테마, 배경, 상황, 드라마 등의 부품을 조립하여 하나의 작품으로 만들어야 합니다.

게임 시나리오의 경우에는 여기에 추가로 시스템 사양, 예상 플레이 시간, 등장 가능한 캐릭터의 수, 사용 가능한 배경의 수, 엔딩의 수와 같은 조건들도 고려해야 합니다.

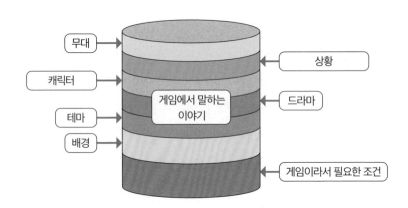

게임 시나리오 작가는 이런 식으로 다양한 정보와 치열한 눈싸움을 벌이며 플롯을 구성합니다.

이제 여러분은 게임 시나리오 작가가 단순히 이야기만 생각하면 되는 역할이 아니라는 사실을 알게 되었을 것입니다. 게임 시스템을 이해하고, 사용 가능한 소재를 음미하고, 입체 퍼즐처럼 플롯을 짜 맞추는 능력도 필요합니다.

그래도 역시 시나리오 작가에게 가장 중요한 것은 재미있는 이야기를 만드는 능력입니다. 시스템이나 소재를 활용하여 퍼즐을 맞추는 작업은 주로 기술적인 일이기 때문에 경험을 쌓다 보면 그렇게 어렵지는 않습니다.[1]

그러나 재미있는 이야기는 익숙해진다고 해서 만들 수 있는 것이 아닙니다. 5장에서는 원칙으로써 '재미있는 이야기를 만들기 위한 플롯 만들기'에 주안을 두고 설명합니다(5-2, 281쪽에서는 게임에서만 가능한 플롯에 대해서도 설명합니다). 목적은 '결말이 궁금해지는 플롯 만들기'입니다.

이번 장에서는 먼저 플롯의 기초 지식을 배우고, 이어서 작업 공정을 배운 뒤 단계적으로 플롯을 만드는 힘을 기를 예정입니다. '재미'를 만들기 위한 힌트를 이용하여 여러분 스스로 '결말이 궁금해지는 플롯'을 만들어 봅시다.

✦ 플롯을 지도로 생각하기 ✦

앞서, 이야기를 만드는 것은 치밀하고 복잡한 입체 구조물을 만드는 일과 같다고 설명했습니다. 그래서 플롯을 이야기의 설계도라고 부르기도 합니다.

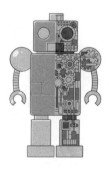

---

1 자체 제작 게임이라면 시스템과 소재가 모두 자유롭기 때문에 퍼즐 맞추기의 난이도는 내려갑니다.

그러나 입체 도면만으로 완성된 이미지를 떠올리기는 어렵습니다. 플롯을 설계도로 생각하여 이야기를 만드는 일은 고려해야 할 항목이 많으므로 쉬운 일이 아닙니다. 그래서 이 책에서는 플롯을 지도라고 생각하겠습니다.

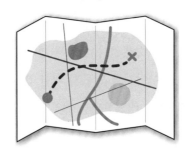

플롯을 지도로 생각했을 때 완성된 이미지는 '출발지와 목적지가 표시되어 있고, 여기에 이르는 여정이 그려진 지도'입니다. 단순하게 나타내 볼까요? 입체 설계도에서 차원을 한 단계 낮춰서 입체(3D)가 아닌 평면(2D)으로 생각하는 것입니다.

게임 제작에 관한 여러 가지 요소를 모두 짜 맞춘다는 생각을 잠시 잊고, 이야기의 재미만 의식하여 플롯을 만드는 작업이라고 생각해 주세요.

이렇게 단순화 작업을 거쳐도 플롯을 완성하는 일은 간단하지 않습니다. 올바른 지식을 갖추고 있지 않으면 제작자는 스스로 길을 잃고 맙니다. 이러한 사태를 피하기 위해서 먼저 기초 중의 기초로 절대로 미아가 되는 일이 없게끔 지도를 간략하게 나타내 봅시다.

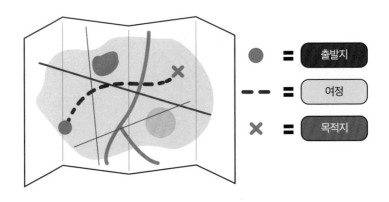

어떤가요? 출발지와 목적지가 샛길 없이 하나의 길로 이어지는 지도. 이 지도라면 미아가 되는 일은 없을 것입니다. 복잡한 이야기를 만들 때는 이 정도로 간결한 이미지에서 시작하는 것이 성공의 비결입니다.

✦ 플롯의 원형 만들기 ✦

위에서 설명한 지도를 문장으로 바꿔 보면 다음과 같은 '플롯도圖'가 됩니다.

지도에 그려진 출발지가 '발단', 목적지가 '결말'로 바뀌었습니다.

발단은 주인공과 무대의 소개, 목적의 지시, 여정의 계기가 그려지는 이야기의 도입부입니다.

결말은 주인공이 행동한 결과가 명확히 드러나는 이야기의 결말입니다.[2]

가장 작은 플롯은 발단과 결말을 만들면 성립합니다. 다시 말해 위의 플롯도가 플롯의 가장 작은 단위이며 플롯의 원형이라는 뜻입니다.

시험 삼아 두 상자에 아래와 같은 정보를 각각 더해 보겠습니다.

일본의 전통설화 「모모타로」를 플롯도로 나타낸 것입니다. 「모모타로」가 일본에서 잘 알려진 작품이라는 점을 배제하더라도 큰 줄거리는 여기 있는 정보만으로도

2 각 항목에 관한 설명은 5-2(263쪽)에서 진행하겠습니다.

알 수 있습니다.

다른 예시를 3개 정도 더 살펴보겠습니다.

셋 다 막연하기는 하지만 이야기 같은 느낌이 생겼습니다.

이런 식으로 발단과 결말을 정하면 이야기는 윤곽을 드러내기 시작합니다. 이것이 이야기 만들기의 첫수에 해당하며 플롯의 기초 중에서도 기초인 플롯의 원형을 만드는 공정입니다.

여기서 대원칙은 발단에 반드시 주인공의 정보를 넣어야 한다는 것입니다. 그 이유는 이야기가 '주인공이 무엇을 원하며 행동하고, 어떻게 난관을 극복하며 목적을 달성하는지'를 말하기 때문입니다.

다만 이는 4장을 통해 캐릭터를 만들었다면 딱히 문제가 되지는 않습니다. 여러분의 캐릭터는 이미 확실한 목적, 동기, 욕구가 있습니다. 어떤 난관과 결말을 부여할지 정하기만 하면 이야기는 완성됩니다.

현시점에서 결말에 관한 요점은 단 하나입니다. 바로 '목적을 달성하든 달성하지 못하든 단언하는 형태로 쓰는 것'입니다.

오니가시마에서 '오니와 싸운다'가 아니라 '오니를 쓰러뜨린다'라고 적은 것처럼 결과를 명확히 나타내는 것이 중요합니다. 이때 모모타로가 오니와 동시에 쓰러져 죽을지, 살아남아서 마을로 돌아갈지를 구체적으로 나타내면 더 좋습니다.

시드 필드는 저서에서 '각본을 쓰고자 할 때 가장 좋은 방법은 엔딩을 아는 것이다'라고 말했습니다.

✦ 중계점 만들기 ✦

플롯의 원형이 만들어졌으면 다음은 '발단'과 '결말'을 잇는 '중계점'을 만듭니다.

플롯이란 '누가, 어디에서, 무엇을 하고, 어떻게 되는가'를 간결하게 정리한 이야기의 완성 예상도입니다. 여기에서 '무엇을 하고'에 해당하는 것이 중계점입니다. 중계점은 지도에서 여정으로 나타낸 선 위에 배치합니다.

플롯에서 중계점이 하는 주요 역할은 주인공에게 난관을 부여하는 '사건'을 일으키는 것입니다. 예를 들어 친구와 둘이서 드라이브 여행을 하는 플롯을 검토한다고 가정해 봅시다.

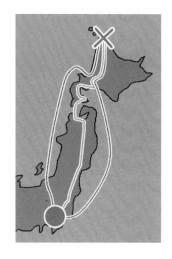

플롯의 원형은 '도쿄에 사는 주인공이 친구와 둘이서 드라이브 여행을 떠난다'까지가 발단입니다. 그리고 '일본의 가장 북쪽에 있는 소야곶[3]에 도착한다'를 결말로 정하겠습니다.

그저 가볍게 일본을 횡단하는 여행입니다.

만약 아무 일도 없이 소야곶에 도착한다고 하더라도 형태를 따지자면 이것도 하나의 이야기에 해당합니다. 그러나 이 상태로는 주인공과 친구가 어떤 인물인지 알 수 없고 드라마도 없기 때문에 성취감과 감동을 얻을 수 없습니다. 그래서 재미가 없습니다.

이때 필요한 것이 사건입니다.

---

3 외딴섬을 포함하지 않는다면 일본의 최북단에 있습니다.

사건

사건에는 다음의 3가지 기능이 요구됩니다.

① 이야기를 진행시킨다.
② 주인공에게 갈등을 부여한다.
③ 캐릭터의 본성을 밝힌다.

모든 사건은 3가지 기능 중 어느 하나라도 작동하지 않으면 메인 스토리로서는 의미가 없다고 생각해 주세요.[4]

'①이야기를 진행시킨다'는 사건의 메인이 되는 기능입니다.

최초의 사건이 다음 사건의 실마리가 되고, 이것이 추가 사건으로 발전하면서 이야기는 앞으로 나아갑니다.

따로 보면 훌륭하고 재미있는 사건이라도 이야기를 앞으로 진행하는 데 도움이 되지 않으면 의미가 없습니다. 예를 들어 차의 트렁크 안에 시체가 있고, 시체의 곁에 '다음은 너의 차례다'라고 적힌 카드가 놓여 있다는 사건을 떠올렸다고 가정해 봅시다. 서스펜스 호러의 정석이라고 할 수 있는 사건입니다.

이때 누가 시체를 트렁크 안에 넣었는지, '다음은 너의 차례다'라는 문구의 '너'는 누구를 가리키는지, 왜 목숨을 노리는지, 범인은 누구인지, 친구 사이에 생기는 의심, 어떻게 하면 도망칠 수 있는지 등 '친구와 드라이브 여행을 떠나 소야곶에 도착한다'와는 전혀 다른 방향으로 사건이 굴러가기 시작합니다. 플롯의 원형에 벗어나 있으며 사건이 ①의 기능을 하고 있다고 볼 수 없습니다.

생각을 살짝 바꿔서 카드에 '살고 싶다면 소야곶으로 향하라'라는 글이 적혀 있었다고 수정하면 ①의 기능을 수행하는 사건으로 만들 수는 있습니다. 그러나 이렇게 수정했을 때 플롯의 원형은 '친구와 드라이브 여행을 떠나려고 했는데 차 트렁크

4　게임의 경우에는 3가지 기능에 해당하지 않는 서브 스토리도 존재합니다.

안에서 시체와 협박장이 발견되었고, 범인의 지시에 따라 소야곶에 도착하였다'로 바뀌고 맙니다. 아무리 봐도 처음에 생각했던 플롯의 원형에서 멀어졌습니다.

재미있는 사건을 활용하지 못하는 것은 아쉽지만 과감하게 잘라 내고 언젠가 활용할 기회가 오리라 믿으며 메모장에 비축해 두세요. 아니면 떠오른 사건을 기점으로 플롯의 원형을 다시 만들도록 합시다.

'②주인공에게 갈등을 부여한다'는 드라마를 만들어 내는 기능이며 플레이어가 가장 흥미를 느끼는 부분입니다. 플레이어가 이야기를 읽고 더 진행할지 그만둘지, 다시 말해 '재미있는 이야기'가 되는지의 여부는 ②에 달렸습니다.

드라마를 만들어 낼 때 필요한 것은 '목대고결'입니다.[5] 사건 그 자체에 명확한 목적과 장애물을 설정하여 주인공을 난관으로 모는 것이 포인트입니다.

'③캐릭터의 본성을 밝힌다'는 사건에 직면한 캐릭터가 행동(액션과 리액션)을 통해 어떤 성격, 사고방식, 가치관이 있는지를 나타내는 기능입니다.

밤길을 걷는데 뒤에서 들리는 발소리가 가까워지기 시작한다면 여러분의 캐릭터는 어떻게 행동하나요? 신경 쓰지 않는다, 겁을 먹는다, 뒤를 돈 다음 노려본다, 냅다 도망친다, 말을 건다, 멈춰 선 뒤 앞으로 보낸다 등 캐릭터의 설정에 따라 행동은 변화할 것입니다. 이러한 행동이 쌓이면 캐릭터의 본성이 명확해지고 플레이어는 캐릭터를 깊게 이해하기 시작합니다.

2-2(60쪽)에서 설명했듯이 드라마는 공감이 생명입니다. 공감을 낳기 위해서는 캐릭터를 깊게 이해할 수 있도록 만들어야 합니다. 모든 사건에서 각 캐릭터를 깊게 이해할 만한 행동을 의식적으로 일으켜야 합니다.

특히 주인공에게는 눈에 띄는 행동을 시켜서 주인공을 더욱더 깊게 이해할 수 있게끔 주의를 기울여야 합니다. 주인공이 다른 인물과 별 차이 없이 계속 행동한다면 매력적인 캐릭터가 될 수 없습니다. 그러므로 사건을 만들 때는 가장 먼저 주인공의 본성을 눈에 띄게 할 수 있을지를 체크하는 것이 좋습니다.

일본 횡단 여행의 중계점에서 일어나는 사건의 구체적인 예시는 다음과 같습니다.

---

5 2-2(57쪽) 참조.

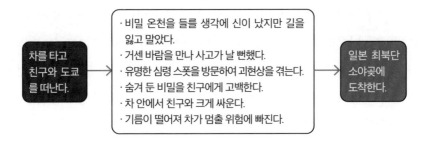

모든 사건이 ①②③ 중 하나, 또는 여러 기능을 충족하는 내용입니다.

이러한 사건을 거치며 주인공의 인물상은 명확해집니다. 또한 난관을 통해 여정에 드라마가 더해져서 엔딩에 도달했을 때 성취감과 감동이 비약적으로 증가합니다.

중계점에서 일어나는 사건에는 무한한 선택지가 있습니다.

'이렇게 해야 정답이다'라고 할 만한 답은 없습니다. 3개의 기능을 바탕으로 하여 여러분만의 사건을 떠올려 보세요.

✦중계점은 문맥으로 잇기✦

발단과 결말의 사이에 두는 사건을 중계점으로 부르는 데는 명확한 이유가 있습니다.

중계점은 영어로 'Relay point'라고 적습니다. 배턴을 주고받는 포인트를 의미하지요. 즉 중계점이란 오프닝에서 엔딩으로 향하는 배턴을 주고받는 포인트를 뜻합니다.

그렇다면 중계점에서 주고받는 배턴은 무엇일까요? 바로 '문맥'입니다. 문맥이란 이야기의 흐름 안에 있는 인과 관계입니다.

다음 예시에 나타나는 원인과 결과의 사이를 연결하는 것이 문맥입니다.

✚우산을 갖고 나가지 않았기 때문에, 비를 맞았다.

✚지갑 챙기는 것을 잊었기 때문에, 물건을 사지 못했다.

✚시험공부를 하지 않았기 때문에, 처참한 점수를 받고 말았다.

A가 일어났기 때문에 B라는 결과에 이르렀고, B가 있었기 때문에 C가 일어나 D라는 결과('A…▸B…▸C…▸D')가 나타나는 것처럼 문맥으로 연결된 이야기는 원인과 결과가 서로 관계되어 있습니다. 아무리 중계점에서 재미있는 사건이 일어난다고 하더라도 올바른 문맥의 배턴 패스가 이루어지지 않으면 이야기는 엉성하게 완성되고 맙니다.

일본의 전래 동화 「짚대 장자」로 문맥을 살펴봅시다.

주인공인 성실한 청년이 관세음보살에게 '가난에서 벗어나고 싶다'라고 빌자 '가장 먼저 손에 닿은 것을 잘 간직하고 여행을 떠나라'라는 신탁을 받았다.

↓

가장 먼저 손에 닿은 짚대를 들고 여행을 떠났다.

↓

얼굴 주변을 날아다니는 등에를 붙잡고 짚대로 묶었다.

↓

울고 있는 소년이 등에가 묶인 짚대를 달라고 했다. 소년의 어머니가 귤과 교환해 달라고 부탁했다.

↓

교환한 귤을 들고 걸어가다 목이 말라 고통스러워하는 상인을 만났다. 그 상인은 고가의 비단과 귤을 교환하자고 하였다.

↓

아픈 말을 어떻게 처분할지 고민하던 사무라이를 만났다. 사무라이는 비단과 말을 교환하자고 하였다. 교환한 말에게 물을 먹였더니 회복하였다.

↓

말을 타고 가다가 커다란 저택의 집주인을 만났다. 여행을 떠나려던 집주인은 말을 빌려 달라고 하였고 저택도 지켜 달라고 말했다. 대신에 3년이 지나도 집주인인 자신이 돌아오지 않으면 저택을 준다는 조건을 걸었다.

↓

3년이 지나도 주인은 돌아오지 않았고, 청년은 저택을 손에 넣어 부자가 된다.

「짚대 장자」를 요약하면 이런 이야기입니다.

관세음보살의 신탁을 받는 발단에서 저택을 손에 넣는 결말 사이를 여러 중계점이 연결한다는 사실을 알 수 있습니다. 모든 중계점은 인과 관계가 있으며 중계점이 다음 중계점을 만들고, 그 중계점이 또 다음 중계점으로 이어집니다. 이것이 바로 문맥입니다.

만약 도중에 청년이 아픈 말을 '제가 처분하겠습니다'라고 나서면서 그냥 손에 넣으면 어떻게 되었을까요? 비단이 없어도 말을 손에 넣게 되므로 계속 이어지던 모든 문맥의 의미가 없어집니다. 그렇게 되면 이야기는 엉망이 됩니다. 물물교환이라는 중심 궤도가 있고, 말과 비단을 교환한다는 문맥으로 중계점이 이어져 있기 때문에 「짚대 장자」는 하나로 이어지는 이야기로 성립되는 것입니다.

중계점을 문맥으로 잇는 것은 사건에 의미를 두기 위해서입니다. 일어나는 일에 의미가 있기 때문에 플레이어는 이야기에 몰입하며 이탈하지 않고 다음 사건과 또 그다음 사건을 기대하며 이야기를 읽습니다.

플롯의 원형을 만들고, 발단과 결말을 잇는 중계점을 문맥으로 잇는다면 일단 플롯의 초고는 완성됩니다.

완성 이미지는 다음 플롯도와 같습니다.

중계점의 개수는 이야기의 길이에 따라 늘기도 하고 줄기도 합니다. 익숙하지 않을 시기에는 중계점의 수를 적게 두는 것이 좋습니다. 5-3의 실천 항목에서는 중계점을 2개로 두었고, '구성'을 이용하여 플롯을 만들 예정입니다.

초고가 완성되었다면 플롯을 객관적으로 보기 위해 시간을 살짝 둔 다음에 다시 읽습니다. 주인공이 무엇을 목적으로 행동을 일으키는지, 다가오는 사건을 어떻게

6 5-2(263쪽)에서 자세히 설명하겠습니다.

극복하는지, 그 결과로 어떤 결말을 맞이하는지의 요점이 제대로 확립되어 있는지 체크하고 조금이라도 문제가 있다면 수정을 진행합니다.

사건은 3가지 기능을 충족하고 있는지, 각 중계점이 문맥으로 이어져 있는지를 체크하고 꼼꼼하게 수정합니다. 그리고 이야기가 재미있는지도 체크합니다.

재미는 플롯 단계에서 대부분 판단할 수 있습니다. 결과물에 별 느낌이 없고 다른 사람의 평가도 좋지 않을 경우에는 과감하게 플롯을 버리는 용기가 필요합니다. 플롯 단계에서 별 느낌이 없었다가 시나리오로 만들었을 때 재미있어지는 경우는 없기 때문입니다.[7]

이야기의 재미는 플롯으로 결정됩니다. 느낌이 올 때까지 계속 재검토한다는 마음가짐으로 플롯 만들기에 임해야 합니다.

✦ 게임에서만 가능한 플롯 ✦

게임과 게임이 아닌 미디어(영화, 만화, 소설 등)의 플롯에는 결정적인 차이가 있습니다.

즉, 게임의 플롯에만 '멀티'가 있습니다.

'멀티'는 멀티 스토리와 멀티 엔딩을 하나로 합쳐 부르는 말로, '여럿이 있다'라는 뜻입니다. 멀티 스토리 게임에는 이야기의 줄기가, 멀티 엔딩 게임에는 이야기의 결말이 여러 개로 존재합니다.

멀티의 분기는 플레이어의 선택에 따라 결정됩니다. 게임에서 말하는 선택은 2가지입니다. 게임 플레이 속 '행동의 선택'과 이야기 속 '의사 결정의 선택'입니다.

'행동의 선택'에서는 어떤 액션을 취했는지(갈림길에서 어느 길로 갔는지, 게임을 얼마나 능숙하게 클리어했는지, 레벨을 얼마나 올렸는지)를 묻습니다. 예를 들어 액션 게임이라면 한 번도 실수하지 않고 클리어하거나, 어느 정도 이상의 점수를 획득하여 클리어하는지에 따라 루트나 엔딩이 나뉘는 경우가 있습니다. 히든 루트나 히든 보스라고 불리는

---

7 베테랑 작가라면 대사를 잘 활용하여 재미를 연출할 수는 있습니다. 그러나 이는 이야기의 본질적인 재미와 다른 이야기입니다.

것들을 발견하고 클리어한 뒤에 특별한 분기가 발생하는 것도 '행동의 선택'에 따른 변화라고 말할 수 있습니다. '행동의 선택'은 게임 시스템을 어떻게 가지고 노느냐에 따라 결정됩니다.

'의사 결정의 선택'은 주로 시나리오 속에서 발생하는 선택입니다. 선택지를 어떻게 고르느냐에 따라 이후의 전개가 변화합니다. 적을 쓰러뜨린 뒤 목숨을 구걸하는 적을 보고 '용서한다'와 '최후의 일격을 가한다'의 선택으로 시나리오가 나뉘는 패턴입니다. 연애 게임에서 고백할지 말지를 정하는 것도 전형적인 '의사 결정의 선택'이라고 할 수 있습니다.

이야기에 중점을 둔 게임에서는 대부분 '의사 결정의 선택'에 따라 분기점이 결정됩니다. '행동의 선택'은 시스템이 게임성(인터랙티브성)을 창출하는 반면에 '의사 결정의 선택'은 게임 시나리오 작가가 게임성을 창출할 수 있습니다.

몇 가지 '의사 결정의 선택'을 제시하고 변화를 만들어 냄으로써 이야기를 '체험'한다는 실감을 더욱더 강화시킬 수 있습니다. 이야기를 얼마나 재미있게 즐길 수 있을지는 '의사 결정의 선택'을 얼마나 잘 만드는지에 달려 있다고 할 수 있습니다. 그리고 여러 갈래로 나뉘는 '의사 결정의 선택'을 관리하기 위해 필요한 것이 바로 게임에서만 가능한 플롯입니다.

게임에서 사용하는 플롯에는 여러 타입이 있습니다. 이 책에서는 편의상 아래의 5가지 유형으로 분류하여 설명하겠습니다.

➕일직선 타입
➕분기 합류 타입
➕멀티 스토리 타입
➕멀티 엔딩 타입
➕프리 시나리오 타입

단독으로 사용할 수도 있고 여러 개를 조합하여 사용할 수도 있습니다. 각 타입을 플롯도를 통하여 살펴봅시다.

일직선 타입

게임에도 멀티 요소가 없는 일직선 타입의 작품이 존재합니다. 일부 노벨 게임이나 퍼즐 게임, 미니 게임 모음 등의 게임 이야기가 여기에 해당합니다.

일직선 타입의 특징은 선택지가 없다는 것입니다.

플레이어가 '의사 결정의 선택'을 하지 않기 때문에 시나리오 작가는 외부적인 요소[8]를 제외하고 이야기를 원하는 형태로 제공할 수 있습니다.

©용기사07 / 07th Expansion

〈쓰르라미 울 적에(원작/동인 배포판)〉는 선택지가 존재하지 않는 사운드 노벨 게임이지만 시나리오의 힘으로 큰 인기를 얻었다.

한편 완전한 일직선 구조이기 때문에 선택지가 만드는 게임성(인터랙티브성)은 없습니다. 대표적인 일직선 타입의 시나리오 게임에는 〈쓰르라미 울 적에〉, 〈뿌요뿌요〉, 〈리듬 세상〉 등이 있습니다.

---

8 캐릭터 수, 시나리오 분량, 시나리오를 투입하는 곳 등.

분기 합류 타입

기본적인 이야기의 줄기는 일직선이지만 사이사이에 선택지에 따른 분기가 존재하는 타입의 플롯입니다. 어떤 선택지를 골라도 이야기 자체는 분기하지 않고 큰 줄기로 합류합니다.

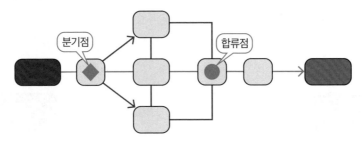

예를 들어 「모모타로」 설화를 게임으로 만든다고 할 때 일반적으로 만들면 일직선 타입에 해당하지만 개, 원숭이, 꿩을 동료로 삼는 순서를 플레이어가 선택할 수 있게 만들면 분기 합류 타입이 됩니다.[9]

넓은 의미에서는 〈드래곤 퀘스트〉 시리즈로 대표되는 일본식 롤플레잉 게임, 몬스터 헌터 시리즈로 대표되는 서브 퀘스트가 많은 게임도 분기 합류 타입으로 분류됩니다.

〈드래곤 퀘스트〉에서는 어떤 마을에 갈지, 어떤 동굴부터 공략할지, 공주를 구할지 말지, 키 아이템을 어떤 순서로 얻을지 등 모든 행동을 플레이어의 선택에 맡깁니다. 그러나 어떤 순서로 게임을 진행하더라도 이야기의 큰 줄기 자체는 변하지 않습니다.

여기에 최종 보스인 용왕은 '세계의 절반을 줄 테니 나의 동료가 되어라'라는 궁극의 선택지를 줍니다. 이것도 이야기의 줄기와 결말에 영향을 주지는 않습니다. 참고로 플레이어가 '동료가 된다'라는 의사 결정을 하면 어둠의 세계를 주겠다는 말과 함께 처음 시작한 마을의 여관으로 돌아간다는 결말이 기다리고 있습니다.[10] '동료가

---

9 분기 후의 중계점들이 세로줄로 이어져 있는 것은 중계점에서 중계점으로 이동할 수 있다는 것을 뜻합니다.
10 패미컴 버전에서는 부활의 주문을 배운 뒤 용왕의 웃음과 함께 화면이 멈춥니다. 전원을 끄는 것밖에 방법이 없고, 전원을 다시 켠 뒤에 용왕에게 배운 부활의 주문을 입력하면 레벨1부터 다시 시작하게 됩니다.

되지 않는다'라는 의사 결정을 하면 전투에 돌입하고, 승리하면 세계의 평화를 되찾는다는 결말을 맞이합니다.

분기 합류 타입은 선택지를 제시함으로써 '플레이어가 이야기에 영향을 주는 듯한 느낌'을 연출할 수 있습니다.

시나리오로 게임성(인터랙티브성)을 만들어 낼 수도 있으며 사용하기가 굉장히 편리해서 수많은 게임 장르에 채택되는데, 선택지에 따라 큰 줄기가 변하지 않기 때문에 시나리오 작가가 이야기를 컨트롤하기 쉽다는 것도 큰 이점입니다.

분기 합류 타입의 시나리오를 채용하는 대표적인 작품에는 〈드래곤 퀘스트〉 시리즈, 〈파이널 판타지〉 시리즈, 〈몬스터 헌터〉 시리즈, 〈페르소나5〉, 〈룬 팩토리〉 시리즈, 〈Fate/Grand Order〉 등이 있습니다.

멀티 스토리 타입

이야기의 루트가 여러 개 존재하는 것이 멀티 스토리 타입입니다.

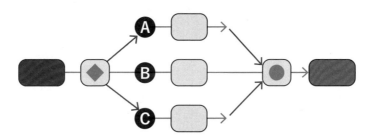

플롯도를 보면 분기 합류 타입과 똑같아 보이지만 분명한 차이가 있습니다. 바로 '플레이어가 선택한 루트가 이야기의 큰 줄기가 된다'라는 점입니다.

앞선 플롯도의 경우에서 A 루트를 선택하면 합류점까지는 A 루트가 이야기의 큰 줄기가 됩니다. 분기한 뒤 합류하기까지 걸리는 시간은 제각각이지만 기본적으로는 고르지 않은 루트의 이야기를 볼 수 없습니다.

알기 쉬운 멀티 스토리의 예시는 목적지까지 가는 루트를 선택하는 것입니다. 도쿄에서 홋카이도까지 가기 위해 도보 루트, 기차 루트, 비행기 루트가 준비되어 있는 형태입니다. 복수 루트이며 각 루트에서 발생하는 사건이 다릅니다. 앞서 든 예시라면 도보 루트에서는 미아가 되고, 기차 루트에서는 사고로 기차가 멈추고, 비행기 루트에서는 하이재킹을 당하는 식입니다. RPG라면 어느 세력에 붙는지에 따라 스토리가 변하는 것이 여기에 해당합니다.

각 루트에서 동료가 되는 캐릭터, 손에 넣는 아이템, 얻을 수 있는 정보가 다른 것이 정석입니다. 연애 요소가 들어간 이야기라면 연애 관계가 되는 캐릭터가 바뀌는 것이 일반적입니다. 변화의 크기가 큰 것 중에서는 루트에 따라 최종 보스가 변하는 패턴도 있습니다.[11]

선택지에 따라 이야기 자체가 변화하는 멀티 스토리 타입은 진정한 의미로 플레이어 자신이 이야기를 만든다는 느낌을 제공할 수 있습니다.

비슷하게 보이면서도 서로 다른 '분기 합류 타입'과 '멀티 스토리 타입'의 특징을 정리하면 다음과 같습니다.

분기 합류 타입	멀티 스토리 타입
세세한 분기가 있지만, 모두 같은 이야기를 본다. 플레이어가 이야기에 영향을 주고 있다는 느낌을 연출할 수 있다.	선택한 분기에 따라 각 플레이어가 다른 이야기를 본다. 플레이어가 이야기를 만들어 내고 있다는 느낌을 줄 수 있다.

이러한 특징 때문에 멀티 스토리 타입은 회차 플레이[12]를 제공하는 게임에서 채택하는 경우가 많습니다. 노벨 게임, 어드벤처 게임, 시뮬레이션 RPG에서 흔히 볼 수 있습니다.

멀티 스토리 타입은 비용이 많이 드는 것도 특징입니다. 캐릭터나 배경, 맵 등의 소재가 늘어나는 것은 물론이며 각 루트가 모순되거나 어긋나지 않게 이야기가 합류되는 플롯을 만들어야 하므로 시나리오 작가에게 주는 비용도 높습니다.

그러나 비용을 제외하더라도 멀티 스토리 타입의 작품은 만드는 보람이 있는 즐

11 이 책에서는 루트에 따라 엔딩이 변하는 것을 편의상 '멀티 엔딩 타입'으로 분류합니다.
12 수많은 퀘스트를 계속 가지고 논다는 의미가 아니라 게임 시작부터 클리어까지 반복(여러 주차를 반복)한다는 의미입니다.

거운 작업입니다.

　무대나 캐릭터의 설정을 공들여 만들다 보면 하나의 루트에 담지 못하는 일이 발생합니다. 이때 멀티 스토리 타입을 채택하면 더욱더 많은 정보를 플레이어에게 제공할 수 있습니다. 이를 통해 제작자가 머릿속에 그린 작품 세계를 플레이어에게 확실히 전달할 수 있습니다. 공들여 만든 시나리오가 플레이어 마음속에 깊게 파고들어 기쁨을 주는 것은 시나리오 작가에게 영광스러운 일입니다. 플레이어 입장에서도 마음에 드는 작품을 계속 플레이할 수 있고, 플레이할 때마다 새로운 발견을 할 수 있으니 기쁠 것입니다.

　플롯 만들기에 익숙해졌다면 멀티 스토리 타입의 작품에 꼭 도전해 보세요.

　멀티 스토리 타입의 시나리오를 채택한 대표적인 게임에는 〈디트로이트: 비컴 휴먼〉, 〈슈퍼로봇대전〉 시리즈, 〈428 ~봉쇄된 시부야에서~〉 등이 있습니다.

멀티 엔딩 타입

멀티 엔딩 타입은 이름 그대로 결말이 여러 개 존재하는 플롯 타입입니다.

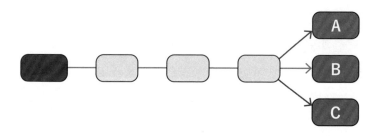

　가장 간단한 것은 굿 엔딩과 배드 엔딩이라 불리는 2종류의 결말이 존재하는 패턴입니다. 최후의 선택지에 따라 굿 엔딩 또는 배드 엔딩으로 향합니다. 간단한 예시로는 최종 보스에게 승리하면 굿 엔딩, 지면 배드 엔딩으로 이어지는 패턴입니다.

　그러나 액션 게임이나 퍼즐 게임 같은 경우에는 게임 오버만 있고 배드 엔딩은 존재하지 않는 작품도 많습니다. 이런 작품은 일직선 타입으로 분류됩니다.

최후의 분기에서만 엔딩이 변하는 패턴을 제외하면, 멀티 엔딩 타입은 그전까지의 과정에 따라 엔딩이 나뉩니다. 연애 게임이라면 기간 내에 공략 대상의 호감도를 얼마나 올리는지에 따라 굿 엔딩과 배드 엔딩으로 나뉩니다. 게임을 플레이하는 과정에서 어떤 선택을 했는지에 따라 엔딩이 좌우된다는 뜻입니다. 그래서 거의 모든 멀티 엔딩 타입의 작품은 분기 합류 타입, 멀티 스토리 타입, 또는 이 두 타입을 합친 구성으로 되어 있습니다.

엔딩이 여러 개라서 가지는 가장 큰 이점은 플레이어에게 만족감과 성취감을 주기 쉽다는 것입니다. 자신의 실력과 누적된 선택에 따라 엔딩이 변하게 되면 플레이어는 게임을 계속 플레이해 온 보람을 강하게 느끼고 깊은 만족감과 성취감을 얻습니다. '의사 결정의 선택'에 한정되지 않고 플레이 성적 등에 따른 '행동의 선택'과도 깊게 연관된 플롯 타입이라고 말할 수 있습니다. 반대로 말하면 게임 시나리오 작가는 플레이어가 선택한 결과에 만족감과 성취감을 줄 수 있는 엔딩을 만들어야 한다는 뜻입니다.

멀티 스토리 타입의 시나리오를 채택하는 대표적인 게임에는 〈Nier: Automata〉, 〈진 여신전생〉 시리즈, 〈STEINS;GATE〉, 〈더 위쳐 3: 와일드 헌트〉 등이 있습니다.

프리 시나리오 타입
'멀티'의 극한에 있는 것이 프리 시나리오 타입입니다.

이 타입은 게임의 무대에 흩어져 있는 작은 중계점을 플레이어가 자유롭게 선택합니다.

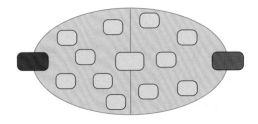

다른 플롯 타입은 정도의 차이는 있더라도 시나리오 작가가 이야기를 관리할 수

있지만, 프리 시나리오 타입에서는 관리하기가 매우 어렵습니다. 플레이어가 어떤 순서로 중계점을 볼지 알 수 없기 때문에(보지 않는 중계점도 생겨납니다) 문맥으로 이을 수가 없습니다.

그림을 보면 타원의 중심에 선이 있고, 이야기의 전반과 후반을 분할하여 전·후반을 잇는 이음새 지점에 하나의 커다란 중계점을 두고 있습니다. 이는 후반의 이야기로 옮겨가기 위해 플레이어가 반드시 지나가야 하는 중계점입니다. 말하자면 여기가 오프닝과 엔딩을 제외하고 유일하게 이야기의 문맥을 관리할 수 있는 곳입니다.

이 필수 중계점에서는 가령 주인공의 속성이 선인지 악인지 판별되고(전반의 각 중계점에서의 행동에 대한 결과, 선악이 결정됩니다), 후반에서 주인공의 입장이 결정되는 사용 방법을 생각해 볼 수도 있습니다.

전반에서 선행을 쌓았다면 이음새의 중계점에서 주인공은 선한 입장이 되어 후반에 임하게 되고, 악행을 쌓았다면 악한 입장이 되어 후반에 임하는 식입니다. 당연히 선과 악을 통해 이야기도 변화합니다. 후반의 중계점에서 NPC 반응이 달라지고, 무기와 퀘스트가 바뀌고, 엔딩이 변화하는 등의 전개를 생각해 볼 수 있습니다.

이것은 어디까지나 예시 중 하나에 불과하며 모든 게임에 필수 중계점이 존재하는 것은 아닙니다. 필수 중계점이 전혀 없는 작품도 있는 반면에 여러 개가 존재하거나 후반에 존재하는 등 다양한 베리에이션이 존재합니다.

프리 시나리오 타입은 오픈 월드[13] 게임에서 많이 채택됩니다. 예를 들어 〈젤다의 전설 브레스 오브 더 와일드〉에서는 주인공 링크가 광활한 하이랄의 땅을 자유롭게 모험할 수 있습니다. 자유도가 굉장히 높아서 어디에 가서 무엇을 하든 플레이어 마음입니다. 언제든지 이야기의 최종 목적인 보스를 쓰러뜨리는 것이 가능합니다. 플레이어의 수만큼 이야기가 만들어지는, 무한의 '멀티'를 지닌 작품이라고 말할 수 있습니다.

---

13 광활한 게임의 무대를 자유롭게 이동하고 탐색할 수 있게 설계된 레벨 디자인을 가리키는 말입니다. 세계(혹은 나라, 섬)가 자세하게 만들어져 있으며 여기에는 수많은 캐릭터와 동식물, 몬스터가 살고 있습니다. 플레이어는 그 세계에서 1명의 주민이 되어 살아갑니다.

©2017 Nintendo

프리 시나리오 타입의 작품에서 게임 시나리오 작가가 주력해야 할 포인트는 무대와 캐릭터의 설정 만들기입니다.

세세한 이야기의 문맥이 없는 이상, 플레이어를 계속 휘어잡는 데 필요한 것은 작은 중계점의 다채로움과 각 중계점의 재미이기 때문입니다. 다채로운 중계점을 만들기 위해서는 사소한 부분까지 공들인 무대가 필요합니다. 그리고 여기에서 일어나는 사건의 재미 여부는 매력적인 캐릭터의 존재에 달려 있습니다. 리얼함과 개성은 엑스트라 캐릭터에도 요구됩니다.

프리 시나리오 타입의 시나리오를 채택하는 대표적인 작품에는 〈젤다의 전설 브레스 오브 더 와일드〉, 〈GTAGrand Theft Auto〉 시리즈, 〈로맨싱 사가〉 시리즈, 〈엘더스크롤〉 시리즈 등이 있습니다.

게임 시나리오 작가는 앞서 설명한 5가지 플롯 타입을 적절히 활용하여 플롯을 구축합니다.[14] 여러분이 게임 시나리오를 만들 때도 만들고 싶은 '멀티'에 따라 어떤 플롯 타입을 사용할지 선택해 주세요.

참고로 이번 장의 실습은 '일직선 타입'을 사용한 플롯 제작입니다. 습작하기 간편하고 이해하기가 쉽습니다. 다른 플롯 타입으로도 넓히기 좋은 연습이 될 것입니다.

---

14 회차 플레이로 내용이 바뀌는 멀티 스토리 타입의 응용이나 여러 타입을 접목한 작품도 존재합니다. 예외로는 '결말'이 존재하지 않는(이야기가 아닌) 타입의 작품(〈동물의 숲〉 시리즈 등)도 있지만, 이는 이번 장의 플롯 제작과 취지가 다르므로 생략하겠습니다.

5-2

'재미있는' 플롯을
만들기 위한 힌트

플롯에 한정된 이야기는 아니지만 이제 막 시작하는 사람부터 베테랑에 이르기까지, 모든 제작자에게 '재미'를 어떻게 만들어 낼지에 관한 문제는 영원한 테마입니다. 이유는 명확합니다. '재미'라는 단어만큼 다양한 의미를 품으면서도 사람마다 느끼는 방법이 다른 것이 없기 때문입니다.

참고로 일본어 사전인 『슈퍼 다이지린スーパー大辞林3.0』에 따르면 '재미'의 사전적 정의는 다음과 같습니다.

어원은 '面白い'이며 눈앞이 확 밝아지는 느낌을 나타낸다. 즐겁고, 유쾌하다.

① 흥미를 자극한다. 흥미롭다.

② 익살맞다. 우스꽝스럽다.

③ (주로 부정하는 말과 함께 쓰여) 마음에 들다. 마땅하다. 바람직하다.

④ 풍경 등이 밝고 널찍한 느낌, 기분이 상쾌한 듯하다. 산뜻하게 눈이 뜨인 느낌이다.

⑤ 마음이 끌리다. 정취가 깊다. 풍류가 있다.

⑥ 남과는 다르다. 보통과 달라 희귀하다.

보아하니 '재미'는 감정을 자극하는 것인 듯합니다. 그러나 곤란하게도 '무엇'을 재미있다고 느끼는지, '무엇'에 흥미를 느끼는지, '무엇'이 우스운지 등 가장 알고 싶은 것에 대해서는 적혀 있지 않습니다. 당연합니다. '무엇'을 정의할 방법이 없기 때문입니다.

'재미'가 어려운 이유가 바로 이것입니다.

방귀를 '재미있다'라고 느끼는 사람이 있는 반면에 불쾌하다고 느끼는 사람도 있습니다. 언제, 어디서, 누가 방귀를 뀌는지에 따라서도 느낌은 달라집니다.

이렇게 보면 완벽한 정답은 존재하지 않습니다. 그러나 정답은 없어도 '재미'라는 감각은 분명히 존재합니다. 그래서 제작자는 '재미'의 실체를 붙잡기 위해 고심합니다.

이번 절에서는 신기루 같은 '재미'를 만드는 방법에 대한 몇 가지 힌트를 소개하겠습니다. 안다고 해서 무조건 '재미있는' 플롯을 만들 수 있는 것은 아니지만 알아두면 도움이 되는 힌트들입니다.

✦ '감정 이입'으로 토대를 만들기 ✦

갑작스럽지만 질문입니다.

다음의 세 항목을 감정이 크게 자극되는 순서로 나열하세요.

① 나의 앞에 굶주린 사자가 나타나 쫓아와서 필사적으로 도망쳤다.	② 나의 연인이 굶주린 사자에게 쫓기는 상황을 보았다.	③ 나의 눈앞에서 모르는 아저씨가 사자에게 쫓기며 지나갔다.

대부분이 ①〉②〉③의 순서로 나열할 것 같습니다.

①과 ②가 바뀌는 일은 있어도 ③의 순서가 바뀔 일은 없어 보입니다.

같은 상황에 있어도 감정이 자극되는 정도가 다른 것은 감정 이입의 강도에 차이가 있기 때문입니다.

①'나'는 감정 이입에 대해 말할 필요도 없이 나 자신이 그 대상이기 때문에 감정이 크게 자극되는 것은 당연합니다.

②'연인'은 자신의 감정 이입 대상이기 때문에 위험에 빠지면 자연스럽게 감정이 자극됩니다.

③'아저씨'도 감정이 전혀 자극되지 않는 것은 아니지만 타인이기 때문에 어쩔 수 없이 그만큼 거리감이 있습니다.

이렇게 감정 이입의 강도와 감정이 자극되는 크기에는 밀접한 관계가 있습니다. '재미'란 '감정이 자극되는 것'을 뜻하므로 감정 이입의 크기는 그대로 '재미'의 크기를 좌우합니다. 다시 말해 감정 이입은 '재미'의 토대라고 할 수 있는 중요한 요소입니다.

게임이라면 주인공=플레이어(자신)이므로 주인공을 대상으로는 처음부터 상당히 강하게 감정 이입을 합니다. 이는 게임이라는 매체로 이야기를 만들 때 가장 큰 이점이라고 봐도 좋습니다. 이 이점을 최대한으로 활용하기 위해 플롯 안에 주인공에게 강하게 감정 이입이 되도록 하는 에피소드를 넣어야 합니다.

가령 FPS라면 총구를 겨누고 쏘는 사람이 플레이어 자신이다.

할리우드에서 활약한 각본가 블레이크 스나이더[1]는 저서 『SAVE THE CAT!: 흥행하는 영화 시나리오의 8가지 법칙』에서 '관객이 주인공과 만나는 첫 장면에서 위기에 빠진 고양이를 구하는 에피소드를 넣으면 관객은 주인공의 성격을 알 수 있고, 주인공에 공감하며 좋아하게 된다'라고 말했습니다. 말 그대로 감정 이입을 강화하라는 이야기입니다.

'SAVE THE CAT(위기에 빠진 고양이를 구하라!)의 법칙'은 위기에 빠진 누군가를 무조건 구하라는 뜻이 아니라, 초반 장면에 주인공을 좋아하게 되는 에피소드를 넣는 것이 성공의 비결이라는 뜻입니다. 이러한 예를 통해 알 수 있듯이 주인공에 대한 감정 이입은 '발단' 단계에서 만드는 것이 철칙입니다.

또한 감정 이입은 주인공(플레이어)의 액션을 끌어내는 계기가 되기도 합니다. 히로인이나 서브 캐릭터에 감정 이입을 하면 이들이 사건에 휘말렸을 때 '해결하고 싶다'라는 욕구가 자연스레 끓어오릅니다.

그 욕구가 강할수록 플레이어는 화면 안에서 일어나는 사건에 잘 몰입하게 되고, 이를 해결함으로써 얻는 만족감도 커집니다.

캐릭터에 공감할 수 있는 에피소드를 넣는 것 외에 주인공이 주변 캐릭터들에게 호의적인 감정이 있다는 장면을 그리는 것도 유효한 방법입니다. 아군을 향한 감정 이입이 강해지면 적대자의 매력을 높이는 일에도 도움이 됩니다. 적대자의 매력은 강함과 증오스러운 면모입니다.[2]

그 매력 중 증오스러운 면모를 강화하는 것이 감정 이입입니다. 마음에도 없는 캐릭터가 심한 꼴을 당하는 것보다 감정 이입을 하던 캐릭터가 심한 꼴을 당하는 것이 '적대자를 향한 분노와 증오가 커진다=감정을 자극한다'라는 사실은 말할 필요도 없겠죠.

---

1 할리우드에서 가장 성공한 '경매형 각본가 중 1명'으로, 그 유명한 스티븐 스필버그도 그의 각본을 구입한 적이 있습니다.
2 연애 게임 등 일부 장르에서는 다릅니다. 4-2(162쪽) 참조.

'재미'는 감정 이입이 결정합니다.

이를 마음속에 깊이 새기고, 캐릭터에 빠질 수 있을 만한 에피소드를 플롯 안에 넣어야 합니다.

✦ '왕도'를 파악하기 ✦

왕도라는 단어는 종종 왕도 같은 전개라는 표현과 함께 부정적인 뉘앙스를 품은 평가로 사용되는 경우가 있습니다. 그러나 이는 크나큰 오해입니다.

'재미있는' 이야기를 만들고자 하는 사람이라면 누구라도 '왕도'를 피할 수 없습니다. 혹시 왕도라는 말을 듣고 '어디서 본 듯한, 흔해 빠진 것'이라는 생각을 하지 않으셨나요?

'용사가 납치된 공주를 구하기 위해 마왕을 쓰러뜨리러 가는 이야기'처럼 패턴화된 이야기가 왕도라고 생각하기 쉽지만 그렇지 않습니다. 왕도에 패턴은 없습니다. 패턴화된 것, 이후 전개가 눈에 보이고 실제로 그렇게 진행되는 것은 클리셰에 가깝습니다.

왕도란 '기대'에 답하는 것입니다.

기대란 '이렇게 될 것이다'라는 예상에 '이렇게 되었으면 좋겠다'라는 바람을 더한 것입니다.

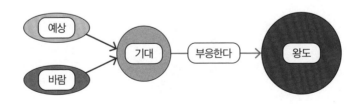

✚ 예상이 되고, 그 예상대로 흘러가는 것이 '클리셰'

+ 형태가 있고, 그 형태대로 전개되는 것이 '클리셰'
+ 예상에 바람이 더해져 기대에 부응하는 것이 '왕도'

이렇게 기억해 둡시다.

왕도라는 말은 부정적인 뉘앙스로 다루어질 표현이 아닙니다. 플레이어의 기대를 배신하지 않고 똑바로 마주하며 부응함으로써 만족감을 주는 아주 바람직한 것입니다.

기대에 부응하기 위해서는 먼저 플레이어가 기대하도록 만들어야 합니다. 기대감을 만들기 위한 조건은 다음의 3가지입니다.

① 플레이어가 캐릭터에 감정 이입을 한다.
② 플레이어가 캐릭터의 목적에 공감한다.
③ 플레이어가 이야기의 전개를 이해한다.

① '감정 이입'은 말할 필요가 없는 대전제입니다. 마음에도 없는 캐릭터에게는 무슨 일이 생기든 별로 기대가 되지 않습니다.

다만 아이(인간에 한정되지 않고)처럼 조건 없이 감정 이입의 대상이 되는 예외도 있습니다. 또한 그게 누구든 간에 생명의 위협을 받는 상황에서는 일시적으로 감정 이입이 발생합니다.

고유 캐릭터를 사용할 수 없는 경우에는 조건 없이 감정 이입을 할 수 있는 대상이나 상황을 준비하면 좋습니다.

②'목적의 공감'도 설명할 필요가 없습니다. 앞으로 캐릭터가 하려는 일을 플레이어가 공감하지 않는다면 그 결과를 기대하지 않는 것은 당연합니다. 여기서 주의해야 할 점은 목적에 공감하도록 만들기 위해서는 이유(동기)가 중요하다는 것입니다.

목적(또는 수단)이 악행이라 하더라도 공감할 수 있는 이유가 있거나 감정 이입이 되는 캐릭터라면 플레이어는 결과에 기대를 품습니다.

만화 『암살교실』이 그 훌륭한 예시라고 할 수 있습니다. 목적은 담임 교사를 암살한다는 악행이지만 누구나 공감할 수 있는 이유가 갖추어져 있습니다.

③'이야기 전개의 이해'는 예상에 빠질 수 없는 요소입니다. 지금 무슨 일이 일어나는지를 플레이어가 이해하지 못하면 다음 전개를 예상할 수 없습니다.

흔히 하는 실패는 설정에 과하게 집착한 나머지 설명이 많아지고, 이야기의 줄기가 복잡해지고, 큰 줄기에서 탈선하는 등 이야기를 질질 끌다가 결국 플레이어가 '지금 뭘 하는 거지?'라는 생각을 품는 것입니다. 특히 게임에서는 시스템으로 즐기는 시간(배틀, 이동, 퍼즐 등의 액션 부분)이 길어지기 때문에 되도록 이해하기 쉬운 간단한 전개가 요구됩니다.

'감정 이입', '목적에 공감', '이야기 전개의 이해'는 모두 적어 보면 당연한 것들입니다. 그러나 실제로 만들어 보면 3가지를 모두 만족시키기는 매우 어렵다는 사실을 깨닫게 됩니다.

왕의 길인 만큼 누구나 간단히 걸을 수 있는 것이 아닙니다.

그래서 정형화를 통해 당연한 것을 쉽게 만들기 위한 시도가 계속되었습니다. '용사가 공주를 구하기 위해 마왕을 쓰러뜨리러 간다'라는 이야기도 그중 하나입니다. 다른 사람과 히로인을 위해 힘든 모험에 몸을 던지고 강력한 마왕을 쓰러뜨리러 간다는 설정에는 이 모든 것이 응축되어 있습니다. 설정한 시점에서 기대감을 낳는 구조가 이미 만들어지는 것입니다.

왕도의 이야기에 이러한 권선징악이 많은 이유는 '악을 응징하는 모습을 보고 싶다'라는 기대에 부응하기 쉬울 뿐 아니라 전개가 간단하고 예상하기 용이하여 기대감을 낳는 구조를 만들기가 쉽기 때문입니다.

이 부분이 '왕도는 형식적이다'라는 오해로 이어지기도 합니다.

그러나 형식적인 것이 모두 왕도가 되냐고 묻는다면 그렇지 않습니다. 왕도를 만들기 쉬운 형식은 어디까지나 틀에 불과합니다. 진정한 왕도를 만들기 위해서는 감정 이입과 공감을 하나하나 정성스럽게 쌓아 올려 기대감을 낳고, 또 이에 부응해야 합니다.

왕도란 누구나 간단히 오갈 수 있는 포장된 길이 아닙니다. 발을 들이는 순간 고통이 동반하는 가시밭길입니다. 그러나 이야기를 만들겠다고 각오한 이상 피할 수 없는 길이기도 합니다.

왕도를 만들 수 있게 되면 기대에 부응하는 부분에 뜻밖의 요소를 넣고 자유자재로 반전을 만들 수도 있게 됩니다. 일단은 변화구 같은 잔재주에 기대지 말고, 기대에 부응할 수 있는 캐릭터와 에피소드를 만드는 일에 전념하세요.

왕도가 '재미'의 기초이자 전부입니다.

✦ '테마'로 깊게 새기기 ✦

소설이나 영화에서 이야기 작품을 만들 때 항상 중요한 요소로 꼽히는 것이 바로 테마입니다.

테마는 주제입니다. 그 이야기가 무엇에 대해 이야기하는지를 한 문장으로 압축한 것을 말합니다.

+ 죄로 인해 잃어버린 사랑의 의미를 묻는 이야기
+ 살인 사건의 진상을 밝히는 와중에 인간의 마음속 어둠과 마주하는 이야기
+ 인생에 절망한 남자가 그럼에도 살아가는 이유를 탐구하는 이야기
+ 전투에서 기억을 잃은 병사가 자신이 누구인지를 재발견하는 이야기
+ 희망이 없는 세계에서 진정한 희망을 발견하는 이야기
+ 시한부 선고를 받은 2명의 남자가 교류하며 인생의 가치를 깨닫는 이야기
+ 재해로 분단된 사회에서 유대의 소중함을 그리는 이야기

✦비난이 쇄도하는 SNS를 통해 단정 짓는 것, 편견, 선의가 얼마나 무서운지 깨닫는 이야기

이 모든 것이 테마입니다.

여기서 더 짧게 압축하여 '사랑', '우정', '삶'처럼 한 단어로 나타내는 것도 마찬가지로 테마입니다.

이렇게 쓰고 보면 내용도 다르고 폭도 넓어서 어떤 걸 테마로 삼아야 할지 잘 와닿지 않을 수 있습니다. 그러나 이야기의 테마에는 공통된 조건이 있습니다. 바로 '내가 쓰고 싶은 것'이 표현되어 있다는 것입니다. 여러분이 쓰고 싶은 것이 사랑에 관한 이야기라면 테마는 '사랑'입니다. 쓰고 싶은 것이 '바닥부터 시작해서 성공하기'나 '싸움을 통해 치유되는 마음'이라면 이것이 테마가 됩니다.

제작자의 마음이 응축된 테마—전하고 싶은 감정, 묻고 싶은 가치관, 보여주고 싶은 정보—는 이야기의 핵심이 됩니다.

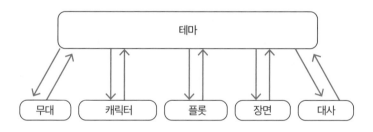

이런 식으로 무대, 캐릭터, 플롯, 장면, 대사의 모든 것이 테마와 관련되어 있습니다. 테마는 모든 요소를 생각할 때의 방침이 됩니다.

그렇기에 테마는 이야기를 만들 때 최상위 개념에 위치합니다.

제대로 된 테마가 있다면 이야기는 테마를 중심으로 정리되고 하나의 큰 줄기로 이어지게 됩니다. 그리고 온갖 장면에서 반복하여 고개를 내미는 테마로 인해 플레이어는 제작자의 생각을 받아들이고 이야기를 마음속에 더욱더 깊이 새깁니다.

이것이 테마를 설정하는 의미이자 테마가 가지는 힘입니다.

제작자가 테마를 확실히 이해하면 이야기는 정제되고, 나아가 이것이 플레이어의

마음에 꽂히는 결과로 이어집니다. 보편적인 감정을 건드리거나 가치를 발견할 수 있는 이야기라면 플레이어에게 둘도 없는 작품이 될 것입니다.

테마를 만드는 방법은 끊임없이 자문자답을 반복하는 것입니다.

'내가 쓰려는 것은 무엇에 관한 이야기인가?'

수중의 아이디어와 기억, 경험을 책상 위에 펼쳐 놓고 답이 나올 때까지 이 물음을 반복하세요. 이때 가장 중요한 단서가 되는 것은 주인공입니다. 테마를 찾지 못할 때는 주인공을 철저하게 파고들어 봅시다. 주인공이 바라는 것이 무엇인지, 어떻게 행동하는지 알게 되면 테마는 저절로 떠오를 것입니다.

테마를 만드는 것은 매우 어려운 작업입니다.

어쩌다 떠오른 소재로 이야기를 만들다 보면(그런 경우가 압도적으로 많지만) 테마를 찾지 못하는 경우가 많습니다. 계기가 어쩌다 떠올랐기 때문에 자신이 쓰고 싶은 것이 '핵심이 되는 아이디어' 외에는 없기 때문입니다. 그래도 어떻게든 테마를 만들려면 자신에게 계속 질문할 수밖에 없습니다. 이 자문자답이 참으로 괴롭습니다. 고통 끝에 테마는 일단 제쳐 두자는 결과로 귀결되는 경우도 적지 않습니다.

그대로 두어도 괜찮습니다. 앞서 말했듯이 테마의 유무는 이야기의 깊이에 커다란 차이를 만들어 냅니다. 그러나 테마를 찾지 못한 것이 원인이 되어 게임 시나리오 제작에 차질이 생기면 본말전도입니다. 도저히 테마를 찾지 못할 때는 일단 잊고 플롯 제작을 먼저 하도록 합시다.

팔리는 상품으로서의 게임 시나리오를 목표로 하는 한 작품의 완성을 최우선으로 해야 합니다.[3]

다만 잠시 잊는 것은 좋지만 완전히 잊지는 않아야 합니다. 테마가 이야기를 한 단계 높은 차원으로 이끄는 것은 틀림없는 사실입니다. 여러분의 이야기가 더 좋은 이야기가 될 가능성을 항상 남겨 두도록 합시다.

---

[3] 상품을 목표로 하는 경우에는 타깃을 예상하고 이에 맞춘 테마와 콘셉트를 만드는 것에서부터 제작이 시작되는 경우가 많습니다. 그래서 테마 만들기는 기획의 최상단에 있는 공정에 들어갑니다.

✦ '구성'으로 수준을 끌어올리기 ✦

이야기가 어떻게 구성되는지 묻는다면 여러분은 무엇이 떠오르시나요?

+ 누구나 알고 있을 '기승전결'
+ 무대나 영화의 각본에 관심이 있는 사람이라면 '3막 구조'
+ 일본 전통극을 잘 아는 사람이라면 '조하큐序破急'

아마도 대부분은 머릿속에 이 3가지 중에서 무언가가 떠올랐을 것입니다. 기승전결과 조하큐는 각각 한시漢詩와 무악舞樂에서 사용되는 단어로, 쓰임새가 이야기의 구성으로 옮겨 간 것입니다.

표현은 각각 다르지만 뜻은 거의 같다고 생각해도 무방합니다.

이 표현들이 플롯도의 무엇에 대응하는지 함께 확인해 봅시다. '전개·위기'는 플롯도의 중계점에 해당합니다.

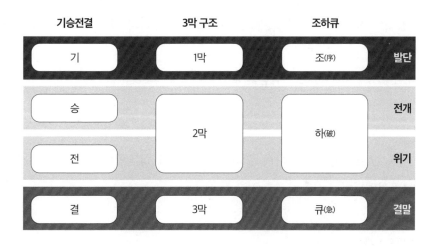

이런 식으로 기승전결, 3막 구조, 조하큐 모두 '발단', '전개', '위기', '결말'의 4가지 파트로 구성되어 있습니다. 이 4가지 파트로 이루어진 구성은 플롯 만들기의 토대가 됩니다.

토대가 있을 때와 없을 때 플롯 만들기의 시작 지점은 각각 달라집니다.

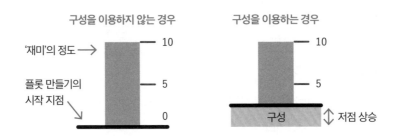

그림에서 볼 수 있듯이 구성을 이용하지 않는 경우에는 시작 지점의 '재미' 수치가 0입니다. 반면에 구성을 활용하면 '재미'가 2나 3으로 올라간 상태에서 플롯을 만들 수 있습니다. 구성이라는 토대가 있는 만큼 높은 위치에서 시작하는 것입니다.

구성을 사용하든 사용하지 않든 '재미'의 최대치는 변하지 않습니다. 그렇다면 시작 지점부터 '재미'가 담보된 구성을 사용했을 때, 좋은 플롯이 될 확률이 올라가는 것은 당연합니다.

틀에 박힌 것을 도저히 용납할 수 없다는 사람이 아니라면 4파트로 이루어진 구성을 활용하여 플롯을 만들어 보세요. 특히 플롯 만들기의 경험이 적은 사람에게는 든든한 무기가 될 것입니다.

각 파트에 요구되는 요소는 다음과 같습니다.

발단

오프닝을 포함하며 플레이어의 흥미를 끌기 위한 파트입니다. 요구되는 요소는 다음의 4가지입니다.

① 무대를 소개한다.
② 주인공에게 감정 이입을 시킨다.
③ 계기가 되는 사건을 일으킨다.
④ 플롯 포인트 1을 넣는다.

①'무대 소개'는 이야기의 무대(시대, 장소, 환경, 상황 등)를 플레이어에게 전달하는 것이 목적입니다. 설명만 즐비하지 않도록 무대 설정을 살린 사건을 만드는 것이 포인트입니다. 또한 시나리오로 만들 때 ②'감정 이입'과 ③'계기가 되는 사건'에 녹아드는 형태로 정보를 노출하는 것도 의식해야 할 점입니다. 게임의 경우에는 그래픽을 통해 정보를 노출할 수 있으니 내레이션이나 정보 묘사를 통한 설명은 최소한으로 해야 합니다.

②'감정 이입'은 주인공이 어떤 사람인지, 어떤 목적이 있는지를 소개하여 플레이어가 감정 이입을 하도록 만드는 것이 목적입니다. 5-2(254쪽)에서 설명했듯이 감정 이입은 '재미'의 토대입니다. '발단'에서 토대의 존재 여부는 이야기를 평가하는 중요 항목이 됩니다. 주인공을 좋아하도록 만드는 것이 가장 좋지만 호감도를 낮게 설정하는 경우에도 '재미있는 녀석이다'라고 생각할 만한 요소를 넣든가, 공감할 수 있는 목적을 제시해야 합니다.

③'계기가 되는 사건'은 주인공이 행동을 일으키는 계기를 만들어 플레이어가 그 다음 이야기를 궁금해하게끔 만드는 것이 목적입니다. 주인공이 조우하여 행동을 일으킬 수밖에 없는(일으키고 싶어지는) 사건인지, 플레이어가 결말을 알고 싶은 내용으로 만들어졌는지가 판단 기준이 됩니다.

✚길을 걷고 있는데 머리 위에서 비명이 들렸다. 올려다본 순간 아파트 옥상에서 사람이 떨어져 그대로 주인공과 충돌했다. 주인공은 목숨을 잃었다. 눈을 뜬 순간 자신의 집 침대 위에 있었다. 불길한 꿈이라고 생각하며 외출 준비를 마치고 집을 나서자 또다시 머리 위에서 비명이 들리더니 사람이 떨어졌다. 정신을 차려 보니 침대 위였다. 아무래도 같은 시간을 반복하고 있는 것 같았다.

✚방과 후, 짝사랑하는 동급생에게 고백을 받아 하늘로 올라갈 것만 같은 기분인 주인공. 그러나 이는 벌칙 때문에 억지로 고백을 한 것이었다. 이를 계기로 짝사랑하는 동급생이 심각한 괴롭힘을 받고 있다는 사실을 알게 되었다.

✚마왕군과의 결전에 임하는 병사로서 종군하였지만 아군은 전멸했다. 혼자 살아남은 주인공은 마왕군에게 붙잡히고 마물로 개조되었다. 이후 인간을 멸망시키기 위해 마을로 향한 주인

공은 용사 일행과 만난다.

'발단'이 되는 사건의 사례들입니다. 요구되는 것은 '스위치(행동을 일으키는 계기)'와 '훅(흥미를 끄는 요소)'이라고 기억하면 좋습니다.

④'플롯 포인트 1'의 플롯 포인트란 이야기의 전환점을 뜻합니다.

플롯 포인트 1의 기능은 주인공에게 확실한 목적을 부여하고 앞으로 나아가도록 등을 밀어주는 것입니다. 플롯 포인트 1로 인해 목적을 얻은 주인공은 결의를 다지고 행동을 시작합니다. 어디로 향할지 고민하던 주인공이 자신의 의지로 걷기 시작하는 것입니다.

주인공이 목적을 향해 걷게 되면 목적의 달성을 방해하는 장애물이 명확해지고 갈등이 발생합니다. 이때부터 드라마가 본격적으로 변합니다.

플롯 포인트 1의 예시로는 보통 '사랑을 자각한다', '사건을 해결하지 않으면 자신이 체포된다는 사실을 깨닫는다', '아이를 유괴했다는 전화가 걸려 온다', '불치병의 치료약이 이세계에 있다는 사실을 깨닫는다' 등이 있습니다.

앞선 3가지 예시를 기준으로 말하면 '같은 시간을 반복해서 보낸다는 사실을 깨닫는다', '짝사랑하는 동급생이 괴롭힘을 받는다는 사실을 깨닫는다', '용사 일행과 만난다'가 플롯 포인트 1에 해당합니다.

'발단'은 스포트라이트입니다.

스포트라이트는 보이는 범위가 좁지만 빛이 닿는 곳은 강한 주목을 받습니다.

사전 지식이 없는 플레이어가 분명하게 이해할 수 있도록 주인공, 무대, 사건에 신중하게 스포트라이트를 비추도록 합시다.

가장 강하게 비춰야 하는 대상은 물론 주인공입니다.

주의할 점은 빛 아래에 많은 것을 두지 않아야 합니다. 보이는 범위가 좁다는 말은 전할 수 있는 정보가 한정되어 있다는 말이기도 합니다. 욕심을 부리고 한 번에 많은 것을 집어넣다 보면 플레이어는 무엇을 보아야 할지 몰라서 마음이 떠나고 맙니다.

흔히 하는 실패로는 지나친 고유 명사 사용, 장황한 배경 설명, 너무 자주 등장하는 캐릭터 등이 있습니다. '발단'의 목적을 잊지 말고, 잘 정제된 정보를 스포트라이트로 계속 비춰서 강한 인상을 남기도록 합시다.

전개

'발단'을 이어받아 이야기를 넓히는 것이 '전개' 파트입니다.

요구되는 요소는 다음의 3가지입니다.

① 이야기의 윤곽을 분명히 한다.
② 목적을 달성하려는 욕구를 높인다.
③ 파트의 마지막에 미드 포인트를 넣는다.

① '이야기의 윤곽을 분명히 한다'는 여러분의 작품이 무엇을 말하는 이야기인지 플레이어에게 확실히 이해시키는 것이 목적입니다. 포인트는 플롯 포인트 1에서 발생한 사건을 잘 전개하는 것입니다.

예를 들어 플롯 포인트 1에서 주인공이 사랑을 자각했다면 이어지는 사건을 두는 것입니다.

✦친구와 연애 성공 작전을 짠다.

✦좋아하는 상대에 어울리는 인간이 되기 위해 노력한다.

✦상사병 때문에 저지른 대실패를 만회하기 위해 분투한다.

이렇게 하면 플레이어가 이것은 주인공이 사랑을 이루려고 하는 이야기구나 하고 이해하게 됩니다.

'전개'에서 갑자기 관계없는 사건이 시작되면 플레이어는 이야기를 잃어버리고 맙니다. '발단'이 어지간히 잘 만들어진 것이 아닌 이상 플레이어는 잃어버린 이야기를 다시 발견하려 하지 않습니다. 플레이어의 마음이 떠나지 않게 이야기가 잘 이해되도록 만들어야 합니다.

5-2(257쪽)에서 설명했듯이 이해는 '기대'로 이어집니다. 플레이어를 이야기로 끌어들인다는 뜻입니다.

후반의 '위기'와 '결말'을 고조시키기 위해서라도 '전개'에서 이야기의 윤곽을 분명히 드러내어 '이건 어떤 이야기일까?'라는 의문에 답해주고, 플레이어의 이해를 돕도록 합시다.

②'목적을 달성하려는 욕구를 높인다'는 주인공에게 강하게 공감하도록 만드는 것이 목적입니다. 주인공의 목적 달성 욕구를 높이면 플레이어는 주인공이 행동하는 이유를 이해하고 강하게 공감합니다.

예를 들어 플롯 포인트 1에서 얻은 목적이 '연애 성공'이라면 주인공을 사랑에 흠뻑 빠지게 만드는 것이 정석입니다.

쉬운 방법은 좋아하는 상대방의 매력을 확실히 보여주는 것입니다. 이를 통해 반신반의였던 마음을 반박할 수 없게 자각시키는 것입니다. 이렇게 되면 주인공은 자신에게 거짓말을 할 수 없습니다. 연애 성공을 위해 일직선으로 나아갑니다. 주인공이 사랑에 휘둘리면서도 노력하는 모습에는 설득력이 있고 플레이어는 여기에 강하게 공감합니다.

플롯 포인트 1에서 얻은 목적이 '복수'라면 증오심이 더욱더 깊어지는 사건을 배치하여 주인공을 향한 이해와 공감을 강화시킵니다.

목적이 '사건의 해결'이라면 사건이 가져올 사회적 영향, 사건과 주인공과의 개인적인 관계를 묘사하여 플레이어의 이해와 공감을 강화시킬 수 있을 것입니다.

③'미드 포인트'란 전·후반의 이음새에 배치하는 커다란 전환점을 뜻합니다. 기존의 흐름을 반전시키고 이야기에 새로운 의미와 방향성을 부여하는 것이 목적입니다.

원래는 잘 되던 것이 갑자기 잘 안 되면서 놓치고 있던 문제를 깨닫습니다. 혹은 바닥까지 떨어진 주인공이 역전의 계기를 얻습니다. 그러한 큰 전환점입니다. '깨달음의 전환점'이라고 봐도 좋습니다.

'발단'에서 주인공은 어둠 속을 더듬으며 걸어가는 상태입니다. 걷는 사이에 눈이 적응하기 시작하며 자신이 어디에 있고 어디로 향하는지를 깨달아 가는 것이 '전개'입니다.

그리고 드디어 깨달은 것에 강한 빛이 비치며 그 진정한 의미를 알게 되는 지점이 미드 포인트입니다. 미드 포인트를 통해 주인공은 자신이 놓인 상황을 정확히 알게 됩니다.

미드 포인트에 요구되는 요소는 주인공을 둘러싼 상황을 반전시키고 진정한 목적을 밝히는 것뿐입니다.

진정한 목적을 알게 되면서 주인공의 발걸음은 명확해집니다. 손으로 더듬으며 길을 찾던 주인공이 목적을 향해 일직선으로 달리기 시작합니다. 이에 따라 이야기에 추진력이 발생하고, 감정의 움직임도 커지며 드라마가 강력해집니다. 예시를 보여드리겠습니다.

+지금까지 최종 보스라고 생각했던 마왕이 대마왕의 부하에 지나지 않는다는 것을 알게 된다
  =진정한 평화를 위해서는 대마왕을 쓰러뜨려야 한다는 사실을 깨닫는다.

+짝사랑하는 상대가 과거의 트라우마로 인해 연애에 소극적인 태도가 되었다는 것을 알게 된다=연애 성공을 위해서는 트라우마를 극복하기 위한 도움이 필요하다는 사실을 깨닫는다.

+미지의 생물을 쫓던 주인공의 앞에 찾고 있던 생물이 모습을 나타냈다=생물의 위협 내지는 진정한 가치를 깨닫고 어떻게 대처할지 생각한다.

+ 살인 사건을 조사하던 와중에 아들이 범인이라는 증거가 발견되었다=강한 갈등에 휩싸이면서도 아들의 혐의를 풀기 위해 조사를 진행한다(믿고 싶은 마음, 진실을 알고 싶은 마음, 직업적 사명감 등의 갈등이 발생합니다).
+ 복통을 참고 참다가 화장실로 뛰어들어가 볼일을 끝내고 나니 휴지가 없다는 사실을 알게 된다=휴지나 이를 대신할 수 있는 것을 찾아야 한다는 사실을 깨닫는다.
+ 농구부에서 계속 후보 신세였던 주인공이 주전의 문제로 중요한 시합에 나서게 되었다=팀의 승리를 위해 전력을 다해야 한다는 사실을 깨닫는다.

의외성이 포함되어 있다면 더 좋습니다.

+ 동료라고 생각했던 사람이 사실은 적이었다.
+ 좋아하는 상대를 계속 남자라고 생각했는데 사실은 여자였다.
+ 세계를 구할 최후의 희망이라고 생각했던 것이 사실은 세계를 멸망시킬 존재였다.

'전개'는 스크래치 아트와 같습니다. 주인공의 행동이 궤적이 되면서 무엇이 그려져 있는지 명확하게 드러나기 시작합니다. 플레이어는 주인공의 눈을 통해 같은 것을 보고, 느끼고, 생각하면서 주인공에게 강하게 공감합니다.

그리고 '전개'의 마지막에 투입되는 미드 포인트.

이는 카메라 플래시와 같습니다. 눈이 부신 빛으로 인해 주변이 환하게 드러나며 지금까지 보이지 않았던 것이 보입니다.

주인공은 진정한 목적과 자신이 해야 할 일이 무엇인지를 깨닫게 됩니다.

평화롭다고 생각했던 세계가 사실은 멸망 직전의 위기에 직면한 상태였고, 주인공은 세계를 구하기 위해 움직여야 한다는 식으로 의식이 변화합니다.

위기

미드 포인트를 통해 진정한 목적이 명확해진 상태에서, 주인공이 계속해서 난관을 마주하는 파트입니다. 목적과 가까워질수록 주인공을 가로막는 장애물은 크고 강력해집니다. 그러나 여기까지 온 이상 되돌릴 수는 없습니다. 여기서부터 이야기는 절정에 돌입합니다.

'위기'에 요구되는 요소는 다음의 2가지입니다.

① 주인공의 감정을 크게 뒤흔드는 사건을 일으킨다.
② 플롯 포인트 2를 넣는다.

①'주인공의 감정을 크게 뒤흔드는 사건'은 주인공에게 계속해서 난관을 부여하고 감정을 크게 움직이게 만드는 것이 목적입니다.

먼저 아래의 감정 곡선 그래프를 확인해 주세요.[4]

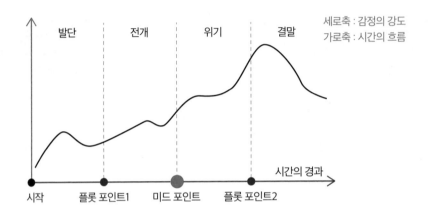

이는 이야기의 진행에서 '모범적인 주인공의 감정 기복'을 그래프로 나타낸 것입니다. 그래프를 보면 '위기'에 들어선 뒤로 주인공의 감정이 급격히 상승한다는 사실을 알 수 있습니다.

미드 포인트에서 드러난 진짜 목적으로 향하는 주인공이 강력한 장애물을 만나 가로막히고 강한 갈등에 노출된 상태입니다. 갈등이 강하면 강할수록 감정은 크게 움직입니다.

목적을 향해 움직이는 주인공을 험난한 사건에 던져 넣도록 합시다. 계속 밀려 닥치는 갈등 속에서 때로는 승리하고 때로는 좌절하며 주인공의 감정은 플러스로 움직이기도 하고 마이너스로 움직이기도 합니다.

'발단'과 '전개'에서 충분히 주인공에게 공감한 플레이어는 여기에 동조하여 감정이 움직입니다. 주인공의 감정이 크게 움직일수록 플레이어의 감정도 크게 움직입니다. '재미=감정의 자극'입니다. 주인공의 감정을 고조시키는 일이 그대로 '재미'가

---

4 감정 곡선 그래프는 이야기의 고조를 가시화할 수 있기 때문에 플롯을 만들 때 자주 활용됩니다.

됩니다. '발단'과 '전개'에서 다진 밑바탕이 지금 바로 결실을 보는 것입니다.

②'플롯 포인트 2'는 '결말'에서 주인공의 감정을 꼭대기로 밀어 올리기 위한 준비입니다. 플롯 포인트 2에서는 주인공이 '극복하는 건 불가능해……'라고 느낄 정도로 강한 갈등을 주어야 합니다.

이야기에서 주인공은 목적을 달성하지 못하고 실패하는 것을 가장 두려워합니다. 다시 말해 가장 강한 갈등은 목적의 달성을 방해하는 최대의 장애물과 대결할 때 발생합니다.

미드 포인트에서 말한 예시에 플롯 포인트 2를 추가하면 이렇게 됩니다.

✦대마왕을 상대로는 어떠한 공격도 통하지 않았고 순식간에 무릎을 꿇고 만다(승산이 전혀 보이지
　않는 강력함에 절망하고 무기력해진다).

✦함께 트라우마를 극복하려고 노력한 짝사랑 상대가 자살 미수로 병원에 실려 간다(도움이 될 것
　이라 생각한 자신의 행동이 상대방에게 부담을 주었다는 사실을 깨닫는다).

✦미지의 생물을 쫓는 와중에 소중한 동료가 목숨을 잃는다(동료의 죽음을 슬퍼하면서도 혼자서는 더 이상
　추적할 수 없다는 생각에 절망한다).

✦아들이 범인이라는 결정적인 증거를 주인공만 발견한다(지금이라면 증거를 없앨 수 있지만 자신이 진짜
　로 지켜야 할 것이 무엇인지를 고민한다).

✦농구부 시합에서 주인공의 실수로 역전 불가능한 점수 차이가 나고 만다(자신이 발목을 잡아서 팀
　이 패배에 몰리며 혼란에 빠진다).

모두 주인공이 커다란 장애물에 가로막혀 버렸습니다. 플롯 포인트 2에서 절망적인 상황에 몰릴수록 '결말'에서 역전과 해결로 얻는 효과가 극적으로 변합니다.

결말

최후의 싸움이 벌어지고 주인공이 목적을 달성할지 못할지 결정되는 파트입니다.

✦용사는 대마왕을 쓰러뜨릴 수 있을 것인가.

✛짝사랑의 결실을 볼 수 있을 것인가.

✛미지의 생물을 추적하는 데 성공할 것인가.

✛살인범을 붙잡을 수 있을 것인가.

✛절체절명의 위기를 극복하고 점수를 역전할 수 있을 것인가.

플롯 포인트 2에서 가라앉은 주인공을 다시 일으켜 세우고, 최후의 싸움으로 향하도록 만듭시다.

'결말'에 요구되는 요소는 다음 3가지입니다.

① 주인공을 변화시킨다.

② 최후의 싸움에 감정의 최고점을 가져온다.

③ 필연성이 있는 결말을 만든다.

①'주인공을 변화시킨다'는 주인공이 최대 갈등을 극복하도록 만드는 것이 목적입니다. 절망의 늪에 빠진 주인공은 번데기와 같은 상태입니다. 이대로는 최후의 싸움에 임할 수 없습니다. 갈등과 싸워 승리하고 탈피하면서 변화를 이루어야 합니다.

✛절망과 무기력함을 극복하고 다시 마왕에게 도전한다.

✛상대방에게 진짜 필요한 것이 무엇인지 깨닫고 용기를 내서 만나러 간다.

✛추적을 그만두면 동료의 죽음이 헛수고가 된다는 사실을 깨닫는다.

✛자신의 신념에 따라 실현해야 할 정의를 실현한다.

✛자포자기 상태에 빠진 자신을 꾸짖고 팀을 위해서 온 힘을 다한다.

이러한 변화를 말합니다. '결말'에서 변화는 대부분 정신적인 성장으로 묘사됩니다. 갈등을 극복하고 정신적으로 성장하여 최후의 싸움에 임할 결심을 품습니다.

주인공이 갈등을 극복하는 계기는 '발단', '전개', '위기' 안에 있습니다. '주인공만을 의지하며 평화를 바라는 사람들의 마음', '상대방을 생각하는 마음', '동료와 함께 나눈 꿈', '직업인의 긍지, 태도', '팀 동료와 쌓아 온 노력'. 이러한 경험과 기억은 갈등을 극복하기 위한 힘이 될 것입니다.

- ✚ 왜 주인공은 행동을 일으켰는가 (발단)
- ✚ 왜 목적을 달성하려는 욕구가 발생했는가 (전개)
- ✚ 왜 수많은 난관을 극복할 수 있었는가 (위기)

각 파트에서 쌓아 올린 물음의 대답이 최후의 갈등을 극복하는 계기(이유)가 됩니다.

만약에 플롯을 다시 살펴보아도 갈등을 극복할 계기를 발견하지 못했다면 잠시 멈추고 사건과 에피소드를 재점검해야 합니다.

②'최후의 싸움에 감정의 최고점을 가져온다'는 '위기'로 부풀려진 주인공의 감정을 폭발시키고 플레이어에게 큰 만족감을 제공하는 것이 목적입니다. '위기'에서 고조되는 감정은 '결말'을 기대하게 만듭니다. 기대에 부응하기 위해서는 272페이지의 그래프처럼 '결말'에서 감정의 최고점을 맞이해야 합니다. '결말'의 감정이 '위기'의 감정을 밑돌면 뒤통수를 맞은 플레이어는 기분이 차갑게 식고 맙니다.

물론 각 파트의 조건을 잘 갖추어 구성했다면 걱정할 필요는 없습니다. 절망에 빠진 주인공이 갈등을 극복하고 최후이자 최강의 장애물과 싸우는 에피소드는 분위기가 고조될 수밖에 없습니다.

- ✚ 주인공에게 감정 이입이 되어 있는가?
- ✚ 주인공이 목적을 달성하려는 의욕이 충분히 강한가?
- ✚ 여기에 이르기 전까지 최후의 장애물을 강하게 묘사했는가?

최후의 싸움을 만들기 전에 이 3가지 요소를 체크해 주세요.

빠짐없이 확인했다면 최후의 싸움에 들어가는 에피소드를 만들어 봅시다. 주의할 점은 갑자기 새로운 정보나 캐릭터를 내놓지 않는 것과 우연에 기대는 승리를 피하는 것입니다.

갑자기 튀어나와서 대마왕을 봉인하는 신, 복선도 없이 발견되는 새로운 증거, 계속되는 우연이 겹친 승리 등의 편의주의는 반칙이라는 사실을 명심하세요. 최후의 싸움은 공정하게, 주인공이 쌓아 올린 것만으로 진행해야 합니다.

③'필연성이 있는 결말을 만든다'는 감동과 여운이 남는 엔딩을 만드는 것이 목적입니다. 주인공의 목적이 어떻게 달성되는지, 아니면 달성되지 못하는지는 지금까지 해 온 주인공의 행동과 선택의 결과를 통해 도출되어야 합니다. 그렇지 않으면 모든 여정이 의미를 잃습니다.

주인공이 쌓아 올린 것들이 엔딩에 집약되고 나서야 처음으로 이야기의 의미가 가슴에 새겨지고 감동과 여운이 발생합니다. 경우에 따라서는 플롯의 원형을 만들었을 때와 달리 결말이 바뀔 수도 있습니다. 주인공이 승리할 예정이었다고 하더라도 패배의 필연성을 느꼈다면 흐름에 몸을 맡겨야 합니다.

다만 게임은 플레이어가 주인공을 조작하며 즐기기 때문에 원칙을 따지자면 승리의 만족감은 필수입니다. 시나리오의 사정과 관계없이 일부 게임 장르를 제외하고, 시스템상으로는 보스를 쓰러뜨리고 플레이어가 승리하게 됩니다.

시나리오상 주인공이 패배한다면 승리 이상의 무언가를 손에 넣도록 만들어야 합니다. 예를 들어 연애 게임에서 연인이 되지 못하더라도 사건을 통해 상대방의 목숨을 구하는 결말로 이어진다면 만족감을 얻을 수 있을 것입니다. 그때까지 쌓아 온 설득력이 있다면 해피 엔딩이 아니더라도 감동과 여운은 발생합니다.

마지막으로 구성의 요소를 한눈에 볼 수 있는 표를 첨부하겠습니다.

플롯을 만들 때 참고해 주세요.

발단	① 무대를 소개한다. ② 주인공에게 감정 이입을 시킨다. ③ 계기가 되는 사건을 일으킨다. ④ 플롯 포인트 1을 넣는다.
전개	① 이야기의 윤곽을 분명히 한다. ② 목적을 달성하려는 욕구를 높인다. ③ 파트의 마지막에 미드 포인트를 넣는다.
위기	① 주인공의 감정을 크게 뒤흔드는 사건을 일으킨다. ② 플롯 포인트 2를 넣는다.
결말	① 주인공을 변화시킨다. ② 최후의 싸움에 감정의 최고점을 가져온다. ③ 필연성이 있는 결말을 만든다.

✦ '재배치'로 아이디어의 씨앗을 발견하기 ✦

무언가를 만든다는 것은 지금까지 살아 온 인생에서 접한 것들을 조합하여 새로운 아이디어를 발견하는 작업입니다. 여기에 제작자의 감성이 들어가면서 독자성이 있는 작품이 탄생합니다.

그러나 자신의 안에 존재하는 것들로만 만들다 보면 아무리 노력해도 아이디어가 비슷해지고, 새로운 아이디어가 나오지 않아 진행이 막히고 맙니다. 그런 막다른 골목에 막혔을 때 추천하는 것이 바로 '재배치'입니다.

재배치는 글자 그대로 바탕이 되는 작품이나 아이디어를 자기 방식으로 다시 배치하여 사용하는 방법입니다. 어레인지, 오마주, 번안, 패러디 등은 모두 재배치에 포함되는 창작법입니다.

방법은 간단합니다. 먼저 자신이 '재미있다'라고 생각한 작품, 에피소드, 인간관계, 사건, 소재, 무엇이든 좋으니 바탕이 되는 아이디어를 준비합니다.

여기에서는 「우라시마 타로」 이야기를 바탕으로 삼겠습니다. 일단 「우라시마 타로」를 아주 간단한 줄거리로 정리합니다. 이를 요소 추출이라고 합니다.

① 우라시마 타로가 괴롭힘을 받는 거북이를 구한다.

② 구해준 보답으로 용궁성의 초대를 받는다.

③ 이 세상에 존재할 수 없는 아름다움을 자랑하는 용궁성에서 공주들의 환대를 받고 꿈같은 시간을 보낸다.

④ 용궁성에서 돌아가려 할 때, 절대로 열면 안 된다는 말과 함께 공주에게 상자를 받는다.

⑤ 육지로 돌아오니 이미 엄청난 시간이 흐른 뒤였다.

⑥ 상자를 열어 보니 연기가 흘러나왔고 우라시마 타로는 노인이 되었다.

요소 추출이 끝났다면 다음은 각 항목을 추상화합니다.

추상화란 요점을 남기고 일반화하는 것입니다. 중요한 것만을 남기고 고유성을 없애는 작업이라고 생각해 주세요. 예를 들어 용궁성의 요점은 '주인공이 모르는 엄청난 장소'입니다. 단순히 모른다는 것이 전부가 아니라 놀라울 정도로 대단한 장소라는 점이 중요합니다.

요점을 추출했다면 용궁성이라는 고유성을 지우고 '주인공이 모르는 엄청난 장소'를 다른 단어로 재배치합니다. 다시 배치할 단어는 자기가 생각했을 때 느낌이 괜찮은 것이면 됩니다. 여기에서는 '놀라움으로 가득한 이세계'라고 정하겠습니다.

① 주인공이 ■■를 계기로 ○○와 만난다.

② ○○의 초대를 받고 놀라움으로 가득한 이세계로 향한다.

③ 놀라움으로 가득한 이세계에서 주인공은 특별한 대접을 받는다.

④ 주인공이 놀라움으로 가득한 이세계에서 ▲▲를 손에 넣고 원래 세계로 돌아간다.

⑤ 원래 세계에는 ◆◆라는 변화가 일어난 상태였다.

⑥ ▲▲를 사용하면서 주인공에게 ★★가 일어난다.

추상화가 끝났다면 준비 완료입니다. 남은 것은 놀라움으로 가득한 이세계와 ■■, ○○ 등으로 표시한 부분에 여러분이 떠올린 아이디어를 넣기만 하면 됩니다.

①을 한번 살펴봅시다. '마트에서 산 달걀 중 하나가 신비한 색깔을 띠고 있어서 부화시키려고 따뜻하게 해 주었고' 그것을 계기로 '달걀에서 부화한 작은 용'과 만났다고 가정해 봅시다. ■■는 '신비한 색을 띤 달걀을 따뜻하게 해 주었다', ○○는 '부화한 작은 용'입니다. 이 재배치를 통해 주인공이 마트에서 산 달걀에서 부화한 용과 만나는 이야기의 아이디어가 탄생했습니다.

②에서 주인공은 용을 따라 놀라움으로 가득한 이세계로 향합니다. 용이 생태계의 정점에 군림하는 세계라고 한다면 조건을 충족할 수 있습니다.

③에서 주인공은 자신이 이세계에서 특별한 존재라는 것을 알게 됩니다. 용을 비롯한 몬스터의 세계에서는 유일한 지성체라는 것도 좋고, 용왕의 수명을 늘리기 위해 먹잇감으로 잡혀 왔다는 설정도 좋습니다. 이렇게 순서대로 아이디어를 재배치함으로써 「우라시마 타로」를 바탕에 두고 있지만 전혀 다른 이야기가 만들어졌습니다.

주의할 점은 추상화가 부족하면 표절이 될 수 있습니다. 어부인 주인공이 거북이를 구한다거나 이세계의 이름이 그대로 용궁성이라면 고유성이 남아 있기 때문에 표절로 취급될 위험성이 높아집니다. 일부러 고유성을 남겨서 패러디하려는 의도를 제외하면 되도록 고유성을 지워야 한다는 점을 주의해 주세요.

재배치의 편리한 부분은 무엇이든 바탕으로 삼을 수 있다는 점입니다. 일본의 3대 수필 중 하나인 『쓰레즈레구사』의 에피소드를 롤플레잉 게임의 퀘스트로 만드는 것도 가능합니다.

『쓰레즈레구사』의 40단에 '밤만 먹는 딸'의 이야기가 나옵니다. 이나바(현재의 돗토리현) 지방에 아주 아름다운 아가씨가 있어서 구혼자가 줄지어 나타났지만, 그 아가씨는 매일 밤만 먹고 곡류는 전혀 먹지 않았습니다. 그래서 '이런 별난 딸을 남에게 시집 보낼 수는 없다'라고 말하며 아버지가 결혼을 허락하지 않았다는 이야기입니다.

이 이야기의 원래 소재를 재배치하여 퀘스트로 바꾸면 다음과 같이 바뀝니다.

게임의 주인공은 구혼자 중 1명에게 '아무리 구혼해도 아버님의 허락을 얻지 못하겠다. 서로 사랑하는 우리를 위해 아버님이 결혼을 허락하지 않는 이유를 조사해

주었으면 좋겠다'라는 의뢰를 받는다. 조사를 해 보니 딸에게는 별난 점이 있었다. 그래서 아버지는 어쩔 수 없이 결혼을 허락할 수 없었다는 것이 드러났다.

이 별난 점을 '밤만 먹는다'에서 'OO만 먹는다'로 재배치하고 해결 방법을 준비하면 퀘스트가 완성됩니다. 추상화를 더 진행하여 '먹는다'를 다른 것으로 바꾸어도 좋습니다.

재배치의 편리한 점은 아이디어를 내는 포인트의 범위가 좁혀진다는 것입니다. 추상화를 할 때 OO나 ■■ 등 아이디어를 넣어야 할 포인트가 명확하므로 무엇이든 좋으니 떠오르는 것을 여기에 배치하여 만들 수 있기 때문입니다. 즉, 배치하고, 넓히고, 잇는 아이디어를 발상하는 작업을 아주 효율적으로 할 수 있습니다.[5]

또한 재배치를 의식적으로 하다 보면 많은 이야기와 에피소드가 비슷한 '형태'임을 깨닫습니다. 용궁성의 추상화인 놀라움으로 가득한 이세계를 '지옥'으로 바꾸면 단테의 『신곡』과 같은 이야기를 만들 수 있고, '호그와트 마법학교'로 바꾸면 『해리포터』도 될 수 있습니다. '여자 고등학교'로 바꾸면 '주인공인 남자 고등학생이 어쩌다 보니 여자 고등학교에 잠입하게 되는 에피소드'로 만들 수도 있습니다. 러브 코미디에 흔히 나오는 상황입니다. 남자 고등학생에게 여자 고등학교는 놀라움으로 가득 찬 이세계 그 자체입니다.

이런 식으로 재배치 연습을 통해 '형태'를 익히면 바탕이 되는 원래 소재를 찾지 않아도 아이디어를 만들 수 있습니다.

이 세상은 아이디어의 씨앗으로 넘쳐납니다. 재배치를 사용하여 아이디어의 씨앗을 발견하고 여러분만의 '재미'를 키워 보세요.

5 2-4(76쪽) 참조.

✦ '환경'의 효과를 이용하기 ✦

플롯뿐 아니라 이야기를 만들다 보면 '왠지 평범하다', '자극이 부족하다', '생각보다 액션이 일어나지 않는다', '갈등이 생기지 않는다'와 같은 고민에 빠질 때가 있습니다.

이런 고민은 이야기의 큰 줄기를 생각할 때부터 대사를 적기에 이르기까지 시나리오에 관계된 대부분의 작업에서 마주하게 됩니다.

이때 고민을 날려 버릴 방법 중 하나가 '환경'입니다. 환경이라는 단어에는 다양한 의미가 포함되어 있지만 여기에서는 이야기의 등장인물을 둘러싼 '주변 상태'를 가리킨다고 생각해 주세요. 시대, 장소, 날씨, 날짜, 시간 외에도 주변 사람들의 상태, 그 장소의 상황 등이 대표적인 환경입니다.

플롯이란 '누가, 어디에서, 무엇을 하고, 어떻게 되는가'를 쓰는 것이므로 반드시 구체적인 장소가 설정됩니다. 반면에 날씨나 날짜 등은 생각보다 애매하게 설정되는 편입니다.

사실은 여기에 '재미'를 효과적으로 만들어 낼 수 있는 힌트가 숨어 있습니다.

가장 알기 쉬운 것은 날짜입니다. '오늘 데이트에서 연인에게 프러포즈를 하겠다'라고 결심한 남자의 에피소드를 만든다고 가정해 봅시다. 장소는 놀이공원으로 설정하겠습니다.

이때 날짜가 5월 18일이나 9월 7일인 것과 12월 24일 또는 연인의 생일인 것 사이에는 '오늘'의 연출 효과에서 차이가 발생합니다. 후자에 가까울수록 특별한 느낌을 연출했다고 느낄 것입니다. 다시 말하면 환경에 따라 같은 에피소드라도 받아들이는 사람이 느끼는 방식은 달라진다는 것입니다.

그러나 여기까지 나오는 환경은 당연하게 설정하는 것들입니다. 어느 정도 다르게 느낄 수는 있지만 자극적이라고는 말하기 어렵습니다.

그래서 환경을 살짝 추가해 보겠습니다. 먼저 날씨를 '태풍이 접근하는 중'이라고 설정하겠습니다. 가까스로 놀이공원은 영업을 하지만 사람도 거의 없고 놀이기구도 중단된 것들이 많이 보입니다.

프러포즈를 하려는 사람의 입장에서 보면 큰 위기입니다. 로맨틱한 분위기가 될 낌새는 도저히 보이지 않습니다. 그러나 오늘은 연인의 생일입니다. 무슨 일이 있어도 오늘 안에 프러포즈를 하고 싶습니다.

어떤가요? 프러포즈를 하고 싶다는 목적에 대해 태풍이라는 환경이 장애물이 되어 갈등이 발생하고 있습니다.

집에 돌아가고 싶어 하는 연인을 얼마나 즐겁게 해 줄 수 있을지, 한정된 수단으로 얼마나 로맨틱한 분위기를 만들 것인지와 같은 내적, 외적인 액션의 밑바탕도 갖추고 있습니다. 장애물을 극복하고 프러포즈가 성공했을 때의 쾌감은 아무 일 없이 프러포즈가 성공했을 때의 몇 배는 될 것입니다.

환경을 바꾸면서 드라마는 강화되고 '재미' 있는 에피소드에 한결 가까워졌습니다.

플롯뿐 아니라 시나리오화하는 단계의 연출에서도 환경은 효과를 발휘합니다.

어떤 카페에 이별을 말하는 남녀가 있다고 가정해 봅시다. 가게 안에 남녀 외의 손님이 없는 것과 행렬이 생길 정도로 인기가 많은 가게 안에 손님이 넘치는 것 사이에는 장면의 연출 효과에서 차이가 발생합니다.

조용한 가게 안에서 이별 이야기를 하는 경우라면, 사람이 없는 공간이 두 사람의 마음속 빈틈을 상징하며 비장함이 더욱더 강조됩니다. 비극을 그릴 때 아주 정석인 연출 방법이라고 할 수 있습니다.

반면에 떠들썩한 가게 안에서 이야기하는 경우라면, 서로의 목소리를 듣기 힘들

기 때문에 크게 말할 수밖에 없습니다. 아니면 서로 얼굴을 가까이 대면서 말하거나 글로 써서 이야기를 나누거나 하는 선택을 해야 합니다. 어두운 화제를 커다란 목소리로 이야기하거나, 헤어지려 하는 와중에 얼굴을 가까이 마주하는 상황은 대화 내용과 분위기 차이가 발생하여 희극적인 요소가 들어갑니다. 글로 써서 이야기를 나누는 지경까지 간다면 희극의 정도는 더욱더 커집니다.

차이를 '떠들썩함과 어두운 이야기'로 대조하여 사용하면 비극성을 훨씬 더 강조할 수 있습니다.

둘 중에 무엇이 더 낫다는 이야기가 아닙니다. 환경을 통해서 그리려는 장면의 성격을 더욱더 효과적으로 연출할 수 있다는 사례들입니다. 전자는 '정적' 장면, 후자는 '동적' 장면의 연출에 사용합니다.

만약에 이별 이야기를 나누는 장면에 재미가 필요하다면 가게 안을 떠들썩한 분위기로 설정해야 선택지의 수가 늘어날 것입니다. 옆자리에서 범죄 계획을 짜는 이야기가 들리거나, 착각해서 서프라이즈 생일 케이크가 잘못 전달되거나, 아이가 옆에서 대화에 끼어드는 등 무언가의 해프닝을 일으킬 수 있습니다.

주의할 점은 떠들썩하기만 하면 된다는 식으로 해프닝을 일으키면 이를 해결하기 위해 이야기가 큰 줄기에서 탈선할 가능성이 높아진다는 것입니다. 장면의 목적을 효과적으로 연출하기 위해서만 해프닝을 일으켜야 한다는 점을 명심하세요. 해프닝의 해결과 장면의 목적 달성이 잘 겹칠 방법을 고민해 봅시다.

환경은 다음과 같은 3가지의 효과가 있습니다.

+ 정감, 특별함 등 다양한 연출 효과를 발휘한다.

+ 환경 그 자체가 '목대고결'의 '대(대립)'가 될 수 있다.

+ 장면에 움직임을 부여할 수 있다.

아이디어가 막히고, 장면의 움직임이 정체되고, 드라마가 만족스럽지 못하는 등 다양한 상황에서 고민이 발생했다면 환경을 바꿔 보세요.

발상을 조금만 달리해도 '재미'를 잔뜩 만들 수 있습니다.

✦ '발상의 전환'으로 독창성을 만들기 ✦

'재미' 안에는 독자성(오리지널리티)이라는 요소가 포함됩니다. 독자성이 있는 설정은 '흥미'를 자극해 플레이어의 감정을 움직입니다.

예를 들어 롤플레잉 게임에서 가장 많이 채택된 방식이라고 생각되는 '중세 판타지 세계에서 용사가 마왕을 쓰러뜨리는 이야기'는 보편적이고 매력적이기는 하지만 오래 사용된 설정이기 때문에 그대로 사용하면 독자성을 만들기는 어렵습니다.

그래서 꺼내는 것이 '발상의 전환'이라는 무기입니다. 무대, 캐릭터, 콘셉트 등의 설정 중 무언가를 발상의 전환을 통해 독자성을 만들면 흔한 이야기가 순식간에 '재미있는 이야기'로 변합니다.

예를 들어 '성장하지 못하는 저주를 받은 마법사가 마왕 토벌 파티에 들어가 싸우는 이야기'라고 발상을 전환하면 용사가 마왕을 쓰러뜨린다는 보편적인 요소를 남기면서도 독자성을 만들 수 있습니다. 성장하지 못하는 마법사와 점점 강해지는 동료들 사이에서 발생하는 드라마는 흥미로울 것입니다. 약자라서 발생하는 갈등은 강한 드라마를 만들어 냅니다. 또한 플레이어가 주인공에 공감하기 쉬운 점도 포인트입니다(약한 처지에 놓은 사람이 노력하는 모습은 보편적인 공감 요소입니다).

이렇게 시점자(주인공)를 바꾸어 설정을 살짝 추가하기만 해도 '재미'로 이어지는 독자성을 만들 수 있습니다.

©Shoji Masuda /Pyramid Inc. ©G-MODE Corporation

ユリア
あなたの勇気に免じて、
神様が特別に五日間だけ、
再び命を授けてくださいました↵

당신의 용기를 지켜본 신께서 특별히
5일간의 생명을 내려 주셨습니다.

기존 작품 중에서는 〈용사죽다.〉가 흥미로운 샘플이라고 할 수 있습니다.

마왕과 싸우다가 목숨을 잃은 용사가 신의 배려로 5일간의 여생을 얻고 한정된 시간을 어떻게 보낼 것인지를 다루는, 독자성 있는 발상으로 만들어진 롤플레잉 게임입니다. '용사가 마왕을 쓰러뜨리는 이야기'에서 어떤 시간을 다룰 것인지에 따라서도 독자성이 있는 아이디어를 얻을 수 있음을 보여줍니다. 〈용사죽다.〉는 휴대전화(피처폰)용 게임으로 발매되었는데, 큰 인기를 얻으며 현재까지 리메이크가 진행되고 있습니다.

시점을 마왕의 기준으로 둔다는 발상의 전환으로 만들어진 〈용사 주제에 건방지다〉도 독자성이 있는 작품입니다. 목적은 용사들을 쓰러뜨리고 세계를 정복하는 것입니다. 기존의 '용사가 마왕을 쓰러뜨린다'라는 시점을 반대로 둔 발상의 전환이 독자성을 만들어 냈습니다.

게임 이외의 작품으로는 만화 「던전밥」도 참고할 만합니다. '던전에 들어가 드래곤에게 잡아먹힌 여동생을 구한다'라는 목적만 보면 그렇게 참신한 설정은 아닙니다. 그러나 '몬스터 요리에 관심이 있는 주인공이 던전 안의 몬스터를 요리해서 먹는다'라는 발상의 전환을 통해 독자성이 있는 이색적인 모험 판타지가 되었습니다.

이런 식으로 설정이 흔하더라도 발상을 전환하여 새로운 착안점을 찾아내면 독자성이 있고 '재미있는 작품'으로 다시 태어날 가능성이 있습니다.

재미의 윤곽이 확실히 드러난 플롯을 만들지 못해서 고민이 될 때는 과감하게 발상을 전환해야 합니다. 독자성이 있는 발상의 전환은 발명과 같습니다.

플레이어의 흥미를 강하게 끄는 발상의 전환을 발견한 시점에서 여러분은 '재미'의 씨앗을 손에 쥔 셈입니다. 남은 것은 물을 주고 키우면서 꽃을 피우는 일뿐입니다.

발상의 전환을 생각하기에 앞서 독자성을 갖기 쉽게 만드는 3가지 요소를 적어 놓겠습니다. 아이디어를 떠올릴 때 참고해 주세요.

시점자

이야기를 누구의 시선에서 말할 것인지에 관한 고민은 독자성이 있는 발상을 떠올리는 방법의 정석입니다. 살인 사건을 다루는 미스터리를 범인의 시점에서 묘사하는 것이 알기 쉬운 예시입니다. 이렇게만 해도 탐정 역할을 시점자로 두는 작품과 전혀 다른 느낌의 이야기가 됩니다. 포인트는 시점자가 놓여 있는 처지에 독자성을 부여하는 것입니다.

앞서 말한 예시라면 '성장하지 못하는 마법사', '5일의 수명이 남은 용사', '세계 정복을 노리는 마왕', '몬스터 요리에 관심이 많은 주인공', '살인 사건의 범인' 등 각 시점자가 독자성이 있는 처지에 놓여 있습니다. 시점자가 돋보이도록 주변 캐릭터와 균형을 잘 유지하는 것도 포인트입니다. 모든 동료가 성장하지 못한다면 마법사는 독자성이 있는 존재라고 말하기 어렵습니다. 마찬가지로 모든 동료가 몬스터 요리에 관심이 있으면 주인공의 독자성은 살아남을 수 없습니다.

직업

직업에는 각 직업 고유의 가치관, 지식, 기능, 철학, 행동, 장점이 있습니다. 이를 이용하여 독자적인 아이디어를 찾을 수 있습니다.

에도 시대로 타임슬립한 의사는 미래인이라는 특이한 존재이면서 동시에 특별한 기능을 가진 직업인으로서 독자성을 발휘합니다. 전국 시대로 타임슬립하는 자위대, 이세계로 날아간 주점도 직업을 발상의 전환으로 활용하여 만든 독자성입니다.

포인트는 직업의 전문성이 드러나는 무대를 설정하는 것입니다.

또한 개성 있는 캐릭터가 특정 직업을 가지게 하는 것도 독자성이 있는 발상의 전환이 될 수 있습니다. 교사가 된 마왕, 택배 기사가 된 닌자, 변호사가 된 불량배 등 다양한 발상의 전환을 해 볼 수 있습니다.

발상의 전환을 하는 포인트는 직업과 캐릭터의 사이에 갭을 만드는 것입니다. 갭이 큰 조합일수록 흥미로운 발상의 전환이 될 가능성이 커집니다.

콘셉트

콘셉트[6]도 독자적인 발상의 전환을 만들기 쉬운 요소입니다.

앞서 말한 「던전밥」의 예시처럼, '몬스터를 요리하여 먹는다'라는 콘셉트를 발견하면 확고한 행동 원리로 캐릭터를 움직이며 이야기에 일정한 방향성을 만들 수 있습니다.

3-3(117쪽)에서 소개한 「스피드」도 버스 탈취 사건이라는 흔한 아이디어에 '시속이 80km/h 이하로 떨어지면 폭발하는 폭탄이 설치된 상황'이라는 발상의 전환을 통해 독자적인 매력을 지닌 작품이 되었습니다.

또한 콘셉트를 설정하면 그 콘셉트를 통해 아이디어를 만들 수 있다는 것도 큰 장점입니다. 예를 들어 '똑같은 팬티(똑같은 디자인 포함)는 두 번 다시 입지 않는다'라는 콘셉트로 설정해 봅시다. 인생을 80년이라고 가정하면 29,200장의 팬티가 필요하므로 항상 새로운 팬티 디자인에 관한 정보를 찾는 것이 일과가 됩니다.

여기에서 더 나아가 다른 사람이 입고 있는 팬티가 신경이 쓰이고, 어제와 똑같은 팬티를 입었을지도 모른다는 생각에 그 자리에서 팬티를 확인하려 하고, 시중에 나오는 제품은 부족하다고 느껴서 직접 만들고, 착용감을 체크하기 위해 입은 팬티는 따로 모아 두고, 직접 만든 오리지널 팬티가 좋은 평가를 받아 디자이너가 되고, 1주일 치 팬티를 확보하지 못하면 불안해지고, 팬티를 도둑맞으면 혼란에 빠지는 등 콘셉트를 기점으로 다양한 아이디어가 줄지어 나옵니다.

주인공에게 '강박 관념에서 벗어나기 위해 매일 입을 수 있는 꿈의 팬티를 손에

---

6 여기에서는 작품 전체에 영향을 미치는 아이디어라는 뜻으로 사용합니다.

넣고 싶다'라는 목적을 설정하면 독자성이 있는 이야기가 성립됩니다.

콘셉트는 게임 시스템에도 적용되기 때문에 작품 전체에 독자성을 부여하는 효과도 있습니다. 가령 「던전밥」을 게임으로 만든다고 하면, 몬스터를 요리하는 과정을 시스템으로 구현할 것입니다. 이를 통해 던전에 들어갈 뿐 아니라 몬스터를 어떻게 먹을까 하는 즐거움이 더해지며 독자성을 가진 게임이 완성됩니다.

포인트는 주인공의 설정과 콘셉트를 일치시켜 만드는 것입니다.

'몬스터를 먹어 보고 싶다', '꿈의 팬티를 손에 넣고 싶다'와 같은 주인공의 설정이 '몬스터를 요리해서 먹는다', '똑같은 팬티는 두 번 다시 입지 않는다'라는 콘셉트로 이어지면서 행동 원리와 이야기의 방향성이 일치되고 콘셉트의 인상은 더욱더 강렬해집니다. 명확한 콘셉트를 내세울 수 있다면 '다음에는 어떤 몬스터를 먹게 될까?', '다음에는 어떤 팬티를 둘러싸고 사건이 일어날까?'라는 기대가 생기며 5-2(257쪽)에서 설명한 왕도도 만들기 쉬워집니다.

발상의 전환은 여기에서 소개한 3가지 이외에도 여러 요소에 적용시킬 수 있는 무기입니다. '독자성'과 '강한 흥미'를 키워드로 삼아 다양한 각도에서 발상의 전환을 시도해 보세요.

플롯을
만들어 보자

지금까지 플롯 만들기의 기초 지식과 '재미'의 힌트를 알아보았습니다. 이제 실천으로 옮길 시간입니다.

　게임 시나리오 작성 연습의 최종 목적은 '4개의 포인트(기승전결)로 구성된, 모험 어드벤처 게임의 시나리오 제작'이었습니다. 5-2(263쪽)에서 설명했듯이 '기승전결'은 각각 '구성의 4가지 파트'에 대응합니다. 그래서 앞으로는 '기승전결'을 '발단', '전개', '위기', '결말'로 바꿔서 표현하려고 합니다.

　4가지 파트를 '일직선 타입'의 플롯도로 나타내면 다음과 같습니다.

　각 상자에 사건이 1개씩 들어가 있다고 생각해 주세요. 이렇게 보면 난이도가 그리 높아 보이지는 않습니다.

　이 플롯도를 바탕으로 하여 이번 절에서 만들 플롯의 최종 형태가 다음 페이지부터 나올 플롯표입니다. 지금까지 필자가 만든 '무대'와 '캐릭터'를 이용한 샘플 플롯입니다.

정독할 필요는 없습니다. 최종 형태의 이미지가 떠올랐다면 페이지를 넘겨 주세요.

① 파트 : 발단	② 원인과 결과 : 환상의 섬을 발견했기 때문에, 중독되었다.
③ 등장 캐릭터	로스, 하글, 우르카
④ 주요 무대(장소)	섬의 측벽
⑤ 목적	환상의 섬 발견
⑥ 사건 내용	우르카의 아버지 기븐을 찾기 위해 항해를 계속하는 로스, 하글, 우르카. 그들은 기븐이 타고 있던 배의 잔해와 환상의 섬으로 보이는 작은 섬을 발견한다. 기븐을 찾고자 우뚝 솟은 측벽을 통해 작은 섬으로 상륙하는 과정에서 모두 흠뻑 젖었다. 모닥불을 피운 뒤 속옷이 비치는 우르카와 이야기하는 도중에 코피가 나는 로스. 우르카는 로스에게 화를 내지만 마찬가지로 코피를 흘리고 있지 않냐는 로스의 지적을 받자 당황한다. 이어서 하글이 피를 토한다. 로스는 어떤 세균이나 독 때문에 일어나는 증상이라고 생각한다. 이때 섬에 내려온 작은 새가 괴로움에 비틀거리다 죽고 만다. 이를 본 로스는 섬 자체가 독을 발산한다는 사실을 깨닫는다. 동시에 작은 새의 크기와 자신들의 몸 크기를 계산하여 죽음까지 남은 시간이 24시간이라는 것을 파악한다. 한시라도 빨리 배에 실은 약으로 치료해야 하는 상황이다.
⑦ 주인공의 갈등	독으로 목숨을 위협받는 상황에서 냉정하게 상황을 분석한다.
⑧ 플롯 포인트 1	해독까지 남은 시간이 밝혀진다.
⑨ 기타	

① 파트 : 전개	② 원인과 결과 : 해독을 위해 섬을 조사하던 도중에 섬 자체가 거대한 뱀이라는 사실이 밝혀졌다.
③ 등장 캐릭터	로스, 하글, 우르카
④ 주요 무대(장소)	섬 안
⑤ 목적	섬의 생물 발견
⑥ 사건 내용	측벽으로 돌아갔지만 배는 사라졌다. 어떻게든 섬 안에서 해독할 방법을 찾아야

⑥ 사건 내용	하는 상황에 놓인 그들. 독의 섬에 사는 생물에서 항혈청을 채취하면 살 가능성이 있다. 그러나 아무리 찾아도 생물의 모습은 보이지 않는다. 탐색을 계속하자 해골이 된 시체를 발견한다. 옆에는 너덜너덜한 여행 일지가 놓여 있다. 일지는 기븐의 것이다. 해골이 된 시체가 아버지라는 사실을 깨닫고 우르카는 망연자실한다. 갑자기 로스 일행의 머리 위로 그림자가 드리운다. 올려다보니 섬의 중앙 부분이 위로 부풀어 오르며 거대한 뱀이 고개를 들었다. 하글은 '오오…… 신이시여'라고 말하며 몸을 떤다. 뱀은 아직 일행의 존재를 깨닫지는 못했다. 우르카는 도망치자고 말하며 그 자리에서 우두커니 서 있는 두 남자를 잡아끌고 달리기 시작한다.
⑦ 주인공의 갈등	항혈청을 손에 넣기 위해 섬의 생물을 찾지만 발견하지 못한다. 계속 체력을 빼앗기는 와중에도 포기하지 않고 탐색을 계속한다.
⑧ 미드 포인트	섬이 거대한 뱀이라는 사실이 밝혀진다.
⑨ 기타	해골이 된 시체를 보여주어 기븐이 죽었다고 착각하게 만든다.

① 파트 : 위기	② 원인과 결과 : 섬이 뱀이라는 사실이 밝혀지고, 섬 중심으로 향하여 뱀의 알을 발견한다.
③ 등장 캐릭터	로스, 하글, 우르카
④ 주요 무대(장소)	섬처럼 거대한 독사의 똬리 안
⑤ 목적	뱀의 알을 손에 넣기
⑥ 사건 내용	로스는 섬 바깥으로 나가려는 우르카를 가로막고, 거대한 뱀의 몸에서 항혈청을 얻기 위해 바닥을 칼로 찌른다. 그러나 바닥은 뱀의 비늘 때문에 칼이 전혀 들지 않는다. 이어서 로스는 섬의 중심부(똬리의 정중앙)로 향하자고 제안한다. 지금은 일반적인 뱀이라면 산란기이다. 신화 속 생물 같은 이 거대한 뱀도 예외가 아니라면 중심부에 알이 있을지도 모른다. 뱀이 수컷이라면 의미가 없는 도박이지만 다른 수가 없다. 중심부에 도착한 로스 일행. 도박에 성공하여 한 아름 정도 되는 크기의 알이 여러 개 나열된 모습을 발견한다. 그러나 대부분 알은 이미 부화하여 껍질뿐이었다. 약 2m 길이의 새끼 뱀 몇 마리가 알 근처를 배회하다 어미 뱀의 비늘 틈으로 도망친다. 로스 일행은 아직 부화하지 않은 알을 발견한다. 딱 1개의 알을 발견하고 하글이 알을 끌어안으려는 순간 거대한 뱀이 눈치를 챈다. 당장 알을 깨고 마시자며 로스가 재촉하지만 하글은 이를 거부하며 로스와 우르카에게 바람의 마법을 사용한다. 둘은 거대한 뱀의 눈알 앞까지 날아가고 만다. 평소 하글은 로스와 함께 과학에 심취한 젊은이들을 아니꼽게 생각했던 것, 거대한 뱀의 새끼를 신의 화신으로 삼아 신앙을 퍼뜨리려는 속셈을 말하며 도망친다. 알을 품지 않은 다른 손에는 어느 틈에 찾았는지 새끼 뱀이 있다. 고개를 떨군 새끼

⑥ 사건 내용	뱀의 입을 열고 피를 마시는 하글. 항혈청을 섭취한 하글은 먼저 해독에 성공한다. 한편 거대한 뱀의 눈알 앞에 떨어진 로스와 우르카는 뱀에게 한입에 삼켜지고 만다.
⑦ 주인공의 갈등	거대한 뱀과 독이라는 이중 위협에 노출되면서도 끝까지 고민하며 대책을 세운다.
⑧ 미드 포인트	하글의 배신과 동시에 거대한 뱀에게 삼켜진다.
⑨ 기타	

① 파트 : 결말	② 원인과 결과 : 하글이 배신한 뒤 거대한 뱀에게 삼켜진 기븐과 재회하여 위기를 극복한다.
③ 등장 캐릭터	로스, 하글, 우르카, 기븐
④ 주요 무대(장소)	섬처럼 큰 독사의 입 내부
⑤ 목적	우르카 구출
⑥ 사건 내용	입 안으로 들어간 두 사람은 가까스로 뱀의 송곳니에 매달린다. 로스는 칼로 거대한 뱀의 입을 찔러 피를 채취하고 우르카에게 먹인다. 우르카의 해독을 지켜본 로스는 체력이 한계에 도달하여 떨어지고 만다. 눈을 감고 우르카만이라도 살기를 바라며 떨어지는 로스의 손을 묵직한 손이 붙잡는다. 눈을 뜨니 랜턴을 손에 든 기븐의 모습이 보인다. 로스 일행이 자신을 찾기 위해 왔다는 사실을 알게 된 기븐은 '큰일이네'라고 말하며 머리를 긁적이다 나중에 이야기하자며 거대한 뱀의 내부를 올라간 뒤 우르카와 합류한다. 기븐이 혀의 뒷부분을 쓰다듬자 거대한 뱀이 입을 열더니 로스 일행을 혀로 휘감고 자신의 머리 위에 올려놓는다. 거대한 뱀의 머리 위에서 보니 로스 일행이 타고 온 배에 하글이 도착하기 직전이었다(로스 일행이 도착하자마자 뱀이 몸을 움직이는 바람에 배가 사라진 것처럼 보였다). 거대한 뱀은 재빠르게 하글이 있는 곳으로 향하더니 알과 함께 그를 꿀꺽 삼킨다. 거대한 뱀으로부터 내려서 배로 향하는 로스 일행. 기븐은 거대한 뱀의 콧등을 쓰다듬으며 잠시만 이별하자고 전한다. 어떻게 뱀이랑 친하게 지낼 수 있냐고 어이없어하는 우르카. 배 위. 기븐이 생존하게 된 경위를 설명한다. 항혈청을 얻기 위해 거대한 뱀의 입 내부로 들어가서 피를 삼켰다. 해독은 성공했지만 먹히고 말았다. 그러나 놀랍게도 뱀의 배 속은 다양한 생물이 사는 섬처럼 만들어져 있었고, 기븐은 낙원을 발견한 듯한 기분으로 탐색을 계속하는 바람에 집에 돌아갈 수 없었다고 말한다. 집에 돌아가 아내에게 실컷 혼난 뒤 또다시 거대한 뱀의 배 속으로 돌아갈 생각을 하던 기븐에게 자신도 같이 가겠다고 말하는 로스. 로스가 간다면 자신도 같이 가겠다는 우르카. '하글도 찾으러 가야겠구먼. 그사이에 실컷 반성했겠지?'라고 웃는 기븐.

⑦ 주인공의 갈등	우르카만이라도 구하겠다고 생각하며 행동한다.
⑧ 미드 포인트	거대한 뱀의 입 내부에서 어떻게든 우르카만은 살기를 바란다.
⑨ 기타	

어떤가요?

'이렇게 단번에 쓸 수 있다고?', '제작 과정을 전혀 모르겠다', '만들 수 없을 것 같다', '이 정도만 해도 충분할까' 등 다양한 반응이 있을 것 같습니다. 많은 사람이 간단한 플롯도에서 갑자기 비약한 내용에 당황했을지도 모르겠습니다.

안심하세요. 플롯도에서 어떻게 이런 플롯을 만들 수 있는지는 이제부터 차근차근 순서에 따라 설명할 예정입니다. 순서에 따라 진행하기만 하면 이런 플롯을 만들 수 있습니다. 하지만 이번 장의 서두에서 말씀드렸듯이 플롯 만들기는 사람에 따라 (적어도 필자에게는) 가장 괴로운 공정입니다. 어느 정도는 각오해야 합니다.

실전 연습에 들어가기 전에, 먼저 수중에 있는 무기를 확인하도록 합시다. 이 책을 순서대로 읽은 분들의 손에는 다음과 같은 무기가 있을 것입니다.

+ 게임 시나리오 작가의 지식
+ 드라마의 지식
+ 아이디어 발상의 지식
+ 무대 설정표
+ 캐릭터 설정표×4
+ 플롯 제작 지식
+ '재미있는' 플롯 제작의 힌트
+ 이미 알고 있는 지식이나 경험

이 책에서 얻은 지식을 모두 머릿속에 넣을 필요는 없습니다. 어디에 무슨 내용이 있는지 알기만 하면 충분합니다. 필요할 때마다 찾아서 확인해 주세요.

앞서 나열한 무기 중에 여러분이 직접 만든 '무대 설정표'와 '캐릭터 설정표×4'는 플롯 제작에 꼭 필요한 최강의 무기입니다. 여러분의 주인공에게는 목적이 있습니다. 이야기의 결말은 그 목적의 달성 여부입니다. 이야기의 무대도 이미 준비되어 있습니다.

즉 '누가, 어디에서, 무엇을 하고, 어떻게 되는가' 중에서 중심 궤도에 해당하는 '누가, 어디에서, 어떻게 되는가'는 거의 완성되어 있을 것입니다. 남은 것은 '무엇을 하고'에 구체적인 사건을 설정하기만 하면 됩니다.

이것이 바로 플롯 제작에서 가장 난관이 되는 부분입니다. 하지만 이미 강력한 무기를 손에 넣은 여러분이라면 분명 극복할 수 있을 것입니다.

✦ 주인공의 설정을 통해 플롯의 원형을 만들기 ✦

플롯 제작의 첫수는 플롯의 원형을 만드는 것입니다.

만들기에 앞서 일단 여러분의 주인공을 다시 확인해 봅시다. 캐릭터 설정표를 보면서 다음 질문에 답해 주세요.

Q1 : 이야기 속 주인공의 욕구는 무엇인가요?
Q2 : 욕구는 어떤 목적을 달성하면 해소될까요?

4-4(210쪽)에서 만든 설정 그대로 답하면 되기 때문에 간단합니다.

굳이 다시 확인하는 이유는 이 두 질문이 이야기의 핵심이며 중심 궤도가 되기 때문입니다.

여러분의 이야기는, 여러분의 주인공이 '목적의 달성 여부'를 플레이어에게 말하는 것입니다. 이 부분에 흔들림이 없도록 위 질문의 대답을 항상 머릿속에 넣어 두세요.

다음은 사람에 따라 조금 어려울 수 있는 질문입니다. 너무 고민하지는 말고 지금 여러분의 안에 있는 답을 솔직하게 적어 보세요.

Q3 : 이야기의 마지막에 주인공의 목적이 달성되나요?

답이 나왔다면 각 정보를 플롯도에 적어 두세요.

'누가, 어떤 목적으로 행동을 시작하여, 어떻게 되는가'를 알 수만 있다면 자세하게 적을 필요는 없습니다. 이야기 같은 느낌이 어렴풋이 나기만 하면 충분합니다.

체크 포인트는 이 단계에서 에피소드의 아이디어가 얼마나 나오냐는 것입니다. 아이디어가 확 떠오르는지, 딱 떠오르지 않는지를 스스로 체크해 보세요. 떠오른 아이디어의 재미는 따지지 않습니다.

이 시점에서 중요한 것은 아이디어를 '채굴할 준비[1]'가 되어 있는지입니다.

이때까지 구체적인 에피소드를 하나도 떠올리지 못했다면 아마도 키워드를 제대로 얻지 못했기 때문일 것입니다. 키워드의 획득 여부는 크게 나누어 다음의 3가지 물음으로 판단할 수 있습니다.

각 물음에 상상하여 답할 수 있는지 체크해 보세요.

① 주인공이 목적을 달성하기 위해 어떤 행동을 하는가?
② 주인공과 다른 캐릭터 사이에 발생하는 갈등은 무엇인가?(드라마)
③ 이야기의 결말에서 일어나는 주인공과 그 주변의 '변화'는 무엇인가?

---

1 2-4(78쪽) 참조.

불량 학생인 주인공이 우등생인 히로인을 좋아하게 되었고, 그 사랑을 이루고 싶어 한다고 가정해 봅시다.

목적

이때 알기 쉬운 키워드를 뽑으면 '불량배', '연애 성공', '우등생 히로인', '연애 성공 방법' 등이 있을 것입니다. 이런 키워드를 줍다 보면 불량배인 주인공이 어떻게 우등생인 히로인을 좋아하게 되었는지를 파고들 수 있게 됩니다.

또한 좋아하는 상대가 우등생이니까, 불량배를 그만두고 성실한 학생이 되려는 아이디어가 가장 먼저 떠오를 수 있습니다. 어떤 행동을 취할지 알 수 있다면 다음은 어떻게 성실한 청년이 되는지에 대한 아이디어를 떠올리기만 하면 됩니다.

자원봉사 하기, 학생회장에 입후보하기, 도움이 필요한 사람 찾기, 히로인의 고민을 해결하기 등 특정 행동을 상상할 수 있습니다.

이는 ①'주인공의 행동'에 해당하는 아이디어입니다.

행동

여러분의 주인공 설정표에는 수많은 정보가 적혀 있기 때문에 여기에서 더 자세하게 상상할 수도 있습니다.

②'갈등(드라마)'이라면 주인공이 히로인(적대자)과 어떻게 만날 것인가, 어떻게 엇갈릴 것인가, 어떤 계기로 깊은 관계가 될 것인가 등을 상상할 수 있는지 파악합니다. 히로인의 설정과 주인공의 설정을 보고 반발하는 장소, 장애물이 되는 부분 등을 키워드로 주우면 갈등의 아이디어가 떠오를 것입니다.

그 밖에도 주인공을 구하는 파트너나 조력자와의 관계성에서도 갈등을 상상할 수 있을 것입니다.

갈등(드라마)

③'변화'는 주인공의 사랑이 이루어지는지의 여부가 대전제로 필요한 정보입니다.

사랑이 이루어진다면 주인공은 연인을 얻습니다. 이때 주인공 자신과 주인공의 주변이 어떻게 변화하는지 생각하면 됩니다.

이 예시를 기준으로 말한다면 일단 상대방의 마음이 변화합니다(주인공을 좋아하게 된다).

결말

주인공도 성실한 청년이 되거나, 계속 불량배로 지내면서도 어떤 식으로든 성장할 것입니다(그녀를 지키겠다고 결심한다=누군가를 위해 노력하는 마음을 갖게 되는 등).

또한 상대방이 부잣집 따님이라면 지위와 부를 얻게 될지도 모릅니다. 반대로 히로인이 지위를 버리고 주인공을 선택하는 변화를 가져올지도 모릅니다.

주변 사람들도 마찬가지입니다. 주인공은 변화를 부르는 존재이기 때문에 연관이 된 사람들은 반드시 무언가를 얻고 무언가를 잃습니다.

'무엇을 얻는가?', '무엇을 잃는가?'라는 질문과 답을 반복하다 보면 아이디어의 '채굴'을 위한 키워드를 발견할 수 있을 것입니다. 커다란 변화가 일어날 것 같은 키워드를 발견하면 드라마틱한 엔딩에 가까이 다가갈 수 있습니다.

①②③을 각각 2~3개씩 떠올릴 수 있다면 플롯의 원형은 일단 합격입니다.

그 밖에도 무대 설정을 통해 떠올릴 수 있는 아이디어, 인상 깊은 장면, 피식하고 웃음이 나오는 소소한 소재, 심금을 울리는 대사 등 주울 만한 키워드가 있다면 계속 발견하여 메모해 두세요. 별 볼 일 없는 생각이라도 무조건 메모하는 것이 중요합니다. 아이디어를 떠올릴 때는 '쓸데없는 정신'을 잔뜩 발휘하세요.

여기서 떠올린 아이디어는 앞으로 진행할 공정에서 한없이 필요해질 아이디어의 씨앗입니다. 많으면 많을수록 더 좋은 아이디어나 '재미'가 만들어질 가능성이 커집니다.

현재 시점에서는 문맥에 맞는 아이디어인지 아닌지를 따지지 않습니다. 자유롭게 상상하여 떠올릴 수 있는 최대한으로 아이디어의 씨앗을 얻어 놓으세요.

플롯의 원형에서 아이디어의 씨앗을 찾지 못하겠어요

플롯의 원형을 만들었는데도 아이디어의 씨앗을 찾지 못한다면, 이는 씨앗이 나지 않는 원형이기 때문에 그렇습니다. 먼저 주인공의 설정을 다시 확인해 봅시다. 대부분 모든 문제는 여기에 숨어 있습니다.

주인공의 '목적, 욕구, 동기'에 특히 주목합시다. 제대로 설정되어 있다면[2] 키워드는

---

2 4-1(155쪽), 4-2(179쪽) 참조.

저절로 발견될 것입니다. 주인공의 목적이 막연하지는 않은지 다시 확인해 봅시다.

+ '현재 내 모습을 바꾼다.'
+ '부자가 된다.'
+ '더 나은 인생을 손에 넣는다.'
+ '어디론가 멀리 떠난다.'
+ '강해진다.'

이런 식으로 막연한 목적이라면 일단 캐릭터의 설정으로 되돌아갑니다. 그리고 목적에 '왜?'라는 물음을 던져 봅시다.

+ '왜 바뀌고 싶은가?'
+ '왜 부자가 되고 싶은가?'
+ '왜 더 나은 인생을 손에 넣고 싶은가?'
+ '왜 멀리 떠나고 싶은가?'
+ '왜 강해지고 싶은가?'

물음에 대한 대답이 그대로 키워드가 됩니다.

주인공의 설정이나 무대의 설정을 다시 확인해도 아직 플롯의 원형에 느낌이 오지 않는다면(아이디어가 확정될 기색이 없다면), 극장형 특수 규칙[3]을 하나 설정해 봅시다.

가장 알기 쉬운 예시를 들자면 '규칙을 어기면 죽는다'라는 것이 있습니다.

이 특수 규칙이 있으면 주인공의 목적은 '규칙을 지킨다', '규칙을 어긴다' 중 하나로 결정됩니다. 그리고 두 경우 모두 욕구는 '살아남기 위해'가 될 것입니다.

나아가 '왜 살아남고 싶어 하는가?'라는 물음에 언어로 답할 수 있다면 플롯의 원형을 찾은 것과 마찬가지입니다.

---

3 3-3(124쪽) 참조.

참고로 앞서 말한 '불량배가 사랑에 빠져 성실한 청년이 되려는 이야기'에 '규칙을 어기면 죽는다'라는 극장형 특수 규칙을 추가한다면 '사랑을 이루지 못하면 죽는다'라는 이야기로 변합니다. 이렇게 되면 불량배인 주인공은 고백에 실패하면 절대로 안 되는 상황에 빠집니다. 모든 행동에 추진력이 발생하며 강한 드라마가 될 것입니다.

엔딩은 고백의 '성공' 또는 '실패' 중 하나입니다. 만약에 성공하지 못한다면 주인공은 죽습니다.

고백에 성공하여 해피 엔딩을 맞이하는 것이 왕도이지만 실패하는 이유가 '사랑하는 상대를 지키기 위한 희생'이라면 감동적인 이야기로 끝내는 것도 가능해 보입니다.

극장형 특수 규칙을 설정하면 플롯의 원형을 만들기가 아주 쉬워집니다. 규칙을 '지키는 것'과 '어기는 것'이 주인공의 목적이며, 목적의 달성 여부에 관한 결말도 간편하게 두 선택지로 만들 수 있습니다.

다만 극장형 특수 규칙은 극약 처방입니다. 너무 쉽게 사용하면 플레이어는 자극에 익숙해지고 맙니다. 규칙을 자세하게 설정해야 한다는 어려움도 존재합니다. 처음부터 특수 규칙에 기대지 말고, 플롯의 원형을 도저히 만들 수 없을 때만 설정하여 사용하도록 합시다.

계속 말씀드리지만 플롯을 만들 때는 무한한 선택지가 있습니다.

이야기 안에서 주인공이 어떻게 행동하고, 누구와 만나고, 무엇을 이야기하고, 어떻게 변해 가는지는 작품의 신에 해당하는 여러분의 손에 달려 있습니다.

그러나 무한한 자유는 극한의 속박이 될 수 있습니다. 무엇이든 할 수 있고, 어디로든 갈 수 있다는 것에는 무엇을 해야 할지 몰라서 헤맬 위험성이 내포되어 있습니다.

떠올려 보세요. 플롯은 이야기의 지도입니다. 그리고 플롯의 원형은 미아가 되는 일이 절대 발생하지 않도록 지도를 간략하게 만든 것입니다.

이때 어중간한 지도를 만들면 앞으로 진행할 공정에서 큰 어려움을 겪게 됩니다.

체크 포인트를 제대로 통과한 지도를 확실하게 손에 넣은 뒤에 진행해야 합니다.

참고를 위해 필자의 샘플 설정을 플롯의 원형으로 나타낸 것을 아래에 첨부합니다.

✦ 플롯의 큰 틀로 문맥을 만들기 ✦

플롯의 원형이 만들어졌다면 다음은 사건(에피소드)을 만들 차례입니다.

이때 사건을 세세하게 만들기 전에 '플롯의 큰 틀'을 만들어 놓으면 플롯 만들기가 원활하게 진행됩니다. 플롯의 큰 틀이란 문맥으로 연결된 커다란 스토리 라인을 말합니다.

플롯의 큰 틀을 만드는 공정은 다음의 2가지입니다.

① 각 파트의 사건을 1줄로 정리한다.
② 각 사건이 인과 관계를 갖게 만든다.

'초등학생인 주인공이 아픈 여동생에게 사과를 먹게 해 주는 이야기'를 예로 들어 생각해 봅시다. 플롯의 원형은 다음과 같습니다.

여기에 '전개'와 '위기'를 더하여 각 파트에서 일어나는 사건을 1줄로 정리합니다.

발단	여동생에게 사과를 먹게 해주려고 집 안을 찾아 보았다.
전개	마을에서 흉포한 개를 만나 도망친다.
위기	모르는 마을에서 미아가 된다.
결말	미아가 되어 걷다가 사과나무를 발견한다.

이것으로 ①은 완료했습니다.

사건은 자유롭게 상상해 주세요. ①의 시점에서는 앞뒤가 맞는지와 사건을 어떻게 끝낼지는 생각하지 않아도 됩니다. 무대와 캐릭터의 설정표, 플롯의 원형을 확인하면서 어떤 사건이 일어나야 재미가 있을지 생각해 봅시다. 여러분이 오래 간직하던 에피소드, 캐릭터의 매력을 강조하는 대사, 극적인 액션, 시사 소재, 명작의 오마주, 엉뚱한 아이디어 등 발상의 계기는 무엇이든 상관없습니다.

각 파트의 사건은 가능하다면 여러 개를 만드는 것이 좋습니다. 만든 사건을 모두 사용하지는 못하기 때문에 진행이 막혔을 때를 위한 보험이 됩니다.

사건의 아이디어를 내고, 각 파트에 넣을 사건을 4가지로 좁힌 다음에 ②로 넘어갑니다. ②에서는 ①의 4가지 사건을 각각 '원인'과 '결과'로 분할합니다.

포인트는 '결과'가 각 파트의 '원인'이 되도록 구성하는 것입니다. 이 인과 관계가 사건을 잇는 문맥이 됩니다.

이런 식으로 사건 하나의 '결과'가 다음 사건의 '원인(발단)'이 되도록 만드는 것입니다. 앞에서 예시로 든 4가지 사건을 분할하여 문맥으로 이으면 다음과 같습니다.

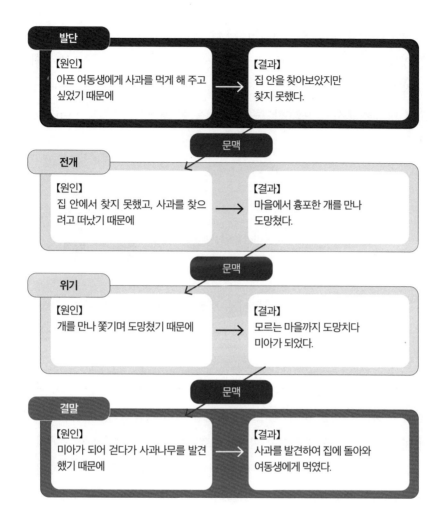

발단

【원인】
아픈 여동생에게 사과를 먹게 해 주고
싶었기 때문에

【결과】
집 안을 찾아보았지만
찾지 못했다.

문맥

전개

【원인】
집 안에서 찾지 못했고, 사과를 찾으
려고 떠났기 때문에

【결과】
마을에서 흉포한 개를 만나
도망쳤다.

문맥

위기

【원인】
개를 만나 쫓기며 도망쳤기 때문에

【결과】
모르는 마을까지 도망치다
미아가 되었다.

문맥

결말

【원인】
미아가 되어 걷다가 사과나무를 발견
했기 때문에

【결과】
사과를 발견하여 집에 돌아와
여동생에게 먹였다.

이것으로 ①과 ②의 조건을 충족한 플롯의 큰 틀—문맥으로 이어진 스토리 라인—이 완성됩니다. 언뜻 보면 관계가 없는 사건들 같지만 '결과'를 다음 사건의 '원인(발단)'으로 이으면서 문맥이 만들어졌습니다.

플롯의 큰 틀을 만들 때 자세한 에피소드나 장면, 대사 등은 필요 없습니다. '발단'에서 '결말'까지 이르는 커다란 사건을 제대로 된 문맥으로 잇는 것이 우선입니다.

실제 예시를 보고 플롯은 계기가 되는 사건에서 순서대로 에피소드를 쌓아 올리는 것이 아니었냐고 의문이 드는 분도 계실지 모릅니다.

이야기는 오프닝에서 엔딩을 향해 나아가는 것이므로 플롯 만들기도 이야기의 진행 순서에 맞추어 '오프닝이 이러니까 다음에는 이렇게 된다. 다음이 이러니까 그 다음은 이렇게 되고, 엔딩은 이렇게 된다'라는 형태로 쌓아 올리는 것이 확실하고 쉬운 제작 방법입니다.

　참고로 이러한 순서에 따라 만드는 창작법을 이 책에서는 '축적형'이라고 부르겠 습니다.

> **축적형**
> 이야기의 서두부터 만들기 시작하여 문맥으로 이어
> 진 사건을 순서대로 쌓아 올리는 창작법입니다.

　플롯의 큰 틀을 '축적형'으로 만들기로 정한다면 이보다 좋을 수는 없습니다. 원 활하게 진행된다면 문맥으로 이어진 사건을 확실하게 쌓아 올려서 필연성 있는 엔 딩에 도달할 수 있을 것입니다.

　그러나 실제로 플롯을 만들어 보면 가장 먼저 놓은 사건과 다음 사건, 다시 그다 음 사건을 문맥으로 잇는 것이 생각보다 어려울 때가 있습니다. 그 이유는 1개의 사 건에서 이어지는 사건을 만들려고 할 때, 어쩔 수 없이 발상의 폭이 좁아지고 선택 지가 제한되기 때문입니다. 그 결과 어떤 선택지를 정하든 잘 맞지 않아서 진행이 막히는 것입니다. 재미있는 '발단'을 만들어서 괜찮은 느낌을 받았지만 '전개'와 잘 연계되지 않아서 막히고 맙니다.

　억지로 사건을 연계하다 보면, 문맥상 뒤틀림이 조금씩 발생하다 결국 매우 불안 정한 축적 상태가 됩니다. 그리고 앞뒤를 맞추는 사이에 후반으로 진행될수록 뒤틀 림은 커지고, 마지막에는 균형을 잃으며 무너지고 맙니다.

　이렇게 되면 어디서부터 손을 대야 할지 알 수가 없게 되고 플롯 제작 자체를 그만 두고 싶어집니다. 플롯이 완성되지 않는 경우는 대부분 이런 상황에서 벌어집니다.

　이제부터 설명할, 맨 처음에 사건의 아이디어를 내는 방법—이 책에서는 '퍼즐형' 이라고 부르겠습니다—으로도 진행이 막힐 수 있습니다. 퍼즐형은 '축적형'과 비슷 하고도 다릅니다.

퍼즐형
맨 처음에 자유롭게 사건을 떠올리고
연계할 방법은 나중에 생각하는 창작법입니다.

'축적형'은 진행이 막혔을 때 원인이 어디에 있는지를 찾기가 어렵고, 잘못하면 '발단'의 사건까지 거슬러 올라 수정해야 할 수도 있는 반면에 '퍼즐형'은 잘 연계되지 않는 사건만 교체하면 되므로 편리합니다.

또한 퍼즐형을 활용하는 방법을 익히면 게임 시나리오 고유의 '멀티[4]'를 쉽게 만들 수 있다는 이점도 얻을 수 있습니다.

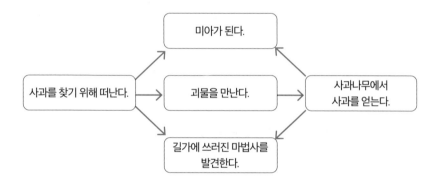

예를 들어 위와 같은 멀티 스토리를 만든다고 할 때, 분기된 3개의 사건은 모두 다르지만 결말은 같습니다.

이런 경우에서 '축적형'으로 필연성이 있는 문맥을 발견하기는 매우 어렵습니다. 그러나 '퍼즐형' 발상을 이용하면 원인과 결과를 각각 나누어 아이디어를 떠올리기 때문에 3개의 사건 중 어떤 것이든 문맥을 발견할 수 있습니다.

---

4 5-2(277쪽) 참조.

'사과를 찾으려고 떠났기 때문에⇒미아가 되었다.'

↓

'미아가 되어 걸어 다녔기 때문에⇒사과나무를 발견하고 사과를 손에 넣었다.'

'사과를 찾으려고 떠났기 때문에⇒괴물을 만났다.'

↓

'괴물에게 잡아먹히지 않으려고 필사적으로 즐겁게 놀아줬기 때문에

⇒'상으로 사과나무가 있는 곳을 알게 되었고, 사과를 손에 넣었다.'

'사과를 찾으려고 떠났기 때문에⇒길가에 쓰러진 마법사를 발견했다.'

↓

'마법사의 마력을 회복시키는 데 도움을 줬기 때문에

⇒보답으로 순식간에 자라는 사과 씨앗을 받았고,

집 마당에 심어 사과나무를 키운 뒤 사과를 손에 넣었다.'

이런 식으로 '퍼즐형'을 사용하면 오프닝과 엔딩을 문맥으로 연계할 수 있습니다. 이제 남은 사건의 내용을 구체화하기만 하면 멀티 스토리의 플롯이 완성됩니다. '퍼즐형'으로 만드는 방법은 분기가 복잡한 플롯을 만들 때, 그 중요성이 더 커집니다.

'축적형'과 '퍼즐형'은 우열을 가릴 수 없습니다.

'축적형'은 순서대로 만들기 때문에 생각을 정리하기가 쉽고 필연성이 있는 사건의 연계(문맥)를 만들기 쉽다는 장점이 있는 반면에 진행이 막혔을 때 수정하기가 힘들다는 단점이 있습니다.

'퍼즐형'은 자유로운 발상으로 아이디어를 꺼낼 수 있으며 진행이 막혀도 사건을 교체하여 수정을 간편하게 할 수 있다는 장점이 있는 반면에 사건의 연계에 필연성(문맥)을 부여하는 난이도가 높다는 단점이 있습니다.

플롯의 큰 틀을 만들 수만 있다면 어떤 방법이든 상관없습니다. 임기응변으로 양쪽을 자유자재로 활용하는 것이 이상적인 방향입니다.

플롯의 큰 틀을 만드는 것은 플롯의 붕괴를 피하는 아주 중요한 방법입니다. 여기에 얼마나 충분한 시간을 들였는지에 따라 플롯 만들기의 난이도가 크게 좌우된다고 말해도 과언이 아닙니다.

특히 이야기가 장대해질수록 큰 틀을 만들어야 하는 중요성이 증가합니다. 커다란 틀로 문맥을 만들면 세세한 사건을 가득 집어넣어도 부서지지 않는 플롯을 짤 수 있습니다. 문맥이 부서지면 이야기는 성립되지 않습니다. 반대로 말해서 문맥만 멀쩡하다면 일단 이야기의 체제는 갖춘 셈입니다.

플롯 만들기에 익숙해지지 않은 단계에서는(가능하다면 익숙해진 뒤에도) 되도록 플롯의 큰 틀을 만들어야 합니다.

'발단', '전개', '위기', '결말'의 각 사건을 최대한 짧은 문장으로 작성하세요. 사건을 생각하기에 앞서 5-2(263쪽)에서 설명한 '구성'의 각 요소를 의식해 주세요. 이 시점에서 각 요소를 충족할 수 있다면 이후에 플롯을 만들 때 훨씬 쉬워질 것입니다.

발단	
전개	
위기	
결말	

사건 만들기는 플롯 제작의 핵심입니다. 아이디어가 잘 떠오르지 않아서 고생할지도 모릅니다. 이럴 때는 여러분이 손에 들고 있는 무기를 계속 확인하세요. 힌트는 반드시 그곳에 있습니다.

체크 포인트는 플롯의 원형과 마찬가지로 '아이디어의 전개 여부'입니다. 각 사건의 내용을 보고 각 3개 이상의 아이디어(드라마, 대사, 액션 등)가 나온다면 다음 단계로 진행하세요.

사건을 정리했다면 각 사건을 '○○ 때문에(원인) ⇒ ▲▲가 되었다(결과)'

이런 형태로 분할합니다. 이때 '결과'가 다음 사건의 '원인'으로 이어지게 만드는 것이 포인트입니다.

'○○ 때문에(원인)'

↓

'▲▲가 되었다(결과)'

↓

'▲▲ 때문에(원인)'

↓

'□□가 되었다(결과)'

이런 느낌입니다.

사건을 정리한 시점에서 인과 관계가 만들어진 경우('축적형'으로 만든 경우)에는 힘들지 않게 분할할 수 있을 것입니다. 그러나 사건이 각각 독립된 경우('퍼즐형'으로 만든 경우)라면 조금 어려워집니다. '결과'를 다음 사건의 '원인(발단)'으로 만들기 위한 아이디어가 필요합니다.

모험물을 예시로 들어 다음 사건을 설정해 보겠습니다.

발단	보물 지도를 손에 넣어서 모험을 떠난다.
전개	수수께끼의 조직에 쫓긴다.
위기	천재지변이 일어난다.
결말	목숨과 맞바꾸어 세계를 구한다.

이 시점에서는 각 사건 사이에 인과 관계가 없습니다.

이를 플롯의 큰 틀로 구성하면 다음과 같습니다.

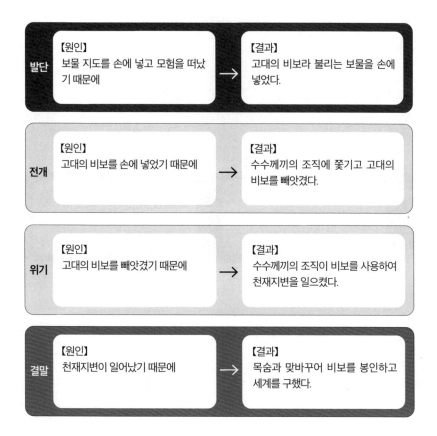

포인트가 된 것은 '발단'의 '결과'입니다. 고대의 비보라는 아이디어를 떠올리면서, 비보를 둘러싼 공방전이라는 중심 궤도가 만들어졌습니다.

이는 어디까지나 예시 중 하나에 불과합니다. 각 사건의 연계 방법을 바꾸면 같은 사건이라도 전혀 다른 느낌의 큰 틀을 구성할 수 있습니다.

앞서 아이디어를 냈던 사건을 분할하고 플롯의 큰 틀을 구성해 보세요.

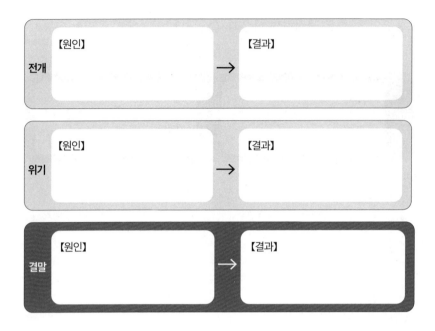

| 전개 | 【원인】 | → | 【결과】 |

| 위기 | 【원인】 | → | 【결과】 |

| 결말 | 【원인】 | → | 【결과】 |

체크 포인트는 각 파트의 사건이 문맥과 제대로 연결되어 있는지 확인하는 것입니다.

문맥으로 연결된 것을 확인했다면 다음 페이지로 넘어가 주세요.

플롯의 큰 틀을 만들어 놓으면 플롯의 붕괴를 막을 수 있을 뿐 아니라 '사건의 교체가 가능'합니다.

플롯의 큰 틀은 보통 사건을 시간순으로 나열합니다. 그러나 시나리오로 만들어 보면 생각보다 '발단'이 약한 경우가 발생합니다. 이때 흥미를 강하게 끄는 미래 사건(대부분은 클라이맥스)부터 시작한다면 좋은 선택이 될 수 있습니다. 분위기가 고조되는 장면을 보여주어 '발단'의 조건을 충족한 뒤에 과거 시간으로 돌아가 이야기를 시작하는 것입니다.

〈드래곤 퀘스트 VI〉의 프롤로그는 마왕 무도와의 결전 직전부터 시작됩니다.

무도와 전투에 임한 주인공은 손쓸 도리도 없이 패배하고, 깊은 산속의 침대에서 굴러떨어지며 눈을 뜹니다. 플레이어는 마왕과의 싸움은 꿈이며 주인공은 평화로운 마을의 청년이라는 사실을 깨닫습니다. 하지만 단순한 꿈이라는 생각은 들지 않기에 진실이 궁금해지는 구성으로 만들어졌습니다.

클라이맥스부터 먼저 시작하여 플레이어의 마음을 사로잡은 다음에 일상으로 돌아가는 정석적인 방법의 좋은 예시[5]입니다. 이런 식으로 시간순이 아닌 구성을 만들 때는 그전에 문맥으로 연계된 플롯의 큰 틀을 미리 만드는 것이 중요합니다. 맨 처음에 문맥을 제대로 연계해 놓으면 사건을 교체해도 이야기가 무너질 가능성은 작아집니다. 걱정 없이 퍼즐을 자유자재로 끼워 맞출 수 있으니까요.

플롯의 큰 틀을 만드는 것에 익숙해지기 시작했다면 더 효과적인 구성을 위해 사건을 교체하는 것에도 도전해 봅시다.

✦ 4가지 사건을 구체화하기 ✦

지금부터는 드디어 플롯 만들기의 핵심이 되는 '사건의 구체화'에 돌입합니다.

4개의 사건을 구체화하기 전에, 5-1(238쪽)에서 설명한 사건에 요구되는 3가지 기능을 복습해 봅시다.

① 이야기를 진행시킨다.
② 주인공에게 갈등을 부여한다.
③ 캐릭터의 본성을 밝힌다.

하나 더, 5-2(263쪽)에서 설명한 '구성'에 요구되는 조건도 복습합시다.[6]

---

5 꿈이라는 중요한 테마를 암시하면서 마왕, 동료, 사명이라는 키워드도 포함된 훌륭한 프롤로그입니다.
6 각 항목의 자세한 설명은 5-2(263쪽)을 참조.

발단	① 무대를 소개한다. ② 주인공에게 감정 이입을 시킨다. ③ 계기가 되는 사건을 일으킨다. ④ 플롯 포인트 1을 넣는다.

전개	① 이야기의 윤곽을 분명히 한다. ② 목적을 달성하려는 욕구를 높인다. ③ 파트의 마지막에 미드 포인트를 넣는다.

위기	① 주인공의 감정을 크게 뒤흔드는 사건을 일으킨다. ② 플롯 포인트 2를 넣는다.

결말	① 주인공을 변화시킨다. ② 최후의 싸움에 감정의 최고점을 가져온다. ③ 필연성이 있는 결말을 만든다.

이 조건을 파악하고 각 파트의 사건을 구체화합니다.

구체화를 할 때는 다음의 양식을 사용합니다.

① 파트	② 원인과 결과
③ 등장 캐릭터	
④ 주요 무대(장소)	
⑤ 목적	
⑥ 사건 내용	
⑦ 주인공의 갈등	

⑧ ※	
⑨ 기타	

① 파트

'발단·전개·위기·결과'의 4가지 파트를 적는 항목입니다.

각 항목의 조건을 의식하는 것과 사건의 수가 늘어날 때마다 파트별로 정리하기 쉽게 만드는 것이 목적입니다.

② 원인과 결과

플롯의 큰 틀로 만든, 파트별 원인과 결과를 적는 항목입니다.

구체화한 사건의 내용이 문맥에서 벗어나지 않도록 하는 것이 목적입니다.

③ 등장 캐릭터

사건에 등장하는 캐릭터를 적는 항목입니다.

주요 캐릭터만 적어도 괜찮습니다.

누가 어느 사건에 등장했는지, 설정했지만 사용하지 않은 캐릭터는 없는지 등 정보의 정리와 체크가 목적입니다.

④ 주요 무대(장소)

사건의 주요 무대를 적는 항목입니다.

여기에서 말하는 무대는 '지구'나 '도쿄'처럼 크기가 큰 지역 단위가 아니라 '학교(교실)', '우주선(선내)', '술집', '동굴' 등 사건이 발생하는 장소를 가리킵니다. 여러 장소가 등장하는 경우에는 등장 순서로 적으면 정보를 정리하기가 편해집니다.

⑤ 목적

주인공이 무엇을 바라는가에 관한 드라마상의 목적 외에도 사건의 테마, 콘셉트, 설정의 정보 노출을 포함한 제작상의 목적을 적는 항목입니다.

전자에는 '보물 창고의 열쇠를 손에 넣는다', '용의자의 알리바이를 무너뜨린다', '감금된 방에서 탈출한다'와 같은 것들이 해당되며 후자에는 '웃음과 살아가는 힘에 관하여 이야기한다', '교묘히 얽히는 2가지 트릭으로 주인공을 갈등에 빠뜨린다', '주인공의 과거를 묘사한다' 같은 것들이 해당됩니다.

제작상의 목적은 필수 사항이 아니지만 가장 먼저 테마와 콘셉트와 같은 정보를 노출해 두면 아이디어를 만들 때 실마리가 될 수 있어서 편리합니다. 사건의 소재를 만든다고 생각하면 이해하기 쉬울 것 같습니다.

⑥ 사건 내용

구체적인 사건의 내용을 적는 항목입니다.

여기에 적은 사건이 연속되면서 하나의 플롯이 완성됩니다.

①과 ②를 보고 파트의 조건과 문맥을 의식하면서 아이디어를 떠올려 보세요. 사건의 내용을 얼마나 자세히 적을지는 여러분의 자유입니다. 에피소드를 간단한 항목별로 정리하는 사람도 있는가 하면 장면에 따라, 포인트가 되는 대사에 따라 정리하는 등 상당히 자세한 부분까지 작성하는 사람도 있습니다.

게임은 장면을 연출하는 데 제한이 있기 때문에 대사로 정보를 노출하는 것이 메인이 됩니다. 그래서 게임 시나리오에서 플롯을 시나리오화하는 작업이란 플롯을 대사화하는 작업이라고 말해도 과언이 아닙니다. 대사화한다는 것은 대화를 한다는 뜻입니다. 사건의 내용을 생각할 때 자연스러운 형태로 대화가 성립하는 상황을 만들어 놓으면 시나리오화가 쉬워집니다.

게임이기 때문에 생기는 표현의 제한도 감안하여, 시나리오를 작성할 때 필요한 정보가 과하거나 부족하지 않게 갖추도록 합시다.

적절한 정보량의 기준은 사람마다 다릅니다. 시나리오를 계속 작성해 보면서 정보 부족으로 고생했던 부분을 메모하고, 다음에 사건의 내용을 만들 때는 부족했던 정보를 많이 만들어 두도록 합시다.

⑦ 주인공의 갈등

사건 안에서 주인공이 직면하는 '갈등'을 적는 항목입니다.

어떤 장애물이 앞길을 막는지, 주인공이 장애물에 어떻게 맞서는지 간단하게 작성해 주세요. 예시를 보여드리겠습니다.

✦이세계에 소환된 키보드 워리어가 몬스터의 습격을 받아 인생 첫 배틀에 임한다.

✦밤에 산에서 조난된 겁쟁이 주인공이 꿈쩍도 하지 않고 아침이 밝아 오기를 기다리며 무서움을 견딘다.

✦변신 히어로라는 비밀을 품은 주인공. 그가 몰래몰래 외출하는 모습을 보고 바람을 피운다고 오해한 연인과 싸움이 붙었고, 진실을 말해야 할지 고민한 끝에 히어로는 사명을 완수하고자 연인과 헤어진다.

구체적인 사건의 내용을 내포하고 있다면 조금 더 길어져도 괜찮습니다. 다만 작은 갈등을 여러 개 적는 것은 NG입니다. 사건 안에서 가장 크게 감정이 움직이는 갈등만 추출하여 작성해 주세요. 세세한 갈등을 끊임없이 나열하다 보면 가장 중요한 갈등의 존재감이 흐려질 위험이 있습니다. 갈등을 여러 겹으로 겹치는 것은 고도의 기술이 필요하므로 지금은 간단하게 커다란 갈등만 작성하도록 합시다.

'갈등=드라마'이며 플레이어가 시나리오에 바라는 것은 재미있는 드라마입니다. 갈등을 적어 보고 재미가 없다고 느껴진다면 과감하게 다시 작성하도록 합시다.

사건의 내용만 먼저 생각하는 경우에는 갈등이 축소되어 정리되면서 재미가 떨어지기도 합니다. 이럴 때는 먼저 극적인 갈등을 만든 다음에 여기에 사건의 내용을 살로 붙여 보세요. 재미있는 드라마가 만들어질 가능성이 커집니다.

⑧※

이 항목은 파트에 따라 어구가 달라집니다.

발단	플롯 포인트 1
전개	미드 포인트
위기	플롯 포인트 2
결말	주인공의 감정이 정점에 달하는 에피소드

위에 적힌 내용을 각각 작성해 주세요.

⑨ 기타

정보의 보충이나 특이 사항, 복선, 선택지의 유무, 채용 여부를 고민하던 아이디어, 시나리오화를 할 때의 주의점 등을 적는 항목입니다.

특히 복선을 적어 놓으면 시나리오화를 할 때 정보를 빼먹는 일이 줄어서 효과적입니다. 복선을 깔았지만 시나리오화를 할 때 까먹는 실수는 흔하게 발생합니다.

또한 특이 사항으로 '손에 넣은 키 아이템'이나 '주요 캐릭터의 감정 변화' 등을 적어 두는 것을 추천합니다. 시나리오가 길어지면 어디서 무엇을 손에 넣었는지, 어느 사건에서 캐릭터가 어떤 감정을 가졌는지 등을 모두 파악하기 힘들 수 있습니다. 쌓인 정보를 알기 쉽게 체크할 수 있도록 해 놓으면 모순이 없고 타당한 시나리오를 만들 수 있습니다.

특히 입수 아이템의 정보는 롤플레잉 게임 등 일부 장르에서 중요합니다.

각 항목에 대한 설명은 여기까지입니다.

사건의 구체화에서 중요한 것은 우선 아이디어의 발상입니다. 대사, 상황, 장면, 액션, 드라마 등 무엇이든 좋으니 일단 떠올릴 수 있는 아이디어의 씨앗을 최대한 쥐어짜서 만들어야 합니다. 아이디어가 한차례 갖추어졌다면 다음은 연계 작업[7]을

---

7 2-4(78쪽) 참조.

합니다.

✚ 문맥이 끊어지지 않았는가?
✚ 주인공은 능동적(극단적)으로 행동하는가?
✚ 주인공의 갈등은 극적인가?
✚ 캐릭터의 감정을 묘사하고 있는가?

이러한 항목을 체크하며 아이디어를 연계하여 사건을 구체화합니다.
사건을 구체화하는 순서는 다음의 3단계 과정을 밟습니다.

① 사전 정보의 정리(설정표 확인, 플롯의 큰 틀 확인 등)
② 사전 정보를 바탕으로 하여 아이디어 전개하기
③ 체크 항목 및 각 파트의 조건을 참고로 하여 아이디어 연계하기

플롯을 만드는 일에는 필승법도 없고 지름길도 없습니다.
어떻게든 아이디어를 내서 연계하고, 다시 아이디어를 내서 연계하는 일의 반복
입니다. 이 작업이 플롯 만들 때 겪는 가장 큰 고통이 될 것입니다. 가능하다면 타협
하지 않고 아이디어를 내는 것이 바람직하지만, 너무 고통스러워서 손이 멈출 것 같
을 때는 어느 정도의 타협은 해야 합니다.
끝까지 완성하는 것보다 우선해야 할 사항은 없습니다. 장인처럼 공들여 만드는
것은 프로가 된 뒤에 해도 됩니다.[8]
문맥을 중시하면서 완성하는 것을 일단 첫 번째 목표로 삼고 힘을 내 봅시다.[9]

---

[8] 실제로는 프로가 된 이후에도 일정이나 예산, 사양의 제약으로 인해 타협을 많이 해야 합니다.
[9] 플롯 기입용 샘플 파일을 다운로드 할 수 있습니다. '일러두기' 페이지에서 확인해 주세요.

① 파트 : 발단	② 원인과 결과
③ 등장 캐릭터	
④ 주요 무대(장소)	
⑤ 목적	
⑥ 사건 내용	
⑦ 주인공의 갈등	
⑧ 플롯 포인트 1	
⑨ 기타	

① 파트 : 전개	② 원인과 결과
③ 등장 캐릭터	
④ 주요 무대(장소)	
⑤ 목적	
⑥ 사건 내용	
⑦ 주인공의 갈등	
⑧ 플롯 포인트 1	
⑨ 기타	

① 파트 : 위기	② 원인과 결과
③ 등장 캐릭터	
④ 주요 무대(장소)	
⑤ 목적	
⑥ 사건 내용	
⑦ 주인공의 갈등	
⑧ 플롯 포인트 1	
⑨ 기타	

① 파트 : 결말	② 원인과 결과
③ 등장 캐릭터	
④ 주요 무대(장소)	
⑤ 목적	
⑥ 사건 내용	
⑦ 주인공의 갈등	
⑧ 플롯 포인트 1	
⑨ 기타	

게임 시나리오 제작의 최대 난관, 플롯 만들기는 어떠셨나요?

크든 작든 창작의 고통으로 머리가 아팠을 것입니다.

아무리 노력해도 잘 풀리지 않는다면 일단 오리지널 플롯을 만들던 손을 멈추고 다음 연습을 한번 해 보세요.

먼저 자신이 고른 것과 같은 스토리 장르의 작품을 가져와서 플롯의 큰 틀을 추출합니다. 스토리 장르가 연애물이라면 『신데렐라』 같은 작품을 가져와서 이야기를 3가지의 사건으로 요약하고 플롯의 큰 틀을 추출해 보는 것입니다.

+ 발단 : '계모들의 구박을 받던 신데렐라는 성에서 무도회가 개최된다는 사실을 알게 되었기 때문에, 드레스를 입고 무도회에 가고 싶다는 생각을 하게 되었다.'

+ 전개 : '신데렐라가 무도회에 가고 싶어 했기 때문에, 마법사가 나타났고 무도회에 갈 수 있게 도와주었다.'

+ 위기 : '무도회에 가서 왕자에게 첫눈에 반했기 때문에, 어느새 12시가 지났고 서두르다 유리 구두를 잃어버렸다.'

+ 결말 : '유리 구두를 잃어버렸기 때문에, 유리 구두에서 실마리를 찾아 왕자가 신데렐라를 찾고 둘은 결혼하였다.'

플롯의 큰 틀이 완성되었다면 다음은 등장 캐릭터를 자신이 만든 캐릭터로 교체합니다. 이때 자신이 만든 주인공의 성별이 남자라고 하여도 신데렐라의 위치에 그대로 배치해야 합니다. 대부분의 연애물에서 연애 대상은 '적대자'이지만 『신데렐라』에서 왕자의 역할은 '파트너'라고 보는 것이 적절합니다. 마법사의 위치에는 '조력자'를 배치합니다.

필자의 샘플 캐릭터를 배치한다면 이렇게 됩니다.

주인공(신데렐라)	로스 아노우(변태처럼 호기심에 집착하는 학자)
파트너(왕자)	우르카 알라라(순진한 의학생)
조력자(마법사)	기븐 알라라(스릴을 좋아하는 모험가)

만든 김에 적대자(계모) 위치에 하글 오토(성전을 진리로 생각하는 대신관)도 적어 놓겠습니다. 배역의 교체가 끝났다면 자신이 만든 캐릭터들의 개성에 맞춰서 플롯의 큰 틀을 어레인지합니다. 이때 직업은 바탕이 된 이야기가 아닌 자신이 만든 캐릭터를 기준으로 맞춥니다.

✦발단 : '매일 하글의 지시로 힘든 일을 도맡아 하던 로스는 성에서 무도회가 열린다는 사실을 알았기 때문에, 성의 서고에 들어갈 기회가 있을지도 모른다고 생각하여 참가하려고 한다.'

✦전개 : '로스가 무도회에 참가하려고 했기 때문에, 기븐이 정면 돌파는 어려우니 몰래 숨어들 것을 제안했다.'

✦위기 : '몰래 숨어들었기 때문에, 우르카가 침실에서 옷을 갈아입는 모습을 목격하게 되었고 그녀가 휘두르는 검을 피해 가까스로 도망쳤지만 안경을 떨어뜨리고 말았다.'

✦결말 : '안경을 떨어뜨렸기 때문에, 안경에서 실마리를 찾아 우르카가 로스를 발견하였고 숙녀의 맨살을 본 책임을 지라며 요구하여 두 사람은 결혼했다.'

어떤가요? 억지로 밀어붙이는 느낌은 있지만 '신데렐라'를 바탕으로 하여 캐릭터를 교체한 플롯의 큰 틀이 완성되었습니다.

5-2(277쪽)에서 설명한 '재배치'의 방법과 상당히 비슷하지만 추상화를 통한 독자성 만들기에는 집착하지 않고 캐릭터의 개성을 활용하여 이야기를 다시 만드는 것이 포인트입니다. 어디까지나 연습이므로 이야기의 완성도가 좋고 나쁘고는 상관없습니다.

이 연습의 목적은 다음의 2가지입니다.

✦플롯의 큰 틀을 추출하는 과정에서 문맥을 익힌다.

✦교체 작업을 통해 아이디어 발상력을 기른다.

플롯 만들기에서 진행이 막히는 것은 대부분 '연계되지 않는 문맥', '떠오르지 않는 사건의 아이디어'가 원인입니다. 그래서 기존 작품의 힘을 빌려 이 두 문제를 중점적으로 연습하고 극복하고자 하는 것입니다.

충분히 연습했다면[10] 다시 새로운 마음으로 자신의 오리지널 플롯 제작에 돌입합시다.

플롯이 완성되었다면 이 책을 통한 실전 연습은 종료됩니다.

여기까지 왔으니 여러분의 오리지널 게임 시나리오를 완성할 날도 얼마 남지 않았습니다. 이제 시나리오화라는 즐거운 작업만 남았습니다.[11]

마지막으로 한 번만 더 다음 항목을 체크한 뒤에 6장으로 진행해 주세요.

✦사건이 파트(발단, 전개, 위기, 결말)의 조건을 충족하고 있는가?

✦사건이 문맥으로 이어져 있는가?

✦주인공의 감정에 크게 움직이는 갈등(=드라마)이 묘사되어 있는가?

10 최소한 3번은 반복해야 합니다. 잘 알고 있는 작품을 고른다면 연습 1번에 한두 시간이면 끝납니다.
11 어디까지나 플롯이 제대로 만들어졌을 경우의 이야기입니다. 임시방편으로 만든 플롯으로 작업을 진행하면 시나리오화 단계에서 크게 고생하게 됩니다.

6장

자연스럽고 읽기 쉬운
글 작성하기

드디어 제작의 최종 장입니다. 이 책도 플롯 만들기라는 '위기' 파트를 넘어 '결말' 파트에 돌입했습니다.

5장까지 연습을 끝낸 여러분의 손에는,

+ 독자성이 있는 무대 설정
+ 살아 움직이는 캐릭터 설정표
+ 결말이 궁금해지는 플롯

위의 도구가 갖추어져 있을 것입니다.

이를 이용하여 실제 시나리오를 작성하는 일만 남았습니다. 무대 설정을 통해 상황을 짜고, 캐릭터의 개성을 활용하여 플롯을 시나리오화해 보세요.

게임 시나리오를 집필한 경험이 있는 분은 지금 바로 작성을 시작해 주세요. 경험이 없는 분은 6-1에서 게임 시나리오의 기초 지식과 표준 서식을 익힌 뒤에 시나리오 제작에 들어가도록 합시다.

시나리오를 작성하기 전에 도움이 필요하다면 6-2도 적극적으로 활용해 주세요. 게임 시나리오의 대부분을 차지하는 '대사'에 관한 내용과 좋은 대사를 만드는 비결을 설명해 놓았습니다.

게임 시나리오를
작성해 보자

✦ 게임 시나리오의 공통된 특징 ✦

시나리오를 제작하기 전에 먼저 게임 시나리오의 특징을 복습해 봅시다.

게임 시나리오 작가란 '게임을 위한 시나리오를 만드는 사람'이며 게임 시나리오
란 '체험'을 더 재미있게 만들기 위한 시나리오라고 설명했습니다(1장, 2장).

장르나 사양, 서식을 불문하고 이런 게임 시나리오들의 공통된 특징이라고 하면
무엇이 있을까요?

그중 하나는 시스템으로 플레이하면서 틈틈이 글을 읽는다는 점입니다.[1] 대화창
이라고 불리는 틀 안에 텍스트를 표시하여 읽게 만드는 것이 대부분 게임 시나리오
의 공통된 특징이라고 말할 수 있습니다.

---

1 노벨 게임 등 글을 읽는 것이 메인인 게임 장르도 있습니다.

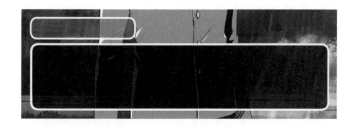

시나리오가 중요한 대부분 게임에 플레이어의 의사를 나타내는 선택지가 있는 것도 공통된 특징 중 하나입니다. 자신의 선택에 따라 이야기가 변화하면서 플레이어는 자신이 '특별한 참가자=주인공'이라는 경험을 강화합니다. 이렇게 연속된 선택이 공감과 몰입도를 높이고 '체험'을 더 재미있게 만듭니다.

또한 선택지가 발생하는 '멀티²' 요소는 다른 매체에는 없는 중요한 특징이라고 할 수 있습니다.

✦ 게임 시나리오는 지시문으로 연출한다 ✦

전문적인 곳에서는 '지시문'을 적는 것도 게임 시나리오에 공통된 특징이라고 할 수 있습니다. 지시문이란 화면에 무엇을 표시할 것인지, 표시된 것을 어떻게 움직일 것인지 등 '연출'을 프로그래머나 디렉터, 스크립터³에게 전달하기 위한 문장입니다. 지시문은 대부분 기호나 정형된 문자열로 작성합니다.

지시문의 서식은 다양하며 통일된 양식은 없습니다. 자체 제작 게임의 경우에는 시나리오 작가와 디렉터를 혼자서 겸하기 때문에(경우에 따라서는 프로그래머도 겸임), 자신이 이해할 수 있기만 하면 서식은 자유로워도 괜찮습니다.

예시를 소개하겠습니다. 화면에 표시하는 풍경과 캐릭터를 지정하기 위한 지시문

---

2 5-2(277쪽) 참조.
3 스크립트 언어(프로그래밍 언어나 이와 비슷한 것으로 만든 간편한 게임의 화면에 기술하는 용도의 언어)를 이용하여 화면 연출 등을 합니다.

입니다. 어드벤처 게임에서 자주 사용됩니다.

```
@배경 : 교실
@캐릭터 : 캐릭터명·중앙
```

위의 지시문을 프로그래밍 언어로 변환하여 프로그램에 입력하면 게임 화면에는 아래 그림과 같은 배경과 캐릭터가 표시됩니다.

캐릭터의 대사나 내레이션 등의 텍스트는 지시문의 다음 행에 입력하는 것이 일반적입니다.

```
@배경 : 교실
@캐릭터 : 캐릭터명·중앙
캐릭터명 「안녕」
```

'@캐릭터 : 캐릭터명·중앙' 다음에 표정을 지정하는 지시문을 추가하면(예시 : '@캐 릭터 : 캐릭터명·중앙·웃음'), 표시되는 캐릭터의 표정도 바꿀 수 있습니다.

지정할 수 있는 표정 패턴은 준비한 만큼 달라집니다.

표정의 패턴을 많이 준비했다면 그만큼 캐릭터의 감정을 풍부하게 표현할 수 있 습니다.

'@캐릭터 : 캐릭터명·중앙'을 '@캐릭터 : 캐릭터명·왼쪽'으로 바꿔서 적으면 캐 릭터의 표시 위치를 변경할 수도 있습니다.

그 밖에도 BGM이나 SE(사운드 이펙트), VE(비주얼 이펙트), 캐릭터의 슬라이드 이동, 특별한 그림의 컷인, 땀이나 분노를 아이콘으로 만든 만화 기호, 영상 투입 등 지시

문으로 많은 연출 지정이 가능합니다.[4]

자체 제작의 경우에는 제작 툴이 자동으로 지시문의 프로그래밍 언어를 변환합니다. 대신에 어디까지 자동으로 작업하는지는 툴에 따라 다릅니다. 대부분의 변환 작업을 해 주는 제작 툴이 있는가 하면 스크립트[5]를 직접 입력해야 하는 것도 있으므로 난이도 차이가 있습니다.

전자는 전문 지식이 없어도 게임을 만드는 것이 가능하지만 연출의 자유도는 그렇게 높지 않습니다. 후자는 전문 지식이 필요하며 난이도가 높지만 자신이 원하는 대로 연출할 수 있어서 자유도가 높습니다.

만들고 싶은 게임 장르, 필요한 연출, 가지고 있는 지식과 경험, 툴을 이용한 제작 난이도를 고려하여 제작 툴을 선택하세요.

✦ 게임 시나리오의 기초 실습 ✦

지금부터 5가지 실습을 통해 게임 시나리오의 기본적인 작성법을 익혀 보겠습니다. 이번 항에서 집필하는 지시문이나 시나리오 서식은 실제로 제작할 때 그대로 사용할 수도 있습니다.

처음에는 이해하기 어려운 부분이 있을 수 있으니 퀴즈를 푼다는 생각으로 도전해 보세요.

그렇다면 바로 스텝1을 시작해 보도록 합시다.

---

4 가능한 연출은 제작 툴에 따라 달라집니다. 대표적인 제작 툴은 폭넓은 게임 장르에 대응할 수 있는 만능 툴 'RPG Maker MV', 노벨 게임이나 어드벤처 게임에 특화된 'TYRANO BUILDER(티라노 빌더)', 시뮬레이션 RPG에 특화된 'SRPG Studio' 등이 있습니다.
5 간편한 프로그래밍 언어.

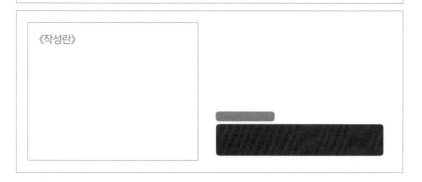

스텝1

다음의 게임 화면에 '공원'과 '남자 고등학생'을 표시하기 위한 지시문을 작성하세요. 남자 고등학생은 화면 중앙에 세웁니다.

캐릭터의 표시가 가능한 곳은 '좌, 중앙, 우'로 3곳입니다.

화면에 무언가를 표시하고자 할 때, 지시문은 다음의 것을 사용합니다.

《지시문》○○ : ▲▲

※ ○○에는 표시하고 싶은 것의 카테고리(배경, 캐릭터), ▲▲에는 표시하고 싶은 것의 구체적인 이름(장소나 캐릭터의 명칭)을 적습니다.

《작성란》

스텝1·답안

《작성란》
@배경 : 공원
@캐릭터 : 남자 고등학생·중앙

6-1(326쪽)에서 든 예시의 응용이므로 그렇게 어렵지는 않았을 것입니다.

다음으로, 대화창에 시나리오 텍스트를 표시해 봅시다.

스텝2

다음 그림의 대화창에 표시되는 내레이션(정보 묘사 및 장면 설명 포함)을 대화창 1개 안에 작성하세요. 대화창의 텍스트 표시는 아래의 지시문으로 나타냅니다.

《지시문》화자「」

· 내레이션은 화자를 N으로 표기합니다.
· 대화창 1개에 표시할 수 있는 글자 수는 일본어 기준으로 13자×2행까지입니다.
※「」은 글자 수에 포함하지 않습니다.
· 내레이션은 문장 끝에 온점을 찍습니다.

《작성란》

스텝2·예시 답안

《작성란》
@배경 : 공원
@캐릭터 : 남자 고등학생·중앙
N「따스한 햇볕이 내리쬐는 공원에
남자 고등학생이 한 명 있다.」

어땠나요? 예시 답안을 보면 아주 간단한 문제라는 사실을 알게 되었을 것입니다.

주의할 점은 대화창 1개에 표시할 수 있는 글자 수의 제한입니다.

글자 수의 제한은 게임 장르나 제작 툴뿐만 아니라 어떤 시나리오에서든 대부분 존재합니다. 게임 시나리오 작가는 대화창 1개에 표시할 수 있는 글자 수를 항상 염두에 두면서 가독성을 고려해야 합니다.

✚ 자연스럽지 못한 위치에서의 줄 바꿈
✚ 난잡한 구두점
✚ 지나친 정보 삽입
✚ 어려운 단어 사용

이러한 점을 주의하여 다음의 기초 실습을 진행해 봅시다.

스텝3

남자 고등학생의 모놀로그(독백)를 대화창 2개 이내로 작성하세요.
'오기로 한 상대가 오지 않아서 허탕을 친 상황'으로 가정하겠습니다.
대화창의 텍스트 표시는 아래의 지시문으로 나타냅니다.

《지시문》화자 ( )

· 화자는 4자 이내로 남자 고등학생에게 이름을 붙여서 작성합니다.
※ 성과 이름을 같이 넣을지, 이름만 넣을지 한 가지를 선택하여 작성합니다.
· 대화창 1개에 표시할 수 있는 글자 수는 일본어 기준 13자×2행까지입니다.
※ ( )은 글자 수에 포함하지 않습니다.
· ( )의 끝에는 온점을 찍지 않습니다.

《작성란》
@배경 : 공원
@캐릭터 : 남자 고등학생·중앙

《작성란》
@배경 : 공원
@캐릭터 : 스즈하라·중앙
스즈하라 (…… 늦네. 약속 시간은
한참 전에 지났는데)
스즈하라 (혹시 사고라도 났나……?
아냐, 그럴 리가 없어)

흔히 보는 게임의 화면 같은 느낌이 들기 시작했습니다.

스텝3까지 진행해 보니 게임 시나리오를 쓴다는 실감이 나지 않나요?

다음은 난이도를 올려서 2명의 캐릭터에게 대화를 시켜 봅시다.

스텝4

남자 고등학생과 약속 시간보다 늦게 도착한 여자 고등학생(이름은 남자 고등학생과 같은 조건으로 짓는다)의 대화를 대화창 4개 이내로 작성하세요.
대화창의 텍스트 표시는 아래의 지시문으로 나타냅니다

《지시문》화자「」

· 「 」의 끝에는 온점을 찍지 않습니다.
· 캐릭터 2명의 배치는 왼쪽에 남자 고등학생, 오른쪽에 여자 고등학생으로 둡니다.

《작성란》
@배경 : 공원

《작성란》
@배경 : 공원
@캐릭터 : 스즈하라·좌
@캐릭터 : 미쓰야·우
미쓰야「미안~.
내가 늦었네」
미쓰야「오는 길에 고양이랑 할머니를
돕다 보니까 시간이 지났어」
스즈하라「변명이 그게 뭐야.
뭐…… 무사해서 다행이지만」
미쓰야「걱정해 주는 거야?
후후, 스즈하라는 다정하네」

마지막 기초 실습은 선택지를 만드는 방법입니다.

스텝5

2명의 캐릭터가 이제부터 무엇을 할지 이야기하는 모습을 선택지를 활용해 만드세요.
선택지의 작성은 아래 지시문을 사용합니다.

《지시문》
화자 1 '본문(질문)'
화자 2 (본문(고민))

//선택지
//선택지 1 : 선택지의 내용
//선택지 2 : 선택지의 내용

//선택지 1
화자 1「본문(리액션 1)」

//선택지 2
화자 2「본문(리액션 2)」

//합류
화자「본문」

· 본문은 각각 대화창 1개로 나타냅니다.
· 선택지의 글자 수는 일본어 기준 10자 이내로 제한합니다.
· 합류 후의 본문에는 어떤 선택지를 골라도 대화가 성립하도록 대사를 작성하세요.
  합류 후의 화자는 누구라도 상관없습니다.

《작성란》
@배경 : 공원

《작성란》
@배경 : 공원
@캐릭터 : 스즈하라·좌
@캐릭터 : 미쓰야·우
미쓰야「뭐라도 먹으러 가자.
대신에 내가 살게」
스즈하라 (사준다고…… 그렇다면)

//선택지
//선택지 1 : 팬케이크가 좋아
//선택지 2 : 초밥을 먹고 싶어

//선택지 1 :
미쓰야「좋아♪
마침 나도 먹고 싶었어」

//선택지 2 :
미쓰야「결정이 빠르네.
뭐, 상관은 없는데」

//합류
미쓰야「아는 맛집이 있으니까
따라와」

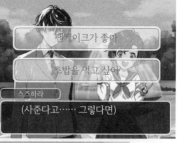

이것으로 기초 실습은 끝났습니다.

실습을 통해 배경과 캐릭터를 지정하는 방법, 대화창에 표시되는 텍스트를 작성하는 방법, 게임 시나리오의 기본 요소에 해당하는

+ 내레이션
+ 모놀로그
+ 대사

이들을 구별하여 작성하는 방법, 선택지를 만드는 방법을 익혔을 것입니다.

게임 시나리오의 기초 실습은 여기까지입니다.

5가지 스텝을 통해 배운 기초만으로도 게임 시나리오를 완성할 수 있습니다. 그러나 연출이 없다고 봐도 무방한 시나리오이므로 아무래도 밋밋하다는 느낌을 지울 수 없습니다. 그래서 다음 항에서는 게임 시나리오에 다채롭고 풍부한 연출을 입히기 위한 지시문의 응용을 설명합니다.

✦ 지시문의 응용형 ✦

게임 시나리오에서 연출은 다양하게 나뉩니다.

지난 항에서 실습을 통해 알아본 2D 어드벤처 게임의 대표적인 연출에는 다음의 7가지가 있습니다.

① BGM   ② SE   ③ VE   ④ 캐릭터 표정
⑤ 캐릭터 이동   ⑥ 컷인   ⑦ 만화 기호

① BGM은 장면에 맞는 음악을 지정하여 감정을 연출하는 역할을 합니다. 예를 들어 ○○에 곡명을 넣으면 지시문이 투입되는 곳에서 음악이 재생됩니다.

```
@ BGM : ○○
```

②SE는 사운드 이펙트를 줄인 말이며 음악 효과를 뜻합니다.

노크하는 소리(똑똑), 문을 닫는 소리(쾅), 칼로 베는 소리(샤악), 바람 소리(휘잉), 빗소리(쏴아아) 등 상황에 따라 동작 소리나 환경 소리를 연출하는 것이 SE의 역할입니다.

```
SE : ◆◆
```

◆◆에 효과음의 명칭을 넣으면 지시문이 투입된 곳에서 효과음이 재생됩니다.

③VE는 비주얼 이펙트를 줄인 말이며 화면 효과를 뜻합니다(게임 이펙트라고 부르기도 합니다).

번쩍이는 화면, 흔들리는 화면, 장면 전환 연출, 확대 및 축소, 마법을 사용할 때의 표현, 참격의 궤적 등 많은 것들이 VE에 속합니다. 화면에 표시되는, 움직임이 있는 연출들을 일컬어 VE라고 생각하면 이해하기 쉬울 것 같습니다.

```
@ VE : □□
// 희망하는 연출 기입
```

화면의 점멸이나 불꽃을 내뿜는 등의 일반적인 연출은 전자의 지시문을 사용하고, 특별한 연출이 필요할 때는 후자의 지시문을 사용합니다.

④는 캐릭터의 표정을 표현하는 연출에 사용합니다.

@캐릭터 : 캐릭터명·표정

위의 그림과 같은 그림이라면 지시문의 '표정' 부분에 '희, 로, 애, 락'이라고 기입하면 대응하는 표정의 그림을 표시할 수 있습니다.

⑤는 화면 안에서 캐릭터를 이동시키는 연출에 사용합니다.

캐릭터를 화면 바깥에서 화면 안으로 이동시키거나, 오른쪽에 서 있는 캐릭터를 왼쪽으로 이동시키는 등 동적인 연출이 가능합니다. 탑다운 형식의 롤플레잉 게임이나 3D 액션 게임 등이라면 상당히 복잡한 움직임을 지정하는 것도 가능합니다. 어떤 시스템이든 간에 지시문의 작성법은 대부분 공통됩니다.

또한 캐릭터에게 '손을 든다', '검을 휘두른다', '점프한다' 등의 모션이 준비되어 있는 경우에도 같은 지시문을 응용할 수 있습니다.

//캐릭터명, 왼쪽에서 FI(페이드 인)
//캐릭터명, 오른쪽에서 왼쪽으로 이동
//캐릭터명, 검을 휘두른다

⑥컷인은 캐릭터의 클로즈업이나 손에 넣은 아이템의 일러스트 등을 화면에 끼우는 연출입니다. 특히 강조하고 싶은 것이 있을 때 사용하면 효과적입니다. ▲▲에 표시하고 싶은 것을 넣으면 화면에 컷인이 됩니다.

@CI : ▲▲

　⑦은 '!'나 '?' 등의 기호를 비롯하여 땀이나 머리 위의 전구와 같은 아이콘, 이른바 만화 기호를 표시하는 연출입니다. 캐릭터의 감정 변화를 기호적으로 강조할 때 좋은 방법입니다.

@만화 기호 : ▽▽

　영상이 준비되어 있는 경우에는 앞선 7가지 연출에 덧붙여 투입할 곳을 지정할 수 있습니다. 또한 캐릭터의 3D 모델링이 준비되어 있는 작품이라면 캐릭터 모션을 지정하기도 합니다. 게다가 제작비가 충분한 작품이라면 배우에게 연기 지도를 하는 이미지로 캐릭터의 연출 지시를 하는 것도 가능합니다.

　그러나 제작 툴에서는 앞서 말한 7가지 연출을 제외한 방법을 사용하기가 어려우므로 여기에서는 생략하겠습니다.[6]

6　프로 현장에서도 위의 7가지 연출을 제외한 것들은 대부분 시나리오 작가가 아닌 디렉터나 전임 담당자가 합니다. 시나리오 작가가 지정한 연출은 참고하는 정도로만 사용합니다.

이상으로 게임 시나리오를 작성하기 위해 필요한 기초 기술의 설명이 끝났습니다. 이제부터는 직접 작성하며 익히는 수밖에 없습니다.

6-2(346쪽)에서 설명하는 힌트를 참고로 하여, 일단 5장에서 만든 플롯을 시나리오로 만들어 봅시다. 비록 짧더라도 게임 시나리오를 직접 쓰고 나서야 깨닫는 것들이 상상 이상으로 많습니다. 창작의 고통과 기쁨, 자신이 할 수 있는 것과 할 수 없는 것, 그리고 '작품 하나를 완성했다'라는 성취감. 모든 것이 책을 읽는 것만으로는 얻을 수 없는 귀중한 경험입니다.

그중에서도 성취감은 일상에서 좀처럼 맛보기 힘든 것입니다. 고통의 너머에 있는 커다란 성취감을 꼭 맛보셨으면 좋겠습니다.

✦ 시나리오 샘플 ✦

이번 항에는 샘플 플롯의 '발단'에 있는 서두를 시나리오화한 것을 실어 두겠습니다.[7]

설명을 읽은 것만으로는 시나리오가 완성된 형태를 떠올리기 힘들거나, 플롯을 어떻게 시나리오로 바꾸어 적용할지 모르겠다면 집필할 때 참고해 주세요.

@배경 : 배의 갑판
N「파도가 잔잔한 망망대해를 떠다니는 소형 범선 갑판──」
N「피부에 따끔따끔 내리쬐는 햇볕이 갑판에 서 있는 사람들의 체력을 사정없이 빼앗아 간다.」

@캐릭터 : 로스·좌·보통
@캐릭터 : 우르카·우·난처함
젊은 여자「더워…… 녹겠어…….
태양을 얼릴까 보다……」

젊은 남자「인체는 특수한 약품을 쓰지 않으면 녹지 않아요, 우르카 씨.
고온에서는 녹기 전에 불타고 말아요」

@캐릭터 : 우르카·우·어이없음
우르카「아― 네, 네. 냉철한 SWAC(일곱 가지 수수께끼 인정위원회) 학자님, 최고이십니다」

@캐릭터 : 하글·좌·보통
법의를 입은 노인「좋지 않아요, 우르카 양.

---

7 기본적인 서식은 이번 절에서 설명한 것을 사용하며, 대화창 1개 안의 글자 수는 일본어 기준 25자×3행으로 집필하였습니다.

말과 행동을 바르게 해야 합니다.
숙녀인 몸이니 항상 예의는 잊지 마시기를」
법의를 입은 노인「그리고 태양은 신의 상징.
얼리다니 당치도 않은 일입니다」

@캐릭터 : 우르카·우·곤란함
우르카「으~ 죄송해요, 하글 선생님.
무심결에 화가 나서 그만」

@캐릭터 : 하글·좌·곤란함
하글「마음은 이해합니다.
행방불명인 아버님을 찾아 나선 지 벌써 3개월」
하글「지금까지도 단서 하나 없으니
초조해지는 것도 당연합니다」

하글「그 유명한 모험가 기븐 님이니
만일의 경우는 없겠지만,
대체 어디로 사라지셨는지」
우르카「환상의 섬을 찾겠다고 눈에 불을 켰으니까
이 바다 어딘가에 있을 것 같은데……」
하글「후우, 한심한 꼴이로다」
우르카「네?」
하글「아뇨, 아무것도 아닙니다.
아버님이 무사하길 신에게 기도합시다」

//우르카, 하글, 사라짐
@로스·좌·보통
로스「아뇨, 기도할 필요는 없습니다」

@하글·우·분노

하글「기도를 부정하는 겁니까?
신에 대한 모독입니다, 로스 님」
로스「기도를 부정하다니요, 현실을 긍정하는 겁니다.
저기를 보시죠」

//한 장의 그림 : 바다 위에 떠 있는 배의 잔해와 그 너
머로 보이는 작은 섬
N「로스가 가리킨 곳에는
산산조각이 난 배의 잔해와
바다 안개가 낀 작은 섬이 보인다.」

@배경 : 배의 갑판
@캐릭터 : 우르카·좌·놀람
@캐릭터 : 하글·우·놀람
우르카「저, 저건 아버지의 배!?
그러면 저기가 환상의 섬?
저곳에 아버지가 있는 거야!」
하글「일곱 가지 수수께끼 중 하나, 환상의 섬……
설마 실제로 존재할 줄이야.
신앙심 없는 자들의 망상이 아니었단 말인가」

@캐릭터·로스·좌·보통
로스「섣부른 추측은 금물입니다」
로스「저기가 환상의 섬이 맞을지,
저곳에 기븐 교수가 있을지,
모든 것은 수수께끼입니다」
로스「가 보도록 하죠.
모든 수수께끼를 밝혀내기 위해서」
N「말을 끝낸 로스는 키를 잡고
배의 진로를 섬의 안벽으로 돌렸다.」

너무 길어지면 좋지 않으니 여기까지 하겠습니다.

여기까지 쓰면 약 일본어 기준 1,000자(실제 한국어로 옮긴 글자 수는 약 1,300자 - 옮긴이 주)입니다.[8] '발단' 전체는 약 2,500자 안으로 정리될 것입니다.

'전개', '위기', '결말'도 비슷한 페이스로 작성한다고 가정하면 시나리오 전체는 약 1만 자, 400자 원고지로 보면 25장 분량의 시나리오가 될 것입니다. 플레이 타임

---

8 지시문이 많으니 게임 화면에 표시되는 내레이션이나 대사의 글자 수는 10% 정도 줄어든다고 생각해 주세요.

으로 따지면 약 30분⁹입니다. 콘솔 어드벤처 게임이라면 프롤로그 정도의 길이입니다. 시나리오에 주력한 어드벤처 게임, 또는 노벨 게임이라면 하나에 100만 자가 넘는 작품도 심심치 않게 볼 수 있습니다. 말 그대로 샘플 시나리오의 1,000배입니다. 정신이 아찔할 정도로 많은 분량입니다. 일본 문고 소설 1권의 평균 글자 수가 10만 자이므로 프로 게임 시나리오 작가는 1개의 작품을 만드는 데 책 10권 분량의 글을 쓴다는 계산이 나옵니다.[10]

5장에서 만든 플롯을 시나리오로 제작하는 데 성공했다면 장편 시나리오 제작에도 도전해 보세요.

'플롯의 시나리오화'는 상황 설명, 목적 제시, 주인공을 비롯한 캐릭터들의 매력, 각 캐릭터가 수행해야 할 역할, 발화의 분량 등을 고려하면서 시나리오로 만드는 작업입니다. 여러 방향으로 신경 써야 할 항목이 많기 때문에 처음에는 어렵게 느껴질 수 있습니다.

그럴 때는 이 책을 다시 한번 읽어 보거나, 쓰고자 하는 이야기나 캐릭터가 등장하는 비슷한 작품을 참고해 봅시다. 어떻게든 머릿속에서만 해결하려고 하다가 사고가 멈추는 상황이 가장 좋지 않습니다.

때로는 따라 하는 일이 있더라도 이를 무릅쓰고 시나리오 완성을 최우선으로 작업을 진행해야 합니다.

---

9 대화창 1개의 평균 글자 수를 25자(일본어 기준), 읽는 데 걸리는 시간을 평균 5초라고 가정했을 때의 플레이 타임입니다. 보이스가 들어가는 작품의 경우에는 창 1개를 읽는 데 걸리는 시간이 길어지므로 플레이 타임은 1.5~2배까지 늘어날 수 있습니다.

10 실제로는 여러 작가가 분업하는 경우가 많으므로 혼자서 100만 자를 작성하는 일은 드뭅니다. 그래도 수십만 자를 쓰는 경우는 흔하기 때문에 스피드가 요구됩니다. 게임 시나리오 작가는 스피드와 퀄리티의 밸런스를 어떻게 잡을지 항상 고민합니다.

게임 시나리오의 핵심이 되는
'대사'

기초 실습의 스텝4에서 진행한 대사 만들기는 게임 시나리오 집필의 대부분을 차지하는 공정입니다. 대사가 대부분을 차지하는 이유는 크게 나누어 다음의 3가지 때문입니다.

① 말풍선 형태의 창으로 텍스트를 표시하는 경우가 많다.
② 대화창 1개에 표시할 수 있는 글자 수가 적다.
③ 내레이션이나 지문보다 대사가 쉽게 읽힌다.

위의 이유로 지문은 캐릭터의 심리나 배경을 자세히 묘사하기에 부적합합니다(노벨류 게임은 제외합니다). 그러나 대사만 있는 문장은 읽기 쉬운 반면에 캐릭터성, 상황, 목적, 배경, 설정, 감정, 액션 등의 다양한 감정을 대사로 전하는 기술이 요구된다는 난점도 있습니다. 특히 상황이나 배경, 설정 등을 설명하는 대사를 자연스럽게 읽히는 텍스트로 만들기 위해서는 기술이 필요합니다.

예를 들어 다른 매체(영화, 애니메이션, 만화 등)는 등장인물이 총을 소지하고 있다면 '저 녀석, 총을 갖고 있어'라고 말할 필요가 없습니다. 그러나 게임에서는 총을 가지고 있는 그림이 준비되지 않는 경우도 있기 때문에 노골적으로 설명하는 대사가 필요할 수 있습니다. 이렇게 설명하는 대사를 얼마나 자연스럽게 쓰는지, 화면에 표시되는 글자, 그것도 대사만으로 얼마나 드라마를 확실하게 전달할 수 있는지가 게임 시나리오의 퀄리티를 좌우합니다.

또한 다른 매체라면 약간의 표정 변화나 미묘한 말투의 뉘앙스로 내면을 표현할 수 있지만, 게임—특히 2D 어드벤처 게임—에서는 준비되는 그림이 적기 때문에 반드시 텍스트로 보완해야 합니다.

웃는 얼굴 하나만 해도 활짝 웃는 얼굴, 다정하게 웃는 얼굴, 차갑게 웃는 얼굴, 슬프게 웃는 얼굴, 음흉하게 웃는 얼굴, 억지로 웃는 얼굴, 수줍게 웃는 얼굴, 당황하며 웃는 얼굴 등 내면에서 드러나는 웃음의 형태가 다양합니다.

그러나 게임에서는 희로애락의 표정이 각각 1개의 패턴으로만 준비된 경우가 많습니다. 그래서 웃는 얼굴로 나타내는 내면을 전달할 수 있는 수단은 텍스트(특히 대사)뿐입니다.

정말! 신난다!

……으음, 괜찮아. 걱정 안 해도 돼.

그렇구나, 대단해!
(그깟 일이 대단하다고 생각하나 보네)

아, 아하하…… 재미있네.

지금부터 이러한 특수성을 고려하여 자연스러우면서 읽기 쉬운 텍스트를 쓰는 방법—시나리오의 질을 향상시키는 기술—을 게임 시나리오의 핵심이 되는 대사에 초점을 맞춰서 설명해 보려 합니다.

✦ 캐릭터성을 문자로 나타내기 ✦

어떤 대사를 쓰든 간에 글을 쓰는 사람이 염두에 두어야 하는 가장 중요한 사항이 있습니다. 바로 대사를 말하는 것은 캐릭터라는 점입니다. 바꿔 말하면 모든 대사에 '캐릭터성'이 표현되어 있어야 한다는 뜻입니다.

너무나도 당연한 이야기처럼 들리지만 캐릭터성을 대사에 반영하는 일은 절대 간단하지 않습니다.

인사하는 대사를 예시로 알아보겠습니다.

아침에 여자 고등학생인 주인공이 같은 반 학생을 만났을 때 '안녕'이라고 말하는 것은 아주 자연스러운 대사입니다. 그러나 '안녕'이라는 2글자만 꺼내서 본다면 여기에 캐릭터성은 반영되어 있지 않습니다.

앞서 말했듯이 게임 시나리오에서 정보 전달의 기본은 대사, 즉 '문자'입니다. 목소리 연기나 표정에 기대지 않고도 문자를 통해 캐릭터성을 엿볼 수 있는 것이 중요합니다. 다소 과장되거나 연기처럼 보이는 대사라 하더라도 문자로 캐릭터성을 전달하는 것을 우선해야 합니다.

실루엣을 통한 대사로 캐릭터를 구별할 수 있게 만드는 것이 이상적입니다.

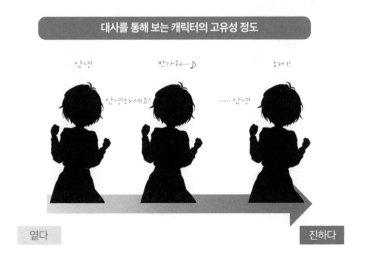

대사를 통해 보는 캐릭터의 고유성 정도

안녕

반가워—♪

하이!

안녕하세요!

……안녕

옅다

진하다

'안녕'을 '반가워-♪'로 바꾸면 캐릭터성이 조금씩 비치기 시작합니다.

'……안녕'으로 바꾸어도 캐릭터의 속성 같은 것이 보이기 시작합니다.

개성을 더 부여하여 '하이!'로 바꾸면 분명하게 고유의 캐릭터성이 발휘되는 인사말이 됩니다.

이런 식으로 캐릭터성을 문자로 나타내면 플레이어는 누가 이야기하는지 일일이 파악하지 않아도 시나리오만 읽고 진행할 수 있습니다. 사소해 보일 수 있지만 제약이 많은 게임 시나리오에서 누가 이야기하는지 쉽게 구별이 가능하다면, 텍스트가 자연스럽고 읽기 쉬워집니다.

모든 캐릭터에 '하이!' 같은 수준의 고유성은 필요가 없습니다. 중요한 것은 어디까지나 캐릭터성으로 대사를 구별하여 적는다는 의식입니다. 즉, 캐릭터성으로 대사를 구별하여 적기 위해서는 캐릭터의 개성을 올바르게 파악해야 합니다. 캐릭터의 대사는 성격, 가치관, 환경, 출신지, 나이, 사회적 위치, 직업 등에 따라 변화합니다. 캐릭터의 설정표를 빠짐없이 관찰하여 그 캐릭터의 고유성이 어디에 있는지를 파악해 봅시다.

그리고 개성을 찾아냈다면 앞뒤 가리지 않고 말을 시켜 보세요. 설정표의 문구를 통해 이미지가 확고하게 자리를 잡았다고 생각했지만 실제로 말을 시켜 보니 이미지와 차이가 발생하는 경우도 많습니다.

'밝은 성격'이라는 설정의 캐릭터를 예시로 들어 보겠습니다.

얼마나 밝은 성격인지는 말을 시켜 보지 않으면 알 수 없습니다. 막상 말을 시켜 보니 의외로 밝지 않은 성격이라는 것을 깨달을 때도 있습니다. 이는 대사의 실패가 아닙니다. 밝은 성격이라는 캐릭터 이미지로 대사를 작성했는데도 위화감이 발생한다는 것은, 사실 성격이 아닌 곳에 캐릭터의 개성이 깃들어 있다는 뜻입니다.

가령 부모와 사별하여 불행한 성장 과정을 겪은 캐릭터라고 한다면 밝은 성격으로 설정하더라도 대사 어딘가에서 어두운 느낌이 따라다닐 것입니다. 표면상으로는 밝게 행동하여도 본성은 다르지 않을까 하는 위화감이 발생합니다.

개성을 찾는 작업은 캐릭터의 본성을 밝히는 작업이기도 합니다. 말을 시켰을 때 위화감이 느껴진다면 다시 설정표로 돌아가서 그 캐릭터를 고유성이 있는 개인으로 만드는 본성이 무엇인지를 다시 질문해 보세요.

대사에 반영되는 개성을 찾기 힘들 때는 직업에 주목하는 것을 추천합니다. 직업은 배경이나 성격, 사상, 환경 등 캐릭터의 개성을 종합한 뒤에 설정되는 항목입니다.

정치가라고 가정하면 세상을 더욱더 좋게 만들고 싶으니까, 부모가 정치가니까, 주변에서 강하게 추천했으니까, 고생하지 않고 편하게 살고 싶으니까 등 그 직업을 고른 모종의 이유가 따라붙습니다. 특히 별다른 이유 없이 직업을 설정한 경우라고 하여도 직업을 단서로 캐릭터를 파헤치다 보면 배경이나 사상이 보이기 시작합니다. 캐릭터의 개성을 알 수 있는 단서가 부족할 때는 직업을 파헤친다. 이렇게 기억해 두세요.

학생처럼 개성이 없는 설정의 경우에는 동아리나 취미 등 배경을 짐작할 수 있는 설정에 주목하면 됩니다. 직업에는 구체적으로 단어를 선택하기 쉬운 '전문 용어'라는 장점이 있습니다. 이는 동아리나 취미에도 마찬가지로 적용됩니다.

학자, 프로 스포츠 선수, 아티스트, 변호사, 어린이집 선생님, 교사, 형사, 영업 사원, 작가, 편집자, 옷 가게 직원, 요리사, 목수 등 직업에 따른 지식과 경험을 바탕으로 하는 단어를 제대로 고르기만 해도 캐릭터의 개성이 발휘됩니다.

지식이 마니악하고 구체적일수록 직업에서 나오는 캐릭터성은 증가하며 그 캐릭터에서만 나올 수 있는 대사가 쉽게 만들어집니다. 다만 전문 용어를 사용하기 위해서는 반드시 조사가 필요합니다. 조사를 소홀히 하는 순간 직업 설정의 장점은 바로 사라집니다. 의사라는 직업 설정인 캐릭터가 고열로 고통스러워하는 사람을 보고 '엄청난 열이네. 이건 틀림없이 무슨 병에 걸린 거야'라고 말한다면 의사의 신뢰성이 크게 흔들립니다. 그 순간 설정은 뼈대만 남고 캐릭터의 개성은 죽습니다.

직업 설정을 제대로 살린다면 이것만으로도 캐릭터성이 반영된 대사를 만들 수 있습니다. 반대로 단어 선택을 어중간하게 한다면 캐릭터의 설정이 유명무실해집니다. 이 점은 꼭 주의해 주세요.

대사는 '외모', '이름'의 뒤를 잇는 캐릭터의 세 번째 얼굴입니다.

성격, 나이, 말투, 어미, 웃는 방식, 가치관, 감정 표현, 지식, 교양, 현재 상태, 호불호 등을 염두에 두고 캐릭터성이 반영되었는지를 하나의 판단 기준으로 삼아서 캐릭터들에게 딱 맞는 대사를 만들어 보세요.

✦ '대조'로 대화의 질을 올리기 ✦

물은 높낮이의 차이가 클수록 힘차게 흐릅니다.

대사도 이와 마찬가지로 높은 곳에서 낮은 곳으로 흐를 때(낙차가 있을 때) 부드럽고 힘이 넘칩니다. 흐름이 부드러울수록 대화가 자연스러워지며 힘이 거셀수록 강력한 드라마가 발생합니다. 이는 바꿔 말하면 플레이어를 끌어당긴다는 뜻입니다.

그렇다면 주고받는 대사에 낙차를 만드는 요소는 무엇일까요?

바로 캐릭터 간의 '대조'입니다.

알기 쉬운 예시로는 정보량의 대조가 있습니다. 용사가 만물에 통달한 현자에게 중요한 정보를 듣는 것은 롤플레잉 게임의 정석입니다. 날카로운 추리력을 가진 탐정과 조수도 정보량이 대조적인 관계에 있다고 말할 수 있습니다.

정보가 적은 사람이 묻고 많은 사람이 대답하는 관계가 자연스럽게 성립하기 때문에 위화감 없이 대사를 주고받을 수 있습니다. 무언가를 설명하고자 할 때 가장 적합한 대조라고 말할 수 있습니다.

캐릭터 간 힘의 관계도 쉽게 이해할 수 있는 대조를 만듭니다.

힘의 관계란 권력자와 시민, 장군과 병사, 의사와 환자, 형사와 피해자, 유명인과 일반인, 교사와 학생, 상사와 부하, 선배와 후배, 괴롭히는 아이와 괴롭힘을 당하는 아이, 재능이 있는 사람과 없는 사람, 천재와 보통 사람 등 사회적, 환경적, 구체적, 능력적 측면에서 명확한 힘의 차이가 있는 관계를 말합니다.

힘의 관계에 명확한 강약이 있으면 같은 행위라도 강도가 변하기 때문에 대사의 완급 조절이 가능합니다. 완급 조절은 드라마를 강화시킬 뿐만 아니라 해당 장면을 쉽게 이해하며 볼 수 있다는 효과도 있습니다.

'의뢰'를 예시로, 'A를 B에게 전달했으면 한다'라는 의뢰가 있다고 가정해 봅시다.

왕이 기사에게 하는 의뢰라면 'A를 B로 옮겨라'라는 식으로 대사는 명령하는 말투가 됩니다. 기사의 사정을 배려할 필요가 없기 때문에 자연스럽습니다. 또한 입장이 위에 있는 사람이 아래에 있는 사람에게 지시하는 장면이라는 것을 곧바로 알 수 있습니다. 이것이 바로 장면을 쉽게 이해하며 볼 수 있다는 뜻입니다. 게다가 명령을 받은 사람에게 '거스를 수 없다', '실패하면 안 된다'라는 긴박감을 부여하는 효과도 있습니다. 이는 드라마를 강화시키는 요소입니다.

반대로 기사가 왕에게 하는 의뢰라면 주제를 넘은 탄원 장면이 됩니다. 자세하게 설명하지 않아도 어지간한 이유가 있을 것이라고 짐작할 수 있습니다. 당연히 대사에는 긴장감이 깃들며 드라마가 강화됩니다.

즉 힘의 관계에서 대조는,

+ 약자를 강제적으로(자연스럽게) 행동하게 만든다.
+ 약한 쪽이 강한 쪽에 맞설 때 갈등이 심화된다.
+ 장면을 쉽게 이해하며 볼 수 있다.

위의 3가지 이점을 가지고 있습니다.

그 밖에 가치관의 대조도 낙차를 만들기 쉬운 요소입니다.

돈을 주웠을 때 한 사람은 경찰서에 가져다주어야 한다고 말하고, 다른 한 사람은 그냥 가져야 한다고 주장하는 상황이 가치관의 대조를 쉽게 알 수 있는 예시입니다. 악한 인간은 제거해야 한다, 악한 인간에게도 갱생의 기회를 주어야 한다는 의견으로 대립하는 것도 가치관의 대조라고 말할 수 있습니다. 대립 구조가 발생하며 서로의 주장이 부딪히는 순간 대사에 흐름과 힘이 발생합니다.

시나리오를 작성하면서 대사가 부드럽게 주고받는 느낌이 들지 않는 것 같다면 캐릭터 간의 대조를 한번 찾아보세요.

✦ 정보를 잘 노출하는 법 ✦

시나리오 제작에서 어려운 일 중 하나가 부자연스러운 정보 노출 방식으로 인해 딱딱해지는 대사, 이른바 설명하는 말투를 부드럽게 만드는 작업입니다.

전자 제품 설명서만큼 읽기 어렵고 지루한 말투는 없습니다. 담담하게 나열하기만 할 뿐인 대사는 플레이어를 질리게 만듭니다.

교장 선생님의 훈화 말씀처럼 일방적으로 발신되는 정보도 플레이어의 마음을 떠나게 만드는 요인이 됩니다. 또한 갑작스러운 화제 전환을 통해 노출되는 정보는 플레이어에게 위화감을 줄 수 있습니다. 위화감을 느끼는 순간 집중하지 못하게 되면서 정보가 머릿속에 들어오지 않습니다. 이것도 지루함과 마찬가지로 피해야 할 사태입니다.

이러한 지루함과 위화감을 피하기 위한 기본적인 대책은 다음과 같습니다.

① 질의응답으로 정보를 노출한다.
② 플레이어가 스스로 궁금해지도록 만든다.
③ 정보를 분산한다.

① '질의응답'은 자연스러운 정보 노출의 기본입니다.

자연스러운 정보 노출은 모르는 사람이 묻고 아는 사람이 대답하는 것이 기본입니다. 묻지도 않았는데 말하는 상황을 피하고 제대로 대화를 시키는 것이 중요합니다. 질문하는 사람이 확실한 목적이 있고, 지난 항에서 설명한 정보량의 대조를 만들어 놓았다면 그리 어려운 일은 아닙니다. 예외가 있다면 캐릭터가 하나밖에 없는 경우입니다. 이때는 자문자답하거나 아주 짧은 혼잣말을 통해 정보를 노출하도록 합시다.

② '스스로 궁금해지도록 만든다'는 흥미로운 상황을 만들어서 플레이어가 스스로 정보를 얻고 싶다고 생각하게끔 만드는 방법입니다. 시나리오 안에서 정보를 얻는 캐릭터의 흥미와 시나리오를 읽는 플레이어의 흥미를 일치시킬 수 있다면 설명

위주의 대사라고 하여도 위화감이 없어집니다.

예를 들어 '큰일이야! 큰일!'이라고 외치며 남자가 달려오고 있다고 한다면 이를 들은 캐릭터는 자연스럽게 '무슨 일이야?'라고 묻습니다. 이때 플레이어도 '무슨 큰 일이 난 걸까' 하고 흥미를 느끼며 달려온 남자의 다음 말을 기다립니다. 이후에 남자가 '아니, 그게 말이야. 저기 술집에서 술에 취한 사람이 갑자기 싸우기 시작했는데, 이걸 막으려고 한 사람이 칼에 찔렸다고 하네'라고 설명하는 투로 정보를 노출하더라도 플레이어가 위화감을 느끼지는 않습니다.

자연스러운 정보 노출의 계기를 만들었다면,

'찔린 사람은 살아 있는 거야?'

'아아, 그건 괜찮아. 멀쩡하게 달려올 정도니까.'

'엄청 튼튼한 사람이네.'

'헤헤, 그 정도는 아니야.'

'왜 네가 장담하는 건데?'

'왜긴, 찔린 사람이 바로 나니까.'

이런 식으로 질의응답을 전개하기만 하면 됩니다.

정보 노출의 계기가 되는 포인트에는 플레이어의 흥미를 끄는 대사를 넣는다. 이렇게 기억하면 좋습니다. 개그나 만담 등 짧은 시간에 설정을 전달하여 사람의 흥미를 끄는 방식을 참고하면 많은 도움이 됩니다.

③'정보를 분산한다'는 정보 노출의 단조로움을 방지하는 것이 목적입니다. 교장 선생님의 훈화 말씀처럼 만들지 않는 방법이라고 볼 수도 있습니다.

대사 하나에 수많은 정보를 넣으면 요점을 파악하기 어려워집니다. 또한 캐릭터성이 사라진 단조로운 대사가 되기 쉬우며, 밀도가 높음에도 인상이 옅어서 읽다가 쉽게 지나치는 대사가 되고 맙니다. 이를 피하기 위해서는 한 사람이 줄곧 말하기보다는, 되도록 여러 캐릭터에게 정보를 분산시켜서 대화의 형태를 만드는 것이 좋습니다.

예시로 다음 3명의 대화를 통해 알아보겠습니다. 한 명에게 몰아서 말을 시키는 경우와 여러 캐릭터에게 정보를 분산해서 말을 시키는 경우를 모두 나타냈습니다.

✚등장인물

　✚**노킨**(주인공), **카시코**(현자), **달리**(해적)

노킨	「카시코, 다음은 어디로 가면 돼?」
카시코	「'천신의 검'을 손에 넣어야 하니까…… 북쪽의 대국 베르소로 향하죠」
노킨	「베르소?」
카시코	「눈과 얼음으로 가로막힌 극한의 땅에 있는, 강력한 전사들이 사는 나라예요. '천신의 검'은 가장 강한 자에게 주어진다고 하던데…… 원만하게 해결하려면 왕을 알현해서 양보해 달라고 교섭하는 편이 좋겠네요」
	달리 「뭐? 그렇게 추운 데는 가기 싫어. 너희 둘이 갔다 와」
노킨	「무슨 소리를 하는 거야. 어서 가자」

　정보를 발신하는 사람은 카시코뿐이며 질문자인 노킨도 인상이 옅은 대사로 담담하게 대답만 하고 있습니다. 달리는 아예 존재할 필연성조차 없습니다. 3명의 관계나 캐릭터성도 파악하기 힘들며 대부분 설명조라서 상당히 지루한 장면이 되고 말았습니다.

　이 대화를 조금만 손보면 다음과 같이 바꿀 수 있습니다.

노킨	「카시코, '천신의 검'이 어디에 있는지 알아?」			추운 게 싫으면 내 망토를 빌려줄게」
카시코	「북쪽의 대국, 베르소에 있어」		달리	「뭐가 좋다고 내가 네 망토를 입어야 하는데. 카시코 로브라면 몰라도」
달리	「베르소, 죄다 눈이랑 얼음뿐인 그 베르소? 으아, 가기 싫은데」		카시코	「그럼…… 나는 노킨의 망토를 빌릴래」
노킨	「무슨 소리야, 달리. 베르소는 전사의 나라잖아」		달리	「뭔가 기뻐 보이는데, 카시코」
카시코	「맞아. 그리고 '천신의 검'은 강력한 전사들 중에서도 가장 강한 자에게 하사된다는 모양이야」		카시코	「아닌데?」
			노킨	「아무튼 그걸로 괜찮으면 됐어. 가자, 베로소로!」
달리	「으엑…… 나는 관둘래. 머리 쓰는 일은 질색이야. 추운 것도 싫고 둘이서 갔다 와」		카시코	「도착하면…… 일단 베로소 왕을 알현할 수 있을지 부탁해 보자」
노킨	「그러지 말고 가자.		노킨	「그런 쪽은 카시코에게 맡길게. 아, 얼마나 강한 녀석이 있을까. 두근거리는데」

　정보를 분산하고 캐릭터성을 드러내니까 인상이 변한 느낌입니다. 주인공들의 관계성도 변하였습니다. 이런 식으로 정보 노출 방식을 연구하면 지루함을 피할 수 있습니다.

　여기에 추가로 캐릭터에게 액션을 유발하기, 수수께끼를 제시하기, 대립을 만들기, 감정의 기복을 크게 만들기 등의 방식을 연구하면 퀄리티를 한층 더 높일 수도 있습니다. 설명이 필요한 장면에는 기본이 되는 ①②③을 떠올리며 지루함과 위화감이 없는 대사를 만들어 보세요.

✦ 선택지는 플레이어를 위해 ✦

5-1(243쪽)이나 6-1(326쪽)에서 설명했듯이 선택지는 게임 시나리오 고유의 중요한 요소입니다.

　이야기성, 게임성, 몰입감을 늘리기 위해 빠질 수 없는 것이며 게임 시나리오 작가의 개성이 발휘되는 곳이기도 합니다.

　선택지의 역할은 이야기에 '변화'를 부여하는 것입니다. 인사 같은 가벼운 것에서부터 세계의 존속 같은 중요한 것에 이르기까지, 선택지를 낸 이상 무언가의 변화를 일으키는 것이 원칙입니다.

어떤 선택지를 고르든 대답이 똑같거나 이야기의 전개가 변하지 않는다면 선택지를 내는 의미가 없습니다.[1]

이러한 원칙을 바탕으로 하여 선택지를 만들 때 고려해야 할 기본 요소는 다음과 같습니다.

① 변화를 상상할 수 있다.
㉤ 플레이어의 의사가 반영된다.

①'변화를 상상할 수 있다'는 플레이어가 선택지를 고를 때의 '근거'를 만들기 위한 요소입니다.

게임 시나리오의 기능은 '체험'을 재미있게 만드는 것입니다. '체험'을 재미있게 만들기 위해서는 플레이어가 '주인공=나'라고 느껴야 합니다. 그래서 중요한 것이 선택지입니다. 변화가 상상되지 않는 선택지는 선택의 근거가 없으므로 플레이어가 자신의 의사로 미래를 골랐다는 느낌을 받을 수 없습니다.

예를 들어 탈취범이 다음과 같은 말을 했다고 가정해 봅시다.

> '가라는 항로로 가든가, 인질을 버리든가. 원하는 대로 골라. 요구에 응한다면 인질은 풀어 주마.'

이러한 물음에 다음과 같은 선택지를 만든다면 어떻게 될까요?

> A. 네.
> B. 아니요.

---

[1] 예외로는 주인공=플레이어라는 의식을 부여하기 위해 의미의 유무를 따지지 않고 선택지를 계속 내는 경우가 있습니다. 오프닝에서 감정 이입의 정도가 약하다고 느껴진다면 선택지를 늘려 주인공과 플레이어의 일체감을 늘리는 것도 좋은 방법입니다.

이러한 선택지로는 무엇을 고르든 변화를 상상하기가 어렵습니다. 어떻게 될지 모른다는 것은 선택의 근거가 만들어져 있지 않다는 뜻입니다. 어떤 선택지를 고르든 플레이어는 '이야기가 제멋대로 흘러간다'라고 느끼며 주인공과의 일체감을 잃고 맙니다. 자연스럽고 읽기 쉬운 텍스트를 쓴다는 이번 장의 목적에서도 벗어납니다.

위의 경우에는 다음과 같은 선택지를 만드는 것이 타당합니다.

A. 요구를 받아들인다.
B. 인질을 버린다.

이렇게 만들면 플레이어는 우선 사항이 무엇인지 고려하여 선택지를 고를 수 있습니다. 물음과 선택지의 문구를 하나로 묶어서 변화를 상상할 수 있는 선택지를 만든다는 것을 명심해 주세요.

②'플레이어의 의사가 반영된다'도 게임 시나리오의 기능을 올바르게 수행하기 위한 기본 요소입니다. 게임 시나리오에서 플레이어는 선택지를 고르는 것으로만 의사 표시가 가능합니다. 플레이어에게 주어지는 자유는 아주 제한적입니다. 그런데도 선택지 안에 자신의 의사가 반영된 것이 존재하지 않는다면 플레이어는 원하지 않는 선택을 할 수밖에 없습니다.

괴롭힘을 당하는 거북이를 만났다고 가정해 봅시다.

A. 지나간다.
B. 같이 괴롭힌다.

이러한 선택지만 존재한다면 플레이어는 원하지 않는 선택을 강요받습니다. 여기에서는 '도와준다'라는 선택지가 있어야 합니다.

그림처럼 3명의 여자아이가 화면에 표시되어 있을 때 선택지가 다음과 같은 것만 주어진다면 어떻게 될까요?

A. 왼쪽 여자아이에게 말을 건다.
B. 오른쪽 여자아이에게 말을 건다.

상당히 부자연스러운 데다가 왜 중앙에 있는 여자아이에게는 말을 걸 수 없는지 불만이 생길 것입니다. 화면 안에서 일어나는 사건에 주의하며 플레이어의 의사가 제대로 반영된 선택지를 만들도록 합시다.

선택지는 플레이어를 위해 만드는 것입니다. 이야기를 변화시키는 것도, 게임성을 부여하는 것도, 몰입감을 높이는 것도 모두 '체험'을 재미있게 만들고 플레이어가 이를 즐기게 하기 위해서입니다.

+변화를 상상할 수 있게 만든다=플레이어에게 선택의 근거를 부여한다.
+플레이어의 의사가 반영되는 선택지를 둔다=일체감을 높인다.

위의 2가지를 염두에 두고 '체험'을 재미있게 하는 선택지를 만들어 보세요.

✦ 대사 만들기를 위한 힌트 ✦

대사는 일상 대화가 가능한 사람이라면 누구나 쓸 수 있습니다. 그러나 '좋은 대사'는 하루아침에 쓸 수 없는 어려운 것입니다.

'좋은 대사'를 자유자재로 쓰기 위해서는 '눈으로 보고, 귀로 듣고, 손을 움직인다'를 수없이 반복해야 합니다. 눈으로 보기만 해서도 안 되고, 귀로 듣기만 해서도 안 되고, 손을 움직이기만 해서도 안 됩니다.

또한, 무작정 시도만 해서는 안 됩니다. 좋은 대사를 만들기 위해서는 알아야 할 요점이 몇 가지 있습니다. 지금부터는 그러한 요점을 포함해 대사 만들기에 도움이 되는 힌트들―원칙, 실천 기술, 의식―을 설명하겠습니다.

대사의 3원칙

① 이야기를 전진시킨다.

② 캐릭터성을 드러낸다.

③ 정보를 전달한다.

모든 대사는 3가지 원칙 중에 최소한 1개는 포함해야 합니다.

가장 우선해야 할 원칙은 ①'이야기를 전진시킨다'입니다. 이야기와 관계가 없는 대사는 최대한 줄이도록 합시다. 잘못된 서비스 정신으로 떠들썩한 대사만 잔뜩 쓰는 것은 흔히 저지르는 실수 중 하나입니다.[2] 딴 길로 새다가 원래 목적을 잊는다면 본말전도나 다름없습니다.

대사에 필요한 2가지 문맥

플롯 만들기에서 입이 닳도록 문맥에 대해 말했습니다. 문맥이 없으면 이야기는 성립하지 않습니다.

---

2 작성한 글자 수로 원고료를 받는 계약인 경우에는 어쩔 수 없는 부분도 있습니다.

이야기에서 중요한 의미를 지닌 문맥은 대사를 만들 때도 필요합니다.

대사에 필요한 문맥은 다음의 2가지입니다.

① 이야기를 알맞게 연결하기 위한 문맥
② 대화 하나하나를 성립시키기 위한 문맥

①'이야기를 알맞게 연계하기 위한 문맥'은 플롯의 의도나 흐름에 과하거나 부족함이 없도록 대사를 넣는 것입니다. 플롯에서는 연결이 되던 문맥이 장면이나 대사에서는 끊어지는 경우가 적지 않습니다. 플롯에 적지 않았던 자세한 부분을 대사로 표현함으로써 전개에 모순이 발생하는 경우도 있습니다.

철벽의 알리바이가 있어야 하는 범인이 대사 실수로 알리바이를 잃고 만다면 알리바이를 무너뜨리기 위한 탐정의 행동은 의미를 잃고, 이후의 전개는 모두 모순으로 가득 찬 촌극이 됩니다.

대사를 쓸 때는 플롯 단계에서 생각하지 않았던 아이디어를 구체화해야 합니다. 고생해서 떠올린 아이디어가 문맥을 해치는 일이 없도록 항상 플롯의 문맥에 주의를 기울이도록 합시다.

②'대화 하나하나를 성립시키기 위한 문맥'은 대화의 문맥입니다.

대화는 흔히 캐치볼로 비유되기도 합니다. 던지니까, 받는다. 받으니까, 던진다. 이는 'A이니까 B가 되고, B이니까 C가 일어난다'라는 문맥과 성질이 같습니다.

문맥이 끊긴 대화는 읽기가 어려워서 스트레스를 느낍니다. 대중교통을 이용할 때 다른 사람의 전화가 거슬리는 이유는 매너 없는 행동에 대한 감정적 요인과 통화 내용의 문맥을 읽지 못해서 생기는 스트레스적 요인이 있기 때문입니다.

사람은 문맥이 없는 대화에 상당한 스트레스를 느끼는 법입니다. 일부러 대화를 어긋나게 만드는 기술도 있지만 어긋나는 대화가 유효한 경우는 문맥이 명확히 보이기 때문에 가능한 일입니다.

문맥이 확실하게 존재하는 대사를 써서 플레이어에게 불필요한 스트레스를 주지 않는 것이 우선입니다. 문맥을 끊기게 하지 않는 포인트는 화제의 전환 방법입니다. 갑자기 화제를 돌리지 말고 필연성이 있는 흐름으로 대사를 연결하도록 합시다. 딴 길로 새는 대사가 많아지면 본 주제로 들어갈 때 갑작스럽다는 느낌이 들 수 있으므로 주의해야 합니다.

구역을 짧게 나누기

게임 시나리오는 대화창에 표시됩니다.

대화창 1개에 들어가는 글자 수는 경우에 따라 다르지만 일본어 기준으로는 대략 20~40자 정도입니다. 1개의 대사는 가능하다면 1개의 대화창 안에 들어가게끔 작성해야 합니다.

마침표로 구분하지 않고 창이 넘어가는 긴 대사는 한 문장에 여러 정보가 들어가는 경우가 많고 리듬도 끊어져 있어서 읽기가 어렵습니다. 1명의 캐릭터가 긴 대사를 말해야 한다면 짧은 어절로 나누어 말하는 방법을 고민해야 합니다.

특히 대사를 쓰는 것이 아직 익숙하지 않을 때는 다음 요소를 잊지 않도록 합시다.

➕ 1개의 대화창에 1개의 마침표
➕ 1개의 마침표에 1개의 정보

대사를 짧게 나누는 기술은 영화 자막을 참고하면 아주 큰 도움이 됩니다.

유머를 섞는다

모든 장르의 시나리오에 공통되는 필수 요소에는 '유머'가 있습니다. 유머를 섞으면 대사에 경쾌한 느낌이 생기며 가독성과 가벼운 기분이 더해집니다. 진지한 장면이 계속될 때 긴장 상태를 부드럽게 만드는 효과도 있습니다.

감정적인 간극을 만들 수 있다는 것도 큰 장점입니다. 웃음이라는 감정은 슬픔이나 분노, 공포, 좌절 등의 수많은 감정과 대비가 되기 때문에 효과적인 간극을 연출할 수 있습니다.

억지로 넣을 필요는 없습니다. 그래도 진지한 장면만 가득한 상황을 피하기 위해서 유머 요소를 넣을 만한 곳이 없는지 항상 의식하는 것이 좋습니다.

감정을 쓴다

'드라마=갈등'입니다. 갈등이란 외적, 내적 대립을 말하는데, 그중에서도 내적인 갈등이 갈등과 직결되어 있습니다.

다시 말해 드라마를 쓴다는 것은 감정을 쓰는 것과 같습니다. 드라마를 표현하는 것은 대사이므로 당연히 대사는 감정으로 작성되어야 합니다. 감정이 없는 대사에 드라마는 깃들지 않습니다. 싱거운 정보 교환으로 끝나지 않으려면 캐릭터의 감정을 표현하는 대사를 써야 합니다.

상황을 고민한다

지금까지 설명했듯이 대사에는 캐릭터성이나 감정이 반영되어야 합니다.

그러나 평범한 상황에서는 캐릭터성이나 감정이 좀처럼 드러나지 않는 법입니다. 대사를 쓰기 전에 그 장면에 등장하는 캐릭터의 정보를 자세히 조사하고, 캐릭터성과 감정을 끌어내는 상황을 만들기 위해 노력해야 합니다.

예를 들어 소심한 캐릭터라면 공포를 느끼는 상황에 둡니다. 단순히 버스를 타고 통학하는 장면이라 하더라도 급정거를 하는 상황을 대비하기, 승객에 무서운 사람을 섞어 넣기, 아슬아슬하게 지나가야 하는 길을 준비하기, 기사에게 난폭한 운전시키기, 다음 정거장에서 내리려 했지만 그 누구도 정차 버튼을 누르지 않는 상황 만들기 등 다양하게 고민하다 보면 소심한 캐릭터성과 감정을 끌어낼 수 있습니다.

등장 캐릭터의 설정과 상황을 하나로 묶어서 생각하고, 캐릭터성과 감정을 한층 더 돋보이게 하는 방법을 찾아보세요.

쓸모없이 감탄사를 남발하지 않는다

'아아', '저기', '으음', '아니', '그런데' 등 무심코 쓰기 쉬운 감탄사가 있습니다.

실제 대화에서는 자주 사용되지만 시나리오에서는 '간격을 만든다', '캐릭터성을 표현한다'라는 명확한 의도가 없는 한 생략해야 합니다. 쓸데없는 감탄사를 생략한 대사는 분명하고 간결하며 읽는 맛도 깔끔합니다.

　마찬가지로 '……' 또는 '——'의 남발도 자제해야 합니다. 어떤 상황에서든 사용하기 편한 기호이지만 안일하게 의존하면 말로 간격을 표현하는 기술을 연마할 수 없습니다.

디테일에 집착한다

　6-2(348쪽)에서도 살짝 언급했지만 대사의 단어 선정은 디테일에 집착할수록 캐릭터성을 더 돋보이게 할 수 있습니다. 말버릇, 전문 지식, 은어, 말투, 성격 표현, 말솜씨에 특징을 부여하여 캐릭터를 차별화합시다.

　가령 우수한 검사라는 설정의 캐릭터가 있다고 가정한다면, '이것은 가까운 거리에서 산탄총에 맞은 흔적이군'이라고 말하는 것과 '이것은 4.5~6미터 거리에서 윈체스터 M1897에 맞은 흔적이군'이라고 말하는 것 사이에는 정보의 신뢰성이나 캐릭터를 통해 느껴지는 유능함의 차이가 있습니다. 그렇게 분석한 이유까지 적으면 한층 더 퀄리티를 높일 수 있습니다.

　오리지널 무대 설정으로 쓰인 판타지 작품의 경우, 등장하는 사소한 아이템이나 생활 습관을 자세히 설정하면 그 세계의 생생함과 분위기가 잘 전달됩니다. 또한 '과일을 따서 갖고 와 줘'라고 말하는 것보다 '반들반들한 사과를 따서 갖고 와 줘'라고 말해야 정보가 더 많이 전달됩니다. '지갑을 주웠다'라고 말하는 것보다 '루이비통 장지갑을 주웠다', '낡은 주택'보다 '지은 지 80년이 된 목조 주택'이 낫습니다. 구체적인 정보를 전달하여 플레이어에게 강한 인상을 주도록 합시다.

　주의할 점은 자세한 정보를 전달하려고 문장의 양을 지나치게 늘리지 않는 것입니다. 정보의 구체화는 수단에 불과하며 목적이 아닙니다. 간결하게 바꾸어 말하는 방법을 고민해야 합니다.

　신은 디테일에 있다는 말이 있습니다. 디테일을 고수하여 여러분의 시나리오에 신을 깃들게 해 보세요.

장면의 목적을 언어화한다

시나리오를 쓰기에 앞서 항상 의식해야 할 4가지 요소가 있습니다.

① 메인으로 묘사해야 할 것(이야기를 전진시키기 위한 사건)은 무엇인가?

② 캐릭터(특히 주인공)의 목적은 무엇인가?

③ 캐릭터(특히 주인공)는 어떻게 감정을 움직이는가?

④ 플레이어의 감정을 어떻게 움직이고 싶은가?

이 요소들을 무의식 중에도 떠올릴 수 있을 만큼 머릿속에 집어넣은 다음 집필에 임해야 합니다. 위에 있는 4가지 요소의 언어화 여부에 따라 시나리오의 퀄리티가 크게 달라집니다.

게임 시나리오 작가의 이면

인상적인 프로의 경험

지금까지 재미있는 시나리오를 쓰는 기술을 알아보았습니다. 이제부터는 주제를 살짝 바꿔서 실제로 게임 시나리오 작가가 일하는 모습, 인상 깊은 에피소드, 수입 등을 소개하겠습니다. 실제로 게임 시나리오 작가가 되어 활약하고 싶은 사람, 게임 시나리오 작가의 업무가 궁금한 사람이라면 재미있게 읽을 수 있는 내용입니다.

오랫동안 게임 시나리오 작가를 생업으로 삼다 보면 좋든 나쁘든 인상 깊은 게임 제작 현장을 체험할 때가 있습니다.

프로의 경험 TOP5

필자가 실제로 체험한 현장 중에서 특히 인상 깊었던 경험 TOP5를 소개합니다. 생생한 프로의 현장을 살짝 구경하는 느낌으로 읽어 주세요.

5위: 소녀 만화 원작의 게임화·원작자님은 신입니다
—작가 인생에서 유일하게 중도 하차한 원작 기반의 작품—

게임 시나리오 작가를 하다 보면 결코 피할 수 없는 업무 중 하나가 원작을 기반으로 하는 게임의 시나리오 제작입니다. 원작 기반의 게임이란 만화나 애니메이션 작품을 게임화한 것을 말합니다. 원작의 인기에 힘입어 안정적인 매출을 기대할 수 있기 때문에 제작자 입장에서는 손쉬운 기획입니다. 원작 기반의 게임은 기존의 인기 시스템을 가져온 기획이 많으며 시나리오 작가 입장에서는(제작사 입장에서도) 사양을 파악하기 쉽다는 장점이 있습니다.

기획서를 받은 게임 시나리오 작가는 먼저 원작을 철저하게 조사합니다. 원작 만화는 물론이며 제작된 애니메이션이 있다면 애니메이션을, 출판된 소설이 있다면 소설도 읽습니다. 인터넷의 커뮤니티 글도 조사하여 어떤 부분이 인기 요인인지를 체크할 때도 있습니다.

그렇게 원작 파악이 끝났다면 플롯 제작에 돌입합니다. 원작을 재현하는 시나리오라면 플롯 제작 단계에서 고생할 일은 거의 없습니다. 그러나 대부분은 게임 오리지널의 이야기를 세일즈 포인트로 삼은 기획이므로 신중하게 플롯을 만들어야 합니다. 원작 기반 게임은 반드시 원작자나 판권 회사, 담당 편집자의 감수가 들어가기 때문입니다. 감수의 어려운 점은 '원하시는 대로 작업해 주세요'부터 '철저하게 확인하도록 하겠습니다'에 이르기까지 그 폭이 아주 넓다는 것에 있습니다.

필자가 만난 어느 소녀 만화 원작의 게임은 '철저한 감수'가 들어가는 작업이었습니다. 클라이언트 당사자인 제작 회사의 디렉터가 OK 사인을 내고, 판권 회사의 편집자도 대략 OK 사인을 냈지만 원작자가 '이 캐릭터와 저 캐릭터가 손을 잡으면 최강이니까 절대로 지지 않는다', 'A는 사실 B를 사랑하기 때문에 공격할 일이 없다', '이 장소는 결계가 펼쳐져 있어서 악마들이 절대로 찾을 수 없다' 등 원작에서 묘사되지 않은 숨겨진 설정이 튀어나와서 계속 NG¹가 났습니다. 필자와 담당 작가는 '미리 좀 말하지……'라고 마음속으로 불평하면서도 계속 플롯을 다시 만들고 NG를 받는 상황이 이어졌습니다.

원작 감수에 한정된 이야기는 아니지만 체크와 수정이 오가는 횟수가 많아지면 상황이 나쁘게 흘러가는 일이 적지 않게 일어납니다. 신뢰 관계가 쌓이지 않으며 지금까지 지적하지 않았던 사소한 부분도 부정적으로 해석하여 수정 지시가 내려오기 시작합니다. 결국에는 특정 부분에서만 통용되는 대안을 제시하고 맙니다.

그때도 이런 일이 발생했습니다.

원작자가 낸 대안은 다루기가 아주 곤란합니다. 그 상황에서의 문제는 확실히 해결할 수 있지만 다른 부분에 치명적인 모순을 가져올 때가 있습니다. 그렇다고 해서 원작자의 제안을 채택하지 않을 수는 없기에 어쩔 수 없이 모순이 생겨난 곳을 수정

1　이 정도로 극단적이지는 않더라도 원작자의 체크로 인해 결과가 완전히 뒤집히는 일은 종종 있습니다. 반대로 원작자가 OK라고 하더라도 편집자가 NG를 내는 드문 케이스도 있습니다.

하고 타당성을 검증합니다. 그러나 다음에는 수정한 곳을 또다시 감수해야 합니다.

그래서 문제를 지적받으면 다시 수정하여 다른 부분과의 타당성을 검증하고, 또다시 지적받고 수정하는 작업을 반복하다가 결국 꼬이고 꼬여서 정체를 알 수 없는 결과물이 만들어집니다. 게임 시나리오 작가의 통제에서 완전히 벗어나게 되는 거죠.

결국 다른 1명의 담당 작가와 제작 회사의 디렉터를 불러 이야기한 끝에 담당에서 물러나기로 했습니다. 원작 기반 게임의 기획에서 도중에 그만둔 것은 그때가 처음이자 마지막입니다.

프로인 이상 도중에 업무를 내팽개치는 것은 아주 무책임한 일입니다. 그러나 자신이 만든 작업물의 퀄리티에 책임을 질 수 없는 상황을 만드는 것도 마찬가지로 무책임한 일이라고 생각하여 내린 판단이었습니다.

이후에 게임이 무사히 발매되었다는 사실을 듣고 안도한 기억이 있습니다. 제작 회사의 직원분과 핀치 히터를 맡아 주신 시나리오 작가님께는 미안하면서도 감사한 마음뿐입니다. 저의 능력 부족과 원작 기반 게임의 고충을 뼈저리게 느꼈던 괴로운 기억입니다.

4위: 오리지널 기획의 완전한 성불

―모에를 보내주었지만 되돌아오다―

최근에는 제작비가 오르기도 해서 대부분 사라졌지만 10여 년 전에는 시나리오 기획을 들고 제작사를 찾아가는 일[2]이 많았습니다. 그랬던 시절의 에피소드입니다.

때는 2006년. 그 전년도에 일본 TV 드라마 「전차남」이 인기를 얻으면서 그때까지 일부 사람만 사용하던 오타쿠 용어가 대중에 알려졌습니다. 특히 '모에'라는 용어는 일본의 출판사 지유고쿠민샤의 유행어 대상을 받는 등 널리 알려지며 말하는 것마다 '모에루(불탄다)'를 붙이는 시대였습니다.

그 시절에 필자는 오사카 지역의 게임 회사에 신규 게임 기획을 제안할 기회를

---

2 현재 스마트폰 게임은 제작비가 억 단위(엔)를 넘는 것도 드문 일이 아닙니다. 그러나 당시에는 피처폰 시대라서 하나당 수백만 엔으로 제작이 가능했습니다. 그래서 실험적인 게임이 많이 만들어졌고 외부에서 가져오는 기획도 적극적으로 받아 주었습니다. 현재 인디 게임의 상황과 살짝 비슷합니다.

얻어, 기획서와 눈싸움하는 나날을 보냈습니다.

몇 가지 제안이 기각되기도 해서 조금 침울한 기분이었던 필자는 당시에 유행하던 '모에'의 안티테제가 되는 기획은 어떨까 하는 생각을 했습니다. 이런 식으로 현실에서 화제가 되는 것을 통해 아이디어를 얻는 작업은 게임 시나리오 작가뿐 아니라 창작에 관한 일을 하는 사람들의 일상이라고 할 수 있습니다.

기획 이름은 '심쿵사'.

화면에 표시되는 1도트(작은 사각형)를 육성하면 〈드래곤 퀘스트〉 풍의 도트 그림, 예쁜 일러스트, 못난 3D 그래픽, 예쁜 3D 그래픽과 비주얼이(나이와 함께) 성장하는 육성 시뮬레이션 기획이었습니다. 이미지는 '다마고치+프린세스 메이커'로, 말을 걸어오는 캐릭터에게 어떤 대답을 하느냐에 따라 성장했을 때의 모습이 변하는 방식이었습니다. 예쁜 3D 그래픽으로 성장한 캐릭터는 그 이후에도 나이를 계속 먹으며 못난 3D 그래픽, 예쁜 일러스트로 퇴화하며(이때 화면의 캐릭터도 나이를 먹은 모습으로 변합니다) 마지막에는 1도트로 돌아가 죽음을 맞이합니다. 전반부는 자신의 취향인 모에 캐릭터를 키우며 즐기고 후반부는 자신이 사랑한 모에 캐릭터가 늙어 가는 모습을 슬퍼하며 보내주는 것이 게임의 한 사이클입니다.

'모에의 생애. 죽을 때까지 사랑해'라는 캐치프레이즈를 내건 이 기획은 몇 번의 기획 회의를 거쳤지만 채택되지 못했습니다. 이유는 '수요를 기대할 수 없다(팔릴 것 같지 않아서)', '용량이 부족하여 힘들다(당시에는 피처폰 시대여서 용량이 많은 게임을 만들기 힘들었습니다)', '콘셉트만으로는 팔릴 요소가 없다', '캐릭터가 늙는 것을 바라지 않는다' 등등.

지금 생각하면 모두 합당한 이야기지만 반년 이상에 걸쳐 만든 기획이라서 애착이 가는 것도 사실이었습니다. 언젠가는 실현하고 싶다는 생각을 계속했습니다.

그 이후로 10년이 지나 2016년 어느 날, 인터넷 뉴스를 보던 필자의 눈에 충격적인 기사가 들어왔습니다. 바로 도트와 연애하는 연애 시뮬레이션 게임 〈도트코이[3]〉가 화제에 오르내린 것이었습니다. 제작자분께는 대단히 실례되지만 '나의 기획이

---

3 http://kuro.kilo.jp/dotokoi/

실현되었구나!'라는 생각이 들었습니다. 〈도트코이〉 덕분에 마음속에 응어리진 '심쿵사' 기획은 성불에 성공했습니다.[4]

게임 업계에서는 매일 수십 개의 기획이 만들어지며 남모르게 죽어 갑니다. 그러나 애착을 가지고 제작하는 기획자의 마음속에는 언제까지나 사라지지 않고 늘 남아 있는 기획들이 많습니다. 마음의 상처이기도 합니다. 필자처럼 전혀 예상하지 못한 형태로 제대로 끝맺음을 하는 일은 아주 드문 경우입니다. 행운이었습니다.

3위: 3명이 도전한 살인 사건의 트릭 만들기
―작가 인생을 바꾼 시나리오 경쟁―

프로 현장에서는 공식 제작 의뢰를 하기 전에 시나리오를 담당할 능력이 있는지 확인하기 위한 '트라이얼[5]'과 여러 후보자 중에서 가장 적합한 작가를 정하기 위한 '컴페[6]'가 자주 일어납니다.

트라이얼은 프로 실적이 없는 작가 지망생도 받을 수 있습니다.[7] 그러나 컴페는 클라이언트가 발주 상대를 선별하기 때문에 어느 정도의 실적이 없으면 참여할 수 없습니다.

10여 년 전―당시에는 아직 신출내기 작가였던 필자에게는 당연히 컴페 의뢰가 한 번도 오지 않았습니다. 그러던 어느 날, 당시에 소속된 회사의 사장님이 개인적인

---

4 당연히 〈도트코이〉는 필자의 기획과 전혀 관계가 없습니다. 필자의 기획은 세상에 나오지 못했기 때문에 이를 참고하는 것은 불가능합니다. 게임 시나리오나 기획 일을 하다 보면 자신의 아이디어를 현실화시킨 작품이 발매되는 경우가 많습니다. 물론 이는 착각입니다. 아쉬운 현실이지만 어떤 아이디어가 아주 독창적인 것처럼 보인다고 하여도 같은 시대와 시기를 보내는 수많은 사람이 떠올리는 것들 중 하나에 불과합니다. 그러므로 아이디어는 떠올리는 것보다 실현하는 것이 중요합니다. 이러한 실행력에 경의를 더하여 성불이라는 표현을 사용하였습니다.

5 의뢰를 받는 사람은 클라이언트가 제시하는 과제와 자료(주로 간이 플롯과 짧은 시나리오)를 제작하고 제출한 자료의 완성도가 최소한의 합격선을 넘으면 정식으로 의뢰를 받을 수 있습니다. 쉽게 말하면 기량 확인을 위한 테스트를 뜻합니다.

6 일본에서는 컴페티션(competition, 경쟁)을 줄여 컴페라고 부릅니다. 의뢰를 받은 사람들은 클라이언트가 제시하는 과제와 자료를 제작하고, 그중에서 가장 좋은 평가를 받은 사람이 정식으로 의뢰를 받습니다. 오직 실력으로 승부를 겨루는 시나리오 품평회라고 할 수 있습니다.

7 필자가 소속된 주식회사 렙톤은 작가를 상시 모집하고 있습니다. 지원하신 분은 트라이얼을 받게 되고 합격하신 분에게는 의뢰를 드립니다.

인연으로 대기업 제작사의 컴페를 받아 왔습니다. 게임 팬이라면 누구나 들어 본 적이 있는 유명한 타이틀의 컴페였습니다. 정말 뜻밖의 일이었습니다.

컴페의 과제는 시리즈의 대표 캐릭터를 활용한 대화와 살인 사건의 트릭에 관한 아이디어였습니다. 살인 사건의 트릭은 수수께끼를 푸는 재미도 채점 요소에 포함되어 있었습니다.

그때까지 콘솔 게임의 시나리오를 써 본 적이 없었고, 본격적인 미스터리 트릭도 써 본 적이 없었던 필자는 사장님과 또 다른 작가를 포함하여 3명이 머리를 모아 인생 최대의 기회에 도전했습니다. 트릭의 완성도로 승부를 겨루기는 힘들 것이라고 생각한 저희 3명은 살인 현장의 독특함에 초점을 맞춰서 말도 안 되는 살인 방법이나 상황에 대한 아이디어를 계속 냈습니다.

'스카이다이빙 중의 익사', '극장의 무대 공연 중 수많은 사람이 보는 앞에서 살해되는 주연 배우', '우주 엘리베이터의 셔틀 안에서 일어나는, 대기권 바깥의 밀실 살인' 등의 아이디어였습니다. 이때 아이디어를 내면서 동시에 인터넷, 만화, 소설, 마술사의 무대 장치 등을 조사하여 트릭의 아이디어를 모았습니다.

그렇게 필요한 정보를 모은 뒤에 본격적으로 제작을 시작했습니다. 특히 흥미를 강하게 유발하는 소재를 고르고 어떻게 하면 트릭을 이용한 살인 사건으로 만들 수 있을지 고민했습니다.

3명이 모이니 그래도 괜찮은 아이디어가 나왔고, 미숙하지만 완성에 성공한 컴페 자료는 경쟁할 만하다는 생각이 들 만큼 괜찮은 퀄리티였습니다. 예상과 기대가 적중하여 컴페에서 승리한 저희 3명은 천재일우의 기회를 얻을 수 있었습니다.

이후, 본 게임의 시나리오를 담당했다는 경력이 아주 크게 작용하여 그전까지 관심도 주지 않았던 제작사도 의뢰를 맡기기 시작했습니다. 게임 시나리오 작가에게 경력보다 큰 명함은 없다는 것을 실감했던 기억으로 남아 있습니다.

필자의 게임 시나리오 작가 인생에서 가장 큰 터닝 포인트가 어디냐고 묻는다면 망설임 없이 바로 이 시나리오 컴페였다고 대답할 것입니다.

2위: 대작 시뮬레이션 RPG와의 두뇌전

—실제 게임보다 더한 난이도의 퍼즐과 싸우다—

2위는 필자가 참여한 것 중에서 규모가 제일 큰 안건입니다.

25년 이상의 역사를 자랑하는 장기 시리즈의 속편. 필자의 담당은 세계 설정, 캐릭터 설정, 메인 시나리오, 캐릭터 시나리오, 영상용 문자 콘티였습니다.

모든 건에 대해 일임을 받기도 했고 역대 시리즈의 팬이기도 한 필자는 의욕적으로 제작 자료를 훑어보았습니다. 기획서에 쓰인 참신한 시스템과 확 달라진 시리즈의 비주얼에 흥분하였고, 어떤 캐릭터와 이야기를 만들까 하는 마음에 가슴이 떨렸습니다.

그러나 막상 플롯을 만들려고 하니 갑자기 큰 벽에 부딪히고 말았습니다. 이 작품은 맵 클리어 형태의 전략 시뮬레이션 게임(SRPG)[8]으로 플롯과 합쳐 맵 이미지도 제안해야 하는 것이라고 생각했지만, 실제로는 생각과 정반대였습니다. 성 내부, 마을, 사막, 숲, 눈으로 뒤덮인 평원, 투기장, 선상, 신전 등 20개 이상의 스테이지 맵이 이미 준비되어 있었습니다.

이렇게 되면 플롯을 제작하는 상황이 급변합니다. 20개 정도 되는 맵의 조합 개수는 상상을 초월합니다. 아무런 지시 사항도 없이 무작정 조합을 시험할 수 있는 개수가 아닙니다.

그래서 먼저 맵의 조건을 충족하는 세계 지도를 만들기로 했습니다. 국경선을 정하고 마을을 배치한 뒤 나라, 지형, 기후, 인구, 역사, 나라 간 관계성 등을 설정하여 나라마다 캐릭터를 부여했습니다.[9]

세계 설정을 통해 전제가 되는 조건을 줄이고 나서야 이야기의 윤곽이 얼추 보이기 시작했습니다. 이른바 직소 퍼즐의 프레임을 만드는 작업이라고 할 수 있습니다. 이제 캐릭터 자신이 가지는 드라마와 다른 사람과의 관계성, 큰 줄기와 연관된 에피

---

8   장기처럼 말에 해당하는 캐릭터를 움직여서 전투를 실행하고 적을 전멸시키거나 특정 지역에 도착하면 조건이 달성되어 맵이 클리어되는 유형 게임입니다. 〈택틱스 오우거〉, 〈슈퍼로봇대전〉, 〈마계전기 디스가이아〉 등이 있습니다.

9   등장하는 캐릭터의 수에도 한계가 있기 때문에 각 나라에 배치 가능한 캐릭터의 수는 적과 아군을 포함하여 각각 2~3명이었습니다.

소드 등의 조각을 끼워 맞추기만 하면 플롯은 완성입니다.[10]

게임 시나리오 제작 현장에서 이러한 퍼즐 끼워 맞추기 작업은 드문 일이 아닙니다. 주어진 소재를 조합하여 하나의 그림(이야기)을 만드는 능력은 프로가 가져야 할 최소한의 자질이라고 말할 수 있습니다.

하지만 이때 주어진 퍼즐은 역대 최고의 난이도라고 말해도 무방할 정도였습니다. 그림이 보인 뒤에도 '정말 이대로 괜찮을까' 하는 불안감에 휩싸였습니다. 캐릭터 설정이나 시나리오 집필도 쉽지 않았지만 플롯 만들기가 가장 고민되고 힘들었습니다.

최종적으로 이 작품은 전 세계에서 200만 장 가까운 판매량을 기록하였고 이후 시리즈로 이어지는 토대가 되었습니다. 기대 이상의 결과가 나왔고 미력하게나마 보탬이 된 것 같아서 가슴을 쓸어내렸습니다.

1위: 모 격투 게임의 연애 시뮬레이션 게임화

―첫 게임 시나리오 제작―

1위는 필자가 프로로서 처음으로 게임 시나리오를 썼을 때의 일입니다. 게임 시나리오 작가 인생의 출발점이며 모든 것이 첫 경험이었던 현장은 아무래도 인상에 가장 깊게 남아 있습니다.

방송 작가를 양성하는 전문학교를 졸업한 뒤 계약 사원으로 게임 회사에 들어간 필자는 계약 종료 후에 퇴사하였고, 휴대 전화 소설을 쓰면서 아르바이트를 하며 생활했습니다. 프리 작가 절반, 프리터 절반의 생활이었습니다.

〈진·여신전생〉의 이야기에 신선한 충격을 받고 게임 시나리오 작가의 꿈을 품던 필자였지만 당시에는 무엇을 어떻게 해야 꿈을 이룰 수 있는지 전혀 몰랐습니다. 그러던 와중에 단기간이지만 게임 제작사에서 일한 경력과 휴대 전화 소설을 쓴 경험을 통해 피처폰으로 서비스되는 게임의 시나리오를 써 보지 않겠냐는 의뢰를 받았습니다.

---

10 간단한 것처럼 적었지만 설정과 플롯만 하더라도 몇 달은 걸립니다. 규모에 따라서는 1년 이상이 걸리기도 합니다.

의뢰 내용은 연애 시뮬레이션 게임의 플롯과 시나리오 제작이었습니다. 90년대에 크게 유행한 대전 격투 게임의 캐릭터가 나오는 스핀오프 기획으로, 거의 2차 창작에 가까운 게임이었습니다. 총 8캐릭터의 공략 대상 중 4캐릭터를 담당했습니다.

게임 시나리오 제작에 완전 초보였던 필자[11]는 '원작 캐릭터의 이해도를 확인하기 위해 테스트를 받아야 하는가?', '게임 시나리오의 플롯은 어떻게 만드는 것인가?', '게임 시스템에 따른 시나리오는 어떻게 만드는 것인가?', '스크립트(=간이 프로그래밍 언어)가 뭐지?', '이벤트용 일러스트도 지정해야 하는 것인가?', '감정, 캐릭터의 움직임, BGM, SE 지정까지 시나리오 작가가 해야 하나?', '모에? 속성? 파이스라(가방을 멨을 때 가방끈으로 인해 도드라져 보이는 가슴을 뜻하는 용어 - 옮긴이 주)? 서비스신?' 등 의문이 생길 때마다 멈추고 하나하나씩 배웠습니다.

그리고 작업이 시작된 지 몇 개월이 지나, 시나리오 디렉터의 수많은 도움 덕분에 어떻게든 완성할 수 있었습니다.

완성된 작품이 실제로 발매되는 모습을 본 순간, 정말로 내가 만든 것이 세상에 나왔구나 하는 생각에 기뻤습니다. 다만 곧바로 제가 만든 시나리오의 부족함에 부끄러움을 느꼈고 이후에는 제가 시나리오를 담당한 게임은 정말 플레이하기가 싫어졌습니다……. 이러한 수치심을 포함하여 모든 것들이 첫 경험이었던 현장은 아직도 강한 인상으로 남아 있습니다. 앞으로도 초심과 더불어 잊지 못할 것 같습니다.

---

11 부끄럽지만 게임 시나리오 작가가 되는 것이 꿈이라고 말했으면서도 이루어질 수 없는 꿈이라고 생각하여 제대로 공부를 하지 않았습니다.

번외 편: 모 종합 격투기 게임의 테스트 플레이
낙제점 필자와 영어의 싸움

정확히는 게임 시나리오 작가의 업무라고 할 수 없었기 때문에 랭킹에서 제외했지만, 인상 깊었던 현장의 번외 편을 하나 소개하겠습니다. 미국에서 큰 인기를 구가하는 모 종합 격투 단체의 대전 격투 게임의 제작에 디버거로 참여했을 때의 이야기입니다. 당시에 게임 제작 회사에서 일하던 필자는 제작 중인 게임을 플레이하여 문제점을 정리하는 작업을 맡았습니다.

일대일로 싸우는 대전 격투 게임이라서 체크 내용은 그렇게 복잡하지 않았습니다. 30명 정도 되는 선수의 기술을 1개씩 커맨드에 입력하고 잘 작동하는지 체크하기만 하면 되는 일이었습니다. 선수 한 명당 다른 모든 선수를 상대로 기술을 전부 사용해야 하므로 시간은 걸리더라도 작업은 단순했습니다.

버그 종류는 캐릭터가 배경에 묻히는 현상, 선수끼리 겹치거나 통과되는 현상, 기술이 나오지 않는 현상 등이 있었는데, 가장 큰 버그는 진행이 멈춰 버리는 프리즈 버그였습니다. 연속 펀치로 상대방을 링 끝으로 몰아가는 순간 철창에 부딪히면서, 날아서 공격하는 기술을 걸면 서로의 몸이 통과되며, 선수 선택 화면에서 방향키를 재빠르게 연속으로 입력하면 프리즈 상태에 빠지는 등 각종 상황에서 수많은 프리즈 버그가 발생했습니다.

이 모든 상황을 엑셀로 관리되는 파일에 적어야 했습니다. 며칠에 걸쳐 모든 조합을 시험하여 버그를 찾는 작업은 틀린 그림 찾기를 하는 것 같아서 즐거웠습니다. 필자가 격투기를 좋아하고 등장하는 선수에 애정이 있던 것도 단조로운 작업을 즐겼던 이유였습니다.

그러나 육성 모드에서 버그를 찾는 일은 달랐습니다. 이 게임에는 오리지널 선수를 육성하는 스토리 모드가 있었는데, 이 시나리오의 글이 모두 인터넷 번역기를 이용한 것처럼 부자연스러웠습니다.

이를 자연스러운 텍스트로 되돌리기 위해서는 원문인 영어 시나리오를 직접 번역해야 했습니다.[1] 중학교 1학년 때 영어에 벽을 느끼고 낙제와 보충 수업을 벗으로 삼아 온 필자에게는 너무나도 큰 작업이었습니다. 최종적으로는 영어를 조금 익혔고 인생에서 처음으로 엔딩 크레딧

---

1 '일본어가 이상하다'라고 보고하기만 해도 충분했지만 시나리오 작가를 지망하던 필자는 '올바르게 표기하려면 이렇다'라고 덧붙여 썼습니다. 제가 쓴 텍스트가 게임 안에 표시될지도 모른다는 실낱같은 기대도 있었습니다.

에 저의 이름이 실리는 경험을 했던 행복한 현장이었지만 한 번 더 하라고 한다면 정중히 거절하도록 하겠습니다.

원작을 어디까지 조사해야 할 것인가

앞서 말했던 원작 리서치는 정도가 지나칠 경우 팬만 의식하며 눈치를 보는 내용이 되므로 역으로 대중성이 떨어지게 됩니다. 그래서 균형을 잡는 것이 중요합니다.

그 밖에도 인터넷에서 밈으로 사용되는 용어를 고민 없이 시나리오에 넣는 것은 피하는 편이 좋습니다.

팬이 만든 설정과 원작의 설정을 혼용하여 사용하는 경우도 있으므로 반드시 1차 자료를 확인해야 합니다.

게임 시나리오 작가의 수입

직업을 물었을 때 "게임 시나리오 작가입니다."라고 대답하면 "하나가 잘 터지면 크게 버니까 로망이 있고 좋네."라는 말을 듣기도 합니다.

이는 흔히 하는 오해입니다. 아쉽게도 프로 게임 시나리오 작가에게 불로 소득은 없습니다. 작성한 시나리오는 클라이언트가 권리까지 포함하여 구매하기 때문에 수백만 장을 파는 인기 작품을 만들었다고 하여도 로열티는 발생하지 않습니다(아주 드물게 로열티 계약을 맺는 경우도 있지만 많이 벌지는 못합니다). 반대로 아예 팔리지 않아도 원고료를 받을 수 있기 때문에 안정적인 일이라고 볼 수도 있습니다.

게임 시나리오 작가의 유형별 수입

프로 게임 시나리오 작가의 수입은 어떨까? 모델케이스별로 게임 시나리오 작가의 수입을 정리해 보았습니다.

〈모델케이스1: 신인 작가〉

월수입 : 0~5만 엔 정도

일을 막 받기 시작한 신인 작가가 갑자기 큰 업무를 맡는 일은 일단 없습니다. 먼저 플레이버 텍스트나 사이드 스토리를 담당하게 됩니다.

이때 원고료는 200~1,000엔/KB 정도를 받습니다.

1KB는 512자를 환산한 값[1]입니다. 400자 원고용지 1장보다 조금 더 써서 최대 1,000엔 정도를 받게 됩니다.

클라이언트와 이야기를 나누거나 수정 지시에 대응하는 시간도 고려하면 한 달에 처리할 수 있는 분량은 많아도 2만 자, 약 40KB 정도입니다. 월수입으로 따지면 약 4만 엔입니다. 최대한 노력해도 5만 엔이 한계입니다.

경우에 따라서는 '기회를 줄 테니까 공짜로 하자'라고 말할 때도 있습니다. 프로의 세계로 진입하는 방법을 모르는 신인에게는 달콤하게 들릴지 모르겠지만 보통 이런 회사는 작가를 쓰고 버리는 악덕 회사입니다. 기회를 잡기 위한 노력을 막지는 않겠지만 잘 알아보고 거래해야 합니다.

〈모델케이스2: 겸업 작가〉

월수입 : 0~30만 엔 정도

본업이 있는 사람이 게임 시나리오 작가를 부업으로 하는 케이스입니다.

신인과 마찬가지로 메인 이외의 시나리오를 쓰는 사람부터 기획 단계를 포함한 작품을 통째로 맡는 사람까지, 그 폭이 넓습니다. 수입의 폭도 넓어서 KB의 단위는 신인의 2~3배입니다. 분량을 얼마나 처리할 수 있는지가 관건입니다.

가사나 육아를 병행하면서 작가로 일하는 사람도 편의상 여기에 포함합니다. 주로 여성향 게임 같은 분야에서는 가사나 육아를 병행하며 활동하는 여성 작가가 적지 않습니다. 겸업하는 여성 작가 중에서는 회사원으로 일하는 남편보다 수입이 더 좋은 사람도 있습니다.

---

[1] 습관상 글자 수가 아닌 KB(킬로바이트, 파일 용량)로 표기하였습니다. 원래는 글자 수당 KB는 파일의 문자 코드나 종류에 따라 달라지지만 일단 1KB=512자라고 생각해 주세요.

〈모델케이스3: 시나리오 전문 회사에 소속된 작가〉

월수입 : 10~60만 엔 정도

게임 시나리오를 전문으로 제작하는 회사에 소속된 케이스입니다. 필자는 여기에 속합니다.

몇 년 전까지 게임 시나리오 제작 전문 회사는 손으로 꼽을 수 있을 만큼 적었습니다. 지금은 작가 버블 시절을 거치면서 수가 늘어나기는 했지만 그래도 수십 개에 불과합니다. 그 대부분은 외부 작가와 연계하여 제작하므로 사원으로 작가를 두는 회사 수는 절대 많지 않습니다.

외부 작가와 전속 계약을 맺기도 하지만 그 경우에도 보합제步合制(수익을 일정한 비율에 따라 나누는 것)가 대부분이므로 실질적으로 프리랜서와 다를 것이 없습니다.

전업으로 직원 작가가 되는 것은 여전히 문이 좁다고 할 수 있습니다.

〈모델케이스4: 프리랜서 전업 작가〉

월수입 : 0~100만 엔 정도

업계 안에서 압도적인 비율을 차지하는 프리랜서 작가 중에서 게임 시나리오를 전업으로 활동하는 케이스입니다. 글을 쓴 만큼 모두 수입이 되므로 보람은 100점입니다. 반면에 글을 쓰지 않으면 수입이 없어지므로 혹독함도 100점입니다.

필자가 알기로는 연간 1,200만 엔을 버는 사람도 있습니다. 단가(KB 단가)가 극단적으로 비싼 것이 아니라 매달 40만 자(신인의 20배! 400자 원고용지로 약 1,000장!)를 써서 높은 수입을 실현하고 있었습니다. 이 정도가 프리랜서 수입의 한계가 아닐까 생각합니다.

예외가 있다면 과거에 애니메이션 각본이나 만화 원작 등을 통해 경력을 쌓은 케이스가 있습니다. 이름만으로 판매량이 변하는 수준의 사람에게는 경험이 없더라도 놀랄 만큼 비싼 원고료가 지급됩니다.

〈모델케이스 예외: 게임 제작 회사에 소속된 작가〉

월수입 : 15~70만 엔 정도

이른바 게임 제작사(메이커)에 시나리오 작가로 입사하는 케이스입니다. 대부분 게임 기획자나 디렉터를 겸임합니다. 반대로 기획자로 입사했지만 시나리오를 쓰는 일도 많습니다. 사정이 이렇기 때문에 시나리오 작가 단체의 수입이라고 말하기는 어려워서 '예외'로 두었습니다.

어떠신가요? 예외를 뺀다면 모든 케이스는 글을 쓴 만큼 수입이 된다는 공통점이 있습니다. 그런 의미에서 프로 게임 시나리오 작가는 체력으로 정면 승부를 펼치는 직업이라고 말할 수 있습니다. 앞으로 프로가 되고자 하는 사람이라면 몸과 마음을 모두 충분히 단련해야 합니다.

Column

리서치 비용은 얼마나 나오나요?

리서치 비용은 원고료에 포함되기도 하며 포함되지 않기도 합니다. 관련 작품, 파생 작품이 무수하게 존재하는 작품임에도 리서치에 원고료가 포함되지 않을 때는 눈앞이 캄캄해집니다. 작성한 글자 수로 원고료를 산출하는 계약이라면 대부분은 원고료에 리서치 비용은 포함되지 않습니다.

참고문헌

(한국어판이 출간되지 않은 도서는 원어를 병기했으며, 한국어판이 있는 경우에는 원어 병기 없이 번역 제목으로 표기했습니다. – 옮긴이 주)

『기초부터 배우는 게임시나리오(ゲームシナリオの書き方 第2版 基礎から学ぶキャラクター・構成・テキストの秘訣)』(사사키 토모히로 저, SB 크리에이티브, 2017년) [한국어판 출간 후 절판]

『게임 시나리오 작가의 업무 – 명작 RPG를 통해 배우는 시나리오 창작술(ゲームシナリオライターの仕事 名作RPGに学ぶシナリオ創作術)』(마에다 케이지 저, SB 크리에이티브, 2006년)

『스크립트 닥터의 각본 교실·초급편(スクリプトドクターの脚本教室・初級篇)』(미야케 류타 저, 신쇼칸, 2015년)

『스크립트 닥터의 각본 교실·중급편(スクリプトドクターの脚本教室・中級篇)』(미야케 류타 저, 신쇼칸, 2016년)

『문장은 접속사로 결정된다(文章は接続詞で決まる)』(이시구로 게이 저, 고분샤, 2008년)

『아라키 히로히코의 기묘한 호러 영화론(荒木飛呂彦の奇妙なホラー映画論)』(아라키 히로히코 저, 슈에이샤, 2011년)

『아라키 히로히코의 만화술』(아라키 히로히코 저/김부장 역, 문학동네, 2021년) [한국어판]

『아라키 히로히코의 초 편애! 영화의 규칙(荒木飛呂彦の超偏愛! 映画の掟)』(아라키 히로히코 저, 슈에이샤, 2013년)

『스토리 메이커』(오쓰카 에이지 저/선정우 역, 북바이북, 2013년)[한국어판]

『캐릭터 메이커 – 캐릭터를 만들기 위한 6가지 이론과 워크숍』(오쓰카 에이지 저/선정우 역, 북

바이북, 2014년)[한국어판]

『캐릭터 소설 쓰는 법』(오쓰카 에이지 저/김성민 역, 북바이북, 2013년)[한국어판]

『'감정'으로 쓰는 각본술-마음을 빼앗고 사로잡는 이야기 쓰는 법(「感情」から書く脚本術 心を奪って釘づけにする物語の書き方)』(칼 이글레시아스 저/시마우치 데쓰로 역, 필름아트사, 2016년)

『할리우드에서 성공한 시나리오작가들의 101가지 습관』(칼 이글레시아스 저/이정복 역, 경당, 2005년)[한국어판]

『도리야마 아키라의 엉터리 만화 연구소-당신도 만화가가 될 수 있을지도 모르는! 책(鳥山明のヘタッピマンガ研究所 あなたも 漫画家になれる！かもしれないの巻)』(도리야마 아키라, 사쿠마 아키라 저, 슈에이샤, 1985년)

『풋내기 만화 연구소 R』(무라타 유스케 저, 대원, 2012년)[한국어판]

『3년이면 프로가 되는 각본술(3年でプロになれる脚本術)』(오자키 마사야, 슈에이샤, 2011년)

『헐리우드 영화 각본술-시나리오 작법을 위한 워크샵 101』(닐 D. 힉스 저/이일범 역, 신아사, 2002년)[한국어판]

『독자는 읽지 마 : 후지타 가즈히로의 신인 어시스턴트는 어떻게 만화가가 되었는가(読者ハ読ムナ(笑): いかにして藤田和日郎の新人アシスタントは漫画家になったか)』(후지타 가즈히로, 이이다 이치시 저, 쇼가쿠칸, 2016년)

『SAVE THE CAT!: 흥행하는 영화 시나리오의 8가지 법칙』(블레이크 스나이더 저/이태선 역, 비즈앤비즈, 2014년)[한국어판]

『스토리 개발 부서의 메모』(크리스토퍼 보글러, 데이비드 맥케너 저/함춘성 역, 비즈앤비즈, 2017년)[한국어판]

『원숭이도 그릴 수 있는 만화 교실 사루만 21세기 애장판 상(サルでも描けるまんが教室 サルまん 21世紀愛蔵版上)』(아이하라 코지, 다케쿠마 겐타로 저, 쇼가쿠칸, 2006년)

『원숭이도 그릴 수 있는 만화 교실 사루만 21세기 애장판 하(サルでも描けるまんが教室 サルまん 21世紀愛蔵版下)』(아이하라 코지, 다케쿠마 겐타로 저, 쇼가쿠칸, 2006년)

『에니어그램 성격 : 자기발견과 인간관계』(스즈키 히데코 저/윤운성 역, 한국에니어그램교육연구소, 2016년)[한국어판]

『감정 사전』(안젤라 애커만, 베카 푸글리시 저/타키모토 안나 역, 필름아트사, 2015년)[한국어판]

『민담 형태론』(블라디미르 프로프 저/어건주 역, 지식을만드는지식, 2013년)[한국어판]

『시나리오란 무엇인가』(사이드 필드 저/유지나 역, 민음사, 2017년)

『사람을 끌어당기는 기술 – 카리스마 극화 원작자가 알려 주는 팔리는 '캐릭터' 만드는 방법(人を
惹きつける技術 カリスマ劇画原作者が指南する売れる「キャラ」の創り方)』(고이케 가즈오,
고단샤, 2010년)

『디지털 게임 교과서 – 알아 두어야 할 게임 업계의 최신 트렌드』(디지털 게임 교과서 제작위원
회 저, 에이콘출판사, 2012년)[한국어판]

『게임의 교과서』(야마모토 다카미츠, 바바 야스히토 저, 비즈앤비즈, 2011)[한국어판]

『융 심리학(ユング心理学)』(후쿠시마 데쓰오 저, 나쓰메샤, 2002년)

『무작정 소설쓰기? 윤곽잡고 소설쓰기!』(K.M. WEILAND 저/서준환 역, 인피니티북스, 2014)
[한국어판]

『구조로 쓰는 소설 재입문 개성은 '형태'에 끼우면 더 살아난다(ストラクチャーから書く小説再
入門 個性は「型」にはめればより生きる)』(K.M. WEILAND 저/미카 맥켄지 역, 필름아트사,
2014년)

『SAVE THE CAT! 흥행하는 영화 시나리오의 8가지 법칙』(블레이크 스나이더 저/이태선 역,
비즈앤비즈, 2014년)[한국어판]

『SF 쓰는 법 '겐론 오모리 노조미 SF 창작 강좌' 전 기록(SFの書き方 「ゲンロン 大森望 SF創
作講座」全記録)』(오모리 노조미 편, 하세 사토시, 우부카타 도우, 후지이 다이요, 미야우치 유
스케, 노리즈키 린타로, 아라이 모토코, 엔조 도, 오가와 잇스이, 야마다 마사키 저, 하야카와쇼
보, 2017년)

『미스터리 쓰는 법(ミステリーの書き方)』(일본추리작가협회 저, 겐토샤, 2010년)

『베스트셀러 소설 이렇게 써라』(딘 쿤츠 저, 문학사상, 1996년)[한국어판]

『재미있는 게임 시나리오 제작법 – 41개의 인기 게임을 통해 배우는 기획 구성 테크닉(おもしろ
いゲームシナリオの作り方 – 41の人気ゲームに学ぶ企画構成テクニック)』(Josiah Lebowitz,
Chris Klug 저/시오카와 요스케 감수, 사토 리에코 역, 오라일리 재팬, 2014년)

『60분 만에 읽었지만 평생 당신 곁을 떠나지 않을 아이디어 생산법』(제임스 웹 영 저/이지연
역/정재승 감수, 월북, 2018년)[한국어판]

『아이디어 모드 – 누구나 쉽게 아이디어를 얻는 기술』(잭 포스터 저, 다산라이프, 2008년)[한국
어판]

『DIALOGUE 시나리오 어떻게 쓸 것인가 2』(로버트 맥키 저/고영범, 이승민 역, 민음인, 2018
년)[한국어판]

『이야기의 명제-6가지 테마로 이야기 만들기』(오쓰카 에이지 저/선정우 역, 북바이북, 2015년) [한국어판]

『스토리를 만드는 공학-소설 쓰기와 시나리오 쓰기의 6가지 핵심 요소들』(래리 브룩스 저/한유주 역, 인피니티북스, 2015년)[한국어판]

『스토리를 만드는 물리학-대가처럼 소설 쓰기, 거장처럼 시나리오 쓰기』(래리 브룩스 저/한유주 역, 인피니티북스, 2015년)[한국어판]

찾아보기